BESTSELLER

Kate Stewart es una autora best seller cuyos libros se han traducido a más de doce idiomas y han aparecido en las listas de más vendidos de Amazon, *USA Today*, *BuzzFeed*, *The New York Daily News* y el *Huffington Post*. Nativa de Texas, vive con su marido Nick en Carolina del Norte, donde escribe romance contemporáneo, comedias románticas y suspense erótico. Kate es una amante de todo lo que tenga que ver con los ochenta y los noventa, especialmente las películas de John Hughes y el rap. Le gusta la fotografía, puede tejer una bufanda muy simple si surge la necesidad y se le da genial beber whiskey.

Biblioteca

KATE STEWART

Vuelo
Trilogía Ravenhood 1

Traducción de
Eva Carballeira Díaz

DEBOLS!LLO

Papel certificado por el Forest Stewardship Council®

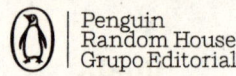

Título original: *Flock*

Primera edición con esta presentación: julio de 2024

Printed in Spain – Impreso en España

ISBN: 978-84-663-7230-5
Depósito legal: B-9.267-2024

Compuesto en Comptex & Ass., S. L.

Impreso en Black Print CPI Ibérica
Sant Andreu de la Barca (Barcelona)

P 372305

*Dedicado a mi hermano Tommy, que tiene el valor
de decir lo que piensa en todo momento.
Gracias por enseñarme que es bueno dudar,
pero no instalarse en la duda.
Para ti, con todo mi amor y respeto, hermanito.*

Existe una leyenda sobre un pájaro que solo canta una vez en la vida, pero lo hace más dulcemente que cualquier otra criatura sobre la faz de la tierra. Desde el momento en el que abandona el nido, busca un arbusto espinoso y no descansa hasta encontrarlo. Entonces, cantando entre las toscas ramas, se ensarta en la espina más larga y afilada. Y, mientras muere, envuelve su agonía en un canto más bello que el de la alondra y el del ruiseñor. Un canto excepcional, con su propia existencia como precio. Pero el mundo entero enmudece para escucharlo y, en el cielo, Dios sonríe. Porque las mejores cosas solo se consiguen a costa de un gran sufrimiento…, o eso cuenta la leyenda.

COLLEEN MCCULLOUGH,
El pájaro espino

AHORA

Prólogo

Toda la vida he estado enferma.

Me explico. De pequeña estaba convencida de que las verdaderas historias de amor debían incluir un mártir o exigir un gran sacrificio para ser dignas.

Mis novelas, canciones de amor y películas favoritas, aquellas con las que me identificaba, siempre hacían que mi tristeza persistiera mucho más allá de pasar la última página, de que las notas se desvanecieran o de que acabaran de pasar los títulos de crédito.

Lo creía porque yo misma me obligaba a creerlo y así fue como gesté al corazón romántico más masoquista del mundo, lo que acabó dando lugar a mi enfermedad.

Cuando viví esta historia, mi propio y retorcido cuento de hadas, no me di cuenta de que lo estaba haciendo porque era joven e ingenua. Cedí a la tentación y alimenté a esa bestia latente, que se volvía más voraz con cada puñalada, con cada golpe, con cada puñetazo.

Esa es la diferencia entre la ficción y la realidad. Uno no puede revivir su propia historia de amor porque, cuando se da cuenta de que la está viviendo, ya ha terminado. Al menos ese fue mi caso.

Años después, estoy convencida de que yo misma creé esa historia a causa de mi trastorno.

Y todos recibimos nuestro castigo.

Por eso estoy aquí, para alimentar, lamentar y quizá curar mi enfermedad. Aquí fue donde todo empezó y aquí es donde debo ponerle fin.

Este lugar que me atormenta, que me hizo ser tal como soy, es un pueblo fantasma. A pocas semanas de cumplir los diecinueve años, mi madre me envió a vivir con mi padre, un hombre con el que solo había pasado algunos veranos cuando era mucho más joven. En cuanto llegué, me quedó claro de inmediato que su actitud no había cambiado en lo que a su obligación biológica se refería y me impuso las mismas reglas que cuando era pequeña: verme lo mínimo y no escucharme jamás. Debía mostrar una moral intachable y sobresalir en los estudios, además de adaptarme a su forma de vida.

Durante los meses posteriores, prisionera en su reino, naturalmente hice lo contrario, autodestruyéndome y mancillando todavía más su nombre.

Por aquel entonces no tenía ningún tipo de remordimiento, al menos en lo que se refería a mi padre, hasta que me vi obligada a enfrentarme a las consecuencias.

Ahora, a los veintiséis años, sigo sufriéndolas.

Tengo claro que nunca superaré lo de Triple Falls ni olvidaré el tiempo que pasé allí. Tras años de lucha, esa es la conclusión a la que he llegado. Ahora soy una persona diferente, pero también lo era antes de irme. Cuando todo sucedió, me prometí no volver jamás. Pero entonces descubrí una triste realidad y es que nunca podré pasar página. Esa es la razón por la que he vuelto. Para hacer las paces con mi destino.

No puedo seguir ignorando la ansiosa reivindicación del vacío que late en mi pecho ni el acoso de mi subconsciente. Nunca seré una mujer capaz de olvidar, de dejar el pasado en paz, por mucho que lo desee.

Mientras conduzco por carreteras sinuosas, bajo la ventanilla, agradeciendo el frío. Necesito insensibilizarme. Desde que he entrado en la autopista, no dejo de pensar en los recuerdos que he intentado reprimir desesperadamente cada día desde que hui de aquí.

Son mis sueños los que se niegan a liberarme, los que hacen que mi mente siga en pie de guerra mientras la sensación de pérdida arrasa mi corazón, obligándome a revivir las partes más duras una y otra vez, en un bucle angustioso.

Durante años, he intentado convencerme de que hay vida después del amor.

Y quizá la haya para otros, pero el destino no ha sido tan benévolo conmigo.

Estoy harta de fingir que no dejé la mayor parte de mi ser entre estas colinas y valles, entre el océano de árboles que guarda mis secretos.

Aun con el frío azote del viento en la cara, sigo sintiendo el calor del sol sobre la piel. Todavía puedo recordar la sensación de su cuerpo tapándome la luz, percibir el hormigueo de certidumbre que sentí la primera vez que él me tocó y evocar la piel de gallina que ese roce dejó a su paso.

Todavía puedo sentir a mis chicos del verano.

Todos tenemos la culpa de lo que ocurrió y todos estamos cumpliendo nuestra condena. Fuimos descuidados e imprudentes, pensando que nuestra juventud nos hacía indestructibles, que nos eximía de nuestros pecados, y pagamos las consecuencias.

La nieve cae perezosa sobre el parabrisas, blanqueando los árboles y cubriendo el terreno circundante, mientras abandono la autopista. El crujido de los neumáticos sobre la grava hace que empiece a notar los latidos del corazón en la garganta y que me tiemblen las manos. Paso al lado de los interminables árboles de hoja perenne que bordean la carretera mientras intento convencerme de que enfrentarme directamente a mi pasado es el primer paso para encarar eso que lleva años atormentándome. No me queda más remedio que habitar la prisión que yo misma he construido. Pero la verdad a la que me empeño en enfrentarme no puede ser más evidente y demoledora.

Muchos creen que conocer ese tipo de amor que lo eclipsa todo es una suerte, pero para mí fue una maldición. Una maldición de la que nunca podré librarme. Nunca volveré a conocer el amor tal como lo hice aquí, hace ya tantos años. Ni tampoco quiero hacerlo. No puedo. Todavía me está matando.

Porque no me cabe la menor duda de que lo que yo sentía era amor.

¿Qué otro tipo de atracción podría ser tan fuerte? ¿Qué otro sentimiento podría adueñarse de mí hasta el punto de volverme loca? ¿De llevarme a hacer las cosas que hice y obligarme a vivir con estos recuerdos dentro de esta historia de terror?

Aun siendo consciente del peligro, sucumbí.

Hice caso omiso de las advertencias. Fui una prisionera voluntaria. Permití que el amor campara a sus anchas y acabara conmigo. Interpreté mi papel con los ojos bien abiertos, tentando a la suerte hasta salir escaldada.

Nunca tuve escapatoria.

Me detengo delante del primer semáforo de las afueras de la ciudad, apoyo la cabeza sobre el volante y respiro hondo para tranquilizarme. No soporto seguir sintiéndome tan impotente ante las emociones que este viaje ha despertado en mí, aun siendo la mujer que soy ahora.

Exhalando, giro la cabeza hacia la bolsa que he echado en el asiento de atrás después de haber tomado esta decisión, hace solo unas horas. Acaricio con el pulgar el anillo de compromiso y lo hago girar en el dedo, sintiendo una nueva punzada de culpabilidad. Las esperanzas depositadas en un futuro que había pasado años construyendo se desvanecieron en el momento en el que puse fin a mi relación. Él se negó a aceptar el anillo y yo aún no me lo he quitado. Cuelga pesado en mi dedo como una mentira. El tiempo que pasé aquí en su día ha causado otra baja más, una de tantas.

Estaba prometida con un hombre capaz de cumplir sus votos, con un hombre digno de tal compromiso, de recibir amor incondicional, con un hombre leal de corazón noble y espíritu bondadoso. Pero nunca habría sido justa con él. Nunca podría haberlo amado como una esposa debería amar a su marido.

Él era un premio de consolación y aceptar su propuesta de matrimonio fue como conformarme. Me bastó con mirarlo a la cara cuando cancelé nuestra futura boda para saber que la verdad lo había destrozado.

La verdad de que pertenezco a otro. De que lo que queda de mi corazón, cuerpo y alma pertenece a un hombre que no quiere saber nada de mí.

Fue la agonía en el rostro de mi prometido lo que me hizo derrumbarme. Él me había entregado su amor y su devoción y yo los había tirado por la borda. Le había hecho lo mismo que me habían hecho a mí. Ignorar a mi corazón, mi dueño y señor, me había hecho perder a Collin.

Minutos después de liberarnos a ambos, preparé una maleta y partí en busca de más mortificación. He conducido sin parar toda la noche, aun sabiendo que el tiempo es lo de menos, que no tiene importancia. Nadie me está esperando.

Han pasado más de seis años y vuelvo a la casilla de salida, a la vida de la que hui, con los sentimientos a flor de piel mientras intento autoconvencerme de que dejar a Collin no ha sido un error, sino un mal necesario para liberarlo de las mentiras que le dije. Fui injusta con él haciéndole promesas que era incapaz de cumplir y de ninguna manera pensaba hacerle más, como la de amarlo y quererlo en la salud y en la enfermedad, porque nunca le conté lo enferma que estoy.

Nunca le conté que me había dejado utilizar, agraviar y, en ocasiones, humillar hasta la depravación… y que lo había disfrutado de principio a fin. Mi prometido nunca llegó a saber cómo había maltratado a mi corazón, matándolo de hambre, hasta que no le había quedado más remedio que latir a un ritmo diferente para encajar con el de otra persona. Al hacerlo, saboteé mis posibilidades de reconocer y aceptar el tipo de amor que sana en lugar de herir. El único amor que he conocido o anhelado es el que me hace seguir enferma, enferma de anhelo, enferma de lujuria, enferma de necesidad, enferma de dolor. Ese amor distorsionado que a su paso deja cicatrices y corazones rotos.

Si no soy capaz de llorar lo suficiente como para curarme durante el tiempo que esté aquí, seguiré enferma. Esa será mi maldición.

Puede que ya nunca haya un final feliz para mí, porque renuncié a mi oportunidad al acostumbrarme a las partes oscuras. Me acostumbré aquel año en el que me liberé de mis inhibiciones, reaccionando ante el rechazo y el dolor, y perdiendo cualquier tipo de moral relacionada con mi persona.

Estas son cosas que no se dicen en voz alta. Son ese tipo de confesiones que las mujeres que se hacen respetar no deberían hacer nunca. Jamás.

Pero ha llegado el momento de confesar, principalmente ante mí misma, que mis posibilidades de tener una relación normal y sana se han visto boicoteadas por mi forma de ser y por los hombres que me hicieron tal como soy.

Llegados a este punto, tan solo quiero hacer las paces con lo que soy, sea cual sea el desenlace.

Lo peor de todo no es el prometido al que le rompí el corazón. Es saber que nunca tendré al único hombre al que mi corazón ha sido fiel.

La turbación me invade mientras surgen más recuerdos. Todavía puedo olerlo, sentir su miembro hinchado dentro de mí, saborear el regusto salado de su semen, ver la mirada de satisfacción en sus ojos entrecerrados. Todavía puedo sentir la clara urgencia de las miradas que compartíamos, oír el murmullo de su risa perversa, notar la plenitud de sus caricias.

Cuanto más cerca estoy, más recuerdos me sobrevienen. La determinación de enfrentarme a aquello que me atormenta empieza a resquebrajarse poco a poco. Puedo imaginarme cómo será el verdadero final y ya no puedo huir de él.

Tal vez no haya cura, tal vez sea imposible pasar página, pero ha llegado la hora de solucionar los asuntos pendientes.

Que comience la caza de brujas.

ENTONCES

1

Al llegar a las enormes puertas de hierro, introduzco el código que me ha dado Roman y contemplo boquiabierta la inmensidad de la finca mientras entro con el coche. Hectáreas y hectáreas de césped fluorescente salpicado de árboles rodean la grandiosa mansión que se divisa a lo lejos. Cuanto más me acerco, más fuera de lugar me siento. A la izquierda de ese palacio hay un garaje para cuatro coches, que yo ignoro; prefiero aparcar en el camino curvado que hay delante del porche.

Salgo del vehículo y estiro las piernas. El viaje no ha sido largo, pero mis extremidades se han ido entumeciendo cada vez más a cada kilómetro que me acercaba. Aunque la casa es impresionante, yo la veo más bien como una prisión y ese es el primer día de mi condena.

Abro el maletero, saco algunas maletas y subo las escaleras, echando un vistazo al porche impecable. No hay nada en esa casa que resulte agradable, salvo los terrenos en los que se asienta, y toda ella apesta a dinero.

Cierro la puerta detrás de mí y observo el vestíbulo, donde hay una mesa solitaria con un gran jarrón vacío que seguro que cuesta más que mi coche. Hay una escalera imponente a la derecha y, a la izquierda, un comedor formal. Decido saltarme la visita autoguiada y sostengo el teléfono entre la mejilla y el hombro mientras subo las maletas a la segunda planta. Me responde al segundo tono.

—Hola, ya he llegado.

—Esto es una mierda —dice Christy, a modo de saludo, mientras entro en la celda que me han asignado, mirando a mi alrededor. En su interior hay una cama blanca con dosel que mi padre ha mandado traer, junto con una cómoda, una cajonera y un tocador a juego. Tiene un aire regio y no es para nada mi estilo, lo cual no me sorprende en absoluto. Él no me conoce.

—Solo será hasta el próximo otoño.

—Eso es un año, Cecelia. ¡Un año! Acabamos de graduarnos. Es nuestro último verano antes de empezar en la universidad ¿y tu madre decide tomarse un tiempo para ella misma?

Eso no es del todo cierto, pero dejo que Christy crea que sí por el bien de mi madre, porque todavía no sé cómo explicarlo. La triste realidad es que mi madre ha sufrido una crisis monumental que le ha hecho perder su trabajo y la ha obligado a rascarse el bolsillo para pagar unas facturas a las que ya no podía hacer frente. Su novio le ha ofrecido mudarse a su casa: específicamente a ella, no a su hija bastarda. Mi madre y yo siempre hemos estado muy unidas, pero ni siquiera yo la reconozco ya. A pesar de mis esfuerzos por seguir siendo su niña bonita, hace unos meses se encerró en sí misma, bebiendo rusos blancos día y noche durante semanas, hasta que un día dejó de levantarse de la cama. Prácticamente me abandonó en su afán de emborracharse a diario. Aunque intenté presionarla todo lo posible para que me diera algún motivo y para obtener unas respuestas que nunca llegaron, la verdad era que no tenía ni idea de cómo ayudarla, así que evité darle la lata con los pormenores del acuerdo de convivencia condicional propuesto por mi padre.

Verla desmoronarse así fue tremendo y en su estado no quería que se quedara sin nada, sobre todo después de tantos años siendo madre soltera. Cuando la situación se volvió insostenible, le pedí a mi padre que ampliara la manutención —solo por un tiempo— para ayudarla a salir adelante económicamente, aunque el dinero que enviaba cada mes de forma puntual no era más que calderilla para él: el equivalente a lo que costaba uno de sus trajes a medida. Él se había negado y, poco antes de que yo me graduara, había firmado un último cheque que más bien parecía una última paga por los servicios prestados, como si mi madre hubiera sido su empleada.

Ni en mis sueños más disparatados logro imaginar cómo pudieron llegar a ser pareja en algún momento, ni cómo pudieron engendrarme esas dos personas que no deberían haber procreado entre sí. Son dos polos totalmente opuestos. Mi madre es —o era, hasta hace poco— un espíritu libre con un montón de vicios. Mi padre es un conservador al que le gusta criticar y es extremadamente disciplinado. Por lo que recuerdo, sus horarios son como un reloj suizo y raramente cambian. Se levanta, hace ejercicio, come medio pomelo y se va a trabajar hasta que se pone el sol. Su único capricho, cuando yo era más joven, era tomarse un par de copas de ginebra después de un día largo. Esa es toda la información de carácter privado que poseo sobre él, gracias a su discreción. El resto puedo encontrarlo en internet. Es dueño de una empresa que sale en la lista *Fortune 500* que antes se dedicaba a los productos químicos, pero que ahora fabrica aparatos electrónicos. Tiene un rascacielos en Charlotte, a poco más de una hora de distancia, y su fábrica principal se encuentra aquí, en Triple Falls. Estoy segura de que la construyó en este lugar porque es donde se crio y no me cabe la menor duda de que disfruta restregándoles su éxito por las narices a sus antiguos compañeros, algunos de los cuales trabajan ahora para él.

A partir de mañana, pasaré a ser uno más de sus empleados. No soy ninguna niñata malcriada; al menos no lo fui durante los años que viví con mi madre en nuestra casita de alquiler destartalada. Cuando cumpla veinte años, heredaré un buen número de acciones de la empresa y una importante suma de dinero. Sé que él ha elegido la fecha a conciencia porque nunca ha querido que mi madre tocara su fortuna. Su rencor hacia ella queda patente en ese sentido. Si a eso le añadimos que ha aportado lo mínimo a lo largo de los años, manteniendo a mi madre en el lugar de la cadena alimenticia que según él le corresponde, es fácil darse cuenta de que ya no siente nada por ella.

Durante un breve periodo de tiempo, viví a ambos lados de la pobreza a causa de sus estilos de vida radicalmente distintos y, a pesar de los deseos de él, cogeré las acciones y el dinero e iré en contra de todos y cada uno de ellos. En cuanto pueda, evitaré que mi madre tenga que volver a trabajar. Estoy decidida a triunfar por mí misma, aunque el miedo al fracaso y la posibilidad de que apostar por mí acabe perjudicándola a ella son lo que me ha traído hasta aquí. Pero, para llevar a cabo mi plan, tengo que seguirle el juego a él y eso incluye ser «lo suficientemente agradecida y respetuosa para aprender cómo funciona la empresa, aunque sea empezando desde abajo».

Lo más difícil será morderme la lengua y disimular mi resentimiento, que es considerable, teniendo en cuenta que podría habernos ahorrado a ambos pasar un año incómodo juntos simplemente habiendo tenido un poco de consideración hacia la mujer que ha hecho todo el trabajo de los dos progenitores.

No es que odie a mi padre, pero no lo entiendo y nunca lo haré; ni a él ni su crueldad sin paliativos. Tampoco pienso pasarme el próximo año tratando de entenderlo. Todas las veces que se ha comunicado conmigo lo ha hecho apresuradamente y porque no le quedaba más remedio. Siempre ha sido un proveedor de fondos, no un padre. Respeto su ética de trabajo y su éxito, pero no entiendo el porqué de su falta de empatía ni su personalidad glacial.

—Iré a casa siempre que pueda —le digo a Christy, sin atreverme a convertirlo en una promesa debido a mi horario.

—Yo también iré a verte.

Abro el cajón de arriba de la cómoda y guardo un montón de calcetines y ropa interior.

—Vamos a ver qué opina el jefe supremo de que te quedes en

uno de los cuartos de invitados antes de que llenes el depósito, ¿vale?

—Me pagaré un hotel con la tarjeta de mi madre. Que le den a tu padre.

Me río y mi risa suena rara en esa habitación gigantesca.

—Hoy te ha dado por machacar a mis padres.

—Adoro a tu madre, pero no la entiendo. Voy a tener que ir a verla.

—Se ha mudado a casa de Timothy.

—¿En serio? ¿Cuándo?

—Ayer. Dale tiempo para que se instale.

—Vale... —Christy se queda callada unos instantes—. ¿Por qué me estoy enterando de esto ahora? Sabía que algo iba mal, pero ¿qué está pasando realmente?

—Sinceramente, no lo sé. —Suspiro, sucumbiendo al resentimiento que estoy empezando a sentir. No es propio de mí ocultarle nada a Christy—. Lo está pasando mal. Timothy es un buen tío, se portará bien con ella.

—Pero no ha dejado que tú te mudaras a su casa.

—La verdad es que yo ya soy adulta y él no va sobrado de espacio, precisamente.

—Sigo sin entender por qué a ella le parece bien que te vayas a vivir con tu padre justo ahora.

—Ya te lo he dicho, tengo que trabajar en la fábrica durante un año para dejarla protegida. No quiero tener que preocuparme por ella cuando esté en la universidad.

—Eso no es cosa tuya.

—Lo sé.

—Tú no eres la madre.

—Ambas sabemos que sí. Y retomaremos nuestros planes en cuanto vuelva.

Fue una sorpresa para mí que mi padre me dejara asistir a la universidad pública aquí durante un par de semestres, en lugar de obligarme a tomarme un año sabático para empezar un curso más tarde en una facultad con más prestigio. Su dinero es mi única fuente de fondos para la universidad, así que esa victoria durante las negociaciones me hizo darme cuenta de que tenía tantas ganas de salirse con la suya como para transigir, algo que se aleja de su personalidad controladora.

Echo un vistazo a la habitación.

—No he pasado más de un día con él ni he veraneado aquí desde que tenía once años.

—¿Y por qué?

—Siempre ponía alguna excusa. Decía que los viajes al extranjero y la expansión le impedían ocuparse de mí durante varias semanas o meses seguidos. La verdad es que, en cuanto me vino la regla, me salieron tetas y me volví rebelde, no supo cómo gestionarlo. No creo que haya nada que Roman tema más que ser un padre de verdad.

—Es raro que llames a tu padre por su nombre de pila.

—No lo hago a la cara. Cuando estoy aquí, lo llamo «señor».

—Nunca hablas de él.

—Porque no lo conozco.

—¿Y cuándo empiezas a trabajar?

—Mi turno será de tres a once, pero mañana tengo formación.

—Llámame cuando salgas. Te dejo deshacer las maletas. —Cuando estoy a punto de colgar, me doy cuenta de que me voy a quedar con la única compañía del silencio que reina en esa habitación y en toda la casa. Estoy completamente sola. Roman ni siquiera ha tenido la decencia de venir a recibirme para ayudarme a instalarme—. ¿Cee? —La voz de Christy suena tan insegura como yo me siento.

—Qué mierda. Vale, estoy empezando a aterrizar.

Abro las puertas acristaladas que dan a mi balcón privado y contemplo la prístina propiedad. A lo lejos solo se ve un manto de hierba verdísima cortada en diagonal. Más allá hay un espeso bosque de árboles alrededor de una torre de telefonía móvil. Más cerca de la casa hay un jardín bien cuidado que rezuma opulencia sureña. Las glicinas trepan por diversos enrejados que a su vez hacen de dosel de unas cuantas fuentes monumentales. Los setos cubiertos de madreselva recortada caen sobre unas cuantas cercas. Un aroma floral llega flotando hasta mi nariz cuando la brisa me golpea en una silenciosa bienvenida. Hay un mullido sofá estratégicamente colocado en el cuidado jardín, que decido que será mi rincón de lectura. La enorme piscina centelleante resulta tentadora, sobre todo con el incipiente calor veraniego, pero me siento demasiado incómoda como nueva residente del palacio como para considerarla de uso personal.

—Dios, qué raro es esto.

—Tú puedes hacerlo.

El nerviosismo de la voz de Christy me resulta inquietante y el hecho de que ambas nos sintamos inseguras en este momento me infunde todavía más miedo.

—Eso espero.

—En poco más de un añito, estarás en casa. Tienes casi diecinueve años, Cee. Si no te gusta, puedes largarte.

—Cierto.

Eso es verdad, pero el problema es el acuerdo con Roman. Si me niego a pasar este periodo de tiempo en la fábrica, perderé una fortuna, una fortuna que podría liquidar la deuda de mi madre y dejarla en una posición acomodada para el resto de su vida. No puedo… No pienso hacerle eso. Ha trabajado como una esclava para cuidar de mí.

Christy percibe mi inseguridad.

—Eso no es cosa tuya. Su trabajo era criarte, Cee. Ese es el deber de cualquier padre y tú no deberías sentirte obligada a compensárselo.

Es cierto y lo sé, pero, mientras observo el palacio inerte de Roman, echo de menos a mi madre más que nunca. Puede que sean la distancia y el trato de mi padre lo que me hacen sentir tanta gratitud hacia ella. En cualquier caso, quiero cuidarla.

—Sé que mi madre me quiere —digo más por mí que por Christy. Que mi madre renunciara a la vida, que renunciara a mí tras tantos años juntas, fue una sorpresa brutal e incomprensible.

—Bueno, yo al menos no te culparía si te desentendieras. Quiero a tu madre y todo eso, pero ninguno de ellos está siendo muy útil en este momento.

—Roman es soportable; estricto, pero nos las arreglamos unos cuantos veranos. Bueno, más bien nos las arreglamos para evitarnos durante unos cuantos veranos. No pretendo que conectemos, solo sobrevivir. Este lugar es tan… frío.

—¿Nunca habías estado ahí?

—No, en esta casa no. La construyó cuando dejé de venir en verano. Creo que vive la mayor parte del tiempo en su piso de Charlotte. —Frente a la puerta de mi habitación, a unos metros de distancia, hay otra. La abro, aliviada al ver que se trata de una habitación de invitados. A mi izquierda, al final de la escalera, hay un altillo que da al vestíbulo de la planta baja y que conduce a un largo pasillo con más puertas cerradas—. Va a ser como vivir en un museo.

—Cómo odio esto. —Christy deja escapar un suspiro, o más bien un gemido.

Percibo su amargura. Somos amigas desde secundaria y no hemos pasado ni un solo día separadas desde que nos conocimos. No sé cómo enfrentarme a la vida sin ella y, sinceramente, tampoco me apetece. Pero lo haré por el bienestar de mi madre. Algo más de un año en un pueblo soporífero perdido en medio de las montañas de la Cordillera Azul y seré libre. Espero que el tiempo pase volando.

—Busca alguna distracción. Preferiblemente con pene.

—¿Crees que esa es la solución? —Vuelvo a mi habitación y salgo al balcón.

—Lo descubrirías si le siguieras el rollo a alguno.

—Lo hice y ya viste cómo acabó.

—Esos eran unos niñatos. Búscate a un hombre. Espera y verás. En cuanto te vean, toda la ciudad se va a volver loca.

—Ahora mismo no podría importarme menos. —Observo la espectacular vista de la montaña que hay más allá del bosque privado—. Estoy viviendo oficialmente en la otra cara de la moneda. Esto es rarísimo.

—Me lo imagino. Anímate. Llámame mañana, después de la formación.

—Vale.

—Te quiero.

2

Jurando como un carretero, aparco en la última fila del aparcamiento de la fábrica y me abro paso rápidamente a través de un mar de coches hacia el vestíbulo. Ya solo me faltaba un sermón sobre la puntualidad, después de la cena rancia y aburrida con mi padre de anoche. Esa hora y pico que me he visto obligada a soportar bajo su atentísima mirada de lince ha sido suficiente para agradecer mi nuevo horario, que me obligará a trabajar casi todas las noches.

El calor del sol desaparece en cuanto abro las puertas de cristal. El edificio en sí parece bastante antiguo. Aunque pulidos, los suelos de baldosa están agrietados y desconchados tras décadas de uso. Hay un gran helecho en una maceta en el centro del vestíbulo que crea la ilusión de que hay vida en algún lugar allí dentro, pero, al mirarlo más de cerca, me doy cuenta de que es falso y está lleno de telarañas. Un solitario guardia de seguridad venido a menos permanece impasible mientras una mujer mayor, bien vestida y de ojos grises, me saluda desde detrás del mostrador.

—Hola, soy Cecelia Horner. He venido a la formación.

—Estoy al tanto, señorita Horner. Última puerta a la izquierda —responde, fijándose en mi vestido, mientras señala un largo pasillo.

Una vez me ha despachado, subo las escaleras, paso por unas

cuantas oficinas vacías y, justo a tiempo, me cuelo por una puerta que una mujer está sujetando para que entre el último de los novatos. Me saluda con una sonrisa cálida —el único calor que parece haber en el edificio— mientras yo me estremezco por el gélido clima interior. Me pide que ponga mi nombre en una etiqueta y yo sigo sus instrucciones; después, la pego en el vestido de verano que he optado por llevar ese día antes de que me obliguen a ponerme el aburrido uniforme que me espera en el armario. Percibo las miradas intensas de las personas que ya están sentadas y elijo el pupitre más cercano.

La sala está a oscuras, iluminada solamente por una pantalla de proyección en la que pone «Bienvenidos» en negrita con el logotipo de la empresa Horner Technologies en la parte inferior.

Nunca he estado orgullosa de mi apellido. Por lo que a mí respecta, no fui más que una eyaculación que Roman tuvo hace años y que pudo permitirse el lujo de limpiar con dinero. No albergo esperanzas de estrechar lazos con él jamás. No me mira con la misma cruel indiferencia que a mi madre —por lo que he visto en los pocos encuentros que he presenciado—, pero, definitivamente, nunca he sido su prioridad.

La cena de anoche fue, como mínimo, incómoda y nuestra conversación, forzada. Hoy estoy aquí para hacer su voluntad. Otra hormiga trabajadora para añadir a su granja industrial. Es como si pretendiera enseñarme la lección vital de que el trabajo duro tiene su recompensa, algo que no me resulta en absoluto ajeno. Me he valido por mí misma desde que pude empezar a trabajar; me compré mi primer coche y pagué las cuotas del seguro con mi propia chequera. No tengo nada que aprender de él, eso lo tengo claro. No me cabe la menor duda de que, cuanto más tiempo cumpla con sus exigencias y siga los planes que él tiene para mí, más crecerá mi resentimiento.

«Lo hago por mamá».

La mujer que me ha recibido en la puerta se pone al frente de la sala y sonríe.

—Parece que ya estamos casi todos, así que vamos a empezar. Soy Jackie Brown. Sí, como la de la película. —Ninguno de nosotros se ríe—. Llevo ocho años trabajando para Horner Tech. Soy la directora de Recursos Humanos y me hace mucha ilusión daros la bienvenida al programa de formación. Para intentar conoceros a todos, me encantaría que os fuerais levantando uno a uno y presentándoos brevemente.

Yo estoy en el primer asiento de delante y ella me hace un gesto con la cabeza. Me pongo de pie de mala gana, sin molestarme en mirar al resto de la sala, y le hablo directamente a ella.

—Me llamo Cecelia. No como la de la canción. Soy nueva en la ciudad. Para dejar las cosas claras desde el principio, quiero que sepáis que mi padre es el dueño de este sitio, pero no quiero recibir ningún trato especial. Y prometo no chivarme si os tomáis un descanso de más para fumar u os gusta disfrutar de un encuentro apasionado en el armario de la limpieza.

Veo que mi presentación no le sienta bien a Jackie Brown, que me mira boquiabierta mientras alguien se ríe detrás de mí. Me siento, maldiciendo mi incapacidad de pasar los primeros minutos de formación sin que mi rencor asome su asquerosa cabeza. Debería saber que no conviene provocar a la fiera el primer día y tengo claro que mi padre se enterará de esto. Pero, más allá de las inevitables repercusiones, me cuesta arrepentirme. Me recuerdo por enésima vez que estoy haciendo esto por mi madre y me comprometo a mantener mi carácter a raya, al menos hasta acabar el periodo de prueba.

—Siguiente. Tú, el que está detrás de ella.

Alguien se mueve detrás de mí y percibo un olor a cedro antes de que hable.

—Soy Sean, no tengo nada que ver con el jefazo y esta es la segunda vez que trabajo en Horner Tech. He estado fuera una temporada. Y no me importaría disfrutar de un encuentro apasionado en el armario de la limpieza. —Se oyen unas risas ahogadas en la sala mientras en mi cara se dibuja la primera sonrisa que soy capaz de esbozar en días.

Me giro en el asiento para mirar hacia atrás y me topo con unos ojos burlones de color avellana que me ponen la piel de gallina. En la penumbra, a escasos centímetros de distancia y antes de que vuelva a sentarse, puedo apreciar el seductor contorno de las facciones de ese hombre y su increíble físico, así como su camiseta ceñida sobre los pectorales y sus vaqueros ajustados oscuros. Jugamos unos instantes a mirarnos fijamente y yo me aventuro más allá del punto de la incomodidad antes de volver a mirar a Jackie Brown.

—Bienvenido de nuevo, Sean. Vamos a abstenernos de hacer más comentarios como ese, ¿de acuerdo?

Me cuesta horrores ocultar mi sonrisa y noto que él sigue mirándome mientras el resto de las personas de la sala se van levantando una a una para presentarse.

«Tal vez esto no esté tan mal, después de todo».

3

Eh, ¡encuentro apasionado! —Oigo una risilla jocosa a mis espaldas mientras cruzo el aparcamiento—. ¡Espera!

Me giro con el ceño fruncido y veo que Sean viene caminando con tranquilidad hacia mí entre una hilera de coches. Con los brazos en jarras, lo observo fijamente mientras se aproxima y, cuando llega a mi lado, me veo obligada a levantar la vista debido a nuestra diferencia de altura.

Bajo la radiante luz del día, es mucho más impresionante de lo que creí en un primer momento y me esfuerzo por no mirarlo embobada. Su aspecto es imponente: pelo revuelto de dos tonalidades —rubio oscuro y platino—, piel bañada por el sol, cuerpo de infarto, ojos castaños un tanto dominantes y nariz prominente, con una ligera protuberancia en el puente, que acaba en el ancho perfecto. En cuanto a la boca, es suficiente como para mantener ocupados mis ojos sedientos. Saca la lengua para lamer un pendiente de aro que lleva en un extremo de esta, exhibiendo un carnoso labio inferior. Me mira con los ojos brillantes, esbozando una sonrisa burlona, mientras los míos se sacian y se desvían hacia su pronunciada nuez y sus anchos hombros antes de seguir bajando más y más. Un gran tatuaje le cubre la mayor parte del brazo izquierdo, donde la punta negra y oscura de un ala y unas plumas empiezan justo por encima de su codo y parecen llegarle hasta la base del cuello.

—Ese no es mi nombre.

—Perdón —se excusa él, sonriendo—. No he podido resistirme.

—Pues esfuérzate más.

Su risa hace que se me ponga la piel de gallina.

—Lo haré. Has sido muy valiente ahí dentro.

—Ya, bueno, no es que me haga mucha ilusión este trabajo. Forma parte de mi condena.

Él frunce el ceño.

—¿Qué condena?

—La de mi apellido. Me obligan a trabajar aquí durante un año, así que me lo merezco, supongo. —Me encojo de hombros, como si mi amargura no dijera mucho en mi favor.

—Ya, no eres la única. A mí tampoco me entusiasma volver.

Es mayor que yo, probablemente rondará los veinticinco, y está tan bueno que es imposible no fijarse en él. Su olor es igual de cautivador: huele a cedro y a algo más que no soy capaz de identificar. El rollo que transmite es irresistible. Cuanto más tiempo pasa bajo el sol dorado, más parece absorberlo. Resulta perturbador lo mucho que me desconcierta mirarlo. Pero no pienso fustigarme por ello, porque su mirada es igual de descarada. Esta mañana, a pesar de estar de bajón, he decidido arreglarme y me alegra haber hecho el esfuerzo para poder estar ahora delante de Sean con un vestido de cuello *halter* negro con puntitos blancos, por la rodilla. Me he dejado el pelo suelto y este cae liso sobre mis hombros. Le he dedicado un tiempo extra a las pestañas y me he puesto un montón de brillo de labios que ahora lamo ante su atenta mirada mientras él baja la vista.

—Cecelia, ¿verdad?

Asiento con la cabeza.

—¿Tienes planes?

—¿Por qué?

Se pasa una mano por su desordenada mata de pelo puntiagudo.

—Eres nueva en la ciudad, ¿no? Mis compañeros y yo compartimos casa a unos cuantos kilómetros de aquí. Hoy vienen unos amigos y he pensado que a lo mejor te apetecía venir.

—Gracias, pero creo que paso.

Él ladea la cabeza. Le ha hecho gracia que respondiera tan rápido.

—¿Por qué?

—Porque no te conozco de nada.

—Ese es el objetivo de la invitación. —Puede que de su boca salgan palabras amables, pero sus ojos me están devorando de una forma con la que no acabo de sentirme cómoda.

—Puede que el chiste que he hecho ahí dentro te haya dado una impresión equivocada de mí.

—No estoy haciendo ninguna suposición, te lo prometo. —Levanta las palmas de las manos, donde un as tatuado en su muñeca derecha se presenta como la mejor carta permanentemente bajo su manga.

«Muy agudo».

Me guiña un ojo. Es como si me diera un beso en la mejilla. Lo único que me espera en casa es un baño en la piscina y un libro. Y tengo la sensación de que así será la mayor parte del verano. Lo miro con desconfianza y extiendo una mano.

—Enséñame el carné de conducir.

Arqueando una de sus gruesas cejas rubias, saca la cartera y me lo entrega. Yo lo cojo y los miro a ambos alternativamente mientras él saca un cigarrillo y lo sostiene colgando entre los labios antes de encenderlo con un Zippo negro de titanio. Yo vuelvo a centrarme en su carné.

—Eres consciente de que eres el último fumador del mundo, ¿no?

—Alguien tiene que perpetuar las malas costumbres de mi viejo —dice él después de exhalar.

—Alfred Sean Roberts, veinticinco años, virgo. —Le hago una foto al carné y se la envío por mensaje a Christy.

Si me encuentran muerta, ha sido este tío.

Los tres puntitos que indican que me está contestando se activan de inmediato y sé que estará cabreadísima. La fotografía no le hace justicia. En ella tiene un aspecto inquietante que no pega nada con este lugar.

—¿Te estás cubriendo las espaldas? —me pregunta al darse cuenta de lo que acabo de hacer.

—Exacto. —Le devuelvo el carné—. Si no vuelvo a casa, serás el sospechoso número uno.

Él parece reflexionar sobre lo que acabo de decir.

—¿Te va la fiesta?

—¿En qué sentido?

—En todos.

—No mucho, la verdad.

Él me dedica una mirada intensísima y parece vacilar, como si se estuviera planteando retirar la invitación. A pesar de sentirme un poco ofendida, decido facilitarle las cosas.

—Supongo que eso lo cambia todo. No te preocupes, ya nos veremos.

—No es eso, es que… —Se lleva una mano a la nuca—. Joder, sí que la estoy cagando. Es que los chicos…, bueno…, son…

—He estado en muchas fiestas, Sean. No soy Caperucita Roja.

Él me regala una sonrisa antes de apagar el cigarrillo con una bota marrón manchada de grasa.

—Mejor, porque no queremos atraer al lobo.

—¿A dónde piensas llevarme exactamente?

Él esboza una sonrisa cegadora que encajo como un golpe en el pecho.

—Ya te lo he dicho, a mi casa.

Debería desconfiar, sobre todo por sus reparos, pero estoy más intrigada que otra cosa.

—Pues venga.

Nos detenemos delante de una casa de dos plantas, la única de un pequeño callejón sin salida. El resto de las viviendas de la calle están lo bastante alejadas como para aportarle suficiente privacidad. Nada que ver con el barrio de casas apiñadas en el que yo me crie. Me bajo del Camry y me reúno con Sean en su coche, un clásico al que me ha costado seguir durante el camino. Es de color rojo fuego, tiene pinta de estar recién pulido y parece encajar con él a la perfección. El resto de los vehículos que ocupan las plazas de aparcamiento alrededor de la glorieta y a los lados de la calle son parecidos, en su mayoría modelos clásicos con carrocerías llamativas y motores potentes o camionetas enormes, de esas a las que cuesta subir.

—Qué pasada —comento mientras él sale y cierra la puerta con los ojos ocultos tras unas gafas de sol *vintage* estilo Elvis en Las Vegas. A cualquier otra persona le quedarían ridículas, pero a él le sientan de maravilla. Desvío la mirada y acaricio el exterior reluciente del vehículo—. ¿Qué coche es?

—Un Nova SS del 69.

—Me encanta.

Él sonríe.

—A mí también. Vamos.

Echo un vistazo al camino de acceso. Salta a la vista que en esa casa de color canela viven hombres solteros. No tiene nada de especial: el césped está lo suficientemente cuidado como para tener buen aspecto, pero le falta un toque personal. Hay un grupo de personas reunidas en el porche, algunas de las cuales ya han girado la cabeza hacia nosotros.

Una punzada de ansiedad social me deja fuera de juego mientras Sean se adelanta unos pasos para que lo siga. Cuando se da cuenta de que no estoy a su lado, se da la vuelta y yo meto la muñeca bajo el brazo que tengo caído a un costado.

—¿Quién vive ahí?

—Un par de compañeros y yo. Son como mis hermanos. Y los dos muerden.

—Ya estoy mucho más tranquila.

Él se pone las gafas sobre la cabeza y me mira con escepticismo.

—Tal vez deberíamos ir a otro sitio.

—¿Tú crees?

Sean da unos cuantos pasos hacia mí y me habla con tranquilidad.

—A ver, admito que en la fábrica pensé que eras más una leona que una pequeña gatita indefensa.

Lo fulmino con la mirada.

Él señala mi cara y vuelve a sonreír.

—Eso es, esa actitud de macarra es lo que necesitas para sobrevivir en esta casa. ¿Crees que podrás mantenerla mientras estés aquí?

—No entiendo nada. ¿No eran tus amigos?

Él levanta una mano firme entre ambos para echarme unos mechones de pelo por detrás del hombro. Yo no me aparto.

—Si te hubieras asustado, te habría llevado a otro sitio. Puedes hacerlo. Tú no permitas que te vacilen, como hiciste conmigo en el trabajo, y todo irá bien.

Me agarra de la mano y nos abrimos paso entre la multitud del porche, deteniéndonos poco antes de llegar a la puerta principal.

—¿Quién es esa? —La voz viene del columpio de la entrada y el que pregunta es un chico que está abrazando a una chica que me mira con idéntico interés. Prácticamente llevan la frase «Aquí no nos gustan los desconocidos» tatuada en la cara.

—Acaba de empezar en la fábrica. Cecelia, este es James y esa es su chica, Heather. —Luego señala con la barbilla al resto de la gente que se agolpa junto a la barandilla del porche, mirándome fijamente mientras beben cerveza—. Russell, Peter, Jeremy y Tyler.

Todos ellos me saludan con un movimiento de barbilla mientras una extraña sensación me recorre la columna vertebral. No es desagradable. Más bien una especie de *déjà vu*. Tyler es el que más tiempo me sostiene la mirada tras nuestra presentación y no puedo evitar fijarme en la punta de un ala que sobresale bajo el puño de su camiseta cuando levanta la cerveza. Continuamos mirándonos fijamente hasta que me llevan al interior de la casa.

Aunque no tenía muy claro si venir o no, me siento más cómoda aquí que en casa de mi padre después de una noche, algo que aprovecho para armarme de valor y seguir adelante. Una vez en el interior, echo un vistazo a la casa, que está impecable. Las paredes parecen recién pintadas y los muebles, nuevos. No hay nadie en la sala de estar, salvo una pareja en un sofá de dos plazas, charlando animadamente. El chico me mira de arriba abajo antes de saludar con la cabeza a Sean, que me conduce a través de una puerta corredera de cristal. Cuando salgo al jardín, se me ponen los pelos como escarpias y se me eriza el vello de la nuca. Me siento como si estuviera en un escaparate, algo que se asemeja bastante a la realidad, porque el jardín trasero está atestado de gente. Sale humo de una barbacoa cercana y también de la boca de varias personas que están al lado de la valla que rodea el jardín. A nuestra izquierda hay una larga mesa de exterior llena de individuos que beben chupitos y juegan a las cartas. Un par de invitados más y esa reunión sería una fiesta en toda regla. Sean me lleva al medio del jardín, donde hay varias hileras de neveras repletas de cerveza, al lado de un banco de pícnic.

—Bonita casa.

—Gracias, estamos en ello. ¿Una cerveza?

—Pues... —No sé qué decir. Me estoy esforzando por encajar, aunque salta a la vista que no pego ni con cola. La última vez que bebí, la cosa no acabó bien—. Vale, tomaré una.

Él abre una sidra de las fuertes.

—Creo que esto es cerveza para chicas. —Bebo un trago y luego otro, disfrutando del sabor. Sean esboza una sonrisa sensual—. ¿Te gusta?

—Está bastante buena.

—Supongo que debería haberte preguntado cuántos años tienes.

—Los suficientes para votar, pero no como para beber legalmente. —Él agacha la cabeza—. No soy tan joven. Cumpliré diecinueve dentro de unas semanas.

—Mierda —dice, mirándome—. Y creía que era yo el que te iba a causar problemas a ti.

Arqueo un par de veces las cejas.

—No tienes ni idea.

—Me vas a dar muchos disgustos —dice, mirándome a los ojos—. Lo sé.

—Soy inofensiva.

—De eso nada —replica él, negando con la cabeza lentamente—. Ni mucho menos. —Saca una cerveza de la nevera y la abre sin quitarme ojo—. ¿Tienes hambre?

—Muchísima —digo con sinceridad, con el estómago rugiendo por el olor que inunda el jardín.

—Debería estar listo pronto. —Uno de los chicos que está jugando a las cartas en el porche le hace señas para que se acerque, mirándome con curiosidad—. ¿Te importa esperar aquí un momento?

—No, tranquilo.

—Vuelvo ahora —dice, alejándose, mientras yo me concentro en su trasero.

Oigo una risa de mujer a mis espaldas y, cuando me giro, la veo acercarse. Es guapísima. Tiene una melena larga y rubia, ojos azules y, en mi opinión, un físico perfecto: menudo y ligeramente curvilíneo. El metro setenta alcanzado en mi último estirón me sitúa por encima de ella. Los ojos azules y el pelo castaño rojizo los heredé de mi padre y la complexión ligeramente desproporcionada, de mi madre. Lo que me falta en los pechos de copa B lo compenso con un culo doble D.

La chica sonríe.

—No me extraña que mires, podría partir nueces con ese culito.

—¿Tan descarada soy?

—Un poco —responde ella. Saca una sidra de la nevera, la abre y bebe un trago—. Pero a todas nos llama la atención ese culo. Soy Layla.

—Cecelia.

—¿Qué te parece Sean?

—No lo sé. Lo he conocido hoy, en la sesión de formación.

Ella arruga la nariz.

—¿Trabajas en la fábrica?

—Empiezo mañana. Me mudé aquí ayer.

—Yo trabajé allí varios años después del instituto y no lo soportaba. Aquí casi todo el mundo trabaja allí o lo ha hecho en algún momento. Pero el dueño es un imbécil. Vive en un castillo cerca de aquí. —La chica se gira hacia mí—. Entiendo que la gente del pueblo trabaje ahí, pero ¿por qué ibas a hacerlo tú?

—Porque soy la hija del imbécil.

Ella ladea la cabeza y abre un poco más sus ojos de color azul claro antes de mirar rápidamente hacia donde se ha ido Sean.

—¡No jodas!

—Sí y, créeme, para mí es una pesadilla.

—Ya me caes bien. —Bebe otro trago de sidra y echa un vistazo al jardín—. La misma mierda de siempre.

—¿Hacen esto a menudo?

—Pues sí. —Ella hace un gesto con los dedos, como si no mereciera la pena hablar del tema—. Bueno, ¿de dónde eres?

—De Peachtree City. Está a las afueras de Atlanta.

—¿Y por qué te has mudado aquí?

Me encojo de hombros.

—Soy hija de padres solteros y se han pasado el testigo este año.

—Vaya mierda.

—Pues sí.

La chica deja de prestarme atención y levanta la barbilla hacia el mismo tipo que llamó a Sean desde el porche, que esta vez se centra exclusivamente en ella. No tiene nada que envidiar a Sean en cuanto a físico, pero de alguna manera su actitud exige atención, sobre todo la de Layla. Esta le sonríe con complicidad y se gira hacia mí.

—No se puede dejar a un novio solo mucho tiempo, aunque esté con sus amigos. Bueno, al menos si es de los que no pueden vivir sin ti. Y al mío no le gusta nada compartir mi atención. —Pone los ojos en blanco mientras él aprieta la mandíbula con impaciencia—. ¿Tú tienes novio?

—No.

Ella sigue observándolo fijamente, intercambiando con él una mirada que denota pertenencia mutua, antes de volverse hacia mí.

—Bueno, espero que encuentres algo en Triple para entretenerte.

—Nunca se sabe. —Levanto la botella para beber un trago de sidra y me doy cuenta de que está vacía. La chica saca un par de ellas llenas de la nevera y me pasa una.

—Será mejor que vaya hasta allí. Puedes quedarte con nosotros si quieres.

—Gracias, pero voy a esperar aquí a Sean. Encantada.

—Hasta otra, Cecelia.

Se aleja para refugiarse en el regazo de su chico y enredarse en él. Este juega sus cartas acariciándole de forma sutil pero posesiva el muslo con el pulgar mientras ella le susurra algo al oído. Desvío la mirada, sintiendo un poco de envidia. Hace tiempo que no tengo una relación seria y a veces echo de menos el ritual.

Cuanto más miro a mi alrededor, más segura estoy de que estas personas pertenecen a una misma familia. Parece que soy la única extraña aquí, lo que supongo que justificará las miradas fugaces que se posan sobre mí procedentes de todas partes. Como no me gusta socializar, echo de menos a Sean, que lleva desaparecido una eternidad mientras yo sigo de pie en medio del jardín, como un pez fuera del agua. La música sale por una ventana abierta del segundo piso de la casa mientras me acerco a la valla, desde donde se ve parte de la montaña. Puede que me haya mudado de las afueras de Atlanta a unas montañas perdidas de la mano de Dios en medio de la nada, pero incluso yo soy capaz de apreciar este paisaje espectacular.

«¿Te va la fiesta?».

No. Aunque asistí a algunas en el instituto, siempre me iba pronto. Conozco perfectamente el protocolo y el comportamiento necesarios para integrarse en este tipo de reuniones, pero nunca me he sentido tan cómoda como Christy, que habla con todo el mundo. Ella siempre me hace de escudo y la echo de menos aquí. Nunca he sido de las que bailan encima de una mesa después de haber tomado demasiados chupitos ni de las que se lían con cualquiera. En ese aspecto, mi historial es intachable. Siempre he sido una persona más bien introvertida, una espectadora, una testigo de los hechos, porque me da demasiado miedo cometer algún error y quedar mal.

A toro pasado, me arrepiento de no haber hecho algunas cosas que tal vez hubieran merecido la pena y de no haber sido un poco más valiente. Pero cuando hace unas cuantas semanas me subí a un escenario para recoger mi diploma pasé sin pena ni gloria, como la típica chica que sale de fondo en algunas fotos del anuario de la que no recuerdas ni el nombre. Ahora me doy cuenta de que aquí, rodeada de desconocidos, puedo ser quien me dé la gana. Más allá de las conclusiones precipitadas que ha sacado Sean sobre mí en nuestro primer encuentro, nadie me conoce. Christy tiene razón en muchos aspectos sobre mi papel en la relación con mi madre. Llevaba años rogándome que me relajara. Tal vez aún no sea demasiado tarde para meter la pata hasta el fondo, para convertirme en una chica más «lanzada» y menos mosquita muerta.

Centrándome más en la fantasía que en la práctica, me apoyo en la valla y me concentro en el paisaje montañoso repleto de árboles de hoja perenne. Voy por la mitad de la segunda sidra cuando me doy cuenta de que no estoy sola.

—¿Sean ya te ha abandonado? —pregunta alguien a mi lado, con voz grave.

Al girarme, veo a Tyler de pie a escasos metros de mí, con los brazos cruzados sobre el borde de la valla y una expresión afable en el rostro, a juego con la de sus ojos marrones.

—Sí. Pero no puedo quejarme —digo, agitando la botella—. Soy fan de quien quiera que esté pinchando la música y tengo bebida y buenas vistas. Tyler, ¿verdad?

Él responde con una sonrisa que hace aparecer un hoyuelo en su mejilla.

—Sí.

—¿Tú también trabajas en la fábrica?

—No, ahora mismo en un taller de coches. Acabo de volver de Greensboro. Pasé cuatro años trabajando allí mientras estaba en la reserva.

—Ah, ¿sí?

Tyler se acaricia el pelo rapado con las manos.

—¿En qué cuerpo?

—En los marines.

—¿Te gustó?

Él esboza una sonrisilla.

—No lo suficiente como para hacer carrera. He estado cuatro años dentro y otros cuatro en la reserva, pero supongo que ha sido un tiempo bien empleado.

—Pues bienvenido a casa, marine. Gracias por tu servicio.

—Ha sido un placer.

Brindamos con las botellas.

—¿Eres dueño de uno de esos coches de ahí afuera?

—Sí, el mío es el C20 del 66.

Yo frunzo el ceño y él sonríe.

—La camioneta de color verde flúor y capota negra.

Sus labios rezuman orgullo mientras yo lo examino. Es un poco más bajo que Sean, pero está igual de cachas que él. Sus ojos son dulces, de color marrón intenso, y están ribeteados por unas pestañas negras rizadas de forma natural. Está claro que no andan escasos de tíos buenos en las montañas. Christy estaría encantada. Pero, por muy guapos y simpáticos que me parezcan, no creo que ninguno de ellos sea mi tipo. Aunque, cuanta más sidra bebo, menos reparos tengo. Y de momento no he visto ningún bíceps que no me haya gustado. Esa ocurrencia —combinada con la sidra— me hace reír.

—¿En qué estás pensando? —me pregunta Tyler, con una amplia sonrisa.

—En nada… Simplemente en que ayer vivía en otro lugar y ahora estoy en el jardín de un desconocido.

—Es increíble lo que pueden cambiar las cosas en un día, ¿verdad?

—Y tanto.

—Eso es muy habitual por aquí, créeme —comenta, acercándose más a mí.

Su mirada rapaz hace que sienta un escalofrío en el cuello.

—¿Qué quieres decir?

—Si te quedas el tiempo suficiente, lo descubrirás por ti misma.

—Bueno, por ahora no me desagrada en absoluto —declaro, consciente de que la sidra está empezando a hablar por mí.

—Está bien saberlo —dice él, acorralándome un poco contra la valla.

No resulta amenazador, pero está lo suficientemente cerca como para permitirme captar un poco del sol de verano que irradia su piel.

—Atrás, pringado, que acaba de llegar —dice Sean, interponiéndose entre nosotros—. ¿Dónde has dejado a la macarra? —me pregunta, levantando una ceja.

Levanto la sidra para indicarle la causa de mi fracaso y siento que el calor invade todo mi cuerpo cuando él me la quita.

—Vamos a comer algo.

Tyler me sonríe por encima del hombro de Sean.

—Ya nos veremos, Cecelia.

—Eso espero —digo, inclinando la cabeza por detrás de Sean para que pueda ver la sonrisa que acompaña a mi respuesta.

—Sabía que me traerías problemas —dice este, negando con la cabeza, antes de llevarme de la mano hasta una mesa de pícnic a rebosar, llena de barbacoa mixta y un sinfín de guarniciones.

Nos sentamos a comer solos y es difícil obviar las miradas que recibimos mientras estamos agazapados en nuestra pequeña burbuja, aislados del resto de la fiesta.

—Ignóralos —me dice con la boca llena—. Y recuerda: eres una tía dura —me advierte en broma, señalándome con el dedo.

—¿Hay alguna razón para que no estemos comiendo con los demás?

Sean me observa con sus indolentes ojos castaños.

—¿Qué te parece que quiera tenerte para mí solo, por ahora?

—Ah, ¿sí?

Como un bocado para ocultar mi sonrisa, dudando de las señales que quiero enviar. Nuestras rodillas, que estaban a solo unos centímetros de distancia cuando empezamos a comer, ahora se tocan mientras nos inclinamos el uno hacia el otro. Nos damos un festín, charlando de forma distendida. Él me cuenta que se mudó a Triple Falls cuando tenía cinco años y que fue entonces cuando conoció a los amigos con los que vive ahora. Sean, Tyler y su otro compañero se han mudado hace solo una semana, así que supongo que esa es en parte la razón de esta reunión, junto con la vuelta a casa de Tyler. Al acabar el instituto, Sean empezó a trabajar en la fábrica y luego estuvo en un taller de coches. Y su familia tiene un restaurante en la calle principal que es uno de los pilares básicos de la comunidad de Triple Falls. Aunque Sean habla como si fuera un libro abierto, su mirada es de lo más misteriosa, como si sus palabras fueran lo opuesto a sus pensamientos.

Después de zamparme un plato lleno de lo que se ha hecho en la barbacoa, siento que mis extremidades se quedan sin fuerza cada vez que nos miramos a los ojos. Incapaz de seguir haciéndome la dura, lo miro furtivamente mientras él se distrae para observar a las personas que están llegando tarde al jardín trasero. La fiesta se vuelve más animada a medida que el sol amenaza con ponerse y las conversaciones aumentan de volumen. Con otra sidra medio vacía en la mano, me quedo a su lado en medio del jardín y los dorsos de nuestras manos se rozan mientras Sean charla con Tyler y Jeremy.

Nerviosa y expectante, escucho la conversación solo a medias, demasiado absorta en el camino que podrían tomar esas caricias robadas y en el calor causado por la bebida. Cuando Sean desliza a propósito un dedo por el costado de mi mano, vuelvo a sentir ese hormigueo. Se trata de la sensación clara e inequívoca de que me están observando.

Justamente cuando empezaba a estar a gusto, la paranoia se apodera de mí y empiezo a mirar en todas direcciones en busca de su origen, escudriñando la multitud hasta que mis ojos azules se topan con una mirada glacial, de color gris plata. Pero no son solo los ojos los que me dejan petrificada, sino su actitud predadora.

Las palabras de Sean brotan en mi mente nublada: «No queremos atraer al lobo».

Tengo la sensación de que ese lobo me ha olisqueado y me está observando desde unos cuantos metros de distancia.

La fiesta bulle a su alrededor mientras nos miramos a los ojos. Finalmente, puedo verlo entero. Es la tercera vez que me siento atraída por alguien hoy y me quedo ahí plantada, asombrada por la intensidad del sentimiento.

Sigo sin poder apartar los ojos de su intensa mirada mientras él me contempla como si tuviera delante a su próxima presa, cuando de repente empieza a caminar hacia mí.

«Mierda».

Levanto la barbilla mientras él cruza el jardín como una nebulosa oscura rebosante de belleza masculina. El nacimiento de su cabello dibuja un pico prominente en su frente, a cuyos lados su gruesa y abundante cabellera azabache cae en largas ondas, acompañando a unas cejas igualmente oscuras que coronan unos ojos plateados, profundos y siniestros. Entre sus marcados pómulos se encuentran una elegante nariz y… su boca.

Parece recién salido de una pasarela. Va vestido completamente de negro, desde la camiseta hasta las botas militares sin cordones, cuya lengüeta cae tan flácida como mi propia lengua a medida que se va acercando.

Mi cuerpo se llena de adrenalina y me esfuerzo por levantar la barbilla para protegerme de la amenaza latente que brilla en sus ojos en lugar de apartar la vista. Pero, por mucho que vaya de tía dura, es imposible librarme del poder que ejerce ese hombre y del frío que irradia su mirada.

—Mierda —oigo murmurar a Sean cuando el hombre finalmente llega hasta nosotros—. Te he dicho que lo tengo controlado.

Esos ojos usurpadores de almas se despegan de los míos, liberándome de su yugo antes de que su dueño hable con voz profunda y autoritaria.

—Además de ser una puta cría, es la hija de tu jefe y ya ha bebido suficiente por hoy. Al menos aquí —le espeta antes de girarse hacia mí—. Que se largue.

Yo frunzo el ceño.

—No seas aguafiestas.

Repito la frase mentalmente. «Pues sí. Eso es lo que acabo de decir».

Juraría que reprime una sonrisa antes de empezar a gritarle a Sean.

—¡Llévatela de aquí!

—Tranquilo, tío. Cecelia, este es Dominic.

—Dominic —digo, absolutamente desconcertada.

«Por favor, Cecelia, hasta una niña preadolescente tendría más desparpajo».

—Mi hermano se ha equivocado al traerte aquí. Tienes que irte.

—¿Sois hermanos? —No podrían parecerse menos.

—No exactamente —lo corrige Sean, que está a mi izquierda.

—¿De verdad vas a echarme? —le pregunto a Dominic, disfrutando de la descarga que siento durante esos segundos. Tal vez sea culpa de la sidra negra, pero todavía me hormiguean las palmas de las manos por el breve intercambio de palabras.

—¿Eres o no la hija de dieciocho años de Roman Horner? —Sus labios pronuncian con desagrado esas palabras, aderezadas por un leve acento.

El público aumenta y yo trago saliva de forma audible mientras el aire que nos rodea se vuelve tenso.

—Seguro que no soy la primera menor que bebe en una de tus fiestas —le suelto. Todos se me quedan mirando. Podría haber hablado con Sean en privado y haberle dicho que se deshiciera de mí, pero ha decidido humillarme públicamente—. Además, cumplo diecinueve años en dos semanas —añado, esgrimiendo el más débil de los argumentos. Dominic pone cara de hastío—. ¿He hecho algo que te haya ofendido? Y, por cierto, ¿cuántos años tienes tú? —pregunto mientras fulmina a Sean con la mirada, comunicándose con él sin palabras.

—¿Por qué? —Su mirada vuelve a posarse en mí—. ¿Es que quieres apuntarlo en tu diario de mariposas y purpurina? —Oigo el eco de las risas a mi alrededor y empiezan a arderme las mejillas.

«Por favor, Cecelia, cierra el pico de una vez».

—Deja que se quede, Dom —dice Layla desde el patio—. No está molestando a nadie.

Él me mira de arriba abajo antes de levantar la barbilla y dar una orden silenciosa.

—Venga, Dom —dice Sean a mi lado y yo levanto la mano.

—Da igual, me iré.

Me quedo mirando a Dominic mientras cambio el peso de

un pie a otro, completamente humillada. Eso le agrada y veo mi imagen cobarde reflejada en sus fríos ojos de acero.

Él da media vuelta para marcharse y yo lo detengo posando una mano en su antebrazo mientras me bebo de un trago el resto de la sidra antes de dejar caer la botella vacía a sus pies.

—Uy —digo, imitando lo mejor que puedo a una rubia de bote. Apretando los dientes, como si mi tacto le resultara abrasador, me mira lentamente a los ojos mientras dibuja con sus oscuras cejas una expresión de desconcierto—. Al menos podrías decirme que ha sido un placer conocerme. Me estás echando de tu fiesta. Qué menos que un poco de educación.

—Nunca me han acusado de ser educado.

—No es una acusación —le espeto mientras Sean maldice y empieza a tirar de mí—. Es simple decencia, gilipollas. —Al parecer, cuando bebo demasiada sidra se me pone acento de pirata británico borracho; o eso, o es que he visto demasiado la BBC. Me río con el subidón de la emoción cuando Sean me carga a hombros como si fuera un saco—. Eres un gilipollas integral —declaro, arrastrando las palabras. Todo el mundo se echa a reír y en los labios carnosos de Dominic se dibuja una especie de sonrisa mientras yo forcejeo con Sean para que me baje—. Soy una tía dura, ¿te enteras? —alardeo y alguien suelta un silbido burlón a mi izquierda—. ¡Pregúntale a tu hermano!

Sean se ríe y su pecho rebota contra mi muslo mientras cruza conmigo a cuestas el salón y sale por la puerta principal.

Cuando llegamos al camino de entrada, me deja en el suelo, disculpándose con una sonrisa, antes de mirar hacia atrás.

—¿Qué coño le pasa a ese tío?

—Te lo advertí —dice Sean, sonriendo—. Es más mordedor que ladrador.

—No era necesario que me humillara.

—Es que le pone. He de admitir que ha ido mucho mejor de lo que pensaba.

—Pues yo creía que había ido como el culo —farfullo, dándome cuenta de cuánto me ha subido la sidra.

Él frunce el ceño, estudiándome con atención.

—Voy a llevarte a casa, ¿vale? Te recogeré mañana por la mañana para ir a buscar tu coche.

—Vale —digo resoplando mientras me abre la puerta. Me acomodo en el asiento y me cruzo de brazos, furiosa—. Es como si me hubieran mandado al banquillo. —Me giro hacia él—. Yo no soy de las que montan pollos. Lo siento, no sé qué me ha pasado.

—Dominic sería capaz de hacer sacar las uñas a una monja.

—No me digas. —Sean se ríe y cierra la pesada puerta antes de mirarme con lástima. Yo me hundo en el asiento—. Es por mi padre, ¿verdad?

Él asiente con la cabeza.

—Casi la mitad de la gente de esa fiesta trabaja para él.

—Tampoco es que pase mucho por la fábrica.

—Tiene mucho poder.

—Ya, bueno, pues yo nunca le cuento nada. Puedes confiar en mí. Además, soy una mujer adulta.

Él me da unos golpecitos con el dedo en el labio inferior, con el que no me había dado cuenta de que estaba haciendo un pucherito.

—Eres una monada. Además de guapísima. Pero seamos sinceros, también eres demasiado joven e ingenua para mezclarte con estos idiotas.

—He ido a muchas fiestas, solo que nunca participo. Y esos idiotas me caen bien. Todos menos ese gilipollas.

—¿Seguro?

—Digamos que no soy su mayor fan. —Eso no es del todo cierto; se me caía la baba hasta que abrió la boca.

—¿No?

Niego lentamente con la cabeza mientras él me aparta el pelo del hombro. Sean ejerce un poderoso efecto sobre mí y siento la tentación de inclinarme hacia su mano mientras me mira. Sé que he bajado la guardia a causa de la bebida, pero no puedo echarle la culpa de todo al alcohol. Es encantador y la atracción definitivamente está ahí.

—Entonces te quedas conmigo —dice bajando la voz al tiempo que me sostiene la mandíbula y me acaricia con el pulgar la pequeña hendidura de la barbilla.

—Me parece bien. —Cuando retira lentamente la mano, siento la pérdida de su calor y me afano en abrocharme el cinturón de seguridad, mareada por el giro de los acontecimientos—. Gracias por todo. Ha sido divertido.

Él enciende el motor y la vibración bajo mis piernas desnudas enciende una hoguera dentro de mí. Sean percibe mi excitación.

—¿Igual que eso?

—Ya te digo —respondo, asintiendo con la cabeza—. Nunca había estado en uno de estos. —Se me queda mirando y el ambiente del coche se vuelve tenso—. ¿En qué estás pensando? —digo, robándole la pregunta a Tyler, con la voz un poco ronca a causa de todo el humo inhalado y de la fascinación con la que me está mirando ese dios del Olimpo.

—Ya te lo diré.

Sale a toda velocidad del camino de acceso y yo me echo a reír en mi asiento. La vuelta a casa es tan emocionante como las últimas horas. Vamos con las ventanillas bajadas y el viento me agita el pelo alrededor de la cara mientras Sean conduce rapidísimo por las carreteras desiertas que llevan a la mansión de mi padre. Los graves retumban por todo el habitáculo mientras por los altavoces suena un rock sureño clásico. Saco la mano por la ventanilla y surfeo con ella el aire. Mi pecho bulle de excitación mientras miro furtivamente a Sean y veo un brillo prometedor en sus ojos y una sonrisa sutil en sus labios.

Este es el comienzo de un gran verano.

4

Buenos días, Cecelia —dice Roman cuando me reúno con él en el comedor. Está sentado delante de la lustrosa mesa, en una silla de respaldo alto. El resto de la habitación está vacía, salvo por unas cortinas de color crema y cian que sé que valen una fortuna. Lleva puesta ropa de diseño y come hábilmente un pomelo con el tenedor.

—Buenos días, señor.

—Ayer por la noche te oí llegar. ¿Le ha pasado algo a tu coche? —Está enfadado.

«Vaya mierda».

—Lo he llevado al taller y tengo que recogerlo esta tarde. —Es la única mentira que se me ocurre mientras resisto el impulso de llevarme las manos a la sien.

No tenía ni idea de que la sidra pudiera ser tan fuerte. Paso por delante del pequeño bufé de desayuno, entro en la cocina —el sueño de cualquier chef con estrellas Michelin—, saco una botella de agua de la nevera, cojo un poco del yogur que le he pedido a la empleada doméstica que compre y arranco unas cuantas uvas. Cuando regreso al comedor, me asomo a la ventana para ver la fachada de la propiedad iluminada por el sol del nuevo día. Esa casa sería perfecta para una familia bien avenida. Me da pena que se desperdicie con un hombre que no la disfruta.

—Hoy es tu primer día.

—Ya. —Me siento enfrente de él.

—La palabra que has elegido y tu falta de entusiasmo no son de mi agrado —replica con sequedad mientras consulta el móvil.

—Lo siento, señor, todavía estoy un poco cansada por la mudanza. Estoy segura de que se me ocurrirán más cuando acabe de despertarme.

Él me mira y reconozco algo de mí en los ojos azul oscuro que compartimos, además de en mi pelo castaño heredado.

—¿Tienes todo lo que necesitas?

Asiento con la cabeza.

—Si me falta algo, ya me las apañaré.

Él deja el teléfono y me mira con la severidad de un padre, algo que resulta tan ridículo como irritante.

—Quiero que aproveches este año. Valora seriamente tus opciones. ¿Te has decidido ya por alguna carrera?

—Todavía no.

—Se te está echando el tiempo encima.

Echo un vistazo a mi nuevo Apple Watch, un regalo para mi primer día que me estaba esperando en el umbral de la puerta anoche, cuando llegué a casa. Todavía no tengo claro si fue una indirecta sobre el horario que acepté cumplir o un gesto amable.

—Aún son las ocho de la mañana.

—No me vengas con evasivas.

Le guiño un ojo.

—He aprendido del mejor. —Mentira cochina. Yo no he aprendido nada de ese hombre, salvo que el tiempo es dinero para él y que ambos estarían mejor invertidos en otra parte. Me meto una uva en la boca—. Gracias por el reloj.

Él ignora mi agradecimiento y aprieta la mandíbula.

—Me han llamado de Recursos Humanos.

Me hundo en mi asiento y trago saliva.

—Ah, ¿sí?

—¿En qué estabas pensando cuando hiciste ese comentario?

—No estaba pensando, señor. Y no volverá a ocurrir. —Eso es verdad. He pasado la mayor parte de mi vida haciendo las cosas bien y siempre por decisión propia. Sean estaba en lo cierto. Tengo mucho más de niña buena que de rebelde. Yo lo he elegido así. He visto a demasiados amigos ir por el otro camino y no les ha ido bien. En absoluto. Pero este cambio no me está sentando bien. Yo le estoy concediendo a mi padre la autoridad que tiene ahora mismo sobre mi vida y eso es algo que no soporto. Qué fácil sería levantarme de la mesa y recuperar mi vida y el año que me está robando. Pero hay algo más que dinero en juego, el bienestar de mi madre depende de mí, así que corrijo mi actitud—. La verdad es que estoy deseando empezar. Puede que anoche me pasara un poco.

—Eso no es precisamente lo que un padre quiere oír.

Tengo que morderme la lengua para no preguntarle dónde está ese padre del que habla, pero decido portarme bien.

—Solo me estoy desahogando un poco después de la graduación. Si te sirve de consuelo, únicamente me tomé tres cervezas para chicas y no soy muy fan de la bebida ni de ninguna otra sustancia.

—Es bueno saberlo.

«Tú no sabes nada».

—¿Quién te trajo a casa?

—Una persona de por aquí.

—Ah, ¿no tiene nombre?

—Sí. Se llama «colega».

Y hasta ahí llega la nuestra discusión. Yo me aseguro de ello.

Yo
No hay moros en la costa.

Sean
Llego en treinta minutos.

Yo

Estaré fuera, en la piscina. Puedes quedarte si quieres. El código de la puerta es 4611#.

Mi primer chapuzón en la piscina es glorioso. Hago que así sea lanzándome en plan bomba y cagándome en todo a voz en grito. Me parece lo más apropiado.

No conozco lo suficiente a mi padre como para saber si está satisfecho con su vida, pero tengo claro que no es feliz. La gente feliz no va por ahí con un palo metido por el culo. Es demasiado nervioso, un rasgo que yo he heredado de él y que estoy decidida a intentar rectificar. Pero, aunque este año tenga que hacerle la pelota y portarme lo mejor posible, esperaré a que me dejen a mi aire y me aseguraré de llevar a cabo una rebelión silenciosa. Por el momento, todo el tiempo que voy a pasar aquí está calculado, cada pieza está en su sitio, como si se tratara de una melena perfectamente peinada que me muero por despeinar. Si en algo soy una rebelde, es en mi lucha contra la monotonía. Quizá por eso me sentí tan a gusto en aquella fiesta. Aquel grupo de gente era de lo más anárquico, al menos desde un punto de vista parental. Y en este lapso de tiempo entre la graduación y la universidad —mi tiempo— yo debería disfrutar de la misma libertad. Me paso la primera parte de la mañana deliberando sobre cómo robar algo de lo que me han robado a mí.

Mi dilema tiene una solución sencilla. A partir de ahora, diré que sí más a menudo. A las cosas y a las personas que me dé la gana. Ir sobre seguro durante mis primeros dieciocho años ha resultado bastante insípido, o más bien poco fructífero. No quiero pasar a la siguiente etapa de mi vida, ni a la siguiente, arrepintiéndome de las oportunidades que no he aprovechado. Así que este verano cambiaré el no por el sí. Cambiaré el hacer las cosas de forma segura por hacer las cosas y punto. Le daré un puntapié a la zona gris, en la que se incluyen mis obligaciones hacia mis padres, y encontraré la forma de dar un poco de color a mi vida.

Cogeré este año de confinamiento y lo mezclaré con una liberación de lo más necesaria, no solo de mis responsabilidades, sino de mi código moral autoimpuesto.

El tiempo libre cobrará un nuevo significado para esta mosquita muerta.

Cierro el trato conmigo misma lanzándome a la piscina.

Llevo ya varios largos cuando percibo el reflejo borroso del recién llegado. Salgo a la superficie y logro contener el grito que amenaza con salir al ver a Sean en traje de baño, con un cigarrillo encendido en la mano, de pie al borde de la piscina.

Solo con verlo me entran ganas de santiguarme en nombre de la Santísima Trinidad y dar gracias al cielo. Está para comérselo enterito, de la cabeza a los pies, desde el alborotado cabello de punta hasta sus obscenos pectorales, pasando por la tableta de chocolate que luce bajo las costillas. La deliciosa estela de vello dorado que sobresale por encima de la cintura de su traje de baño se ve acentuada por la uve que dibujan sus prominentes músculos oblicuos en forma de flecha. Es como si su cuerpo hubiera hecho un pacto con el mismísimo diablo para no dedicar espacio a otra cosa que no sea piel dorada y músculo. Él se queda ahí arriba, derrochando atractivo sexual en tierra firme, mientras yo me ahogo al verlo. Incluso con las gruesas gafas doradas cubriéndole los ojos, puedo sentir su mirada, que es como una inyección de adrenalina directa al pecho.

—¿Me has echado de menos, pequeña?

—Es posible.

Sean se inclina y coge un poco de agua para apagar el cigarrillo, lo que me permite ver por primera vez con claridad el tatuaje que tiene en el brazo. Las puntas de las plumas forman parte de un cuervo con las alas extendidas que ocupa toda la parte de arriba más allá del codo. La cabeza y el pico del ave descansan sobre el bíceps de Sean, mirando hacia atrás, como si le estuviera cubriendo las espaldas. Las garras amenazadoras y letales que el pájaro tiene debajo del cuerpo están dibujadas de tal forma que parecen dolorosamente incrustadas en la piel del brazo. Es un tatuaje muy realista y atrevido. Parece un ente ajeno a Sean. Como si, al extender la mano y tocar esas plumas tan intrincadas y definidas, el cuervo fuera a moverse.

—Bonita casa.

—Gracias, se lo diré al dueño.

Él echa un vistazo a su alrededor.

—¿De verdad que no quieres quedarte con nada de esto?

Me encojo de hombros.

—No me lo he ganado.

Él niega con la cabeza y deja escapar un silbido discreto mientras observa los terrenos.

—Conque así es como vive el uno por ciento.

—Sí y, créeme, es tan raro para mí como para ti.

—¿Por qué?

—Estuvimos distanciados durante años. Tuve que superar la adolescencia antes de que él decidiera que podíamos retomar la relación.

—Pues vaya mierda.

—Ya está bien de hablar de Roman. ¿Piensas bañarte o no?

Sean deja caer al suelo la camiseta y el paquete de tabaco para lanzarse a la piscina y yo me giro justo a tiempo para verlo emerger con un torrente de agua descendiendo por sus gruesos mechones rubios y deslizándose por su impresionante pecho.

Se levanta para ponerse de pie y su metro ochenta y pico de estatura le hace sobresalir por encima de la superficie.

—¿Cómo te sientes hoy, bebedora de pacotilla? —me pregunta con su suave acento, como si estuviera leyendo un texto perfectamente puntuado.

—Me siento… como si me hubiera emborrachado con unas cuantas cervezas para chicas. Y puede que también un poco avergonzada.

—Pues no lo estés. Causaste sensación.

—No creo: acabaron echándome. —Me mantengo a flote dando a los pies mientras noto el calor del sol en la espalda.

—El problema no fuiste tú, sino Dom, créeme.

—A ver, cuéntame por qué te fuiste de la fábrica la primera vez.

—Para trabajar en el taller de coches, pero Dom acabó la universidad y al volver se quedó con mi puesto.

—¿Dominic tiene estudios universitarios?

Sean arquea una ceja.

—¿No has sido un poco dura juzgándolo, pequeña?

—Puede, pero es un imbécil. ¿A qué universidad fue?

—Acaba de terminar el máster en el MIT. Es un friki de la informática. Un puto genio con el teclado.

Mi interés aumenta cada vez más.

—¿En serio?

Él esboza una sonrisa torcida.

—¿Impresionada?

Me quedo pasmada, incapaz de imaginar a Dominic en ningún campus universitario. Sean pasa la mano por encima de la superficie y crea una ola que me empapa.

Empiezo a escupir agua, sorprendida.

—¡Idiota!

—Estás en una piscina —replica él, arqueando una de sus gruesas cejas—. Es inevitable mojarse.

Sus palabras son una insinuación en toda regla. Estoy segura de que Christy se pondría las botas si estuviera con este tío. Casi no me creo que esté ahí de pie, en la piscina de Roman.

Me planteo seguirle el juego, pero, en lugar de ello, me giro bruscamente y salgo del agua, no sin antes colocarme el bikini para asegurarme de que no se me ve nada. He elegido el más recatado de los dos que tengo, pero, cuando su mirada se posa sobre mí, me siento como si estuviera desnuda.

—¿A dónde vas?

—Tengo sed. ¿Quieres algo?

Su mirada se centra en el agua que rueda por mi cuello.

—Vale.

—¿Agua? ¿Té? ¿Zumo de uva?

—Sorpréndeme.

—Que te sorprenda… —digo, escurriéndome el agua del pelo con una toalla antes de envolverme en ella y abrir un poco más los ojos—. Pues que sea un zumo de uva.

—Hoy estás que lo tiras, ¿eh?

Su sonrisa es cegadora. Reprimo el impulso de pedirle que se quite las gafas. Mientras camino hacia la casa, noto cómo la tensión se va acumulando y sé que mi piel de gallina tiene poco que ver con la brisa que azota mi cuerpo mojado. Una vez dentro, atravieso con cuidado el océano de mármol pulido y echo un vistazo al exterior, donde veo a Sean subirse al borde de la piscina y encender un cigarrillo mientras me espera. Luchando contra la tentación de enviarle un mensaje a Christy, entierro la cara entre las manos y me doy cuenta de que estoy sonriendo. Aunque solo he tenido dos parejas, no soy ninguna mojigata. De hecho, cuando empecé a ser sexualmente activa, me sorprendí a mí misma con mi avidez, con mi sexualidad, con mi fascinación por el acto en sí y con mi inesperado deseo, pero esta atracción es de otro nivel.

Abro la nevera, saco dos botellas de zumo de uva y vuelvo a mirar hacia fuera. Cuando tenía diecisiete años, me enamoré perdidamente de Brad Portman. Creía que lo que experimenté al enterarme de que la atracción era mutua sería algo imposible de superar. Más tarde, cuando me besó por primera vez y el fuego explotó en mi pecho y en mi vientre antes de alcanzar mis entrañas, estaba segura de que nada podría acercarse a esa euforia ni a lo que sentí cuando él cerró los ojos con fuerza de placer y se hundió en mi interior, reclamando mi virginidad.

Creía que esos sentimientos y recuerdos siempre serían los momentos más eróticos de mi vida hasta que, al salir ahí fuera, zumo en mano, veo a Sean quitarse las gafas de sol.

5

En mi móvil, que está sobre la tumbona, suena suavemente *Blue Madonna*, de Børns, mientras cruzo dándole a los pies la zona profunda de la piscina. Sean está apoyado en el bordillo del extremo opuesto con sus fuertes brazos extendidos sobre el hormigón que tiene a la espalda y me mira fijamente mientras yo observo el oscuro tatuaje de su brazo.

—A ver, ¿qué es ese rollo del tatuaje?

—¿Qué rollo?

Pongo los ojos en blanco.

—Algunos de tus amigos también lo tienen, muchos de ellos. ¿Qué significa?

—Es un cuervo.

—Eso ya lo veo —digo mientras empiezan a dolerme los muslos y las pantorrillas debido a la falta de ejercicio—. Pero ¿qué simboliza? ¿Quiere decir que sois amigos del alma o algo así? —Se me escapa una risita.

—¿Te estás burlando de mí, pequeña?

—No, pero ¿no crees que es un poco raro compartir tatuaje con tantos hombres adultos?

—Nop —responde él, enfatizando la «p»—. Considéralo una promesa.

—¿Una promesa de qué?

Él se encoge de hombros.

—De lo que haga falta.

—¿Siempre respondes a las preguntas con acertijos?

—Es la verdad.

Baja la vista mientras yo nado hacia el centro de la piscina, con el pecho a unos centímetros de la superficie, antes de volver a levantar los ojos hacia los míos, con una mirada que hace que tome una foto mental.

—¿Piensas contarme lo que llevas pensando todo este tiempo? —Su pregunta hace que se me seque la boca.

—Estoy pensando que no sé casi nada de ti.

—No hay mucho que contar. Ya te he dicho que me mudé aquí cuando era joven. Es un pueblo pequeño. Como puedes imaginar, se nos ocurrieron formas creativas de pasar el rato.

—¿Fue entonces cuando conociste a Dominic? ¿Cuando eras niño?

Él sonríe.

—Ya estabas tardando en volver a hablar de él.

—¿Siempre es así?

—¿Así cómo?

Arrugo la nariz.

—Así de borde.

Eso lo hace reír.

—Creo que ya sabes la respuesta.

—Entonces ¿cuál es su problema? ¿Su madre no lo abrazó lo suficiente?

—Probablemente. Murió cuando él era joven.

Hago una mueca.

—Mierda, soy gilipollas.

—Y él también. Y no se disculpa por ello, así que tú tampoco deberías.

—¿Así que solo sois unos amigos que han hecho una promesa? ¿Por qué un cuervo?

—¿Por qué no?

Pongo los ojos en blanco.

—No hay manera de llegar a ninguna parte contigo.

—¿Por qué no dejas de esconderte bajo el agua y te acercas un poco más, para que pueda verte mejor?

Su suave voz me nubla la vista.

—No me estoy escondiendo —digo en un tono tan agudo que me entran ganas de ahogarme.

Él levanta la barbilla en silencio y yo me acerco lentamente. Su actitud sigue siendo relajada mientras se hunde en el agua de forma que sus labios queden justo por encima de la superficie lisa.

Todavía está a unos metros de distancia, pero su efecto es letal, mis brazos parecen de plomo mientras nado hacia él. Me recorre con sus depredadores ojos castaños como si estuviera decidiendo dónde hincarme los dientes primero. Me encanta esa atracción, el chisporroteo que crece en el ambiente perfumado de cloro. Estoy metida en un buen lío y ambos lo sabemos.

—¿Qué estás pensando? —Me tiembla la voz. Demasiada tensión.

Una vez que estoy a su alcance, ataca y me captura agarrándome por la cintura, tirando de mí para ponerme de pie delante de él. Doy un grito y suelto una risita mientras sus ojos centellean sobre mi pecho al tiempo que su aliento calienta el triángulo que hay entre mis muslos y que ahora está rozando la superficie. Mis pezones se endurecen cuando me acaricia con los dedos la cadera. Él sigue agachado en la zona poco profunda mientras yo continúo de pie ante él. Su exhalación roza el fino tejido que cubre el vértice situado entre mis piernas, acariciando mi clítoris. Reprimo un gemido.

—¿Quieres saber qué estoy pensando? —murmura bruscamente—. ¿Es eso lo que quieres? —Bajo lentamente la barbilla. El rumor de un coche acercándose me saca del trance, pero Sean vuelve a arrastrarme hacia él. Sus nudillos bailan suavemente sobre mi vientre—. Estoy pensando que no tenemos tiempo para charlas —dice con voz cortante, ladeando la cabeza y apartando con la mano el pelo empapado que tengo sobre el pecho mientras se levanta lentamente hasta quedarse de pie delante de mí.

Está cerquísima; las gotas de agua parecen diamantes sobre su piel. Me fijo en unas cuantas cicatrices que tiene en los pectorales y en los bíceps mientras me paso la lengua por el labio inferior. Mi vientre se tensa, expectante.

Entonces se acerca a mí y me da un beso en la sien, deslizando los dedos sobre mi hombro.

—Gracias por el baño —susurra.

Frunzo el ceño mientras oigo el rugido insistente de un motor en la parte delantera de la vivienda.

—Un momento... ¿Y mi coche?

—Aparcado delante de la casa.

—¿Has traído mi coche hasta aquí? Si no tienes la llave.

—¿Has olvidado que trabajaba en un taller?

—¿Así que también eres cerrajero?

Él esboza una sonrisa de satisfacción.

—Claro.

—Bueno, pues gracias, supongo.

—De nada, supongo —replica él imitándome a la perfección, tono de decepción incluido.

Deseaba que me besara y ese cabrón arrogante lo sabía. Noto que mi frustración le complace. Está jugando conmigo. Debería enfadarme, pero ese juego empieza a gustarme demasiado. Él sale de la piscina, coge la camiseta y se viste. La desilusión se apodera de mí cuando se pone las gafas, saca un cigarrillo de la cajetilla, ladea la cabeza y lo enciende con un Zippo. Luego me mira, exhalando una bocanada de humo.

—Nos vemos en el trabajo.

6

¿Qué coño es esto? —murmuro entre dientes mientras cojo otra bandeja.

Estoy haciendo calculadoras. Perdón, estoy haciendo el control de calidad de las calculadoras que acaban de fabricar en Horner Tech. Solo me ha hecho falta una hora de trabajo para tomar la decisión de no cargarme lo de la universidad y empezar a pensar seriamente en mi futuro. Este no es el empleo de mis sueños, ni mucho menos. Poco después de empezar el turno, ya admiraba a mis compañeros. Estoy segura de que tampoco es el trabajo de su vida, pero lo hacen meticulosamente para mantener a su familia y no me extraña lo más mínimo ni puedo juzgarlos por ello, por muy ingrata que sea esta labor para mí.

Pero este no puede ser mi futuro.

Me voy a volver loca. Al cabo de tres horas, miro el reloj y vuelvo a maldecir la situación en la que me encuentro. ¿Un año así?

Encima, me han puesto a trabajar con la charlatana que tengo al lado, que debe de ser la cotilla de la fábrica y trabaja a la velocidad del rayo, lo que me hace quedar como una niñata torpe. Solo necesito asentir con la cabeza para que se dé por satisfecha con mi aportación a la conversación.

Estoy en la cuarta hora cuando me llega un olor familiar a cedro y nicotina. Su aliento me roza la oreja.

—¿Qué tal el curro, pequeña?

Me doy la vuelta y veo a Sean vestido igual que yo —con unos chinos y un polo de manga corta—, lo cual no le resta ni un ápice de atractivo. Lleva un portapapeles en la mano y está sonriendo. Doña Cotorra nos mira a ambos de forma alternativa, intrigada por la conversación.

—Es pura adrenalina —respondo lacónicamente y él se ríe mientras me rasco la oreja por debajo de la redecilla.

—No te vendría mal un poco de música —dice, mirando con los ojos muy abiertos a la mujer que está a mi lado. Debe de estar al tanto de que no se calla ni debajo del agua.

—Creía que estaba prohibido.

—Eso podría solucionarse.

En teoría, Sean es mi supervisor, lo que hará el trabajo más llevadero. Me contó que había trabajado en la fábrica durante varios años consecutivos en otra ocasión y eso le había proporcionado una antigüedad que no había perdido al marcharse. Ese día solo había asistido a la formación como mero formalismo y para repasar las políticas de la empresa. Y ahora mismo no se me ocurre nada mejor que estar por debajo de él.

Miramos al infinito en silencio hasta que él señala algo con la cabeza por encima de mi hombro.

—Se te ha pasado una.

—Es que me distraes —digo con descaro.

—Está bien saberlo. —Me regala un guiño lento—. Nos vemos en un rato.

Cuando se encuentra a una distancia segura, Cotorra, que en realidad se llama Melinda, me mira de reojo mientras coge otra bandeja del montón que acaban de dejar en nuestro puesto.

—¿De qué conoces a Sean?

Me encojo de hombros mientras apilo las bandejas vacías.

—Nos conocimos ayer en la formación.

—Ten cuidado con él. Y no te acerques a sus amigos, sobre todo a ese moreno que llaman el Francés. —Se inclina hacia mí—. He oído… cosas sobre él.

—¿De verdad?

El Francés.

Tiene que estar hablando de Dominic. Me fijé en que tenía un poco de acento al hablar y no dudo de su advertencia. Anoche me presentaron a ese nubarrón irritantemente espectacular. Es el polo opuesto al rayo de sol de pelo revuelto que hoy no consigo quitarme de la cabeza.

Melinda debe de tener unos cuarenta años. Es la típica mujer sureña, con su permanente de la vieja escuela, sus vaqueros *mom fit* de cintura alta y su cruz colgada del cuello. Me ha bastado con escucharla durante unas cuantas horas para llegar a la conclusión de que no solo es la cotilla de la fábrica, sino también la cotilla del pueblo y de que ningún secreto mío estará jamás a salvo con ella. No me cabe la menor duda de que saldré en sus futuras conversaciones durante las cenas.

—Sí. No se andan con chiquitas. Coches rápidos, fiestas, drogas y chicas. —Se acerca más a mí—. Dicen que comparten a las mujeres.

Esa noticia es mucho más interesante que el accidente de barco que su querida amiga Patricia tuvo el año pasado, o que el triste final de su cocker spaniel de once años.

—¿En serio?

Ella se acerca aún más.

—Y que fuman hierba de esa.

No puedo evitar reírme.

—¿Así que le dan a los cigarrillos de la risa?

Ella entorna los ojos ante mi condescendencia.

—Solo digo que tengas cuidado. Uno de ellos engatusó a la ahijada de mi primo y no tuvo ninguna gracia, que lo sepas.

No puedo evitar picar.

—¿Qué le pasó?

—Pues nadie tiene ni idea y hace meses que no sabemos de ella. Ese chico le rompió el corazón de tal forma que ya casi no viene a casa.

Saca el móvil del bolsillo mientras mira a su alrededor, porque los teléfonos están prohibidos en la fábrica. Busca una fotografía para enseñármela. Es de un perfil de una red social y la chica que aparece en la pantalla es guapísima. Se lo digo.

—Era el orgullo de mi primo, pero, en cuanto él le puso las garras encima, cambió. No sé —dice, mirando hacia atrás—. Serán muy guapos, pero esos chicos deben de tener al diablo dentro.

A juzgar por mi primera y segunda impresión, me resulta difícil creer que eso sea cierto en el caso de Sean, aunque lo de Dominic ya es otra historia.

Por inapropiado que sea, me pego a Melinda durante el resto del turno, de repente con ganas de hablar.

7

Con dolor de espalda, tras haber pasado un montón de horas de pie, abro el coche y prácticamente me desplomo sobre el asiento mientras enciendo el aire acondicionado para eliminar parte de la humedad del interior. Inclino las rejillas de ventilación hacia mí y dejo que el aire caliente y pegajoso me seque la cara antes de sacar el teléfono del bolso. Tengo un mensaje de Christy. No puedo evitar sonreír al ver que también hay uno de Sean.

Sean
Ven al taller. Te paso la dirección.

Yo
Ha sido un día largo. Creo que me voy a ir a casa.

Sean
Qué coño, ya dormirás mañana. Te invito a una pizza.

Sean me envía la ubicación y yo pongo en una balanza el cansancio frente a la necesidad de volver a verlo. Una vez tomada la decisión, tardo diez minutos en llegar y, cuando lo hago, me sorprende el tamaño del taller. Junto a un vestíbulo acristalado hay seis muelles de carga; el más grande se encuentra al fondo y supongo que será para reparar maquinaria industrial. No se parece en nada a lo que había imaginado. Algunos de los vehículos que vi en la fiesta están fuera, en un aparcamiento enorme. Al salir del coche, oigo una música atronadora procedente del otro lado de las puertas abolladas de los muelles. Está claro que el horario de atención al público ha finalizado y hay pocas señales de vida en el interior, aparte de una luz tenue en el vestíbulo. Mientras me acerco, un olor inconfundible inunda mis fosas nasales.

Esos chicos del demonio están fumando «hierba de esa».

Me río mientras me suelto el pelo y lo peino con los dedos. Lo del uniforme no tiene remedio. Me acerco a la puerta para llamar y veo a Dominic al otro lado de la ventana de doble cristal, prácticamente cubierta por el logotipo en negrita de King's Automotive. Al verlo, me detengo para observarlo con curiosidad. Un mechón de cabello oscuro le cae sobre la frente mientras pulsa furiosamente el lateral del ratón del ordenador bajo una luz amarilla parpadeante. Tiene un porro encendido entre sus labios perfectos y una cerveza abierta junto al monitor.

Sus pestañas son espesísimas. Puedo verlas danzando sobre sus prominentes pómulos desde metros de distancia. Es un puñetero regalo para la vista. Una camiseta gris con el logotipo del taller y con unas cuantas manchas de grasa que descienden hasta sus vaqueros oscuros cubre su pecho descomunal. No creo que a este hombre pueda quedarle mal nada. Me fijo en sus manos, imaginando el daño que podrían hacer o el placer que podrían dar. Como si se hubiera dado cuenta de que lo estoy mirando, levanta la vista y nuestros ojos se encuentran.

Bang.

El disparo va directo al pecho y mi sangre empieza a bombear más rápido de lo normal para proporcionarme el oxígeno que me falta.

Me sigue observando con la misma intensidad durante unos segundos y entonces se dirige a la puerta. La abre con brusquedad y me mira fijamente con una expresión indescifrable. El porro cuelga de sus labios cuando empieza a hablar.

—¿Qué haces aquí? —Tiene la voz un poco ronca, como si hubiera estado gritando todo el día y después se hubiera tomado un lingotazo de whisky.

—Me han invitado.

—Pues yo te desinvito.

—¿Por qué?

Él exhala una nube de humo entre los labios y giro la cabeza para evitarla.

—Porque no pintas nada aquí.

No pienso marcharme. Eso lo tengo claro. Improvisando, le quito el porro de la boca y lo sostengo entre los dedos. Él entorna los ojos mientras le doy una calada tímida y agito la mano una y otra vez para apartar de mí el resto del humo lo antes posible.

—Esto sabe... —cojo aire— fatal. —Me atraganto y toso al exhalar.

Sus labios se curvan imperceptiblemente en una sonrisa fugaz.

—Eso por intentar ser alguien que no eres. No puedes quedarte, Cecelia.

—No voy a beber.

Él recupera el porro.

—Oye, haz lo que quieras, bonita, pero no aquí.

Se dispone a cerrar la puerta, pero yo se lo impido con el pie.

—Si es por mi padre, que sepas que yo tampoco soy su mayor fan, ¿vale? Solo soy el resultado de su «fornicación pecaminosa» —bromeo, imitando la voz de un predicador—. Así que para el carro. Nunca mejor dicho —añado, echando un vistazo al vestíbulo—. Él no es el dueño de este pueblo. Ni de mí. —Se cruza de brazos, impasible ante mis palabras—. No es el jefe de policía, ¿vale? Soy nueva en la ciudad, me aburro como una ostra y voy a estar atrapada aquí durante un año, así que no me vendría mal hacer amigos. Y ahora déjame entrar antes de que me lo monte en plan niñata y vaya a lloriquearle a tu hermano.

—¿Ves esa ventana? —me pregunta él, señalando con la barbilla el gran ventanal que hay detrás de mí.

—Sí.

—¿Qué pone?

—King's Automotive. —Pongo los ojos en blanco, pillando la indirecta—. Así que tú eres el que manda, ¿no? Pues hagamos un trato, señor King. —Doy un paso adelante para acercarme más a él. No llegamos a estar nariz con nariz debido a su altura, pero invado parte de su espacio vital. Es una apuesta arriesgada y hago lo posible por ocultar el temblor de mi voz. Saco un billete de veinte del bolsillo—. Yo invito a las cervezas esta noche.

Él vuelve a negar con la barbilla. Sus ojos acerados permanecen inmóviles.

Vuelvo a guardarme el dinero en el bolsillo.

—Venga, Dominic, vamos a ser amigos. —Pestañeando exageradamente, miro hacia el fondo del vestíbulo con la esperanza de que Sean me vea e intervenga, pero no sirve de nada—. ¿Qué hace falta para entrar aquí?

Él permanece inmóvil, sin mediar palabra. Aun así, me va despojando poco a poco de mi confianza, quedándose ahí parado mientras yo me esfuerzo por invocar a algún tipo de *alter ego* digno de tal oponente. Puedo ver, por su mirada poco impresionada, que estoy fracasando estrepitosamente.

Pero tiene razón. Soy una mosquita muerta que intenta hacerse pasar por una leona. Aun así, me he hecho a mí misma unas promesas que pienso cumplir. Así que hago lo único que puedo. Le arranco el porro de la mano e inhalo profundamente antes de echarle el humo en toda la cara.

Estoy tan colocada tras ese par de caladas que me parece ver las estrellas. Un profundo gruñido sale de su garganta mientras suspira, irritado.

Para mi sorpresa, abre la puerta y yo entro tambaleándome con mi traje de astronauta.

—No hagas que me arrepienta de esto —me dice cuando paso a su lado. Su voz me pone la piel de gallina.

Le devuelvo el porro sujetándolo con dos dedos y él lo acepta.

—No lo haré, pero no me dejes volver a probar esto.

Estoy llegando a la puerta para cruzar hasta el muelle de carga que hay al otro lado cuando él me obliga a detenerme.

—Cecelia. —Podría pasarme el resto de mi vida escuchando cómo su leve acento se enreda en mi nombre. Miro hacia atrás y veo en sus ojos una mirada de advertencia. Aunque me he pasado medio turno escuchando sermones para que evite a esos hombres, eso no ha hecho más que aumentar mi curiosidad—. Solo lo diré una vez. No es inteligente que estés aquí.

—Lo sé.

—No creo que lo sepas.

—*Oh, mais j'en sais déjà beaucoup, Français.*

«Uy, ya me he enterado de mucho, Francés». Puede que haya estudiado francés en el instituto, pero ni en broma soy capaz de mantener una conversación. Aun así, solo por la curvatura sutil de sus labios y su leve mirada de sorpresa, mereció la pena asistir a esas clases.

—*Je ne parle pas français.* —«Yo no hablo francés».

Sonríe con suficiencia y estoy a punto de caerme de culo. En sus labios carnosos, esa sonrisa es absolutamente perfecta. La rabia gélida de sus ojos me golpea cada segundo que sostengo su mirada, simplemente por su intensidad. Vuelvo a girarme hacia el taller y doy un pequeño traspié. Voy hacia la puerta y veo a los chicos apiñados al fondo del último muelle de carga, jugando al billar en una vieja mesa de monedas. Sean me ve por fin y su cálida sonrisa me ilumina.

—¿Te veo dentro?

Me vuelvo hacia Dominic, que sigue mirándome fijamente. Soy incapaz de interpretar qué piensa de mí.

Lo único que consigo es una inclinación de cabeza.

8

Después de zamparme mi peso en pizza —sin duda a causa de la emoción— vuelvo a mirar a Dominic, que se ha puesto a trabajar directamente en un Chevy al entrar en el taller. Se le ha subido la camiseta, lo que me permite ver con claridad las ondulaciones de su abdomen y un atisbo de sus músculos oblicuos mientras está tumbado boca arriba sobre una camilla de mecánico. El muelle de carga que yo había supuesto que sería para uso comercial ha resultado ser una sala de descanso para después del trabajo equipada con sofás de cuero que rodean la antigua y raída mesa de billar verde.

Esta noche estamos Sean, Russell, Jeremy, que al parecer también trabaja en el taller con Dominic, y yo. Me acurruco con Sean en la esquina de un sofá de cuero largo y destartalado mientras Jeremy y Russell juegan una partida. De fondo suena un suave rock sureño, gracias a la insistencia de Sean. Este se encuentra a mi izquierda, con el musculoso muslo pegado al mío y el brazo extendido por detrás de mí a lo largo del respaldo del sofá. Entre el calor de su cuerpo, su olor y la visión del vientre desnudo de Dominic a pocos metros de distancia, me está resultando muy difícil mantener a raya mis hormonas y las fantasías que las acompañan. Pero mis feromonas deben de estar haciendo horas extras, porque parece que los hombres que están conmigo tampoco pueden dejar de mirarme. No digo que estén interesados, pero sí creo que sienten tanta curiosidad por mí como yo por ellos y por el tatuaje del cuervo que comparten.

Sean dijo que era una promesa, pero no tengo ni idea de lo que eso significa.

Miro a intervalos regulares a Dominic, sintiéndome un poco como una acosadora por dedicarle tanta atención. Es el más callado de los cuatro, lo que lo convierte en el más enigmático.

Le pasa como a Sean; no es normal que un hombre sea tan puñeteramente atractivo. Por más que lo miro, no encuentro una sola cosa que me desagrade.

—Así que odias la fábrica, ¿eh, pequeña? —me pregunta Sean arrastrando las palabras mientras observo cómo Dominic rebusca en la caja de herramientas.

—Deja de llamarme así —le digo, dándole un codazo en las costillas.

—De eso nada, el apodo se queda.

—Es que… es aburridísima —digo con un suspiro—. Menos mal que soy una persona soñadora y creativa. —Aparto la vista de Dominic, que está tumbado bajo una camioneta, justo cuando él posa su fría mirada en mí. Miro a Sean, que sigue sentado a mi lado—. Pero mi supervisor sí me gusta.

—¿Sí?

—Sí.

No tengo mucho tiempo para disfrutar de la tensión de la mirada que intercambiamos, porque la puerta que hay al fondo del garaje se abre y Tyler aparece en el umbral con un paquete de doce cervezas en brazos.

—¿Qué pasa, cabrones? —exclama. Luego se fija en mí y sonríe de oreja a oreja cuando levanto la mano discretamente para saludarlo. Pasa dando grandes zancadas por delante de los muelles de carga mientras levanta la barbilla a modo de saludo—. Hola, guapa, ¿esta noche has decidido volver a mezclarte con la chusma? —Le quita el porro a Jeremy de las manos y le da una calada mientras Russell coge la cerveza y la mete en una nevera grande para que se enfríe.

—En absoluto. Y que quede claro que yo me crie en una casa cutre, no entre algodones.

Los ojos de Tyler brillan de curiosidad mientras intenta robarle el sitio a Sean a mi lado.

—No cabes —le espeta este, en tono cortante. Lo dice en plan protector y no puedo evitar que se me acelere el pulso.

—Olvidas que soy el experto en solucionar problemas. —Tyler me levanta como si no pesara nada, me deposita en el regazo de Sean y yo me hundo en él.

Me siento como en casa con estos chicos, como si los conociera desde hace mucho más de dos días. Es rarísimo. La única nota discordante es la actitud del hombre que está a unos metros de distancia. Ya hace un rato que me toca volver a mirarlo y, cuando lo hago, veo que está observando las manos de Sean, la forma en la que sus dedos se curvan despreocupadamente sobre mí.

Y cuando levanta con lentitud los ojos hacia los míos… siento una descarga eléctrica.

Tyler mira a Dominic.

—¿Cuándo vas a dejarlo, hermano? Hace tiempo que ha pasado la hora de cerrar.

Él aparta los ojos de los míos.

—En veinte minutos.

—¿Exactos? —le pregunto a Dominic, que ignora mi pregunta.

—Probablemente —susurra Sean en su nombre.

—Venga, vamos a comprobarlo. —Pongo el cronómetro del reloj en marcha mientras Dominic niega con la cabeza, irritado—. ¿Desde cuándo eres dueño de este taller? —le pregunto, tratando de incluirlo en la conversación.

—Es un negocio familiar —dice Sean en su lugar, para evitar el grosero silencio con el que él me ha respondido—. Lleva años abierto. Algo así como la empresa de tu familia. —Percibo cierto rencor en su voz.

Cada vez resulta más evidente que mi padre no es precisamente el hombre más querido de Triple Falls. En realidad no me sorprende. Ya solo las miradas que he recibido hoy en la fábrica han bastado para que me considere una paria. Ni siquiera en el instituto me había sentido tan marginada. Menos mal que Melinda la misericordiosa y Sean estaban allí, si no me habría encerrado en el baño hasta el final del turno.

Decir abiertamente que era la hija del jefe ha sido una estupidez, pero ahora ya no puedo retractarme.

«Agacha las orejas, Cecelia. Solo queda un año para la libertad».

En cuanto suena mi reloj, Tyler se levanta de mi lado para echar una partida y Dominic ocupa su lugar, con una revista y una bolsa de cuero en la mano.

—Veinte minutos justos —digo, felicitándolo, mientras él abre la cremallera de la bolsa y saca el contenido. Pero solo me topo con más silencio.

«Dicen que comparten a las mujeres».

Esa frase ha estado rondando por mi cabeza desde que Melinda la pronunció. Pero, con la actitud de Dominic, me resulta imposible imaginarme algo así. ¿O es que mi presencia lo ofende hasta tal punto que ha decidido cerrarse en banda? Es obvio que tiene un problema conmigo, eso ha sido evidente desde el momento en el que nos conocimos.

¿Fue la noche anterior? Parece que fue hace toda una vida y, sin embargo, me siento comodísima sobre el regazo de Sean.

Dominic se pone una revista sobre las piernas antes de sacar el papel de liar y una gran bolsa de «hierba de esa».

Hace unos meses, ni se me habría ocurrido acercarme a una pandilla como esta. Siempre había temido las repercusiones. Para ellos, esta es solo una noche más. Para mí, es como entrar en un mundo completamente nuevo.

—¿A dónde te has ido y en qué estás pensando? —susurra

Sean debajo de mí, acariciándome el brazo con los dedos y dejando escalofríos a su paso.

Miro hacia atrás. Nuestros labios están solo a unos centímetros cuando respondo.

—En nada, ha sido un día largo.

Siento que se tensa ligeramente mientras nuestros ojos se miran, desafiantes. Si me besara esta noche, le devolvería el beso. Eso lo tengo claro. Pero la energía que me rodea es exagerada. Me estoy ahogando en testosterona, aunque no estoy segura de cuál es su procedencia. Por primera vez, estoy siendo un poco imprudente con mis señales y no tengo muy claro que me importe. Sean es el primero en apartar la mirada, pero recorre mi brazo con el dedo y percibo que ha captado mi mensaje. Es entonces cuando me doy cuenta de que, si da algún paso, será en privado. Me giro para echar un vistazo al taller mientras ellos se ponen a charlar con tranquilidad, dirigiéndose unos a otros como si fueran miembros de una misma familia mientras Dominic lía hábilmente un porro sobre el regazo. Observo fascinada cómo humedece el papel lamiéndolo con precisión, mirando hacia abajo mientras sus pestañas oscuras revolotean sobre sus pómulos esculpidos. Entonces, su mirada turbia se encuentra con la mía y, mientras lame cuidadosamente el porro para sellarlo, yo separo los labios.

«Joder».

Sean me atrae más hacia él, haciéndome mover las piernas, y Dominic maldice, tratando de salvar la hierba que se ha caído de la revista que tiene en el regazo. Sean se ríe y él lo mira con los ojos entornados. Me acurruco entre sus brazos y percibo la sólida pared de músculos que tengo detrás mientras la lengua de Dominic vuelve a hacer acto de presencia para humedecer de nuevo el papel con maestría.

Una vez encendido el porro, suben la música y la conversación aumenta de volumen. A partir de ese momento empiezo a sentirme como en una nube, aunque no tengo claro qué o quién tiene la culpa. Probablemente los tres.

9

Me despierto con la suave caricia de unos nudillos que me están apartando el cabello de la cara. Abro los ojos y veo a Sean en cuclillas delante de mí, con sus ojos castaños llenos de ternura. No tengo ni idea de cuándo me he quedado dormida, pero contengo un poco de baba que amenaza con rodar por la comisura de mis labios mientras él me mira.

—Dominic te va a llevar a casa y Tyler te seguirá en tu coche.

—¿Qué hora es?

—Las tres y pico.

—Mierda, ¿he dormido tanto tiempo?

Me siento, pasándome las manos por el pelo. Estoy tratando de recuperar la compostura cuando noto que alguien me observa y, al levantar la vista, me topo con la mirada de Dominic. Está siguiendo de cerca nuestra conversación. Le respondo a Sean sin dejar de mirar a su amigo.

—¿Por qué me va a llevar él?

Sean mira hacia el mismo sitio que yo.

—Porque vivo solo a unos kilómetros de aquí y me toca cerrar esto —responde él bruscamente.

—No pareces muy contento —digo, mirándolo.

Él me regala una de sus sonrisas radiantes, como si intentara olvidar su irritación.

—Quería llevarte yo.

—Pues llévame —digo con voz ronca, eliminando los restos del sueño de mi voz—. Ya no trabajas aquí, ¿no?

—Solo será esta noche —asegura.

Veo que aprieta los dientes.

—Vale. —Me pongo de pie—. Pero puedo conducir perfectamente.

—Deja que Dominic te lleve —insiste Sean—. Has estado un buen rato dormida. Esa mierda que has inhalado es bastante fuerte. Es solo por precaución.

No las tengo todas conmigo. Todavía tengo el cerebro un poco embotado después de tantas horas dentro ese garaje que parecía una cachimba, así que asiento con la cabeza. Además, aún no domino las carreteras de montaña y menos de noche, así que decido no arriesgarme.

Una vez fuera, el aire fresco me golpea mientras sigo a un silencioso Dominic hasta un elegante Camaro negro de carrocería antigua.

—Qué bonito —comento mientras abre la puerta del copiloto.

Miro a mi alrededor y me topo con la mirada atenta de Sean, que está de pie en la entrada del taller. Sonrío, le doy las buenas noches y él nos mira a los dos antes de esbozar una sonrisa forzada. A estas alturas ya he visto suficientes sonrisas sinceras de Sean como para notar la diferencia. Está cabreado. Miro a Dominic, que fulmina a Sean con la mirada antes de hacerme entrar en el coche y cerrar la puerta. Apenas he tenido tiempo de asimilar ese intercambio de miradas cuando Dominic se pone detrás del volante y arranca el Camaro. La música atronadora me hace dar un brinco en el asiento mientras el ronroneo del motor estimula mis sentidos. Dominic no se molesta en bajarla, más bien todo lo contrario: la sube hasta que parece que me van a sangrar los oídos, echando por tierra cualquier posibilidad de mantener una conversación.

Capullo.

El chirrido de la guitarra llena el habitáculo del coche y yo lo miro mientras sale marcha atrás por el camino de entrada, con la mano en la palanca de cambios. No se molesta en comprobar por el retrovisor si viene alguien en dirección contraria y recula como si fuera el amo de la carretera.

Con los ojos como platos, giro la cabeza hacia donde estaba Sean y veo que se ha ido.

Entonces Dominic pisa a fondo el acelerador y arranca como un murciélago infernal, a una velocidad temeraria. Cambia de marcha con suavidad y acelera en todas las rectas. Vivo los quince segundos más aterradores de mi vida, hasta que decido dejar de lado ese miedo atroz y disfrutar del viaje. Para entonces ya estoy enganchada, la euforia se apodera de mí y el corazón me late con fuerza mientras echo la cabeza hacia atrás y se me escapa una sonora carcajada.

Miro hacia donde está sentado Dominic, conduciendo el coche como un experto que conoce cada centímetro de asfalto como la palma de su mano, pegándose a las líneas amarillas como si se las supiera de memoria. Ni siquiera me mira, aunque juraría que lo veo sonreír al oír mi risa. Dejo de reírme y lo observo en la penumbra del habitáculo del coche, con la música vibrando en mi interior y la sensación de que el motor baila debajo de mí. Dominic está en su elemento, controlándolo todo mientras conduce a través de la negra noche. Alcanzo a ver fugazmente los faros de mi propio vehículo detrás de nosotros antes de que estos desaparezcan.

Bundy, de Animal Alpha, suena a todo volumen por los altavoces, en contraste con la inquietante tranquilidad de la noche que envuelve los árboles de hoja perenne que nos rodean. Apoyo las manos en el salpicadero; la sensación de ir en ese coche tan silencioso que se va comiendo la carretera es muy parecida a la de volar. Mientras exprimo al máximo cada instante y me balanceo suavemente al compás de ese ritmo endiablado, tengo la sensación de que algo ha cambiado en el ambiente. Si Dominic está conduciendo así para intimidarme o asustarme, está fracasando estrepitosamente, para mi sorpresa.

Me dejo llevar durante una canción, sin preocuparme por lo que él pueda pensar. Me permito disfrutar de esos breves minutos en los que renuncio al control, dejando mi destino en manos de otra persona. Desde que estoy en Triple Falls, lejos de mi madre, me he dado cuenta de que nuestros roles estaban más invertidos de lo que quería admitir. Ahora reconozco que, durante los últimos diecinueve años, yo he sido más madre que ella. He sido más estricta conmigo que ella misma. Me he esforzado por no darle nunca una razón para preocuparse. Le he quitado el vino de la mano, he apagado sus cigarrillos reducidos a ceniza y la he tapado con una manta más veces de las que soy capaz de recordar. Reservé mi virginidad para alguien que creía que me quería y me respetaba mientras me avergonzaba de ella en secreto, cuando era más joven, por su descarada promiscuidad. A juzgar por las historias que me contaba, siempre había sido una auténtica juerguista y yo era testigo a diario de las consecuencias de sus decisiones vitales. Yo hacía todo lo opuesto a lo que ella había hecho, algo que sé que para ella era un alivio. Pero en este momento, solo por unos instantes, lo dejo todo atrás. Con el viento azotándome el pelo, cierro los ojos y simplemente… vuelo.

Y es una puñetera liberación. Tanto es así que me fastidia que el coche empiece a perder velocidad y que Dominic gire hacia la carretera aislada que lleva a la propiedad de mi padre.

Mientras aterrizo tras ese subidón increíble que ha superado con creces muchas de las emociones adolescentes que lo han precedido, nos quedamos allí sentados, esperando, hasta que los faros de mi coche iluminan la carretera desierta. Cuando Tyler se detiene detrás de nosotros, introduzco el código de acceso para que ambos vehículos puedan pasar. Las puertas de hierro en forma de arco se abren y Dominic observa la casa a lo lejos mientras avanza lentamente por el camino de acceso antes de girar delante de la entrada. Se detiene justo al lado de las escaleras del porche y se vuelve hacia mí, expectante.

—No sé si darte una bofetada o las gracias.

—Te ha encantado. —Su tono es inexpresivo, pero sus ojos lo contradicen. Yo diría que me está mirando con una mezcla de curiosidad e interés.

Decido no agradecérselo ni fomentar su comportamiento desconsiderado y salgo del coche, cierro la pesada puerta y voy hacia Tyler, que está de pie al lado del asiento del conductor de mi Camry con las llaves colgadas de un dedo. Las cojo y le doy las gracias en un susurro. De repente, estoy agotada por el viaje en coche y por el día tan largo que he tenido.

Él me guiña un ojo.

—De nada, nos vemos.

—Eso espero.

Vuelvo a girarme hacia Dominic, que está mirando fijamente mi casa con los dientes apretados y expresión enigmática. Nunca había conocido a un hombre con una máscara tan impenetrable. Las palabras de Christy resuenan en mis oídos.

«Esos eran unos críos…, búscate un hombre».

Estos tíos no se parecen en nada a los chicos de mi ciudad. Sin duda son igual de arrogantes y comparten ciertas rutinas, pero hay algo raro y diferente en ellos. Ahora, mirando a Dominic, me pregunto si eso será algo bueno. Me viene a la cabeza la sonrisa de Sean: su brillo, la luz de sus ojos y la forma en la que me cuida cuando estoy con él, lo necesite o no. Eso me tranquiliza. Dominic percibe mi intensa mirada y apenas me echa un vistazo rápido antes de hacerle un gesto con la cabeza a Tyler para que se suba al coche.

—Buenas noches, Cecelia.

Tyler recorre la corta distancia que hay hasta el Camaro de Dominic para ocupar mi asiento. En el momento en el que cierra la lustrosa puerta negra, se rompe el hechizo. El coche ya se está alejando a toda velocidad cuando llego al porche y cruzo la puerta principal, agradeciendo que mi padre no esté allí para recibirme.

Esa noche me meto en la cama y dejo las puertas del balcón abiertas. Siento cómo la fresca brisa nocturna fluye por la habitación, arropándome y devolviéndome al interior del Camaro de Dominic.

Cuando por fin me duermo, tengo sueños muy reales con ojos castaños, sonrisas, árboles borrosos y carreteras interminables.

10

A la mañana siguiente, sonriendo como una boba después de haber estado rememorando mis sueños en la ducha, bajo las escaleras con una excusa ensayada en los labios y los nervios a flor de piel mientras cruzo el vestíbulo y entro en el comedor. Me alivia encontrarlo vacío. Pero ese alivio dura poco, porque mi teléfono suena y recibo un correo electrónico de mi padre con el asunto «Visitas». Roman Horner no envía mensajes, eso es demasiado personal. Se comunica con su hija por correo electrónico.

> Eres una mujer adulta y soy consciente de que las condiciones de tu estancia en mi casa pueden resultar un poco agobiantes para tus actividades extracurriculares debido a tu horario tardío. Dicho lo cual, esta es la segunda noche que me desvelo a causa de tu llegada a altas horas de la madrugada y al ruido que has hecho al presentarte delante de mi puerta. A partir de ahora, haz lo posible por volver por tus propios medios por las noches y sé respetuosa con mi casa, Cecelia. Las visitas deberán reducirse al mínimo. En otro orden de cosas: tengo que pasar unos días en Charlotte por cuestiones laborales. El ama de llaves estará hoy en casa. Si necesitas algo, házselo saber.
>
> Roman Horner
> DIRECTOR GENERAL DE HORNER TECHNOLOGIES

Lucho contra el impulso de responder con un emoticono de una carita con los ojos en blanco. En vez de ello, respondo con un «Sí, señor».

Estoy a punto de llamar a Christy por FaceTime cuando mi teléfono suena.

—Hola, mamá —digo mientras voy a la cocina a por un yogur.

—Ya han pasado dos días y no sé nada de ti.

—He estado ocupada. Tampoco he llamado mucho a Christy.

—¿Y se supone que eso tiene que hacerme sentir mejor?

—Pues sí. Es la primera persona a la que llamo por las mañanas y la última con la que hablo por las noches.

Se hace el silencio. La estoy culpando y portándome fatal con ella. Sabe que no ha estado pendiente de mí desde que le dio por hacer un paréntesis vital.

—¿Qué tal por ahí?

—Bien.

—Sabes que odio esa palabra.

—Hasta ahora Roman ha estado prácticamente ausente, como era de esperar. En serio, no tengo ni idea de lo que viste en él.

—Eso fue hace mucho tiempo. La vida era diferente. —Su tono es lúgubre y me pregunto si alguna vez entenderé cómo llegué a existir.

—No tenéis nada en común. Nada de nada. ¿Cómo estás?

—Bien. —Noto por su voz que está sonriendo.

—Venga ya. —Compartimos una carcajada y, cuando esta se desvanece, su persistente silencio me inquieta—. Mamá, ¿estás bien?

¿Ha dicho algo de mí?

—No. Ni siquiera hablamos del tiempo. ¿Por qué?

—Es que no quiero que me critique.

—Aunque lo hiciera, no le haría caso. No fue él quien me crio.

La oigo suspirar.

—Eso me hace sentir mejor, supongo.

—¿Seguro que estás bien?

—Sí. No me gusta nada que estés ahí. Tengo la sensación de haberte fallado.

—Solo es un relevo. Tienes derecho a él. Todos lo tenemos de vez en cuando, ¿no?

—Ya. Pero si odias estar ahí…

—No. Estoy aprovechando para centrarme en mí misma. Es como estar en un resort, pero sin personal. Podré soportarlo.

—¿Seguro?

«Si es por ti, sí». Eso es lo que me gustaría decirle.

—Seguro.

—Te quiero, cielo.

11

Mis dos primeras semanas en la fábrica son llevaderas gracias a mi supervisor y a los prolongados descansos que me concede. Aun así, oigo los murmullos de algunos al pasar y las miradas de desprecio que me lanza un grupo de mujeres que seguramente me odian por mi apellido son inconfundibles. Hay una en particular, una latina muy guapa llamada Vivica, que no deja de mirarme como si me fuera a matar. La noticia de que soy la hija del dueño debe de haberse extendido como la pólvora por toda la fábrica, porque mis sonrisas son cada vez menos correspondidas.

La pacifista que hay en mí intenta ignorarlo, poner la otra mejilla y agachar la cabeza. Si todavía no consideraba mi estancia aquí como una condena, ahora tengo motivos más que suficientes para hacerlo. Sean también es consciente de sus miradas, pero nadie lo cuestiona cuando me saca de la línea de producción, ni siquiera Melinda, que puede que no se oponga verbalmente, pero no deja de mirarme con escepticismo cada vez que me hacen salir de nuestro cubículo. Mientras por lo visto yo soy el enemigo público número uno, todo el mundo en la fábrica parece adorar a Sean y se lleva bien con la mayoría de los empleados. Lo irónico es que me las estoy arreglando para salir adelante gracias a él; mi apellido no está teniendo absolutamente nada que ver.

Desde que nos conocimos, casi siempre estamos juntos, ya sea tomando el sol al lado de la piscina antes de irnos a trabajar o por las noches en el taller, donde los chicos se turnan para enseñarme a jugar al billar. Russell, Tyler y Jeremy siempre están allí, pero Dominic apenas hace acto de presencia. Y en esas raras ocasiones en las que se deja ver, no me da ni la hora. Sin embargo, cada vez que lo pillo mirándome, su expresión me inquieta. Siempre lo hace con una mezcla de curiosidad y desprecio. Más de una vez he intentado reunir el valor necesario para preguntarle cuál es su problema, pero siempre me he acobardado.

Desde que llegué a Triple Falls he estado enredada en Sean y acompañada por él, literalmente y con frecuencia, en el oasis del jardín trasero de mi padre. Cada vez que la cosa se pone íntima, me da un beso en la sien, en lugar de en la boca, y se aleja. Varias veces ha acercado sus labios a mí de forma tentadora y yo siempre he contenido el aliento esperando, deseando que estos bajaran desde mi sien o desde mi mejilla hasta el lugar en el que no dejo de imaginármelos. Es como si él esperara algo más que una mirada de consentimiento para dar el paso. Lo he pillado en muchas ocasiones acariciando con la lengua el aro que tiene en el labio mientras me mira de una forma que indica que somos cualquier cosa salvo meros amigos. Siento mariposas en el estómago en su presencia y me tenso cada vez que me abraza. He memorizado su cuerpo y todos los días me muero por que nuestra relación de amistad pase a ser algo más. Su resistencia a reaccionar ante la química que tenemos me saca de quicio. Aunque, al mismo tiempo, me encanta esa sensación maravillosa de expectación, sentir sus ojos sobre mí cuando tiro en la mesa de billar y sus dedos siguiendo el rastro del agua sobre mi piel. Resulta frustrante y excitante y muchas veces me sorprendo soñando despierta mientras Melinda parlotea sobre sus amigos de la iglesia, es decir, en esencia, sobre la esposa del pastor. Y no precisamente para bien. Pero desde que Sean entró de forma inesperada en mi vida, en cuanto me duermo, suele acompañarme también en mis sueños.

Abro los ojos y sonrío al recordar la última imagen de él caminando hacia mí dentro del agua, con el sol danzando a su alrededor, iluminándolo mientras se acercaba. Por unos instantes, trato de volver a sumergirme en ese sueño maravilloso para continuar con nuestro encuentro, pero mi teléfono vibra con un mensaje entrante.

Sean
Pensando en ti.

Yo
En qué, exactamente?

Sean
En todo.

Yo
Puedes ser más específico?

Sean
Después.

Yo
Si quieres venir a bañarte, no hay moros en la costa.

Sean
Perfecto, porque estoy casi delante de tu casa.

Me levanto corriendo de la cama, bajo las escaleras y, cuando abro la puerta, me encuentro a Sean recién duchado, con el pelo húmedo y maravillosamente revuelto en la coronilla, apoyado en su Nova con los brazos cruzados. Lleva botas de montaña, pantalones cortos y una camiseta negra y hago una foto mental mientras me quedo con cara de quién sabe qué.

Me sonrojo, peinándome con los dedos.

—Me acabo de despertar.

—Estás guapísima —declara él, acercándose a mí.

Yo señalo hacia atrás con la cabeza.

—Puedes entrar. Mi padre no llegará a casa hasta más tarde.

Se dispone a saludarme con un beso en la mejilla y yo me aparto.

—Aún no me he lavado los dientes.

—Me la sopla. —Se inclina y me da un suave beso en la mandíbula, que se prolonga mientras el aire se vuelve denso entre nosotros.

Sin aliento, reprimo el impulso de acercarlo más a mí.

—¿Tienes botas de montaña?

Su pregunta me desconcierta.

—Eh, sí.

—Vístete con algo fresco y póntelas. Quiero enseñarte una cosa.

—¿Vas a llevarme de excursión?

No es precisamente senderismo lo que quiero hacer con él.

—Valdrá la pena.

—Esto es precioso —jadeo mientras trepamos otro grupo de rocas en la ladera de la montaña.

Los músculos que no he utilizado en años se quejan mientras el extraño tacto del musgo me roza la espinilla cuando intento escalar la roca. Detrás de mí, Sean supervisa todos mis movimientos y su aliento golpea mis muslos mientras miro hacia abajo, donde él vigila la mitad inferior de mi cuerpo para ayudarme si pierdo el equilibrio.

—No podría estar más de acuerdo —comenta él al tiempo que me da un empujón en el trasero con una mano para ayudarme a trepar por un saliente de roca grande. Mientras lo logro, su tono de voz, claramente insinuador, me invade de pies a cabeza.

—¿A dónde me llevas? —le pregunto mientras supero el último escollo y contemplo la vista antes de que él suba hasta donde yo estoy, como si la mochila enorme que lleva a la espalda no fuera un peso añadido para escalar. Me coge de la mano y entrelaza los dedos con los míos al llegar a mi lado—. Ya no está muy lejos.

Miro el reloj. Se supone que he quedado con Roman para cenar y odio la inquietud que él aún me sigue generando. Es como si volviera a tener once años. Después de varias comidas, seguimos sin sentirnos más cómodos juntos que cuando llegué.

—¿Qué hora es? —me pregunta Sean, mirando hacia mí.

—Temprano.

—¿Tienes que ir a algún sitio?

—No, perdona, solo es por mi padre. —Suspiro, agobiada—. Se supone que tengo que cenar con él después.

—Pero eso es después.

—Sí… —Alargo la palabra para que suene más como una pregunta.

—Ahora estás disfrutando de tu tiempo libre, aquí, conmigo.

Me detengo y frunzo el ceño.

—¿Y?

—Pues que entonces deberías estar aquí conmigo.

—¿Y lo estoy?

—¿Eso es una pregunta?

—No. Estoy contigo.

—Pero estás pensando en tu padre.

—No puedo evitarlo.

—¿Seguro?

Frunzo el ceño.

—¿Esto es una prueba?

—Y luego dicen que esto es «la tierra de los libres y el hogar de los valientes» —murmura, negando con la cabeza mientras echa a andar de nuevo.

—Pues sí. ¿Y qué? —le pregunto, siguiéndolo.

Él se gira hacia mí.

—Que para mí es más bien el país de los esclavos mediáticos ineptos, enganchados a la tecnología y con el cerebro lavado.

—Me acabas de insultar. Y mucho, diría yo.

—Perdona, solo digo que no tiene sentido desperdiciar el presente preocupándose por el futuro.

—¿El presente?

—Es el único momento que importa. El tiempo en sí no es más que una línea invisible, una medida que alguien inventó, ¿no? Eso ya lo sabes. Y, aunque es útil como referencia, también puede causar mucho estrés si permites que te controle.

Ni siquiera soy capaz de llevarle la contraria. El hecho de tener que cenar con Roman está echando a perder el tiempo que estoy pasando con Sean.

—Vale, lo siento.

—No lo sientas. Simplemente, no le des poder. El presente es el presente y más tarde el futuro también lo será. No seas esclava de esa mierda de ir contra reloj y mantenerte conectada. El presente es lo único que puedes controlar y aun así es una ilusión.

—Eres un tío muy raro —digo, riéndome y negando con la cabeza.

—Puede, o puede que todo el mundo necesite despertar de una puta vez y salir del «modo productivo». Pero no lo harán, porque están demasiado a gusto bajo el edredón de plumas que se compraron después de ver un anuncio en Instagram.

—¿Me estás diciendo que soy demasiado comodona?

—Depende. —Me agarra del brazo, desabrocha lentamente mi Apple Watch, lo tira al suelo y lo aplasta con la bota.

—¡No me jodas! ¡Te has pasado! —exclamo, mirándolo boquiabierta.

—¿Cómo te sientes ahora?

Recupero el reloj hecho trizas del suelo y respondo con sinceridad.

—Cabreada.

—Ya, pero ¿qué hora es?

—Obviamente no tengo ni idea —me lamento, guardando el reloj inutilizado en mis pantalones cortos.

—Felicidades, nena, bienvenida a la libertad.

—Eso es poco realista.

—Para ti. Ahí dentro continúas siguiendo un horario —dice, presionando un dedo sobre mi sien.

—Vale, ya lo pillo. Estás diciendo que necesito desconectar y blablablá, pero estoy segura de que había una forma menos dolorosa de exponer tu punto de vista.

—Sí, pero no acabas de entenderlo: tienes que reentrenar tu cerebro. Seguro que te volverías loca si intentara aplastarte el móvil con la bota.

—Pues claro.

—¿Por qué?

—Porque lo necesito.

—¿Para qué?

—Pues para todo.

Él saca un cigarro del bolsillo y lo enciende, señalándome con él entre los dedos.

—Piénsalo de manera racional. ¿Cuántas veces lo has necesitado hoy?

—Para devolverte el mensaje, por ejemplo.

—Podría haber llamado perfectamente al timbre. Pero sabía que serías más rápida contestando al teléfono que yendo hasta la puerta, ¿y sabes por qué?

—Porque lo tenía en la mano.

Él asiente con la cabeza.

Vuelve a emprender la marcha y yo lo sigo a regañadientes, todavía enfadada por lo del reloj.

—Entonces ¿tú no tienes redes sociales?

Él resopla.

—Pues claro que no. Ni de coña. Lo peor que hemos hecho en este mundo es darles a todos un micrófono y un lugar para usarlo.

—¿Por qué?

Se detiene en un claro y se gira hacia mí, con una mirada muy seria.

—Por mil razones obvias.

—Pues dame la mejor.

Él valora mi petición durante unos instantes mientras le da una larga calada al cigarrillo.

—Vale. —Exhala—. Aparte de la lenta e inevitable degradación de la humanidad, te plantearé una hipótesis.

Asiento con la cabeza.

—Imagina que una persona nace con un don sin precedentes para retener conocimientos. Y al descubrir que tiene ese don, se pone manos a la obra de inmediato y estudia durante años y años para perfeccionarlo y convertirlo en un superpoder, transformándose en un pozo de sabiduría sin parangón, hasta el punto de llegar a ser muy reputada, una persona con una capacidad reconocida, alguien a quien de verdad conviene hacer caso. ¿Me sigues? —Vuelvo a asentir—. Imagina que esa persona sufre una pérdida. Imagina que alguien cercano a ella muere y esa muerte le plantea una pregunta para la que no tiene respuesta, así que convierte esa pregunta en su misión y se niega a abandonar hasta tener una prueba irrefutable de a dónde ha ido su ser querido. Así que vive, come y respira cada minuto de cada día de su vida para encontrar la respuesta a esa pregunta. Y un día sucede. Lo consigue y, al hacerlo, transforma su teoría en un hecho y sabe que, si comparte esa prueba, podría cambiar la vida tal y como todos la conocemos. Imagina que esa persona no solo puede demostrar que hay un más allá, sino que puede demostrar la mismísima existencia de Dios, por lo que la fe ya no sería necesaria. Él es real. Ya tiene la prueba que quería, su vida no carece de sentido, la muerte que ha llorado no ha sido en vano, tiene la respuesta y quiere compartirla con los demás. —Le da otra calada al cigarrillo y exhala una larga bocanada antes de levantar los ojos castaños hacia los míos—. Entonces lo publican en las redes sociales para que el mundo tenga por fin la respuesta a una pregunta que ha atormentado a la gente durante siglos. ¿Qué sucedería?

—Que no lo creeríamos.

Él asiente lentamente.

—Mucho peor que eso. Fulanita de Tal lo desacreditaría en diez minutos, tuviera o no razón, porque tiene millones de seguidores y ella sí que es Dios. Entonces esa otra persona, la que tiene pruebas, hechos y vídeos, pasaría a ser otro charlatán más de internet porque lo ha dicho Fulanita de Tal. Habría millones de personas que no le harían caso, entre ellas sus amigos, porque Fulanita de Tal «siempre tiene razón». Aun así, ese charlatán que está tan seguro de su verdad y que tiene pruebas infalibles rogaría a todos los demás charlatanes que lo escucharan, pero nadie lo haría, porque todo el mundo estaría cotorreando por los micrófonos. Así que ninguno de nosotros sabría jamás que Dios existe y muchas personas seguirían viviendo cada día con un miedo atroz a morir.

—Eso es muy triste… y muy cierto —reconozco, frunciendo el ceño.

Tras exhalar otra bocanada de humo, Sean descapulla el cigarrillo y lo apaga.

—Lo más triste de todo es que la única forma de vencer el miedo a morir es muriendo.

—Ay, Dios.

Sean sonríe.

—¿De verdad crees que nos está escuchando?

Pongo los ojos en blanco.

—Me estás matando.

—¿Y ese giro inesperado? ¿Te asusta la muerte?

—Deja de jugar con mis palabras. —Le doy un manotazo en el pecho.

Él se ríe y luego se encoge de hombros mientras abre la botella de agua.

—Tú me has preguntado. Yo solo estoy transmitiendo un mensaje.

—¿Ese discurso no era tuyo?

Bebe un buen trago de agua y vuelve a cerrar la botella, apartando la mirada.

—No. No es mío. Solo es de otro charlatán.

—¿Pero es lo que crees?

Sus ojos se encuentran con los míos y me mira con intensidad.

—Es lo que tiene sentido para mí. Lo que me parece más real. Es mi forma de vivir. —Se inclina hacia mí. Está cerca, muy cerca—. O puede que yo sea otro charlatán —dice, apartándome el pelo empapado de sudor de la frente y abriendo más los ojos antes de dedicarme una sonrisa cegadora.

—Probablemente —digo en voz baja—. Y sí haces caso al reloj, porque tienes que llegar a tiempo al trabajo —señalo.

—Ahí me has pillado. Pero mi tiempo libre es mío. Yo no soy esclavo del tiempo. Y la verdad es que mis horas de trabajo también lo son.

—¿Cómo puede ser eso?

Él posa una mano en mi espalda y me empuja hacia delante.

—Ya casi estamos.

—¿No me vas a contestar?

—No.

—Eres la leche —refunfuño. Este tío no es en absoluto como me esperaba y, sin embargo, me fascinan sus palabras y la certeza de que sabe lo que quiere y cree en lo que dice. Me parece que nunca había conocido a nadie con tanta confianza en sí mismo, tan seguro de sus ideas. Contemplo a Alfred Sean Roberts en toda su perfección mientras este camina a mi lado en un silencio meditativo—. A ver, ¿y cuál es tu superpoder? —le pregunto un tanto sofocada, tratando de seguirle el ritmo.

—Se me da bien leer los pensamientos de las personas. Saber lo que quieren. ¿Y el tuyo?

Dedico unos segundos a pensar en ello.

—No sé si podría llamarse «superpoder», pero, al despertarme por las mañanas, casi siempre recuerdo lo que he soñado…

de forma muy nítida. Y a veces, si me despierto de repente, puedo retomar los sueños. Otras veces vuelvo a meterme en ellos.

—¿Los retomas donde los dejaste?

—Sí.

—Eso es genial. Yo duermo tan profundamente que nunca recuerdo los míos.

—A veces son dolorosos —reconozco—. Tanto que pueden arruinarme el día, por cómo me hacen sentir. Así que no siempre es algo bueno.

Él asiente con la cabeza, examinando los árboles antes de mirarme.

—Todo superpoder tiene su precio, supongo.

Me da la sensación de que llevamos una eternidad fuera de los senderos marcados, en la falda de la montaña. Cuando superamos el siguiente grupo de rocas, me quedo maravillada por el entorno y por mi nuevo jardín trasero. Llevo semanas conduciendo por carreteruchas y por empinadas pistas de montaña y ni una sola vez se me había ocurrido adentrarme en el bosque para ver qué me encontraba. Estoy completamente extasiada; no esperaba enamorarme así de la tranquilidad, del aire fresco, del olor a naturaleza ni del sudor que cubre mi piel. Miro a Sean y lo veo con otros ojos.

—Vas a acabar convirtiéndome en una hippy de montaña.

—Eso espero.

En algún momento entre el instante en el que lo vi junto a su coche esa mañana y el puñado de horas que hemos pasado caminando, he permitido que una parte de mí que había mantenido encerrada durante años, mi corazón romántico, empiece a albergar esperanzas. Sean le ha allanado el camino para permitirle emerger de la amargura en la que lo había enterrado. Con cada mirada, con cada roce, con cada conversación distendida, siento que este intenta llamar mi atención para decirme que podría ser seguro salir a echar un vistazo.

Aunque, sea lo que sea lo que esté floreciendo entre nosotros, todavía es demasiado pronto. Por mucho que Sean asegure que el tiempo es nuestro enemigo, soy muy consciente de que la confianza es frágil y puede romperse en un instante. El tiempo me ha enseñado que bastan unos segundos para quedar en evidencia. En mi corta experiencia con los tíos, me han engañado, mentido y humillado, y no tengo intención de permitir que eso vuelva a ocurrir, si puedo evitarlo. Mi instinto, en lo que a ellos se refiere, es nefasto. Y, después de mi último fracaso, me prometí a mí misma ser más cautelosa. El próximo hombre que quiera ganarse mi corazón y mi cariño tendrá que hacer mucho más para conquistarme que regalarme palabras bonitas y promesas vacías. Sin embargo, ese juramento que en su día me hice a mí misma y mi reciente decisión de evadirme durante un tiempo no encajan bien. Sean es una tentadora manzana en mi nuevo jardín célibe. Físicamente, lo deseo. Y está claro que el sentimiento es mutuo. Tal vez no debería plantearme ir más allá.

—¿En qué estás pensando?

—En que me alegro de estar aquí.

Él me mira de reojo.

—Y una mierda.

—Vale. En que… hace tiempo que no salgo con nadie. —No estoy segura de estar usando la palabra correcta.

Él me mira.

—¿Y?

—Y que hace mucho tiempo, eso es todo.

—¿Qué pasó con el último?

—Tú primero —digo mientras él pasa por encima de la rama de un árbol caído y me levanta con facilidad para que la evite.

—Mi última chica fue Bianca. Era una manipuladora, así que no duró mucho.

—Manipuladora ¿en qué sentido?

—Quería controlarme. Eso es algo que no llevo bien. Quería manipular mi presente, pero resultó que yo me esforzaba más en intentar escapar de ella que en intentar adaptarme.

—El mío me puso los cuernos en el baño de una discoteca, el día que cumplía dieciocho años.

—Uf.

—Sí, era un capullo. La verdad es que ya me habían advertido sobre él. Mi mejor amiga, Christy, lo odiaba, pero no le hice caso. —Le dirijo una mirada mordaz—. Y también me han advertido sobre ti.

Él pone los ojos en blanco.

—Sabía que tenía que haberte conseguido unos auriculares.

—A Melinda le encanta hablar.

—Solo sabe lo que cree saber.

Doy unos pasos más y me detengo al oír un sonido que se filtra entre de los árboles.

—¿Qué es eso?

—Vamos.

Él me guía a través de otro claro entre la densa maleza antes de tomar un desvío. Me quedo boquiabierta y con los ojos como platos al ver una cascada de un piso de altura. Detrás de ella hay una cueva, si es que puede llamarse así. Su interior es completamente visible a través del agua, lo que la convierte más bien en un rinconcito acogedor.

—Hala, nunca había visto nada igual.

—Mola, ¿eh?

En unos instantes estamos detrás de ella. El agua fluye hasta una piscina poco profunda que hay al fondo. Me giro y veo a Sean dejando la mochila y extendiendo una gruesa manta.

—¿Vamos a hacer un pícnic detrás de una cascada?

—¿A que es genial?

—Increíble.

Mientras coloca las cosas, tras haber rechazado mi ayuda, observo cómo saca diferentes recipientes. Queso y galletas saladas, barritas de cereales, fruta. Es algo sencillo, pero el detalle en sí hace que se me acelere el corazón. Finalmente, saca unas botellas de agua y me tiende la mano. La combinación de ese hombre guapo de piel bañada por el sol y ojos brillantes que quiere que me acerque a él y el paisaje que nos rodea es como un sueño, un sueño hecho realidad. Reprimo el impulso de abalanzarme sobre él, me siento a su lado en la manta y unas cuantas piedras se me clavan en el culo mientras me acomodo para disfrutar de la vista.

—Esto es increíble.

—Me alegro de que te guste. Hay más cascadas, pero esta es privada.

—Es privada porque nos hemos colado en un parque natural —señalo con una sonrisa—. Por si no has visto el cartel de «prohibido el paso».

Él se encoge de hombros.

—Solo son más líneas imaginarias.

—Como el tiempo, ¿no?

—Sí, como el tiempo. —Me aparta el pelo sudado de la frente—. Feliz cumpleaños, Cecelia —dice con una voz que rebosa calidez.

—Gracias. Qué guay que te hayas acordado.

—Comentaste que era dentro de poco y pregunté la fecha en Recursos Humanos.

—Esto es mucho mejor que el plan que tenía —digo, inhalando el vaho fresco que desprende la cascada. Un pequeño arcoíris en forma de nube brilla debajo de nosotros, en las rocas, y hago una foto mental. No desearía estar en ningún otro sitio.

—¿Cuál era?

—Leer. Pero tú has hecho que parezca un plan triste —digo, echando un vistazo alrededor. Luego lo miro y le suelto la pregunta que más deseo que responda—. ¿Eres real?

Él frunce el ceño mientras abre un recipiente y se mete un trozo de queso en la boca.

—¿Qué quieres decir?

—Pues si de verdad eres así de encantador. ¿O vas a convertirte en un perro rabioso en un par de semanas y a echarlo todo a perder?

Él no se inmuta lo más mínimo ante mi pregunta.

—¿Es eso a lo que estás acostumbrada?

Respondo sin dudar:

—Sí.

—Entonces, supongo que depende.

—¿De qué?

—¿Sabes guardar un secreto?

—Sí. —Me acerco a él mientras mis dedos anhelan devolverle el gesto y apartarle el cabello rubio y sudoroso de la frente.

—Bien.

—¿Eso es todo?

—Sí.

—Ya estamos otra vez con los acertijos. ¿Nosotros somos el secreto? —Él extiende una mano para atraerme hacia él, de espaldas, antes de coger un trozo de queso y ofrecérmelo. Yo lo acepto y lo mastico, recostada sobre él, disfrutando de la vista y de la sensación de tenerlo detrás de mí. Es tan atento, tan encantador y se le da tan bien tranquilizarme que no quiero ni pensar que pueda ser diferente al tipo que ha pretendido ser hasta ahora. Percibo en él cierta indecisión—. Sea lo que sea, por favor, suéltalo ya. Lo digo en serio. Prefiero saberlo.

Su aliento me hace cosquillas en la oreja.

—Yo no hago las cosas como la mayoría de la gente. En ningún aspecto de mi vida. Sigo mi instinto en todo y respondo ante muy pocos.

—¿Qué significa eso exactamente?

—Significa que solo yo soy dueño de mí mismo, Cecelia, en todo momento. Y que elijo cuidadosamente con quién disfrutar mi presente. Soy egoísta con mi tiempo y a veces con las cosas que quiero.

—Vale.

—Pero, una vez que tomo una decisión, nunca me arrepiento, sean cuales sean las consecuencias.

—Eso suena… peligroso.

Otro silencio.

—Puede serlo.

12

Después del pícnic, nos quedamos dormidos encima de la manta. Soy la primera en despertarme sobre el pecho de Sean, que está tumbado de espaldas, con las manos detrás de la cabeza y los ojos cerrados, respirando de forma profunda y tranquila. Guardo los envases y me limpio los restos que tengo en las manos.

Recoger es lo mínimo que puedo hacer. Ha sido el cumpleaños perfecto, a pesar de que algunas de sus verdades escuecen un poco. Si lo he entendido bien, Sean no es de los que se emparejan ni de los que se comprometen, por mucho que en estas pocas semanas que llevo conociéndolo sus actos hayan insinuado lo contrario. Para mí sigue siendo un misterio, a pesar de todo el tiempo que hemos pasado juntos. Pero ya no es la necesidad de determinar qué hay entre nosotros lo que me hace contemplarlo extasiada: son el deseo, el ansia, las ganas de acercarme a él los que me llevan a estudiar sus bíceps definidos y su musculoso pecho. Los dedos de mis manos inertes se mueren por acariciar ese aro que brilla en su exuberante boca. Y mi lengua anhela lamer la nuez de su cuello. Lo deseo con todas mis fuerzas y me saca de quicio que me ponga tan nerviosa mientras él parece tan tranquilo.

Me quito la parte de arriba, quedándome con el sujetador deportivo, y mojo la camiseta en la cascada para limpiarme con ella el sudor y la mugre acumulados durante la caminata. Sean está tumbado relajadamente en la manta mientras yo me froto, imaginando cómo sería tocarlo como me gustaría, besarlo y que me besara.

Dice ser un hombre que hace lo que le da la gana, que sigue su instinto sin remordimientos y que no se preocupa por las consecuencias. Me pregunto qué le parecería que yo actuara con la misma valentía en relación con lo que me pide el cuerpo ahora mismo. Vuelvo a sentarme en la manta, observándolo.

Soy una tarada. En este momento, soy la típica tarada que lo mira mientras duerme. Giro la cabeza, ruborizándome, y me paso una mano por la cara. Estamos completamente solos. ¿Era lo que él quería? Aunque ya hemos estado solos antes, muchísimas veces.

Mi cerebro me dice que no me ponga en evidencia, pero decido seguir el consejo de Sean. Con un rápido movimiento, me monto a horcajadas sobre él, me inclino y le paso la lengua tímidamente por el aro del labio.

Su reacción es instantánea. Levanta rápidamente la mano y la posa sobre mi nuca mientras se incorpora y me sujeta a un centímetro de él, acariciándome la nariz con la suya. Me quedo sin respiración. Clava sus ojos en los míos, mirándome fijamente, y, cuando por fin habla, lo hace con una voz que rezuma puro deseo.

—Sí que has tardado.

De repente su boca está sobre la mía y su gemido me inunda mientras me lame los labios, besándome tan apasionadamente que hace que me humedezca. Sin que su boca abandone en ningún momento la mía, me gira hábilmente, tumbándome boca arriba. Me desabrocha los pantalones cortos y noto su erección presionándome la cadera mientras me baja poco a poco la cremallera. Completamente aturdida por lo rápido que está yendo y por su reacción a mi beso, me abro para él y su boca ardiente me succiona. Entonces aparta bruscamente sus labios de los míos e introduce una mano entre mis pantalones y mis bragas, deslizando un dedo sobre mi clítoris. Entreabro la boca mientras él me hipnotiza con ese único dedo, moviéndolo lentamente arriba y abajo.

Arriba y abajo.

La simple yema de su dedo genera una onda expansiva que me recorre todo el cuerpo y él se aleja para mirarme con una intensidad paralizadora.

Emito un fuerte gemido mientras él sigue con su caricia ligera como una pluma y le agarro la mano exigiendo más, arqueando las caderas en busca de contacto.

—Por favor —susurro—. Por favor.

—Ni de coña, pienso tomarme mi tiempo. Tú ya te has tomado el tuyo.

—No sabía que era esto lo que querías.

—Y una mierda. Estaba esperando a que tú tomaras la decisión.

—¿Me estabas esperando? —pongo los ojos en blanco con la siguiente caricia de su dedo.

—Quería que estuvieras segura.

Mi cuerpo palpita, ardiente de deseo, mientras lo miro.

—Estoy segura. —Él sonríe y yo le clavo las uñas en la mano, instándolo a seguir—. Sean, por favor.

Finalmente, desliza su grueso dedo por debajo de mis bragas y gime al encontrarme empapada. El deseo me ciega y siento cómo me tiemblan los muslos mientras él retoma sus atenciones con la misma suavidad. Ese roce no es suficiente y él lo sabe muy bien.

Lo agarro del pelo y tiro. Él sonríe, con los ojos encendidos por la lujuria, mientras sigue provocándome con el dedo. Eso no es suficiente, ni mucho menos. Levanto las caderas y gimo de frustración, lo que hace que él se retire.

Me está castigando por mi impaciencia.

Cabrón.

—Ya paro. Ya paro. Por favor, no. —Me importa una mierda suplicar. Hace demasiado tiempo que nadie me toca y nunca en la historia de todos mis «presentes» me había atraído tanto un tío—. Sean... —susurro.

Él ve el deseo en mi mirada y se inclina para besarme intensamente, con tanta vehemencia que las emociones bullen en mi interior. En cuestión de segundos estoy desbocada, cegada por la pasión mientras me aferro a él.

Es demasiado.

Finalmente, cuando ya estoy en llamas a causa de sus caricias, introduce un dedo dentro de mí y me observa con atención mientras arqueo la espalda.

—Joder... —murmura antes de acercarse y darme un beso en el cuello que alarga hasta debajo de mi oreja—. Dime qué quieres que te haga, cumpleañera.

—Tu boca.

—¿Dónde?

—Sobre mí.

—¿En qué sitio?

—En cualquiera. —Hace amago de retirar el dedo—. Entre mis piernas. Rápido. —Él se incorpora, me baja los pantalones de un tirón y los lanza hacia atrás. Luego me abre las piernas, baja la cabeza y me lame suavemente por encima de la seda que hay entre mis muslos—. ¡S-S-Sean! —tartamudeo mientras él me provoca, succionando mi clítoris a través del tejido al tiempo que yo golpeo sus bíceps, sucumbiendo al deseo.

Él me mira fijamente, con una sonrisa exasperante en los labios.

—¿Es esto lo que quieres?

—Quiero tu boca en mi coño y tu lengua dentro de mí.

Al cabo de unos segundos penosamente largos, mis bragas acaban sobre algún lugar de la roca que hay a mi espalda mientras él separa mis muslos, acariciándome la piel con los dedos antes de bajar la cabeza y saborearme entera de un solo lengüetazo. Chillo de satisfacción mientras él empieza a comerme con diestros movimientos de lengua e intenciones claramente perversas. Retorciéndome sobre la manta, murmuro una sarta de juramentos mientras él me mete un dedo y lo curva sobre mi punto G. A mí me llevó meses descubrir cómo llegar al orgasmo sola, practicando para localizar las partes de mi anatomía que me excitaban, y este hombre ha conseguido encontrarlas todas en cuestión de minutos. Eso sí que es un superpoder en toda regla.

Sean me devora, robándome toda capacidad de comunicarme, mientras mis piernas temblorosas rodean su cabeza. Levanta hacia mí sus ojos castaños al tiempo que yo me aferro a la manta y me retuerzo por obra y gracia de su boca mágica. Me lame enérgicamente y yo le respondo contorsionándome, con el corazón desbocado, cubierta por una capa de sudor. Entonces empieza a acariciar todos mis rincones con los dedos, excitándome y torturándome, antes de introducirlos en mi interior con actitud provocativa. Yo exploto y convulsiono, perdiendo el control, gritando su nombre mientras él me acaricia el clítoris con la lengua. Sigue lamiendo mientras yo me estremezco hasta que le pido que se detenga, demasiado sensible para seguir. Y a pesar de que estoy apretando los muslos alrededor de su cabeza, él succiona mis pliegues para saborear hasta la última gota de mi orgasmo. Es pornográfico y perfecto y, cuando se levanta para besarme, le como la boca, chupando su lengua con fervor. Paso la mano por la protuberancia de sus pantalones cortos y percibo su reacción. Introduzco la mano, deslizo los dedos por su abdomen tenso y gimo al descubrir una mancha de semen. Sean me desea tanto como yo a él y lo demuestra cuando estrecho en mi mano su impresionante miembro por un segundo, antes de que él baje el cuerpo, negándome el acceso. Satisfecha, pero con ganas de más, lo miro fijamente, anhelante.

Él niega con la cabeza.

—Hoy es tu día.

—Créeme. Lo haría por mí. Está bien ser egoísta —respondo, jadeando. Él intercepta la mano con la que lo estoy sosteniendo y me besa el dorso—. Sean, no soy ninguna hermanita de la caridad.

Él entrelaza sus dedos con los míos.

—Ya, pero para mí eres algo más que esto. Mucho más.

—¿En serio? ¿Después de lo que has dicho hace un rato?

—Me has malinterpretado.

—¿A qué te refieres?

Él me mira de arriba abajo, posa una mano cálida sobre mi mejilla y me acaricia la boca con el pulgar.

—Quiero decir que contigo, en este momento, me siento un poco egoísta.

—¿Y eso es malo?

—Muy malo.

—¿Por qué?

Él apoya la cabeza sobre mi vientre y gime.

La alegría me invade cuando él levanta la cabeza y nos miramos a los ojos. La sinceridad de su mirada revela que le he causado tan buena impresión como él a mí. A cambio de su confesión silenciosa, le otorgo una pizca de confianza. No son necesarias las palabras.

Durante la caminata de vuelta al coche, él no deja de abrazarme, de hacerme parar una y otra vez para besarme, arrullándome con las profundas caricias de su lengua, y yo me doy cuenta de que sería capaz de enamorarme de Alfred Sean Roberts. Y hoy una pequeña parte de mí ya lo ha hecho.

13

Sean
Pensando en ti.

Yo
En qué?

Sean
En todo tipo de cosas.

Yo
Puedes concretar?

Sean
En que no tienes ni idea de lo guapa que eres. Y en que me
vuelve loco tu sabor.

Yo
Qué me vas a hacer?

Sean
Estoy un poco lejos. Ven al taller.

Yo
En una hora estoy ahí.

Han pasado varios días desde lo de la cascada y apenas hemos intimado desde entonces. No se despega de mí cuando estamos con los chicos, pero se despide cada noche con un inocente beso y sus señales confusas me están volviendo loca. Es como si estuviera esperando... algo que no logro identificar. Pero, en lugar de lamentarme, he decidido seguirle el juego, porque lo cierto es que estoy disfrutando del deseo y la expectación. Nunca he sido de las que van rápido, pero mi atracción por él hace que me cueste contenerme. Los chicos de mi pasado no tienen nada que ver con este hombre. Nada. Y ahora, cuando me miro al espejo, percibo el poso evidente de las semanas que he pasado envuelta en sus atenciones. Es un subidón que casi había olvidado, un subidón que me resulta más adictivo de lo que podría ser jamás cualquier droga. Mi corazón tiene algunas cicatrices, pero late con firmeza, recordándome constantemente que jugar a su juego lo hace vulnerable y, muy en el fondo de mi mente, escucho su advertencia. Por lo pronto, sigo jugando alegremente en mi ignorancia, por completo preparada para el siguiente golpe.

—¿Puedes dejar el móvil mientras cenamos?

Me pongo tensa en la silla al sentir la mirada de Roman y me guardo el teléfono en el bolsillo antes de levantar el tenedor.

—Lo siento, señor.

—Esta noche estás muy distraída.

Porque preferiría estar en el «presente» con Sean. No sé por qué Roman insiste en que cenemos juntos. La conversación es forzada y las comidas que compartimos son insoportablemente incómodas, al menos para mí. Es difícil saber cuándo se siente incómodo porque ese hombre es un muro infranqueable. Siempre está enfadado, pero esa parece ser su única emoción apreciable, si es que es capaz de sentirla. Cuanto más tiempo paso en su casa, más me parece un extraño.

—¿Cómo eran tus padres?

Nunca le he preguntado por ellos. Ni siquiera cuando era

niña. Incluso cuando mi juventud me habría permitido hacerme la valiente, sabía que era mejor no preguntar. Ambos habían fallecido, eso es todo lo que sabemos tanto mamá como yo.

Roman coge un bocado perfecto de pasta con el tenedor.

—¿Qué quieres saber exactamente?

—¿Eran tan sociables como tú?

Él aprieta la mandíbula y yo me felicito, aunque sigo con cara de póquer.

—Eran de la alta sociedad y mi padre iba a menudo a jugar al golf.

—¿Cómo murieron?

—Bebiendo.

—¿Veneno? ¿Fue una despedida a lo Shakespeare?

—¿La muerte te parece divertida?

—No, señor. —«Lo que me parece divertido es esta conversación».

—Murieron con poco tiempo de diferencia. Solo tres años. Me tuvieron con más de cuarenta.

—En ese sentido tú te adelantaste, ¿no?

Mi madre tenía veinte años cuando me tuvo y Roman le llevaba doce. Menudo asaltacunas.

—No pensaba tener hijos.

Extiendo los brazos y abro las manos.

—¡Sorpresa! ¡Es una niña!

Ni una triste sonrisa.

—Un público difícil. —Bebo un trago de agua—. Siento no haber podido evitar lo de los pañales. —Tengo la certeza de que ese hombre nunca me cambió ni un triste pañal. Ni uno solo.

—Cecelia, ¿piensas comportarte así toda la noche?

—No pierdo la esperanza. —«De que no destruyas mi alma con tu mirada asesina»—. Así que nada de padres y nada de novias. ¿Tienes algún amigo con el que salir?

—Tengo socios. Muchos.

—¿Y qué hace Roman cuando se desmelena? —Otra mirada

de reojo. No estoy llegando a ninguna parte—. La cena estaba deliciosa, pero tengo un plan ineludible esta noche. ¿Me disculpas, por favor?

Él no lo duda.

—Sí.

Mientras huyo del comedor, me parece oírlo exhalar un suspiro de alivio idéntico al mío.

Poco más de una hora después, entro en el taller y el hoyuelo de Tyler es el primero en saludarme. Este me mira de arriba abajo mientras yo me deleito con su atención. Esta noche me he esmerado especialmente: me he embadurnado entera en crema hidratante mezclada con aceite esencial de enebro, me he peinado con ondas playeras y me he echado polvos bronceadores para que me brille la piel incluso bajo la luz amarilla de las lámparas del techo. Me he maquillado muy poco, para que destaquen las pecas, que Sean me ha dicho que le encantan. Pero me he pintado los labios de fucsia para que hagan juego con mi nuevo vestido.

—Caray, chica, estás que lo tiras —dice Tyler, saludándome con un cálido medio abrazo mientras Sean y Dominic hablan al fondo del taller, alejados de todos los demás.

A pesar de la distancia intencionada, Steve Miller no alcanza a ahogar del todo sus voces agresivas mientras canturrea *The Joker*. La conversación parece tensa, así que decido dejarlos tranquilos. Jeremy es el siguiente en saludarme, levantando la barbilla con admiración antes de hacer una jugada en la mesa de billar. Es más bajito, pero se nota que el gimnasio es su segundo hogar. Está cuadrado y bajo su ropa sencilla hay unos músculos enormes, pero que a él le sientan bien. Se ha apuntado a la moda de la barba y lleva unos tirantes por encima de la camiseta. Tiene el cabello castaño y más corto que el de Sean, a quien Dios ha bendecido con una maravillosa mata de pelo.

—¿Te apetece jugar, Cee? —me pregunta Jeremy antes de meter la bola nueve.

—¿Quieres que te dé otra paliza? —replico mientras observo su tatuaje del cuervo y bajo la mirada hasta el gorro negro de lana que cuelga de su bolsillo trasero. Aunque la temperatura baja considerablemente tras la puesta de sol, el gorro parece fuera de lugar para principios de verano.

—¿Vas a atracar a alguien esta noche, Jeremy?

Él se queda callado y sigue poniéndole tiza al taco antes de guardarse bien el gorro en el bolsillo.

—Ya lo he hecho.

—Ah, ¿sí?

Guiña un ojo y Tyler se ríe.

—Lo único que has atracado esta noche es la cómoda de tu madre.

Jeremy fulmina a Tyler con la mirada.

—¿Quieres que hablemos de tu madre esta noche? Porque creo que ambos sabemos cómo va a acabar la cosa. Yo siempre tengo mi final feliz.

—Cierra la puta boca —le espeta Tyler.

Russell, que para mí es el segundo mudo junto con Dominic, coge un palo y le echa tiza.

—Tyler, sabes que nadie se trabaja a tu madre como Jeremy —dice.

Miro a Tyler, que parece cabreadísimo.

—¿Estáis hablando en serio?

—No —dice Tyler, dirigiéndose más a los otros que a mí—. Solo me están puteando.

—Si eso es lo que necesitas decirte a ti mismo para dormir esta noche, hijo mío… —Jeremy sonríe y se gira hacia mí—. Es un niño de mamá. Creo que necesitamos pasar más tiempo de calidad juntos para solucionarlo. Papi sabe lo que le conviene.

Todavía sonriendo a causa de su conversación, levanto la vista y veo a Dominic observándome mientras Sean habla a toda velocidad. Su atenta mirada hace que una chispa encienda mi cuerpo. No hemos hablado desde la noche en que me dejó entrar en el taller. Cada vez que me acerco demasiado, me cierra el paso, ignorándome con descaro como si no le estuviera hablando directamente. Sean dice que no me lo tome como algo personal, pero su rechazo constante y las miradas que me echa me ponen de los nervios. Centro mi atención en Sean a pesar de ser consciente de la mirada de Dominic y lo analizo, recordando la sensación de su beso, la mirada de sus ojos, la forma en la que me devoró con su boca, dejándome con la promesa de más. Y eso es lo que veo cuando finalmente se vuelve hacia mí. Recorre complacido mi cuerpo con sus ojos castaños antes de esbozar una pequeña sonrisa.

Siempre que me mira de esa forma, siento escalofríos. Es como si los dos supiéramos lo que nos espera, aunque no somos los únicos conscientes de ello.

—¿Queréis que os dejemos un rato a solas? —se burla Russell con sorna, quedándose con nuestro último intercambio de miradas antes de alinear el taco con la bola y golpearla.

—Tengo una idea mejor: cierra la puta boca —dice Sean tranquilamente justo cuando llega a mi lado y me atrae hacia él.

Este tío tiene confianza a raudales, una sonrisa capaz de derretirle las bragas a una monja y unos ojos que lo dicen todo sin que él tenga que decir nada. Cada día me siento más atraída por él y cada día soy más consciente del vínculo que está empezando a unirnos. Las acciones son más importantes que las palabras: es algo de lo que estoy intentando autoconvencerme tras las misteriosas palabras de Sean en mi cumpleaños.

—Te he echado de menos —dice, abrazándome con fuerza, mientras yo me deleito entre sus brazos.

Mis ojos se topan con los de Dominic por detrás de su hombro antes de que este salga por la puerta trasera del taller sin mediar palabra.

—¿Por qué me odia?

—Ignóralo.

—Es un poco difícil.

—A él se le da bien —replica Sean, dándome un beso suave y fugaz en el hombro desnudo—. Estás guapísima. —Se acerca a mí e inhala de una forma que casi me arranca un gemido—. Y además hueles de maravilla.

Giro la cabeza de manera que nuestros labios se acercan.

—Gracias.

—¿Esto es para mí? —Recorre con los nudillos el costado de mi vestido y el deseo brota en mi corazón al recordar las rocas clavándose en mi espalda, el agua de la cascada y su boca perversa. Él me lee el pensamiento, sus ojos brillan y esa vez soy yo la que esboza una sonrisa maliciosa.

—Tal vez.

—Qué mala eres —murmura.

Yo me muerdo el labio y me parece oír un débil gemido.

—¿Jugamos o qué? —Russell nos saca de nuestra burbuja.

Sean pone los ojos en blanco mientras nos alejamos y saca dos cervezas de una nevera cercana. Acepto una, sabiendo que no me la voy a beber entera. En cuanto él abre la suya y sube el volumen de la música, cojo mi taco y empiezo el juego.

Se me da fatal. Por mucho que me esfuerzo, mi percepción de la profundidad es pésima, tan mala que resulta vergonzosa. Y los chicos no se cortan en tomarme el pelo a costa de ello. Cabreada por haber vuelto a perder contra Jeremy, hago un puchero y decido sentarme en el sofá, aunque acabo optando por el regazo de Sean. Él me recibe encantado, acariciándome la espalda con cariño.

—Soy malísima.

—Pues sí —reconoce él. Le clavo un codo en el costado—. Tranquila. Hace falta práctica —susurra mientras me inclino hacia atrás para recibir la caricia de su mano. El tacto rítmico de sus dedos me adormece y me sume en un estado de deseo mientras él bromea con sus amigos.

Tras unas cuantas partidas más, estoy completamente absorta; en su olor, en sus manos, en su timbre de voz, en su tacto. Todo en Sean me excita; no solo su aspecto, sino también la forma en la que funciona su mente. Es una atracción que hace que esté aturdida y excitada constantemente y que me fascina de una forma a la que no estoy acostumbrada. Sean es como una droga nueva. Más potente, más adictiva y… más todo, simplemente.

Él se gira hacia mí como si me hubiera leído la mente y su sonrisa se vuelve más amplia.

—¿Qué tienes en la cabeza, pequeña? —Sabe perfectamente lo que estoy pensando, pero paso de seguirle el juego.

—Pues… ¿podrías enseñarme a conducir?

—Tú ya sabes conducir.

—No, a conducir como tú.

Mis ojos recorren su rostro y siguen bajando. Compartimos un par de segundos, perdidos de nuevo en los momentos que pasamos en aquella cueva. Sé que él también está pensando en eso. Su cuerpo se tensa mientras me apoyo sobre él.

—Por favor.

Sean se levanta sin decir nada y me mantiene pegado a él mientras le hace un gesto a Tyler con la cabeza.

—Nosotros nos largamos.

Sonriendo, me despido de los chicos antes de salir del taller detrás de Sean y seguirlo hasta el aparcamiento. Él saca las llaves del bolsillo, me las lanza y yo las atrapo con destreza, emocionadísima.

—¿De verdad me vas a dejar conducir? —le pregunto mientras observo su posesión más preciada.

—Veamos lo que sabes hacer.

Me subo al coche entusiasmada y disfruto del tacto del volante sobre las yemas de los dedos.

Sean se sienta a mi lado.

—¿Sabes usar las marchas?

Asiento con la cabeza.

—El coche de mi madre tenía cambio manual. Aprendí con él.

Compruebo que el coche está en punto muerto y enciendo el motor para que se caliente.

Agradezco el frescor del asiento contra los muslos, bajo el tejido de mi vestido de verano.

—¿De dónde habéis sacado todos estos clásicos? —Echo un vistazo al habitáculo, asombrada por su estado. Está perfectamente restaurado.

—Eran de mi familia. Mi tío los coleccionaba y, cuando murió, los restauramos. Así fue como empezamos a arreglar coches.

—Son muy poco comunes. ¿No os da miedo cargároslos?

—¿De qué sirve tener algo si no lo usas?

—Bien pensado —digo, poniéndome el viejo cinturón de seguridad alrededor de la cintura, y acaricio con el dedo las dos eses del volante.

Empiezo a tener dudas, pero Sean las espanta con sus palabras de aliento. Él no está nervioso y eso hace que yo lo esté menos.

—Solo es un coche. Eso sí, cuidado con las curvas, no están hechos para las carreteras de montaña.

—Cierto. Pero entonces, ¿por qué los usáis?

Él sonríe.

—Porque nos sale de los huevos.

Niego con la cabeza al ver su mirada de orgullo.

—Qué machote eres.

—Gracias. Vale, acabarás acostumbrándote al movimiento del volante, pero tómate tu tiempo para adaptarte.

Asiento con la cabeza, estudiando la palanca de cambios y frunciendo el ceño.

—Este no es como en el que aprendí.

—Calma —dice él, acariciándome con un dedo la mano que tengo sobre el cambio de marchas—. Tenemos todo el tiempo del mundo.

Yo le sonrío y su expresión me deja sin aliento. Los fuertes latidos de mi pecho son una señal de incitación cada vez mayor. El habitáculo se llena de tensión de la buena mientras Sean permanece cómodamente sentado en su lado del coche.

—¿Preparado?

—Preparadísimo —susurra él antes de apartar la mano.

Tras unos cuantos segundos haciendo rechinar el embrague y con un gesto de dolor por mi parte, nos ponemos en marcha.

Sean me guía durante los primeros minutos, con voz suave y tranquilizadora, ayudándome a avanzar por las sinuosas carreteras. Una vez que hemos dejado atrás las curvas cerradas, piso el acelerador y él me da algunos consejos más mientras yo memorizo el funcionamiento del embrague.

—Ya lo has pillado.

—No del todo.

—Claro que sí —dice, acariciándome el hombro—. Ya lo has pillado. Dale caña.

Me estremezco bajo su mano, lo miro y veo que me guiña el ojo en la penumbra.

La música está sonando en voz baja por los altavoces y Sean se inclina en el asiento y gira el dial del salpicadero.

—Temazo —se limita a decir mientras elimina cualquier posibilidad de comunicación, haciéndome saber que la lección ha terminado y que me toca arreglármelas sola.

Los Black Crowes comienzan a cantar a todo volumen *She Talks to Angels* mientras se me concede una libertad que yo acepto, impaciente por disfrutar del subidón. Entre la música y el ronroneo constante del coche, tengo la piel de gallina por todo el cuerpo. Esbozo una sonrisa mientras el viento me azota el pelo.

Estamos volando, se me acelera el corazón mientras cambio de marcha, sorprendida por lo fácil que resulta, antes de pisar a fondo el acelerador.

Sean ni se inmuta, permanece inmóvil a mi lado y su confianza se convierte en la mía mientras empiezo a canturrear la letra con él. Estoy medio gritando, medio cantando cuando sus dedos apartan el espeso cabello de mi nuca y me acarician el brazo. Mis sentidos se agudizan y mi cuerpo se deja llevar por sus caricias. Me roza el cuello, el brazo y baja la mano hasta posarla sobre la mía, en la palanca de cambios. Luego vuelve a subirla para acariciarme la barbilla con un nudillo. Mi pulso se acelera cuando me baja el tirante del vestido, rozando mi piel con las yemas de los dedos.

Entreabro los labios al sentir su contacto, lo miro y empiezo a reducir la velocidad. Al cabo de unos instantes, giro en una de tantas carreteras desiertas, pongo el coche en punto muerto y echo el freno de mano. Permanecemos allí sentados, a escasos centímetros de distancia, yo inmóvil y él acariciándome con los dedos, poniéndome a cien.

—Qué maravilla —dice con una voz urgente, cargada de deseo.

—Sean… —gimo excitada, por completo empapada mientras sus dedos me hacen caer todavía más bajo su hechizo.

Noto claramente cómo la indecisión se apodera de él mientras juguetea conmigo, provocándome y llevándome al borde del colapso.

La tensión aumenta, al igual que mi ritmo cardiaco, mientras le imploro con la mirada que haga justo lo que tiene en mente. Es entonces cuando veo la determinación en sus ojos.

—A la mierda —dice al cabo de un segundo.

De repente estoy entre sus brazos y, en un suspiro, colisionamos el uno contra el otro. Su beso es de todo menos suave; introduce la lengua en mi boca, explorando hasta el último rincón con energía. Es como si todas las miradas, todas las caricias, todas las conversaciones sutiles nos hubieran llevado hasta este momento. Con un ansia justificada, me permito manosearlo y tiro de la manga de su camiseta mientras él me atrae todavía más. Levanto una pierna para ponerme a horcajadas sobre él y aumentar el contacto y mi subidón de adrenalina confluye con un deseo insaciable. Nos besamos una y otra vez, a solas en el coche en una carretera sin nombre, con los corazones desbocados y nuestras respiraciones aceleradas enredándose mientras él me sube el vestido hasta las caderas y yo me contorsiono sobre su regazo, comiéndole la boca y acariciándole el piercing con la lengua.

—Joder —mascula durante un pequeño respiro entre beso y beso, antes de bajarme el otro tirante del vestido y arrastrar la tela para liberar mis pechos.

Tengo los pezones duros como piedras y mi ansia es implacable. Sean posa sus manos recias sobre mis tetas y su beso se vuelve tan intenso que prácticamente me hace rozar la locura mientras mi clítoris palpita, suplicante. Le cojo una mano, la introduzco entre mis muslos por debajo de la falda y percibo un breve segundo de vacilación por su parte antes de posar los nudillos sobre la seda y el encaje que cubren mi entrepierna. Luego desliza la mano bajo la goma de las bragas para echarlas a un lado y yo jadeo en su boca cuando introduce bruscamente dos dedos en mi interior. Mi gemido lo alienta mientras hace girar los dedos, follándome bruscamente con ellos.

—Sean —digo jadeando, enganchándome a su cuello para cabalgar sobre su mano.

Yo bajo una para apretar con fuerza su miembro erecto y él gime mientras me empotra contra el salpicadero, liberándose del brazo con el que me estaba sujetando. Me quedo allí, sobre sus rodillas, observándolo con los codos apoyados en el salpicadero y el vestido todavía alrededor de las caderas. Entonces él agarra el delicado triángulo de tela que hay entre mis muslos y me lo arranca de un tirón. Ansiosa, me dispongo a liberarlo, pero él me da una palmada en la mano, se desabrocha los vaqueros, se saca la polla y empieza a frotarla arriba y abajo. Se me hace la boca agua al verlo, al comprobar cómo se excita.

De repente se incorpora, coge la cartera y saca un condón.

Me lo da. Yo lo abro y sujeto su miembro sedoso con la otra mano, acariciándolo desde la base hasta la punta húmeda; después, despliego el látex sobre él. Cuando acabo, él pasa un dedo por mis pliegues, jugueteando con la humedad acumulada en mi interior. Una brisa fresca inunda el coche mientras Sean me sujeta la cabeza con una mano y me atrae para darme un beso un segundo antes de echarme hacia atrás, situarse entre mis piernas e introducirse por completo dentro de mí. La sensación hace que me estremezca mientras él me penetra sin piedad. El sonido de sus arremetidas me excita y levanto las caderas para pegarme más a las suyas. Él me agarra del pelo mientras me embiste y yo gimo de dolor y de placer por la forma en la que me está follando. Le levanto la camiseta y acaricio su pecho musculoso mientras él me mira, con los ojos ardientes y el corazón trepidando bajo mi mano.

—Joder… —gruñe, acelerando el ritmo—. Vas a ser mi ruina.

A punto de estallar, intento quitarle la camiseta con torpeza, pero él me aparta y se la quita en un segundo. Ya con plena libertad, me fijo en cada detalle, en el timbre de sus gruñidos, en el tacto de su piel, en cada matiz de su constitución, mientras lo rodeo fuertemente con las piernas, pegándome a sus caderas y echando la cabeza hacia atrás. Lo siento muy muy dentro de mí. No me queda más remedio que aferrarme a él y permitirle que acabe conmigo. Sean me hechiza totalmente con su olor, con su cara, con su cuerpo, con su polla. Presiona mi muslo doblado contra el asiento para profundizar todavía más y yo grito su nombre mientras él se vuelve loco, acelerando el movimiento de sus caderas hasta alcanzar un ritmo inimaginable mientras me embiste con fuerza.

De pronto baja una mano para acariciarme firmemente el clítoris mientras roza mis paredes, elevándose e inclinándose con precisión. Entonces llego al orgasmo y exploto; todo mi cuerpo se estremece, liberado, mientras él me penetra un par de veces más antes de correrse, con la boca entreabierta y los ojos de color esmeralda brillando bajo la suave luz del interior del coche. Acaricio sus bíceps con los dedos mientras él me contempla en silencio. Su maravillosa sonrisa vuelve a hacer acto de presencia. Me besa con suavidad, me suelta el pelo, me levanta del asiento con un brazo y me acerca a su pecho.

—La cosa se ha puesto intensa rápido —dice con una risita.

—Hum —murmuro, percibiendo el cansancio en mi propia voz.

—Tenemos un problema —susurra él sobre mi cuello mientras yo le masajeo los hombros empapados en sudor.

—¿Cuál? —le pregunto.

No puedo creer que le haya permitido llegar tan lejos, o más bien que deseara que lo hiciera.

Él me mira, acurrucada en su regazo.

—Solo tenía ese condón.

—Tenemos todo el tiempo del mundo, ¿no?

Él asiente sobre mi hombro, pero percibo un destello de preocupación en sus ojos cuando se encuentran con los míos.

—Sí.

—¿Qué pasa? —pregunto.

La preocupación se disipa y él niega con la cabeza, relajando los hombros.

—Nada. —Me acaricia la piel, posando las manos sobre mis pechos—. Nada —repite antes de reclamar mi boca posesivamente. Un beso posesivo en el que me pierdo.

14

La colada.

Durante los últimos quince minutos, eso es lo que Sean y yo hemos estado haciendo. Y no solo la de Sean, sino también la de Tyler y la de Dominic.

—¿Hay alguna razón por la que estemos lavando también la ropa de tus compañeros?

—¿Por qué no?

—Pues porque es su ropa sucia.

—Tú también haces cosas por tus amigas, ¿no?

—Sí, como invitarlas a cenar de vez en cuando o pintarles las uñas. No echar quitamanchas en sus tangas y frotarlos.

—Esto es mejor.

—¿Por qué?

—Porque a nadie le gusta hacer la colada.

A mí sí. Gracias a Sean, ahora me gusta hacer la colada. Él hace que las tareas domésticas sean mucho más divertidas, sobre todo cuando me pone cachonda rozando su entrepierna contra la mía mientras estoy sentada encima de la lavadora. Esboza una sonrisa al tiempo que me pregunto si habrá sido a propósito.

Cabrón.

Juega a nivel psicológico conmigo todo el rato, lo que me mantiene alerta. La mayoría de las veces lo hace con juegos de palabras, en especial con insinuaciones sexuales que me perdería si no estuviera atenta. Pero yo las pillo absolutamente todas, porque Sean me pone al límite todo el tiempo, a veces casi hasta el borde de las lágrimas, hasta que acabo suplicándole.

Es un poco sádico y me encanta.

Cada segundo de la última semana ha sido como estar en la fase de luna de miel de nuestra relación, o lo que sea esto. No me he molestado demasiado en pensar en ello porque él no me ha dado ninguna razón para preocuparme. Aunque se le dan fatal las conversaciones telefónicas —no suele llevar el móvil encima y tarda horas en contestar a mis mensajes—, pasamos la mayor parte de nuestro «presente» juntos.

Sean introduce las monedas en las ranuras mientras yo echo un vistazo a la sala ruinosa llena de máquinas destartaladas.

—¿No tenéis un lavadero en casa?

—¿Por qué lo preguntas?

—Solo digo que, a la larga, seguramente ahorraríais dinero comprando una lavadora y una secadora de segunda mano en internet o algo así.

Él me rodea con sus fuertes brazos y se inclina hacia mí, rozándome la nariz con la suya. Lleva las gafas de sol sobre la cabeza y, al pegarse a mí, la camiseta gris jaspeada se le tensa sobre el musculoso pecho. Yo acaricio con los dedos la cintura de sus vaqueros e inhalo profundamente su olor a sol, concentrándome en sentirlo y en esencia olvidando nuestra conversación. Por muy indecente que sea, lo rodeo con las piernas mientras los pantalones cortos se me suben hasta las ingles.

Él baja la vista y acaricia con los nudillos la piel de la cara interna de mis muslos.

—Me encantan estas piernas tan largas y también este punto de aquí —dice, agarrándome del pelo y tirando un poco de él para dejar mi cuello al descubierto y depositar un suave beso en el hueco que hay en su base.

—Mmm, ¿y qué más?

—Te haré un resumen. —Me besa la piel que está justo por

debajo de la oreja y luego me coge una mano y se lleva la muñeca a los labios. Pasa un dedo por la parte superior de mi camiseta de tirantes, justo por encima del escote, y lo recorre despacio. Después me agarra la cara y me acaricia la mejilla con el pulgar—. Esta cara… —murmura, dándome unos cuantos besos suaves en la frente y en los párpados, antes de rozar las tenues pecas de mi nariz y posarse sobre mis labios.

Su dulce beso me cautiva y él lo vuelve más intenso, haciéndome gemir mientras me derrito entre sus brazos. Le importa un bledo lo que piensen los demás. Me toquetea a todas horas en público y en privado, abiertamente y pasando de todos. Me reclama a diario y en estos momentos está tomando posesión absoluta de mi boca sin cortarse un pelo mientras yo sucumbo a sus encantos. Nunca antes había conocido un afecto similar, jamás.

Él ha transformado a todos los hombres que lo han precedido en unos mentirosos y los ha dejado en evidencia a las pocas semanas de convertirme en el centro de su atención y de su cariño.

Por eso me encanta hacer la colada —o cualquier otra cosa— con Sean.

Con él, estoy en un estado constante de excitación e intriga. Es un tío realmente fascinante y nunca estoy segura de lo que va a salir de su boca a continuación.

—Yo no ahorro dinero.

Buen ejemplo.

—¿Por qué? —le pregunto, echándome hacia atrás. Él se limita a arquear una ceja a modo de respuesta—. Ya, déjame adivinar, porque solo existe el presente. Eres de los que viven sin pensar en el futuro.

—En todos los sentidos —murmura él sobre mi cuello. Yo frunzo el ceño y, antes de que pueda preguntar nada, vuelve a hablar—. Preferiría regalarlo que guardarlo.

—¿Por qué? ¿Es que el dinero también es una invención?

Él se aparta y me sonríe.

—Veo que ya lo vas pillando.

Le acaricio la nuca y enredo los dedos en sus puntiagudos remolinos rubios.

—¿Hay alguna regla que cumplas?

—Las mías.

—Un hombre anárquico y sin futuro. Y luego dices que yo soy un peligro.

—No te imaginas hasta qué punto —dice, bajándome de la lavadora—. Vamos. Quiero fumarme un cigarro.

Nos sentamos en su coche, frente al centro comercial, observando a la gente que entra y sale de la lavandería y del mexicano de al lado. Dentro del restaurante, en un rincón, al otro lado del cristal, hay una mujer haciendo tortillas caseras. Sonriendo, amasa la mezcla antes de aplanarla y lanzarla a un hornillo que hay al lado de la encimera. Me quedo un poco embobada contemplándola mientras Sean enciende el Zippo y su cigarrillo se convierte en dos, y luego en tres, antes de salir del coche para ocuparse de la colada. Me ofrezco a acompañarlo, pero me pide que me quede allí sentada. Yo lo hago, absorta en la monotonía de ver a la anciana hacer tortillas. Su trabajo es tan repetitivo como el mío en la fábrica. Pero, mientras yo miro el reloj una y otra vez hasta que suena la famosa sirena, ella sigue sonriendo con serenidad, aun cuando no está hablando con sus compañeros ni con los clientes que la saludan constantemente. Está feliz y contenta, parece de verdad a gusto con su tarea. La envidio; ojalá yo estuviera tan en paz con mi trabajo. Sean regresa y, sin mediar palabra, enciende otro cigarrillo. El brusco chasquido de su Zippo es lo único que se oye en el coche.

—Esa mujer no para de hacer tortillas.

—Está así día y noche.

—Qué fuerte.

—Es su trabajo. Hay un montón de gente por ahí con curros así.

—Lo sé, yo tengo uno.

—Ya. —Sean expulsa una nube de humo—. Pero ella no lo odia.

—Ahí me has pillado. No para de sonreír.

Nos quedamos allí sentados diez largos minutos, solo observándola.

—No entiendo por qué es tan feliz.

—Porque lo hace por decisión propia —responde él tranquilamente.

—Por decisión propia. —Reflexiono sobre lo que acaba de decir y me doy cuenta de que él la está observando con la misma atención—. ¿La conoces?

—Se llama Selma. A veces trae la furgoneta al taller.

—¿Paga con dinero inventado? —bromeo.

—Más o menos. Nunca le cobramos. La ropa está lista.

—Te ayudo.

Él abre la puerta del coche y niega con la cabeza.

—Quédate ahí sentada.

—Sean, llevo casi dos horas viendo a esta mujer hacer tortillas.

—Pues sigue observándola —dice y después cierra la puerta.

Me desplomo en el asiento, irritada por sus órdenes, pero quedándome igualmente allí. En unos minutos ya estoy perdida en mis pensamientos, reflexionando sobre la conversación que hemos tenido en la lavandería.

«Eres de los que viven sin pensar en el futuro».

«En todos los sentidos».

Dominic. Es la única conclusión que puedo sacar. Ha sido un completo imbécil desde que me presenté en su casa. Sé que va a ser un problema, simplemente por su mirada hostil y su insolencia. Decido preguntarle a Sean más tarde mientras veo cómo Selma acaba de dar la vuelta a una nueva tanda de tortillas con los dedos sobre el fuego. Cuando acaba, coge un buen montón y lo mete en una bolsa antes de recoger los pocos billetes que hay en el tarro de las propinas. Luego va hacia la caja registradora, al otro lado del mostrador, cuenta cuidadosamente cada dólar y después lo cambia por lo que supongo que serán billetes más grandes y que están al fondo del cajón. Me quedo con la boca abierta cuando la veo echar un ojo alrededor y coger unos cuantos más antes de guardar furtivamente el dinero en la bolsa de las tortillas. Acto seguido, atiende a los pocos clientes que se acercan a pagar. Atónita, veo que deja la caja abierta, les da el cambio y se guarda los tiques en el delantal. Está borrando el rastro. Una vez que se queda sola en la caja, coge unos cuantos billetes más y los cambia. Tengo la certeza de que se asegurará de que los números cuadren al final de la noche.

Selma «la sonriente» es una tortillera ladrona.

Y esa no es su primera vez.

Me he pasado varias horas observando a esa mujer, admirándola por su capacidad de disfrutar de la soledad, para acabar descubriendo que es una choriza.

«Pues menuda mierda».

Sean no se lo va a creer y me estoy muriendo de ganas de contárselo, pero en ese momento una furgoneta se detiene a mi lado. Un tío que aparenta unos treinta años se baja y abre la puerta de atrás. Instalada en el portón hay una plataforma elevadora para sillas de ruedas. Estoy tan concentrada en la furgoneta que no me fijo en Selma hasta que ella también se acerca para asomarse a su interior, con la bolsa en la mano, canturreando apresuradamente y con voz dulce unas cuantas palabras en español. Entonces, el asiento trasero se gira y aparece un chico joven. Tiene una discapacidad grave, sus piernas y brazos caen inertes a sus costados mientras sus ojos buscan y rebuscan, yendo de derecha a izquierda. Es ciego. Selma se sube a la furgoneta, lo llena de besos y deja la bolsa de tortillas y el dinero en efectivo en el asiento de al lado. Se me cae el alma a los pies.

Lo hace por él.

Roba por él.

Vuelvo a mirar al niño, que debe de tener unos once o doce años. ¿Será su nieto?

Durante un par de minutos, desearía haber estudiado español en lugar de francés para poder entender la conversación entre la mujer y el hombre que está de pie detrás de ella, viéndola colmar de afecto al niño. Resulta dolorosamente obvio que ella vive para él. El hombre le habla a la señora en voz baja, como si se fuera a romper; sus ojos rebosan gratitud mientras ella cubre de besos la frente, la nariz y las mejillas del crío.

La culpa me atenaza al pensar en las conclusiones precipitadas que he sacado en esos segundos, después de haberla visto robar el dinero descaradamente.

Oigo que la puerta del coche se abre y se cierra, pero no aparto la mirada del niño. ¿Qué tipo de vida es esa, con tantas limitaciones, sin poder ver, sin poder mover los brazos ni las piernas, siendo prisionero dentro de su propio cuerpo?

—También está medio sordo —dice Sean.

Tengo los ojos llenos de lágrimas. Cuando Selma sale de la furgoneta, el hombre la abraza con vergüenza y culpa en la mirada. Luego retrocede, claramente preocupado, mientras observa a la mujer y se gira hacia el restaurante. Resulta obvio que él no quiere que lo haga.

—¿Roba por su hijo y por su nieto?

—Es su yerno. Su hija dio a luz y se fue, dejando que lo criara solo. Recibe una paga, pero no es suficiente. Selma tiene muchísima artritis, pero todos los días aporrea esa masa por sus chicos y eso la hace feliz. Lo más triste es que, aunque es el alma del restaurante y nada sería lo mismo sin ella, los imbéciles de los dueños no le han dado un aumento en ocho años.

Trago saliva.

—Y yo deseando decirte que estaba robando. Creía que no me ibas a creer. Ni yo misma me lo creía hasta que lo he visto. —Él me limpia una lágrima de la mejilla y me giro para mirarlo. Por la forma en la que me está observando, deduzco el resto—. Lo sabías, sabías que lo vería.

—¿Cómo te has sentido?

—Me ha dolido mucho más que lo del reloj. —Veo en sus ojos una especie de brillo de satisfacción antes de que desvíe la mirada hacia el hombre, que se está llevando a su hijo. En cuestión de minutos, Selma vuelve a estar detrás del mostrador, haciendo tortillas con una sonrisa en la cara. Me giro hacia Sean y lo miro fijamente—. ¿Pero tú quién coño eres?

¿Qué tío de veinticinco años les lava la ropa a sus amigos, se preocupa de verdad por los problemas económicos de Selma y su nieto discapacitado, odia el dinero y el tiempo, pasa olímpicamente del estatus social y vive sin preocuparse en absoluto del futuro?

Alfred Sean Roberts.

Ni más ni menos.

A partir de ese momento, me permito confiar un poco más en él. Pero también empiezo a preocuparme por lo que comienzo a sentir. Es demasiado fácil quererlo. Ese hombre que ignora abiertamente las reglas y los límites puede ser peligroso para mí. Sean percibe mi miedo y se acerca para besarme durante unos segundos que me parecen interminables. Cuando se aleja, tengo la sensación de que me he hundido todavía más; cuanto más me involucro, más conflicto me causa.

—En serio, Sean, ¿quién eres?

—Soy un tío con la ropa limpia y muerto de hambre. ¿Te apetece comida mexicana?

No me queda más remedio que asentir.

15

Sean me lleva de la mano hacia el interior del oscuro bar. Tenemos la barriga llena tras habernos puesto morados a fajitas y el bolsillo más ligero después de haberle dado a Selma unas cuantiosas propinas. Inquieta, lo sigo vacilante mientras analizo el nuevo entorno: en las paredes hay luces de neón de todos los colores y el suelo está plagado de mesitas bajas destartaladas. Lo único que parece nuevo es la gramola del fondo. El bar es como una caja de zapatos y apesta a trapo de cocina roñoso.

—¿Qué pasa, Eddie? —Sean saluda al hombre que está detrás de la barra.

Eddie parece tener poco más de treinta años y es un tío de aspecto tosco. Tiene los ojos del color de la noche y su tamaño es, como mínimo, intimidante. No puedo evitar fijarme en el familiar tatuaje que Eddie tiene en el brazo cuando este se echa un paño sucio al hombro.

—Hola, colega —responde él, mirándome por encima de la robusta figura de Sean—. Veo que no has estado perdiendo el tiempo.

Sean le dedica una sonrisa torcida.

—Esta es Cecelia.

Lo saludo tímidamente con la mano, por detrás del bíceps de Sean.

—Hola.

—¿Qué queréis tomar?

Me aferro al brazo de Sean, titubeante. Él sabe que no tengo edad para hacerlo. Me acaricia el dorso de la mano con el pulgar.

Lo tiene todo controlado.

¿Cómo no?

—Yo una cerveza. —Sean se gira hacia mí—. ¿Y tú?

—Un Jack-Cola.

Casi me echo a reír cuando veo que Sean arquea una ceja. Me acerco a él.

—Siempre he querido pedir uno. La otra opción es un martini y no creo que Eddie me lo quiera preparar.

Él sonríe.

—Has dado en el clavo.

Sean paga las bebidas y me lleva a una mesa del fondo del bar, al lado de la gramola. Saca las monedas de veinticinco centavos que nos han sobrado en la lavandería y me las da.

—Elige bien o Eddie nos echará a patadas.

Cojo el dinero, selecciono unas cuantas canciones y me reúno con Sean en la mesa. Él me pasa la copa y le doy las gracias antes de beber un buen trago. El whisky me rasca la garganta y abro los ojos de par en par, atragantándome. Sean hace una mueca y se gira hacia Eddie, que arquea una ceja con escepticismo.

Aun cuando la quemazón está amenazando con dejarme tiesa, me doy cuenta de que tengo que aprender a gestionar mejor eso de beber sin tener la edad para hacerlo. Me aclaro la voz con los ojos llorosos y Sean se ríe.

—¿Es tu primera copa?

—Esto no es nada —digo mientras el cálido líquido empieza a filtrarse por mis venas.

Él niega con la cabeza, sonriendo con pesar.

—¿De qué pueblucho dices que has salido?

—Idiota. ¿Me estás llamando pueblerina? Si aquí solo tenéis cuatro semáforos.

—Doce.

—Ya te he dicho que no salía mucho en el instituto.

—O nada —bromea él.

—Es que… —Suspiro.

—¿Qué?

—Bueno, mi madre era un desastre y bebía por las dos. Una de nosotras tenía que ser la adulta. —Los ojos castaños de Sean se vuelven más dulces y decido que son más verdes que marrones—. No me malinterpretes. No la cambiaría por nada del mundo. Era muy divertida.

—¿Sí?

—Sí. Aprendí a conducir a los ocho años.

Él se inclina hacia delante.

—¿Qué?

—Lo que oyes. Se me daba genial —alardeo antes de arriesgarme a darle otro trago a mi whisky con un chorrito de Coca-Cola sin gas.

—No lo dudo.

—No teníamos mucho dinero, así que nos las arreglábamos como podíamos. Mi madre era muy creativa. Siempre encontraba la forma de conseguir que los veinte dólares a la semana que nos sobraban fueran suficientes. Un sábado que hacía sol, tuvo la brillante idea de llevarme a una carretera abandonada y dejar que me volviera loca. —Sonrío, inmersa en el recuerdo—. Puso una guía telefónica en el asiento del conductor y me dejó a mi aire durante horas. Me enseñó a poner el monovolumen a dos ruedas. Después íbamos a una parrilla que había al lado de la carretera que tenía las mejores patatas fritas con queso del mundo. Así que, durante más o menos un año, eso se convirtió en nuestro ritual de los sábados. Mi madre, yo, una guía telefónica, nuestro monovolumen y patatas fritas con queso.

Sean se recuesta en el asiento, con la cerveza a medio camino de la boca.

—Me encanta.

—Tenía una forma de ser que a veces envidio. Era capaz de sacarse cualquier cosa de la manga, hacía que los días normales fueran extraordinarios. —Observo a Sean mientras asiente—. En ese sentido, me recuerdas a ella.

Él me guiña un ojo.

—El secreto está en la compañía.

—No me atribuyas a mí el mérito de la diversión. Ambos sabemos que no es mío. Yo soy una de esas chicas que nunca colorea por fuera de la raya y tú eres... la cera de color rojo.

Sean se echa hacia atrás y se encoge de hombros.

—No seas tan dura contigo misma. No tiene nada de malo ser responsable y cuidar de las personas que quieres.

—Es aburridísimo. —Le doy otro trago a la copa—. Menos mal que mi amiga Christy me salvó de convertirme en una asocial. —Bajo la mirada—. Nunca me ha gustado ser el centro de atención, ¿sabes? Pero siempre he envidiado a esas personas que son capaces de convertir los días ordinarios en extraordinarios. Como tú, como Christy y como mi madre.

—Pues lo llevas en la sangre.

Niego con la cabeza.

—No, no es verdad. Lo único que puedo hacer es admirar a los que tienen ese don. En fin, ¿y qué hay de tus padres? Háblame del restaurante.

—Haré algo mejor: un día de estos te llevaré allí. Quiero que te conozcan.

—Me encantaría.

—Los adoro a los dos. Buenas personas, con las cosas claras, gran corazón, familiares, leales y casados desde hace más de treinta años. Trabajan codo con codo todos los días. Viven abiertamente, se pelean abiertamente y se reconcilian abiertamente.

—Y se quieren abiertamente, ¿no? ¿Por eso eres tan abiertamente cariñoso conmigo?

—Es probable.

—No me extraña que los adores —murmuro, sintiendo que el cuarto trago me entra mucho mejor que el primero—. Esto no está tan mal. Puede que lo mío sea el whisky.

—No te vengas arriba —me dice, arrancándole la etiqueta a la cerveza—. No hablas mucho de tu padre.

—Porque no tengo ni idea de quién es. No sé por qué quiere que forme parte de su vida. Las apariencias engañan. Puede que yo esté aquí, pero él no. La mitad de las semanas que llevo aquí, él las ha pasado en Charlotte. Después de diecinueve años, sigue siendo un misterio para mí. Un iceberg. No es agradable no ver ni una pizca de humanidad en el hombre responsable de la mitad de tu creación. Cuando llegué aquí, aunque estaba cabreadísima, intenté tener la mente abierta, pero ha resultado inútil. Si tuviera que elegir una palabra para definirlos a él y a nuestro vínculo, sería «esquivo».

Sean asiente con la cabeza y bebe otro trago de cerveza.

—¿Y a tu madre?

—«Ausente» —susurro, alejando la emoción que me atenaza e intentando esbozar una sonrisa—. Por desgracia, desde hace seis meses.

Sean me gira la mano que tengo sobre la mesa y me acaricia la palma con las yemas de los dedos.

—Lo siento.

—No pasa nada. Así es la vida. Ya soy mayorcita. Mi madre ya ha hecho su trabajo. Al menos mi padre ha ayudado a pagar algunas de las facturas. En realidad no tengo motivos para quejarme. —Pero el dolor me invade al recordar una época en la que sentía que yo era la prioridad de mi madre—. La echo de menos —admito mientras retiro la mano y niego con la cabeza—. Dicen que la suya era una generación desorientada. Sinceramente, no me queda otra que estar de acuerdo con esa afirmación. Durante años, vivió una vida desenfrenada, siempre en busca de más, siempre ansiando más, sin conseguir llevar a cabo nunca ninguno de sus grandes planes. Yo la admiraba muchísimo. Algo tiene que haberle ocurrido. Todavía no logro entenderlo. Es como si hubiera olvidado quién era... y se hubiera rendido.

—¿Cuántos años tiene, cuarenta y tantos? —me pregunta Sean.

Asiento con la cabeza.

—Mi madre era poco mayor que yo cuando se quedó embarazada. Supongo que podría decirse que nos criamos juntas.

Él se encoge de hombros.

—Entonces está cerca de la mitad del camino. Probablemente esté tratando de averiguar cómo quiere vivir la otra mitad.

—Probablemente. —Me froto la nariz para intentar detener el ardor incipiente—. Pero me gustaría que me dejara ayudarla a descubrirlo.

—Eso no es cosa tuya.

—Lo sé.

Me da un suave empujón.

—Pero eso no lo hace más fácil, ¿no?

—No. —Sean no dice nada más. Se limita a quedarse allí sentado conmigo, dejando que me sienta triste, apretándome la mano de forma tranquilizadora—. En fin. Y además de a tus padres, ¿a qué otras personas admiras? —le pregunto antes de darle otro trago a la copa.

—Si tuviera que elegir a una, Dave Chappelle.

Me estrujo el cerebro.

—¿El cómico?

—Sí.

—¿Por qué?

—Porque es la leche, además de un tío supercauténtico. Aprovecha su visibilidad para hacer cosas increíbles y tiene un talento alucinante. Dice lo que nadie más se atreve a decir y luego añade algunas ideas flipantes que te hacen pensar. Rechazó cincuenta millones de dólares porque no quería vender su alma al diablo, como han hecho muchos otros.

—Esa respuesta sí que no me la esperaba.

—Ya, bueno; además, tampoco es perfecto y no se disculpa por ello.

Me llega un mensaje de Christy y Sean señala el móvil con la cabeza.

—Busca algún monólogo suyo en tu pequeño ordenador cuando llegues a casa.

—Puede que lo haga.

—Pero te daré un consejo: nunca investigues a tus héroes.

—¿Por qué?

Él inclina su cerveza.

—Porque descubrirás que son humanos.

Cojo el teléfono para leer el mensaje, pero él me lo quita.

—Nueva regla: cuando estés conmigo, nada de móviles.

—¿Qué? —Echo la cabeza hacia atrás—. ¿Nunca?

—Nunca. Ni en mi coche, ni en mi casa, ni en el taller. Cuando quedes conmigo, deja el teléfono en casa.

—¿Lo dices en serio?

—Es lo único que te pido. Pero lo digo en serio. —Su tono severo deja poco espacio para la negociación.

—¿Por qué?

—Por varias razones. Una de ellas es que este es mi tiempo. He elegido pasarlo contigo y espero lo mismo de ti.

—A mí me suena un poco controlador.

Se inclina hacia mí.

—Te juro por lo más sagrado, nena, que lo último que quiero es controlarte.

—Entonces ¿a qué viene esa regla?

—Si te pidiera por favor que confiaras en mí porque por ahora no puedo darte explicaciones, ¿lo harías?

Sus ojos de jade se clavan en los míos. Está muy serio, tanto que no soy capaz de apartar la mirada.

—¿Por qué no me lo puedes explicar ahora?

—Todavía no es el momento.

—Ya estamos otra vez con los acertijos.

—Sí, pero para mí no es algo negociable.

Lo miro boquiabierta. Desde que estamos juntos, nunca había tenido una actitud tan autoritaria. Me molesta una barbaridad, pero ¿es realmente mucho pedir?

—Me parece un poco fuerte. Si accedo, más vale que la explicación merezca la pena.

—Lo hará.

—Bueno. Vale, por ahora, nada de teléfono.

—Bien. —Se inclina hacia mí y me pellizca la parte inferior de la barbilla—. En dos palabras: preciosa y enrollada.

Sonrío a regañadientes.

—No te pases.

—Claro que sí. —Deja la cerveza y me coge de la mano para levantarme de la silla mientras empieza a sonar *So What'cha Want*, de los Beastie Boys—. Esta es buena.

—Tiene sus ventajas haber sido criada por la generación X —digo, siguiéndole el rollo y comiéndomelo con la mirada.

—¿A qué te refieres?

—A la música, por supuesto.

—En eso tienes razón.

—Aprendí a bailar con esta canción. Pero no creía que esto fuera lo tuyo.

—¿Y tú qué sabrás? —dice, burlándose, mientras me arrastra a la triste pista de baile.

—Sé un par de cositas de ti, guapo —bromeo al tiempo que él empieza a mover las caderas, manteniendo el torso relajado.

Es bueno, mejor que bueno. Asombrada al verlo moverse con tanta naturalidad, me acobardo y me quedo observando hasta que me atrae hacia él, empujándome suavemente con las caderas. Con las mejillas encendidas, echo un ojo a la barra para asegurarme de que nadie nos está mirando. Solo hay unas cuantas personas más en ese tugurio anclado en el pasado y es evidente que a ninguno de ellos les importa una mierda lo que hagamos. Así que, mientras una cálida emoción recorre mi cuerpo, decido que a mí tampoco. Sigo el ejemplo de Sean y empiezo a mover las caderas, porque si hay algo que tengo es ritmo. La mirada de Sean se ilumina a causa de la grata sorpresa mientras bailamos esa canción, la siguiente y otra más.

Me bebo otro whisky con un chorrito de Coca-Cola.

Bailamos.

Me aferro a su camiseta mientras él engancha mi pierna en su cadera y me sube lentamente los pantalones cortos por el muslo.

Perreamos.

Sorbe lentamente algunas de las gotas de sudor de mi cuello y seca el resto con sus labios carnosos.

Bailamos.

Enredándome en él sin pudor, lamo la hendidura de la base de su cuello.

Perreamos.

Él se toma un chupito de tequila y lame la sal de mi muñeca, sin dejar de mirarme a los ojos ni un instante.

Bailamos.

Lo provoco apretando el culo contra su erección y entrelazo las manos alrededor de su cuello; él me rodea posesivamente la cintura con un brazo.

Perreamos.

Ya de vuelta en el suelo, él me observa con atención mientras me insinúo al ritmo del *Oh*, de Ciara, moviendo en forma de ocho las caderas.

Bebemos un poco más.

A mitad de la canción, empapados en sudor y destilando alcohol por los poros, me frena en seco, me agarra por la nuca y me atrae para besarme descaradamente, como un poseso.

Nos vamos.

Corremos hacia su coche mientras empieza a llover.

Ya con las puertas cerradas, nos abalanzamos el uno sobre el otro y nuestras lenguas luchan por el poder.

Él me arranca las tiras del top de cuello *halter* mientras yo me impulso hacia arriba, me desabrocho el pantalón corto y me lo quito.

Me siento a horcajadas sobre él.

Su gemido hace vibrar mi lengua mientras pego los labios a su cuello.

Se saca la polla de los vaqueros, se pone un condón, aparta mis bragas a un lado y me atraviesa con una única acometida certera.

Allí mismo, en el aparcamiento abarrotado, a unos metros del bar…

… follamos.

16

Me despierto entre tonos morados, pasando de un sueño profundo a un agudo dolor de cabeza y ligeramente desorientada hasta que percibo el calor del cuerpo que me envuelve. Casi había olvidado lo que se sentía al estar acurrucada entre unos brazos masculinos, y anoche fue la primera vez que Sean me llevó a casa con él.

Ayer ocurrió algo entre nosotros, de forma tácita.

Sentir el abrazo de Sean esta mañana es un regalo, aunque tenga la cabeza a punto de estallar.

Estas semanas que he pasado con él han sido unas de las mejores de mi vida.

Él es simplemente… Sean.

Tiene todo lo que no sabía que deseaba de un hombre y muchas más cosas que nunca esperé tener. Es considerado, atento y superinteligente y siento una atracción increíble por él en muchos niveles. Hace que me sienta afortunada, como si me hubiera tocado la lotería en lo que a hombres se refiere. Y en cierto modo, eso me asusta.

Mi corazón ya no se esconde entre las sombras, ahora baila públicamente, como hicimos nosotros anoche en el bar.

Y el sexo… Nunca había disfrutado de un sexo tan extraordinario. Tiene una forma de follar maravillosa y a la vez retorcida. Nos pasamos toda la noche inmersos el uno en el otro, susurrándonos con pasión. En una maratón de gemidos y suspiros que yo no quería que acabara nunca. Lo hicimos borrachos, algo nuevo para mí. Dejar de lado mis inhibiciones mereció la pena con creces.

Joder, casi se me escapa un gemido al recordarlo penetrándome desde atrás, cubriéndome con sus manos, abriéndome para poder llegar hasta el fondo mientras me decía obscenidades al oído.

Cuando se corrió, arañándome la cabeza con las uñas, me sorprendí a mí misma haciéndolo con él sin la ayuda de una mano entre mis piernas: otra novedad.

Incapaces de parar, bajamos el ritmo y, al cabo de unos minutos, alcanzamos otro orgasmo. Yo no dejaba de repetir su nombre, asustada porque mi pecho se estaba abriendo en canal y por lo que le estaba permitiendo ver. Su beso, su tacto y el lento envite de sus caderas mientras me tranquilizaba con dulces palabras: «Tranquila, nena, estoy aquí contigo».

Conmigo. Y vaya si lo estaba. Tanto tiempo escondida y, al mes de conocerlo, ya me siento como si él me hubiera liberado.

Sean me envuelve en su abrazo. La profunda exhalación de su aliento me arrulla y me hace recuperar la calma, aun cuando una voz en mi cabeza grita: «Pero ¿qué coño estás haciendo, Cecelia?».

Me hago un ovillo en su madriguera, disfrutando a la vez del calor y del escozor que siento entre las piernas, mientras me sobrevienen nuevos recuerdos de la noche anterior.

Tras unos minutos de silencio entre sus brazos, mi cuerpo me recuerda por qué me he despertado: la tensión de mi vejiga me obliga a separarme de él. Levanto su brazo tatuado, salgo de la cama y me quedo mirándolo mientras duerme: el pelo de punta completamente despeinado por mis dedos, el cuerpo dorado envuelto por el edredón de tela vaquera descolorida. Contemplo a mi nuevo chico y me concedo un segundo más para admirarlo antes de cerrar la puerta con cuidado y cruzar el pasillo para ir al lavabo. Tyler y Dominic se quedaron las habitaciones que tienen baño. Sean se las cedió voluntariamente.

Cómo no. Es una persona generosa.

Razón de más para querer confiar en él.

Sus necesidades son muy básicas y, sin embargo, siento que estoy empezando a convertirme en una de ellas. Me está convenciendo de ello.

Después de hacer mis cosas con una mueca de dolor, me lavo las manos mirándome en el espejo y me fijo en que tengo unas marquitas de mordiscos en el cuello. Ansiosa por conseguir un analgésico para la migraña incipiente, pero más ansiosa por volver con Sean, abro la puerta y veo a Dominic en el dormitorio del lado opuesto del pasillo.

Desnudo.

Está durmiendo desnudo.

Su visión me deja sin aliento y me quedo allí plantada, en el umbral de la puerta del baño.

Está boca arriba, despatarrado, con la cabeza apoyada en la almohada y un brazo musculoso debajo de ella.

Soy incapaz de apartar la mirada.

Su pecho sube y baja a un ritmo constante mientras yo permanezco inmóvil, observándolo. Tiene una pierna doblada hacia el borde de la cama y la otra extendida; la posición en sí es como una ofrenda. Dirijo la mirada al punto en el que su polla descansa entre sus musculosos muslos.

Madre mía, es espectacular. No sé cuánto tiempo me quedo allí de pie, contemplándolo, admirándolo; solo sé que, cuando mis ojos pasan de su impresionante miembro a su cara, me topo con una mirada plateada.

Siento un hormigueo en las palmas de las manos y me pongo pálida de vergüenza y humillación, pero aun así sigo sin poder apartar la vista.

En lugar de ello, lo miro fijamente… y él me devuelve la mirada. Sé que debería disculparme y salir corriendo, pero soy incapaz de articular palabra, ni siquiera de ofrecerle la disculpa que se merece.

¿O no?

Tuvo que oírnos anoche. ¿Ha dejado la puerta abierta para que lo viera?

Sigo absorta en ese instante, en mi estupidez absoluta, mientras la luz de la mañana ilumina su habitación y él baja la vista. Sigo su mirada y veo que está empalmado.

«¡Sal de aquí, Cecelia!».

—Lo siento —susurro con un hilillo de voz.

Sin esperar una respuesta, regreso a la seguridad de la habitación de Sean, aliviada al comprobar que sigue durmiendo a pierna suelta. El sentimiento de culpa me reconcome cuando él vuelve a abrazarme al meterme en la cama. Me quedo tumbada a su lado, contemplando los centímetros de paisaje que pueden verse a través de las persianas, con el corazón acelerado a causa del susto y el cuerpo vibrando de excitación. Me giro entre los brazos de Sean y lo observo. Es el hombre más guapo con el que he estado jamás. En toda mi vida. Esta relación me ha hecho sentir cosas que nunca habría soñado.

Ha sido absolutamente maravilloso conmigo y para mí.

Muerta de vergüenza, le acaricio el pelo y me pego más a él.

Vale, me atrae Dominic. ¿Y qué? Pues claro que me atrae. Tiene ese punto canalla que hace que las mujeres se comporten de manera estúpida.

Y esta mañana, aunque más que bien follada y saciada, yo he sido una de ellas.

Que conste que Dominic no es atractivo en plan normal. No, su aspecto exige atención y admiración, como el de Sean.

Un hombre guapo desnudo.

¿Cómo no iba a mirar?

Y tan desnudo.

Eso no significa nada.

Lo único que tengo que hacer es olvidarme de esos ojos de

acero hostiles y de que, hace unos minutos, no eran hostiles en absoluto. Ni muchísimo menos.

Su mirada era muy diferente.

—Entonces ¿se lo cuento?

—¿Que te quedaste mirando la polla de su amigo durante tanto tiempo que acabó pillándote?

Christy se ríe al otro lado de la línea, divirtiéndose a mi costa mientras yo vacío las bolsas de la compra, principalmente para tratar de aliviar la nube de culpa que lleva todo el día encima de mí.

No tengo mucha experiencia en confesiones de tipo: «Le he visto la polla a tu compañero y me ha gustado tanto y me he sentido tan culpable que te he despertado con una mamada». Christy no se esfuerza mucho en ayudarme mientras busco lo que necesito en esa cocina de solteros. Me he gastado medio sueldo en una comida de primera y ahora le estoy poniendo la cobertura a la tarta de zanahoria de «En realidad solo te quiero a ti, pero no he podido resistirme» que he horneado para compensar estos remordimientos persistentes. Porque, según dicen (aunque no sé quién coño se lo habrá inventado), a los hombres se los conquista por el estómago. Espero que también sirva para una disculpa sincera. Una que daré en cuanto sepa cómo explicarme.

No quiero echar a perder ni una pizca de lo que tenemos por ser una mirona.

—Pues nada, chica, dile que su compañero debería taparse las vergüenzas y haz que suene convincente.

—Eso es mentir.

—Es la verdad. No es culpa tuya que te hayan follado con la mirada al salir del baño.

—Ya, pero fui yo la que…

—Oye, él no tiene por qué enterarse. Aunque, sinceramente, si se lo hubieras contado esta mañana, habría sonado mucho más convincente.

Hemos salido de casa al poco rato de despertarnos, algo que he agradecido, porque me ha permitido escapar de Dominic. Después de ir a buscar el coche de Sean al bar en el que Tyler nos recogió borrachos la noche anterior, nos hemos ido de excursión. La primera media hora no he parado de quejarme del fuerte dolor de cabeza, pero a partir de la mitad del camino me he sentido mucho mejor, tras una abundante hidratación. Sean odia estar dentro de casa. Es feliz al aire libre, ya sea trasteando con el coche mientras yo charlo con él, yendo a darnos un baño o haciendo senderismo. Por lo que he visto hasta ahora, es bastante inquieto. Definitivamente, no es de los que se quedan en casa descansando y viendo Netflix. Aunque, de todos modos, con él «descansar» nunca es descansar. Ese tío hace magia con la boca, con las manos y con la polla, y antes preferiría echarme un polvo sobre el tocón de un árbol, en el bosque, que en el sofá de su salón.

Lo bueno es que nunca me aburro. Hasta nuestra primera visita al supermercado ha sido una aventura. Me ha obligado a subirme al borde del carro para llevarme a toda velocidad por los pasillos mientras nos metíamos uvas en la boca. Aunque ha aceptado que cocine para él en nuestro día libre, no me cabe la menor duda de que después me hará salir de casa. Es como si necesitara irse a la cama agotado. Por mucho que me haya advertido que no hace las cosas de forma tradicional, esta fase de nuestra nueva relación es muy parecida a la de hacer el nido, por eso hoy estoy jugando a las casitas con él y no quiero cagarla. No me esperaba ni de coña echarme novio el día que llegué a la ciudad, pero encontrar a Sean ha sido un milagro.

Estar implicada emocionalmente ha hecho que, en mi cabeza, la traición sea mucho peor. Sobre todo después de lo de esta mañana.

Sean no tiene pinta de ser celoso, pero, si me equivoco, mi confesión podría ser una catástrofe.

—Voy a tener que plantarme ahí cagando leches si están tan buenos como dices.

—Céntrate —le ordeno, buscando una tabla de cortar—. Novio nuevo. Visión del miembro de otro hombre.

—¿No decías que les gustaba compartir?

—Solo es un rumor. Tiene que serlo.

—¿Por qué?

—Porque…, no lo sé. No me lo imagino.

—Los raritos parecen personas normales, bonita. Tú eres la prueba viviente.

—Venga ya. No digas chorradas. No sé por qué te he llamado.

—Porque me quieres y porque te morías por decirme que has conseguido tener orgasmos múltiples. Por fin.

—Christy. Escúchame. Creo que me estoy enamorando de este tío.

—No me jodas, ¿ya?

—Sí, ya sé que es demasiado pronto y muy poco inteligente. Pero es que es increíble.

—Eso parece, por lo que me has contado. Pero ten cuidado, ¿vale?

—¿Y cómo se hace eso?

—No lo sé. Pero es lo que se supone que debo aconsejarte. Una vez que empiezas a engancharte, es imposible dejarlo, ¿no?

—Exacto. Esto es un desastre.

—No seas tan dramática. Cuéntale al chaval que has visto a su compañero de piso en pelotas y olvídate del tema de una vez.

—Vale. Lo haré.

—Y hazle una puñetera foto, joder. Dios inventó los teléfonos con cámara precisamente para esas cosas.

—Sean no quiere que lleve el móvil cuando estamos juntos. Voy a tener que esconderlo antes de que vuelva. —Hago una mueca de vergüenza, consciente de lo mal que suena eso, y me topo con un muro de silencio al otro lado.

—Eso es un poco controlador, ¿no crees?

—Es que odia que me distraiga con él. Quiere que esté presente cuando estemos juntos.

—Eso es bastante sexy.

—No es como los demás, ya te lo he dicho.

—Bueno, pues ahora ve y arranca la tirita. Si es un psicópata, mejor descubrirlo ahora que más adelante.

—Bien pensado. Christy, estoy pilladísima por este tío. Él me hace… pensar de forma diferente, me hace sentir… Uf, ¿qué coño estoy haciendo?

—Sé que tienes miedo, pero no dejes que el pasado te diga lo que puede ser bueno para ti. No sabes cuántas ganas tenía de que te sucediera algo así. Te quiero. Llámame mañana.

—Te quiero.

Después de colgar, voy corriendo al coche y guardo el móvil en la guantera, molesta por el trato, pero decidida a cumplirlo desde entonces. No me cabe la menor duda de que Sean hablaba en serio cuando dijo que no era algo negociable.

Vuelvo a la cocina, añado unas cuantas especias a la mezcla de la ensalada y empiezo a picar los tomates mientras intento razonar. Christy tiene razón. No es para tanto. Estoy haciendo una montaña de un grano de arena.

Dominic no debería dormir desnudo si no quiere que lo vean y yo tengo que superarlo. A lo mejor a Sean hasta le parece divertido.

«Claro, seguro que le parece tan gracioso como a ti encontrarte a Jared tirándose a otra».

Pero Sean no es mi ex y estoy intentando por todos los medios no hacerle pagar los errores de un niñato. Tras decidir contarle la verdad antes de la cena, pico una cebolla en la tabla de cortar de plástico que he encontrado y sonrío cuando oigo cerrarse la puerta principal. Sean ha tenido que volver al súper a comprar la cerveza que olvidamos en el primer viaje.

—Qué rápido —digo mientras doblo la esquina, pero me

topo con Dominic. Él abre los ojos de par en par y me agarra de la muñeca, arrebatándome el cuchillo de la mano una fracción de segundo antes del impacto. Balbuceo mientras él me mira fijamente, quitándose los auriculares.

—¿Pero tú de qué coño vas?

—Pe-perdón, creía que eras Sean y que me habías oído.

—Pues está claro que no, joder. —Me quedo con la boca abierta mientras él mira hacia la cocina—. ¿Qué estás haciendo?

—Cocinar, obviamente —le suelto—. No hace falta que seas tan borde.

Le hace gracia que me cabree.

—Me gusta la carne poco hecha.

—Esa es para Tyler.

—Ahora es para mí. —Extiende un brazo por detrás de mi espalda y se mete un tomate cherry en la boca.

—No pienso cocinar para ti.

Me atrae hacia él y me quedo sin aliento mientras mira fijamente mi boca.

—En mi casa mando yo. Si cocinas para uno de nosotros, cocinas para todos.

—También es la casa de Sean, por no hablar de mis manos y de mis putos derechos.

Su sonrisa es cruel.

—¿Te gusta jugar a las casitas?

—No estoy jugando a las casitas. Estoy cocinando para mi…

—¿Novio? Qué bonito. ¿Crees que Sean es tu novio?

Me suelta y recojo el cuchillo que está a nuestros pies, tentada de usarlo mientras retrocedo.

—Yo no he dicho eso. No he dicho que sea mi novio.

—No ha sido necesario. Aviso para navegantes: ojo con encariñarse, cielo.

—¿Y tú qué sabrás? —exclamo, posando con fuerza el cuchillo sobre el mostrador, a mi espalda.

Él sonríe, abre la nevera y coge una botella de agua. Se la bebe mientras yo lo observo. Sus gruesos mechones de ónix están despeinados y su pecho desnudo cubierto de sudor. Unas gotas se deslizan por sus abdominales hasta dispersarse en la tenue línea de vello que va desde su ombligo hasta su pubis. Desvío la vista, pero noto su mirada pesada sobre mí.

—Folláis en el bosque, ¿no? —Mis ojos se posan de inmediato sobre los suyos, pero mantengo la boca cerrada—. Déjame adivinar. Te ha llevado a una cascada preciosa.

Es como si me hubieran dado una bofetada. Peor que eso: me siento utilizada. Pero me pongo a la altura de las circunstancias.

—Pues no. Antes follamos en su Nova.

Él me responde con una risa exasperante.

—Vaya, ¿así que eres una de esas chicas que se lo montan en el asiento de atrás?

—¿Estás celoso o qué? No veo a ninguna chica por aquí dispuesta a cocinar para ti. No creo que haya ninguna mujer tan tonta sobre la faz de la tierra.

Él se acerca a mí, posa la botella vacía sobre la encimera que tengo detrás y me acorrala de tal forma que me veo obligada a levantar la barbilla.

—Qué palabras tan feas y odiosas saliendo de una boca sucia y manchada de semen.

Yo retrocedo y, en un instante, me agarra la mano con la que pensaba abofetearlo y la pone sobre el bulto de su pantalón corto.

—Cuidado, la violencia me la pone dura. —Inclina la cabeza y sus ojos brillan como el filo de un cuchillo—. Soy el sueño húmedo de cualquier psiquiatra. —Me resisto mientras él pasa mi mano por su polla, que está como una piedra. Por otra parte, me resulta casi imposible no calcular su tamaño. Esa racionalización enfermiza me revuelve el estómago—. Por desgracia para ellos, no soy una persona débil.

—Yo tampoco. —Aunque está empapado en sudor, sigue oliendo a limpio.

—¿Te corres cuando te folla contra los árboles?

Miro más allá de su hombro, rezando para que llegue Sean, pero allí no aparece nadie.

—Mírame, «pequeña» —me suelta, asqueado.

—Déjame.

—Ya lo he hecho, pero parece que te estás divirtiendo.

Entonces me doy cuenta de que le estoy acariciando voluntariamente. Aparto la mano de golpe y su risita perversa llena la habitación.

—¿Por qué haces esto? Yo no te he hecho nada.

—Puede que no me caigas bien.

—Pues vale, puede que a mí me importe una mierda.

Él se inclina y me agarra la barbilla con fuerza.

—Pero no es así.

Alejo bruscamente la cara de su mano y se oye un portazo. Estoy temblando de pies a cabeza cuando aparece Sean. Le basta con verme la cara para que su sonrisa desaparezca.

—Tu chica acaba de sobarme la polla —dice Dominic como si estuviera hablando del tiempo mientras saca una cerveza de la bolsa de Sean, le quita el tapón y lo lanza hacia el fregadero. Yo me quedo boquiabierta y Dominic se encoge de hombros—. Y también le gusta mirarme cuando duermo. Me ha parecido que debías saberlo.

Niego con la cabeza frenéticamente, mirando a Sean con los ojos llenos de lágrimas.

—Eso no es cierto, Sean. No es cierto.

Dejando la bolsa en el suelo, Sean maldice y levanta un dedo, mandándome callar antes de seguir a Dominic escaleras arriba. Perpleja, me quedo en la cocina mientras la cena de disculpa, que tan cuidadosamente había planeado, empieza a quemarse.

17

Ya estoy fuera de la casa, yendo hacia mi coche, cuando Sean me alcanza.

—Cecelia.

—Es el puto diablo. —Me siento culpable, humillada y furiosa.

—Confía en mí. No lo es.

Abro la puerta del coche y Sean la cierra de golpe.

—No permitas que joda lo nuestro.

—Yo no le he tocado la polla. —Estoy mintiendo. Le estoy mintiendo—. Bueno, sí lo he hecho, pero no de esa forma. —Sean reprime una sonrisita mientras yo gimo de frustración—. No en plan sexual. Él... Lo he visto desnudo. Esta mañana. Tenía la puerta abierta de par en par y estaba allí tumbado. Desnudo. Y lo he visto.

Sean sonríe abiertamente.

—Ese cabrón trabajaría desnudo si pudiera. Le encanta. No te preocupes por eso.

—¿En serio?

—Sí, en serio. ¿Por eso has estado nerviosa hoy? ¿Creías que me enfadaría?

—Bueno, no sabía... —Niego con la cabeza—. Es una situación rara.

—Dominic es un maestro dándole la vuelta a la tortilla. No

es nada nuevo. —Me observa con atención—. ¿Te ha gustado lo que has visto?

—¿Qué? —Lo miro boquiabierta.

—No hay otra forma de hacer esa pregunta, Cecelia.

No va a retractarse y sabe lo que pienso, así que no tiene sentido mentir. No quiero mentirle a Sean.

—Es atractivo, pero…

—¿Y la mamada de esta mañana? —Levanta ambas cejas y su sonrisa se vuelve más amplia—. ¿Fue por culpabilidad, porque estabas cachonda o por ambas cosas?

—¿Podemos hablar un momentito de que tu compañero de piso es la semilla del diablo?

—Conque desviando la atención… —Sean se ríe—. Interesante.

—No digas chorradas. Es atractivo y lo sabe. Pero también es otras cuantas cosas.

Sean me agarra de la nuca y acerca su nariz a la mía.

—Estoy totalmente colado por ti. Lo sabes, ¿no? Lo de anoche fue increíble.

Le devuelvo la sonrisa.

—El sentimiento es mutuo. Es que no sabía cómo decírtelo sin…

—No pasa nada por mirar, Cecelia. Además, disfruté bastante de esa mamada de culpabilidad.

—En serio, lo odio.

—Da igual —dice, soltándome—. Vive aquí, así que entra y acaba de cocinar o ganará él.

—¿Estás loco? No pienso volver a entrar ahí. Ha tergiversado mis palabras…

—Tienes que pararle los pies cuanto antes o te pisoteará. —Es una orden ineludible y su tono roza la agresividad, como la noche anterior. Me vengo un poco abajo.

—Sean, ¿cómo sabía que habíamos ido a la cascada?

Sus ojos se apagan mientras me mira de forma inexpresiva.

—Así que vas a dejarle ganar.

—¿No piensas contestarme?

Su silencio es respuesta suficiente. Intento interpretar su mirada, pero no va a recapacitar. No va a disculparse por las acciones de otra persona. Y obviamente lo último que quiere es que me haga la víctima. Por muy cabreada que esté, tiene toda la razón. Si me voy y dejo que las palabras y los actos de Dominic se interpongan entre Sean y yo, él ganará.

Echando los hombros hacia atrás, me abro paso entre los coches y vuelvo a entrar.

—Dale duro, nena —me anima Sean mientras lo oigo reírse detrás de mí.

Dominic mira fijamente el filete chamuscado al tiempo que yo mastico un bocado de ensalada, sin molestarme en ocultar mi sonrisa.

Sus ojos se encuentran con los míos mientras silba en voz baja. Brandy, la spitz de Sean, baja las escaleras mientras Dominic lanza la carne hacia atrás por encima del hombro.

—No puede masticar eso, gilipollas —replica Sean, recogiendo el filete para ponerlo sobre la encimera y cortarlo con los cubiertos sin usar siquiera una tabla.

Qué bruto.

—Pues a lo mejor deberías haberte comprado un perro de verdad en vez de un puto perrito faldero —replica Dominic.

No puedo evitar soltar una risilla. No me esperaba una perrita tan de señora cuando Sean me presentó a Brandy y me burlé muchísimo de él por ello.

—Al menos ella es simpática —dice Dominic para provocarme—. ¿Tú también sabes hacer trucos? —me pregunta, pinchando el brócoli.

Sean me mira expectante y yo me planteo por un segundo lanzarle el plato a Dominic, pero decido no desperdiciar un buen filete.

Y además, ¿qué coño está pasando? Los miro a ambos y no veo ninguna señal de conspiración, pero ¿por qué Sean no me defiende? Ni siquiera un poquito. Entiendo que quiere que me mantenga firme, pero ¿qué hay de su apoyo? ¿No debería al menos decir algo? Aprovechando esa rabia, me vuelvo hacia Dominic, que acaba de ducharse. Su cabello oscuro está despeinado y tiene la piel aún más bronceada tras haber salido a correr. En el bello rostro de ese cabrón se dibuja una sonrisa de suficiencia.

—Oye, tarado de los cojones, entiendo que tengas un trastorno de personalidad, pero ¿podrías intentar ser un poquito educado? Solo hasta que me termine el filete.

Sean echa la cabeza hacia atrás.

—«Tarado de los cojones». Muy bueno, nena.

—La guarrilla dice que te la follaste en el Nova —comenta Dominic, haciendo que se me atragante el filete. Bebo agua para intentar bajarlo, mirando rápidamente a Sean. Ese hombre piensa utilizar en mi contra cualquier cosa que diga, todas y cada una de mis palabras.

Sean me observa con una ceja levantada y yo le dirijo una mirada hostil a Dominic.

—Te gusta tergiversar las cosas, ¿eh?

—Me gusta jugar con la gente ignorante. —Dominic bebe un trago de cerveza—. Es mi pasatiempo favorito.

—Vete a tomar por culo, Dominic, ahí tienes un pasatiempo.

Él se pasa la lengua por el labio superior como si lo estuviera considerando y luego niega con la cabeza.

—No, prefiero que acabes esa paja que me estabas haciendo antes de que entrara tu novio —dice antes de girarse hacia Sean—. Por cierto, yo no me acostumbraría demasiado a ella. Antes se ha mostrado muy reacia a considerarte su pareja. Entre eso, las miraditas a mi pequeñín y el magreo, yo diría que no es la chica adecuada para presentarle a mamá.

Dejo los cubiertos sobre la mesa, mirándolos a ambos.

—Muy bien, ¿dónde está la gracia? —pregunto, mirando fijamente a Sean—. ¿Es que no piensas decirle nada a este imbécil?

—Hazme caso, no serviría de nada —dice Sean, con un suspiro.

Me pongo de pie.

—Disfrutad de la cena.

—Anda, mira, si tiene un límite. —Dominic chasquea la lengua mientras yo cojo el bolso—. Qué original. —Voy hacia la puerta, escuchándolo hablar a mis espaldas—. Te dije que no tenía lo que hay que tener.

—Dale tiempo.

Ya estoy hasta las narices de sus tonterías y de intentar entender su conversación. Estoy llegando a la puerta cuando aparece Tyler.

—Hola, guap…

—Hola, Tyler, no puedo…, perdona. —Paso corriendo a su lado con los ojos llenos de lágrimas y cierro de un portazo al salir.

Estoy yendo con furia hacia la puerta del conductor de mi coche cuando me doy cuenta de que Tyler me ha cerrado el paso con el suyo y no puedo salir. Haya sido intencionado o no, a estas alturas ya se habrá dado cuenta, pero parece que ni siquiera él tiene intención de ponérmelo fácil. Me quedo allí plantada, soportando el calor, durante unos minutos que se me hacen interminables, hasta que oigo que la puerta principal se abre y se cierra. Cuando el que aparece es Sean, aparto la mirada.

—¿Piensas quedarte mirando la puerta de casa toda la noche, pequeña?

Levanto la vista hacia él y, al ver que está sonriendo, me enfurezco todavía más.

—Sois unos gilipollas.

Él inclina la barbilla hacia abajo.

—Puede.

—¿Puede? —Rodeo el coche y tiro el bolso sobre el capó—. ¿Puede? ¿A qué estáis jugando?

—A nada. Te advertí que no le siguieras la corriente y lo has hecho de todos modos.

—Es asqueroso. ¿Y qué ha querido decir con eso de que no tengo «lo que hay que tener»?

—Pues exactamente eso. Y estás demostrando que tiene razón.

—¿Por qué tengo que demostrar nada?

—No tienes que hacerlo, pero, si vas a compartir espacio con él, tendrás que darle un par de vueltas.

—¿A qué exactamente?

—A cómo llevarte bien con él.

—¿Llevarme bien con él? —Me río—. Imposible.

—Imposible no. Improbable.

—Sean, déjate de historias. Dominic no me va a dejar en paz, ¿te enteras? Eso está claro.

—Pues ve un paso más allá.

—¿Y qué hago? ¿Darle una paliza?

—No le vendría mal. —Su tono socarrón hace que se me erice el vello de la nuca.

—¿Esto te hace gracia?

—Muchísima. Aunque tengo que felicitarte: te has mantenido firme un buen rato.

—Entonces sí que es un juego.

—No, es una lucha de poder y espero de todo corazón que ganes.

—¿En serio me estás diciendo esto?

—Pues sí. Y te lo repetiré las veces que haga falta. Tú puedes con esto. Sé que puedes. No permitas que te intimide.

—¿Y ya está?

Sean se agarra el bíceps con una mano.

—Y ya está.

—Otra decisión.

Él se da unos golpecitos con el dedo en la nariz.

—Me aseguraste que no te convertirías en un capullo. ¿Cómo lo llamas a esto?

Él suspira.

—Pues lamento decepcionarte, pero te juro que puedo hacer las cosas muchísimo peor.

Siento a nivel físico cómo mi corazón empieza a replegarse. Puedo largarme de inmediato de ahí y, de hecho, algo me dice que sería lo más prudente. Pero ese comportamiento no encaja con el Sean que yo conozco. Lo miro fijamente, con el corazón dividido.

—Vivís en un universo paralelo.

—Es divertido —susurra él—. Pero es mucho mejor si tú estás en él.

Niego con la cabeza.

—No tengo ni idea de qué pensar de ti.

—A mí me pasa lo mismo contigo. Eso pone las cosas interesantes, ¿no?

Lo miro boquiabierta.

—Yo creía que…

—¿Qué creías?

Se me cae el alma a los pies.

—Dios, soy idiota. Esto ha sido muy mala idea. —Me dispongo a coger el bolso y él me lo impide, exhalando un fuerte suspiro.

—Cecelia, estás dejando que pasen cosas que no tienen por qué pasar.

—Y tú te estás quedando de brazos cruzados. ¿De qué coño vas, Sean?

Él me agarra la cara, se acerca a mí y me besa. Yo me aparto, le doy un empujón y él se ríe.

—Quiero largarme. Dile a Tyler que mueva el coche.

Su mirada se vuelve fría.

—Díselo tú.

—¡Vale! —Entro como una exhalación por la puerta principal y me encuentro a Tyler y a Dominic jugando a la PlayStation en el salón.

Típico.

—Tyler, ¿puedes mover el coche?

Este mira a Dominic.

—Cuando acabe esta partida.

—¿En serio?

—Sí. Tranquila, nena.

Sean está ahora detrás de mí. Noto su calor en la espalda mientras sigo allí de pie, delante de esos dos tíos apoltronados en el sofá, indiferentes ante mi situación. Giro la cabeza hacia atrás para mirarlo y él me observa atentamente mientras mi rabia va en aumento. Hace menos de una hora, era un día perfecto. Sean y yo estábamos bien, mejor que bien, hasta que Dominic ha arrasado con todo como una apisonadora. Con el día, con la cena y con el postre.

El postre.

Cabreadísima, voy a la cocina y cojo la tarta de zanahoria que he glaseado hace un rato, la favorita de Sean, vuelvo a donde está sentado Dominic y se la aplasto en la nuca. Él se levanta del sofá mientras yo cojo un poco más de tarta aplastada con la mano y la lanzo hacia la cara sonriente de Sean.

—No quería irme sin serviros el postre. Podéis iros todos a la mierda.

Dominic tira el mando al suelo y me fulmina con una mirada que clama venganza mientras yo suelto la bandeja, cojo las llaves de Tyler de la mesa de centro y corro hacia la puerta principal.

Oigo las risas de Sean y Tyler a través de la puerta abierta mientras me subo a la camioneta de este último, arranco, salgo del camino de acceso y la dejo en marcha en medio de la calle. Luego corro hacia mi coche, donde Sean me está esperando metiéndose un dedo lleno de glaseado en la boca.

—Esto está buenísimo, nena.

Estoy a punto de embestirlo cuando él me agarra y me carga sobre el hombro. Colgando, le golpeo el trasero con los puños.

—Suéltame ahora mismo.

—De eso nada, no pienso desperdiciar este momento.

Me lleva de vuelta a casa y veo a Dominic delante del fregadero de la cocina, quitándose la camisa. Sus ojos árticos me desafían mientras Sean sube las escaleras una a una en lo que se me antoja un ascenso deliberadamente lento. Dedicándole una peineta con cada mano, miro a Dominic con una sonrisa vengativa hasta que este desaparece de mi vista. Sean cierra la puerta de la habitación y me deja en el suelo. Luego me acorrala contra la puerta y se pega a mí. Está guapísimo, con la cara medio embadurnada. Se acerca y yo giro la cabeza para esquivar su beso.

—Mejor aún. —Me unta un poco de glaseado en la cara y se ríe perversamente durante unos instantes. Entonces oigo rasgarse el envoltorio de un condón.

18

Se acabó.
Ya está bien.

Si un hombre parece demasiado bueno para ser real, seguramente sea un farsante.

Esa es la conclusión a la que llegué la noche que dejé a Sean durmiendo en su cama.

Llevo cuatro semanas tratando de resolver el deslumbrante jeroglífico de Alfred Sean Roberts y sigo sin tener ni idea de cuáles son sus verdaderas intenciones conmigo. No es inofensivo, eso lo tengo claro. Pero ignoro si es buena gente o no.

Tal vez sea ambas cosas.

Hace dos días que me fui sin despedirme y desde entonces he ignorado sus mensajes. Él, por su parte, ha pasado de mí en la línea de montaje. Tampoco se ha disculpado.

Cuando no le contesto, no se rebaja. No esperaba otra cosa de él, a pesar de que echamos un polvo alucinante gracias a mi cabreo. Aunque no fue exactamente un polvo de reconciliación, al menos para mí. Todavía sigo enfadada porque no me defendió. Aunque con Sean he aprendido a esperar lo inesperado.

Sería más fácil para mí si pudiera entender por qué permitió que un hombre al que él considera un hermano me tratara tan mal.

Así que ya he tenido suficiente locura por ahora.

Decido retirarme pase lo que pase. Sinceramente, sentir algo por alguien tan pronto es peligroso para una chica como yo.

¿Estoy montando un drama porque sí?

Estoy de acuerdo con Sean en muchas de sus teorías. Una de ellas, en particular, es que estamos programados en muchos sentidos. Por supuesto que lo estamos, pero por otra parte también sé que podemos programarnos, o más bien denigrarnos, de muy diversas formas.

Mi forma de comportarme hasta ahora me ha ayudado a concluir que me siento atraída por las personas disfuncionales y, sobre todo, por los hombres enigmáticos.

Pero estoy decidida a no volver a caer en los mismos errores.

Tengo la teoría equivocada de que, si no sufres, no estás amando con suficiente intensidad y pasión y eso no es sano.

Le entregué a Brad mi corazón y mi virginidad y rompimos porque él consideraba que yo tenía demasiadas expectativas.

Con Jared sucedió lo mismo. Y eso que yo estaba a punto de perdonarlo por engañarme. A puntito.

Pero entonces me elegí a mí misma.

La verdad es que sí tengo muchas expectativas puestas en mi historia de amor y en el hombre con el que la compartiré.

Espero pasión y mariposas, además de un par de momentos de cuento de hadas. Cuando nos peleemos, quiero que duela. Cuando follemos, quiero sentirlo con cada fibra de mi ser. Cuando un hombre me confiese su amor, espero que lo haga en serio. No quiero cuestionar la autenticidad de sus palabras. Quiero que el amor me tome, me posea y me domine.

¿Eso es esperar demasiado?

Puede que sí, puede que haya leído demasiadas novelas románticas.

Por lo que he vivido hasta ahora, tal vez sí tenga demasiadas expectativas.

Sobre todo si no consigo que el hombre del que me estoy enamorando me defienda.

¿Provoqué yo el drama? No. Lo hizo Dominic.

¿Esperaba demasiado de Sean? No quiero ni pensar que tal vez sí lo hiciera. Que puede que él sea incapaz de ser quien espero que sea porque ya me ha dado mucho de lo que quiero.

¿Debería ceder para no perderlo? Ni de coña.

Sean se equivocó. Dominic se equivocó. Yo solo me estoy defendiendo.

He pasado por dos malas experiencias y he aprendido lo suficiente como para ver las señales de advertencia.

Hay una parte de mí que cree que mi corazón enfermizo es heredado, que esto es algo que llevo en los genes. Y no solo eso; además he sido testigo de los devaneos de mi madre a lo largo de los años, mostrando la misma actitud temeraria con respecto a su propio bienestar, siempre superando el último desastre con uno peor y esperando la mejor de las recompensas.

Esa parte de ella solo se calmó cuando empezó a salir con su último novio. Pero, en el fondo, sé que nunca ha obtenido esa recompensa. Luchó durante años por encontrar a un hombre que le generara esos sentimientos y al final se conformó. Se rindió y ambas lo sabemos.

Aunque juré vivir mi vida de forma diferente a mi madre, padecemos la misma enfermedad. Ambicionamos romances apasionados, de esos que nos roban el alma y que están destinados a acabar mal. He heredado su corazón y es implacable.

Aunque tengo miedo, no puedo rendirme. Encontrar el amor es el mayor de mis sueños. Tengo muchos más, la verdad es que de eso no me falta. Obviamente, conseguir un trabajo que me guste es otro de ellos, pero encontrar el amor de mi vida no es negociable. Y, a pesar de que por ahora no he hecho más que cagarla, sigo creyendo en su existencia.

Lo que más deseo es un amor que me consuma por completo. Lo que más temo es un amor que me consuma por completo.

Sean ha despertado a la chica hambrienta que hay en mí, solo para acabar de cuajo con sus esperanzas.

En el fondo sé que enamorarme de Sean es una mala idea. Ya albergo demasiados sentimientos para haber pasado solo un mes.

Pero ¿no es eso lo que quiero?

Tal vez por ahora debería hacer caso a la voz de la razón de mi cabeza en lugar de a la adicta de mi corazón. A esa voz que me dice que existen relaciones igual de apasionadas que no tienen por qué acabar en una masacre.

La verdad es que adoptar esta postura ha sido un infierno. Lo echo muchísimo de menos.

Pero pienso mantenerme en mis trece, porque estoy harta de hacerme la tonta. En una cosa Sean sí tenía razón. Si no me defiendo desde el principio, me hago un flaco favor.

Así que pienso seguir enfadada.

Putos hombres.

Cabreadísima, apuñalo la comida mientras observo el perfil de la cabeza de Roman.

Chuletas de cordero con salsa de menta y patatas al romero. No se me ocurre una cena más pretenciosa. Odio el cordero. Roman me mira impasible mientras yo le devuelvo la mirada con sus propios ojos de acero. Para ser un hombre mayor es bastante guapo y, por un segundo, me pregunto qué aspecto tendría cuando mi madre lo conoció. ¿Sería tan atractivo como Sean, igual de encantador? ¿Habría jugado la baza del «Confía en mí» antes de hacerle daño? ¿O su gélido exterior la había intrigado tanto que le había resultado imposible resistirse a él? Ella nunca me ha contado los detalles de la historia, aunque se los he preguntado muchas veces. Se niega a recordar esa parte de su vida, supongo que será porque le resulta dolorosa. Si ser su hija es tan incómodo, no quiero ni imaginarme cómo sería ser su pareja.

—¿Le pasa algo a la comida, Cecelia?

—No me gusta el cordero.

—De pequeña te gustaba.

—Disimulaba para complacerte.

—Veo que lo de complacer a tu padre se ha acabado.

—He crecido. Ahora prefiero comer lo que me gusta.

Roman corta la chuleta, la moja en la sustancia viscosa verde y vacila.

—Cecelia, soy consciente de que me he perdido muchas cosas...

—Ocho años. —Me limpio la boca—. Perdóname si me pregunto qué demonios estoy haciendo aquí.

—Esta noche estás de un humor de perros.

—Siento curiosidad.

—Ya veo —dice, apoyando las muñecas en el borde de la mesa y posando los cubiertos exactamente en su sitio. Ese ritual me enferma. No somos una familia. Soy parte de su empresa—. Formas parte de mi legado. Eres mi única hija.

Ni una disculpa por los años que se ha perdido. Ni una excusa por su ausencia. Respuestas simplonas sin ninguna emoción detrás. Ni siquiera puedo imaginarme a Roman intimando con nadie. Mi madre se lo debió de pasar pipa tirándose a ese cabrón.

—La última vez que nos vimos, me hablaste de tus padres. ¿De niño eras rico?

Él frunce el ceño.

—Más o menos.

—Define «más o menos».

—Mi madre disponía de una cantidad considerable de dinero que heredó al casarse con mi padre. Pero dilapidaron su pequeña fortuna en lugar de hacerla crecer y murieron sin un centavo. Ese fue el error que cometieron.

—¿Teníais una relación estrecha?

—No.

—¿Por qué?

—No eran personas cariñosas. Abstente de hacer cualquier comentario grosero. Soy consciente de que algunos lo consideran un defecto.

—Solo las personas que tienen pulso.

Él mastica la comida lentamente y me mira con atención.

—Te aseguro que yo también sangro. Y esa misma sangre corre por tus venas.

—Yo no soy como tú.

—Tienes una lengua viperina.

—No finjas que te importa, Roman. ¿Por qué has decidido hacerme formar parte de todo esto a última hora si realmente no me querías en tu vida? ¿Por qué darme nada cuando podrías extender un cheque y olvidarte de mí?

Él se lleva lentamente el vaso a los labios para beber un trago.

—Puede que me arrepienta de cómo me he portado contigo.

—¿Puede?

—Lo hago. —Deja el vaso y se limpia la boca con la servilleta—. Disculpa. Tengo asuntos que atender.

—Un placer hablar con usted, señor.

Es evidente que está a punto de bajarme la regla y estoy segura de que este perro de presa puede olerlo. Me sentiría mal si no fuera Roman Horner el que está sufriendo las consecuencias de mi actitud. Pero esta noche paso de fingir.

Se detiene en la puerta y se vuelve hacia mí. Espera a que nuestros ojos se encuentren antes de hablar.

—Te di mi apellido porque esperaba ser un padre para ti. Un día me di cuenta de que nunca lo sería y que lo menos que podía hacer era ocuparme de ti económicamente. Te estoy entregando el trabajo de toda mi vida por mi fracaso. Lo único que te pido es que representes un pequeño papel. Sé que no lo compensa, pero es lo único que podré darte.

—¿Querías a mi madre? —pregunto con un nudo en la garganta, maldiciendo la emoción incipiente—. ¿Has querido alguna vez a alguien?

Él hace una mueca y sus ojos se posan en algún punto del pasado mientras me observa con la mirada perdida.

—Lo intenté.

Tras esa confesión, me deja sola en la mesa.

Hago lo posible por ignorar el escozor de mis ojos y la lágrima que rueda por su culpa. Eso ha sido todo. Lo sé perfectamente. Esa será la única confesión que mi padre hará sobre lo que siente por mí.

Tras años de incertidumbre, por fin obtengo una respuesta.

Lo intentó.

Mi padre acaba de admitir que no me quería.

Me limpio la lágrima de la cara con un dedo y la analizo. Roman Horner probablemente habría preferido un aborto a una hija y tiene la idea absurda de que una herencia podrá redimirlo de alguna forma.

Aplasto entre los dedos esa lágrima rebosante de una esperanza que no sabía que albergaba y por fin me doy permiso para odiarlo. Una prueba más de que las fantasías de un corazón masoquista son mucho mejores que cualquier experiencia real.

Con la lección aprendida, me bato en retirada.

19

Así están las cosas. Hace días que los mensajes han cesado y todavía estoy intentando convencerme de que no me importa. Si Sean no entiende que me mantenga firme tras su asqueroso comportamiento, es que es una causa perdida.

Me enamoré de cada una de las frases que sus preciosos labios me regalaban solo para acabar sintiéndome abofeteada.

He frenado justo a tiempo.

Para empeorar esta mierda de situación, la macarra de la fábrica se ha propuesto amargarme aún más la vida, burlándose de mí en un español que no entiendo en la sala de descanso. Anoche nos peleamos y estuvo a punto de aplastarme contra la pared. La tiene tomada conmigo y me lo está dejando bien claro turno a turno. Obviamente, lo último que quiero es informar a mi supervisor, al que estoy tratando de evitar por todos los medios.

Me echo más protector solar y me recuesto en la tumbona, sintiendo el cosquilleo del sol sobre la piel. Un día de descanso más que merecido en soledad es justamente lo que necesito para recargar pilas. Ojalá mi libido hiciera el favor de estar de acuerdo conmigo.

Sean ha vuelto a despertar esa parte de mí y ahora se niega a que la ignoren. El deseo está presente día tras día y mi nuevo anhelo me recuerda lo que me estoy perdiendo.

Será un alivio dejar atrás las hormonas de la adolescencia, pero más me vale convertirme rápido en una mujer hecha y derecha, porque he decidido dejar de salir con chicos.

Inquieta por un día más sin novedades, cierro los ojos después de intentar por tercera vez centrarme en la novela, segura de que tardaré más de siete días en dejar este vicio nuevo.

Una ola gigante de agua me empapa, doy un grito desde la tumbona y me levanto de un salto. Entonces me encuentro nada menos que a Dominic emergiendo a la superficie ondulada. El agua resbala sobre él mientras se pone en pie un segundo antes de que el hombre al que he estado ignorando durante una semana, pero al que no logro quitarme de la cabeza, me tape la vista.

—¿Creías que te dejaría escapar tan fácilmente? —Sean me mira con sus brillantes ojos castaños y la sonrisa deslumbrante que no logro desterrar de mis pensamientos.

—¿Qué hacéis aquí?

El golpe del portón al cerrarse me hace apartar la mirada de Sean y veo aparecer a Tyler con una nevera.

—Hola, guapa —dice a modo de saludo, echando un vistazo al jardín y soltando un silbido—. Ya veo por qué te escondes aquí.

Lo saludo con la mano y me protejo los ojos del sol para mirar a Sean.

—¿Qué coño estáis haciendo?

—Nosotros hemos compartido nuestra casa contigo —dice él, encogiéndose de hombros—. Es lo justo.

—Tal vez, aunque suponía que sabrías captar una indirecta.

Su mirada se enciende y su mandíbula se tensa.

—No te hagas la zorra. Me gustas demasiado.

Se sienta a mi lado y no sé si tengo más ganas de besarlo o de abofetearlo. No me decido por ninguna de las dos.

—Bésame —dice, leyéndome el pensamiento con precisión.

Se acerca a mí y yo hago todo lo posible por contener la respiración, pero fracaso y acabo inhalando profundamente su olor. Es como volver a casa.

—Saca a ese imbécil de mi piscina.

—Déjalo ya —me ordena Sean.

Yo retrocedo.

—¿Quién coño te crees que eres?

—El novio con el que estás enfadada.

Su declaración me llega al alma y pone en riesgo mis progresos mientras Tyler deja la nevera entre las tumbonas y se quita la camiseta.

—Danos un minuto —le pide Sean.

Tyler asiente, sonriéndome por encima del hombro.

—Hola, Cee.

No puedo evitar corresponderle con otra sonrisa, sobre todo cuando su hoyuelo hace acto de presencia.

—Hola, Tyler.

—Estoy celoso —susurra Sean.

—¿Por qué?

—Por esa sonrisa que le acabas de regalar. ¿De verdad la he cagado tanto?

—Me has hecho daño —digo, decidiéndome por la sinceridad absoluta—. Creía que teníamos algo bonito y me siento como si me hubieras echado a los lobos.

—Eso es lo que estoy intentando evitar. Pero tú transformaste la situación en aquello que esperabas que pasara. Esperabas que mostrara mi lado géminis, pero soy virgo, ¿recuerdas? No tenía nada que hacer contra tu imaginación. Esta pelea era inevitable. Ambos sabíamos que, en cuanto te hiciera enfadar, este sería tu argumento.

Lo miro boquiabierta.

—Puede que me cueste confiar en la gente, pero tú estás haciendo que me resulte imposible.

Me pone una mano en el cuello y se acerca hasta que nos tocamos con la nariz.

—Dime que no me echas de menos.

—Eso da igual. Si no puedo contar contigo cuando te necesito, ¿de qué me sirve?

—La cuestión es que no me necesitabas. Simplemente creías que sí y yo quería que te dieras cuenta de que no. Pero tú abandonaste mi cama y decidiste castigarme por no solucionar tus movidas.

—¿Mis movidas? —No doy crédito—. Hace falta valor.

Él se niega a darme espacio y me agarra con más fuerza.

—Yo lo llamo «fe». Eres mucho más fuerte de lo que crees y quería que te percataras.

—¿Por qué?

—Porque quiero tenerte cerca el máximo tiempo posible —murmura.

Mi lado guerrero empieza a debilitarse ante Sean y su lógica. Me asusta lo que siento por él. Me asusta muchísimo; puede que estuviera buscando una razón para alejarme de él.

—Creía que habías dicho que era mi decisión.

Él enreda los dedos en mi pelo.

—No me gusta tu decisión de mandarlo todo a la mierda. Pero la respetaré si eso es lo que de verdad quieres.

Se ha puesto las gafas de sol de espejo y yo se las quito y me las coloco para que no pueda ver las emociones que seguramente estoy transmitiendo.

—No pienso permitir que nadie me trate así.

—Pues no lo permitas, pero a mí ya me lo has dejado claro. Lo siento, nena —murmura, espero que con sinceridad—. Y más te vale creerme cuando te digo que puedes contar conmigo siempre que lo necesites. —Aprieta mi mano contra su pecho—. Aunque no creas ni una palabra más. —No puedo resistirme a él. No puedo, por mucho que me asuste. Deseo a Sean, deseo que sus palabras sean ciertas y la única forma de saber si es así es arriesgándome a seguir con él y capear el temporal—. Creía que estaba haciendo lo correcto, pero contigo ya no sé qué es correcto y qué no lo es. —Parece hecho polvo y su mirada se desenfoca mientras pronuncia esas palabras.

—¿Qué quieres decir?

Su actitud cambia y cualquier rastro de sarcasmo desaparece.

—Quiero decir que, por el bien de ambos, probablemente debería dejarte en paz, pero no me da la puta gana.

Me abraza y me besa con pasión. Yo gimo, aferrándome a él de inmediato, mientras su beso se vuelve inapropiadamente intenso. Pero así es Sean y esa es una de las cosas que más me gustan de él. Sigue besándome durante un buen rato y yo se lo permito y le correspondo. Cuando se aleja, estoy en llamas y me resulta imposible ocultar la agitación de mi pecho.

—Joder, qué guapo me veo en ti. —Levanta las gafas que descansan sobre mi nariz y presiona su frente contra la mía—. Ojalá no me hubiera traído a estos idiotas.

Echo un vistazo y veo a Dominic sentado en el extremo poco profundo de la piscina.

—Mi padre tiene cámaras de seguridad por todas partes y ya me ha amenazado con lo de las visitas. Esto no va a traer nada bueno.

—Ya nos encargamos nosotros.

—¿Vosotros? ¿Cómo?

Señala con la cabeza a Dominic y yo gimo.

Sean se gira hacia mí.

—Oye, no es una persona fácil. Pero ha venido por voluntad propia.

—¿Se supone que eso debería hacerme sentir mejor? Ese tío es un hijo de puta.

Tyler aplaude y se reúne con nosotros en las tumbonas.

—Genial, mamá y papá se han reconciliado. Esto hay que celebrarlo. —Saca una cerveza de la nevera, la agita y nos rocía con ella.

—Capullo. —Yo sonrío y Sean me coge en brazos en plan luna de miel y se lanza a la piscina conmigo.

Cuando salimos, estoy esbozando una sonrisa y no me cabe la menor duda de que es de esas tontas y demasiado reveladoras. Él me mira y me besa antes de lanzarme por los aires. Grito mientras me elevo, con sus gafas de sol medio puestas, medio quitadas.

—¡Idiota, no estaba preparada!

—Pues entonces deberías mejorar tu juego —se burla mientras arremeto contra él.

Retozamos en el agua mientras Tyler se pone cómodo en una tumbona y enciende la radio. El móvil de Sean suena y él sale de la piscina y levanta un dedo antes de contestar, indicando que es algo importante.

—Hola, papá.

Me acerco a Dominic, que está bebiendo una cerveza. No puedo verle los ojos detrás de sus Ray-Ban clásicas negras, pero sé que me está mirando mientras camino por el agua hacia él.

—Supongo que quieres que me disculpe.

Se pone las gafas sobre la cabeza y su grueso cabello negro las sostiene con facilidad. Empapado, parece aún más letal; todo en él luce más oscuro, sus pestañas, todo. Es imposible obviar su atractivo. Y su pérfida sonrisa no hace más fácil respirar a su lado.

—No tengo todo el día.

Él levanta un dedo, se traga la cerveza y yo pongo los ojos en blanco.

—Vale, creo que ya estoy preparado. —Coge aire como si estuviera a punto de dar un gran discurso—. Siento haberle dicho a Sean que te había pillado mirándome la polla.

No puedo evitarlo y me echo a reír.

Él me regala su primera sonrisa auténtica y estoy a punto de caerme de culo.

—Eres un cabrón, además de un bicho raro.

—Prefiero «hijo de puta». Aunque eso le pegaría más a Tyler, ¿verdad, colega?

Tyler sigue tomando el sol tranquilamente.

—Que te den.

Dominic sonríe y yo niego con la cabeza.

—La puerta estaba abierta. Obviamente, me sorprendí.

—¿Y los otros cinco minutos?

—¿En serio las mujeres duermen contigo?

—Nunca. Están demasiado ocupadas gritando mi nombre —replica sin el menor rastro de ironía—. Excepto la última, que era un cadáver.

—Eres lo peor. El sueño de cualquier psiquiatra, efectivamente. —Me pregunto por un instante si a ese tarado le pondrá el rollo violento. O, más bien, si será lo único que le pone.

—¿En qué estás pensando? —me pregunta Dominic, esbozando una sonrisa mientras se baja las gafas de sol.

—En nada.

Sonríe con suficiencia antes de salir de la piscina e ir hacia la puerta de atrás.

—¿Qué haces?

—Tengo que usar el cagadero.

—Podrías pedir permiso. —Él da media vuelta con el traje de baño un poco bajado, dejando a la vista la parte superior de su tonificado culo, antes de ir hacia el lateral de la casa. Yo me tapo los ojos—. Madre mía. Entras, pasas el estudio, sigues por el pasillo y a la izquierda. Salvaje.

—Ah —dice, subiéndose el traje de baño—. Creo que eso todavía me gusta más que lo de «hijo de puta».

Me llevo las manos a la cara mientras Sean se ríe y se reúne conmigo en la piscina.

—Acabarás acostumbrándote a él. De verdad.

—O eso o me lo cargo.

—Es otra opción. —Sean me acorrala en una esquina de la zona profunda y me atrae hacia él para abrazarme.

—¿Así que tú puedes usar tu teléfono, pero yo no puedo usar el mío?

—Hoy no me quedaba otra, por mis padres. Lo siento, sé que parece una hipocresía.

—Lo es.

—Todo lo que te pido es por alguna razón.

—Que algún día me revelarás.

Él asiente con la cabeza.

—Cuando llegue el momento. —Su aliento golpea mi piel cuando se inclina y yo languidezco simplemente con su proximidad—. Dime una cosa, pequeña.

—¿Qué?

—¿Por qué te has rendido con tanta facilidad? —me pregunta, mirándome fijamente. Un único vistazo de esos ojos castaños es como una inyección de suero de la verdad—. ¿Porque no confías en ti misma o porque no confías en mí?

—Ambas cosas.

—Confía en tus instintos. —Su tono es de todo menos jocoso.

—Ya estás siendo críptico de nuevo.

—Te deseo, ¿qué opinas de eso?

—Pues…

Se pega a mí y se me escapa un gemido mientras miro más allá de su hombro.

—¿Dónde está Tyler?

—Le he pedido que se vaya a tomar por saco un ratito.

—¿Por qué?

Sean me besa y en unos segundos estoy enredada en él, con la parte de abajo del bikini echada hacia un lado mientras me penetra con los dedos. Me engancha un brazo alrededor de su cuello.

—Porque no puedo pasar ni un puto minuto más sin estar dentro de ti. Agárrate a mí, nena.

Esa es la única advertencia que recibo antes de que me invada, embistiéndome tan profundamente que tengo que morderle el hombro para amortiguar mis gemidos. Se mueve dentro de mí, volviéndome loca, mientras yo apoyo la espalda contra el despiadado cemento. Hace a un lado el triángulo de tela que cubre mi pezón para succionarlo con fuerza, acelerando mientras nos mantiene conectados hasta un punto que casi resulta doloroso. Su castigo está siendo de lo más excitante y puedo percibir su actitud posesiva. En cuestión de segundos, me corro con su nombre en los labios mientras mis ojos buscan cualquier señal de Dominic y Tyler por encima de su hombro. Aunque no tengo muy claro que pudiera pedirle a Sean que se detuviera en este momento, por mucho que los estuviera viendo.

—Dios, cuánto te he echado de menos —gruñe, saliendo de mí y mordiéndome el hombro mientras se corre.

—Yo también te he echado de menos —susurro antes de que él acerque mis labios a los suyos para darme un beso y luego otro y otro más.

Me coloca la parte de abajo y la de arriba del bikini después de volver a cerrarse el traje de baño, solo unos segundos antes de que Tyler salga de nuevo por la puerta. Sean entierra la cara en mi cuello con la respiración entrecortada mientras este nos habla como si no tuviera ni idea de que acabamos de tener un orgasmo. Y, aunque puede no lo sepa, para mí esto es lo más parecido al voyerismo que he hecho en mi vida. Me ruborizo mientras Sean se aleja, deslumbrándome con su maravillosa sonrisa. Yo niego con la cabeza lentamente.

—Prometo acabar más tarde lo que he empezado. Bueno, ¿todo arreglado?

—El sexo no va a solucionar nuestro problema de comunicación —señalo, tratando de igualar un poco el marcador.

Nos miramos fijamente durante varios segundos.

—Lo sé, pero, por favor, no vuelvas a hacerme esto —me pide con dulzura.

—¿Él qué?

—Pasar de mí.

20

Chica, estás radiante —dice Melinda mientras fichamos a la salida—. Últimamente debes de pasar casi todo el tiempo al aire libre.

—Sí, prácticamente.

—Bueno, si esa sonrisa que luces tiene algo que ver con la de nuestro supervisor… —Hace una pausa, dándome tiempo para confirmarlo o negarlo. Yo no hago ninguna de las dos cosas—. En cualquier caso, por muy conflictivo que sea, la verdad es que es guapo.

Pues sí. Es guapísimo. Lleva una semana entregado a mí en cuerpo y alma. Sus besos son más largos; sus miradas, más expresivas. Mis pies no han tocado suelo desde que ha vuelto a irrumpir en mi vida como una apisonadora y ha empezado a socavar sin piedad mi corazón fortificado. Pasamos todas las noches juntos y ya no me molesto en decirle a Roman a dónde voy. La mayoría de las veces duermo con él en su casa. Dominic sigue tan majo como siempre y solo una vez le tendí una especie de rama de olivo. Está constantemente encerrado en su habitación, con la música a todo volumen hasta altas horas de la madrugada. Para tratar de aliviar un poco la tensión, hice helado casero y le llevé un cuenco a su cuarto, donde me lo encontré paseando por delante del ordenador, si es que puede llamarse así. Más bien parece una estación espacial equipada con tres pantallas enormes y dos teclados. Dejé mi ofrenda en su escritorio y él prácticamente me cerró la puerta en las narices a modo de agradecimiento. Cuando le pregunté a Sean en qué estaba trabajando Dominic, él cambió rápidamente de tema, así que tiré la toalla sin estar más cerca de encontrar una pieza más del rompecabezas de Dominic King.

Como experta mosquita muerta, me he pasado años limitándome a observar a la gente —a algunos más que a otros— para tratar de averiguar cuáles son sus motivaciones. Y, aunque estoy en pleno proceso de mudar mi piel de introvertida, los viejos hábitos son difíciles de erradicar. Sin duda, Dominic es un nuevo foco de atención para mí.

Lo que más me intriga es por qué alguien que ha estudiado en el MIT trabaja en un taller en lugar de buscar un empleo que le permita ganar más dinero. No creo que Dominic estudiara en una de las mejores universidades del país para pasarse el resto de sus días sustituyendo frenos y silenciadores.

Pero me guardo esas preguntas para mí misma. En primer lugar, porque no es asunto mío. Y en segundo, porque Dominic es un hijo de puta y sigue metiéndose conmigo cada dos por tres. Sin embargo, he estado pagándole con la misma moneda. Desde el día en el que acordamos una semitregua, nuestros enfrentamientos son más pícaros.

A pesar de la curiosidad que me genera Dominic, fuera del trabajo centro la mayor parte de mi atención en Sean. Desde aquel día en la piscina, ha habido unas cuantas veces en las que me he sentido un poco culpable por intentar pasar de él, aunque he obtenido la disculpa que creo que me merecía. Sin embargo, en cierto modo, sigo conteniéndome. Tal vez sea su lado despiadado lo que me raya. Creo que es porque en el fondo me resisto a creer que sea real. Lo más irónico es que a la cínica que hay en mí le gustaría estar equivocada, porque incluso ella empieza a estar coladita por él.

Las noches de verano son muy animadas y emocionantes. A veces vamos a Eddie's a jugar a los dardos y al billar con los chicos del taller y a veces simplemente andamos por ahí en coche mientras yo intento mejorar mi habilidad al volante de su cochecito de juguete de tamaño real.

Esta noche hemos decidido renunciar a nuestras nuevas costumbres para pasar un rato a solas. Cruzo varias verjas abiertas, me detengo junto a un granero enorme y aparco en un hueco libre. Sean me está esperando. No puedo evitar sentirme eufórica cuando él me mira con una sonrisa cómplice antes de aplastar un cigarrillo con la bota.

—Hola, nena. —Me atrae hacia él y me da un beso con lengua mientras yo me pongo de puntillas para devolvérselo.

Veo que detrás de él hay un montón de hileras de manzanos, con las encrespadas ramas llenas hasta los topes de fruta todavía verde. En Triple Falls hay al menos una docena de plantaciones y la gente de la zona está orgullosísima de sus manzanas. Anualmente, a principios de otoño, se celebra en la plaza del pueblo la fiesta de la manzana, algo que para muchos de los lugareños es el momento más importante del año. Como para Melinda, que no se la perdería por nada del mundo.

—¿Qué hacemos aquí?

—Un pícnic nocturno.

Sean se gira para coger los bártulos que lleva en el maletero. Me pasa una manta que me resulta familiar para poder sacar el resto de cosas, véase una linterna a pilas y varias bolsas de plástico, antes de encabezar la marcha entre las hileras de árboles. Resulta muy pintoresco, sobre todo bajo la luz de su linterna. A lo lejos, las montañas se recortan sobre el cielo nocturno.

—¿Cómo has conseguido que te dejen entrar?

—Los dueños son los padres de un amigo. Pero esta noche es todo nuestro.

—Es alucinante. —Miro a mi alrededor mientras lo sigo entre una hilera de árboles; se detiene cuando estamos tan abajo que los coches se han perdido de vista.

—Las manzanas no están mal, pero la mercancía buena está aquí —dice, levantando una bolsa de plástico.

Echo un vistazo a la tapa del recipiente, en la que pone «The Pitt Stop».

—¿Es del restaurante de tus padres?

—Sí, está templado, pero aun así estará rico. Vamos a instalarnos aquí. —Tiro la manta al suelo y empiezo a extenderla—. Te llevaré allí nuestro próximo día libre.

—¿Me lo prometes?

Sean se acerca la luz a la cara.

—Palabra de scout.

Pongo los ojos en blanco.

—Tú nunca has sido scout.

Él se ríe.

—¿Cómo lo sabes?

—¿Por tus problemas con la autoridad, tal vez? Te imagino discutiendo con tu jefe de tropa sobre las reglas y los principios que te niegas a cumplir porque los crearon unos imbéciles santurrones.

Sean deja la linterna sobre la manta y me atrae hacia él para besarme apasionadamente.

—Cada vez me conoces mejor.

—Pues sí.

Nos acomodamos sobre la que ya considero mi manta de la suerte y él empieza a desembalar cuidadosamente un pequeño banquete. Si obviamos nuestra única pelea, con él ha sido todo casi idílico. A veces intento imaginarme la vida en Triple Falls sin él y no quiero ni pensar que lo único que me esperara fueran las cenas con Roman y los turnos en la fábrica.

Sean no es un mero pasatiempo con un buen pene, aunque lo tiene increíble. Mi pecho se hincha de emoción mientras contemplo su perfil bajo el suave resplandor de la luz artificial de la linterna. Quiero dejar a un lado mis dudas. Pero todavía tengo ciertas reservas que me he guardado para mantener la paz. Sin embargo, hay una pregunta que me mortifica a diario y, si quiero entregarme a él por completo, necesito una respuesta.

—Sean…

—¿Sí?

Enfrascado en su tarea, se arrodilla sobre la manta y abre el primer recipiente. Los grillos cantan ruidosamente a nuestro alrededor y yo contemplo el paisaje mientras la necesidad de preguntar aumenta en ese escenario, con todos los sonidos que nos rodean; es la fantasía de cualquier romántica empedernida. He hecho tantas cosas por primera vez con Sean, ese aventurero de veinticinco años, que estoy segura de que sería muy difícil que él hiciera algo por primera vez conmigo. Y de ahí viene parte de mi indecisión, de la pregunta que no quiero hacer porque sé cómo sonará. Me quito los zapatos y los calcetines para acariciar la hierba fresca con los pies y decido que, de momento, es mejor dejarlo estar.

—Cecelia.

—¿Sí?

—¿Querías preguntarme algo?

—Se me ha olvidado.

—No es verdad.

—No te gustaría que te lo preguntara.

Él me mira, expectante.

—Vale, ahora tengo que saberlo.

—¿Cómo sabía Dominic lo de la cascada?

Suspira y apoya las manos sobre las rodillas antes de mirarme con ojos de culpabilidad.

—Tu verdadera pregunta es a cuántas chicas he llevado allí, ¿no?

—¿Es el típico sitio al que llevas a todas las mujeres?

Sean niega con la cabeza lentamente.

—Es un lugar que me encanta y al que nunca dejaré de ir. A veces aquí no hay mucho que hacer, solo tenemos unos cuantos restaurantes en el pueblo que valgan la pena. Es un sitio pequeño. Cuando vives mucho tiempo en el mismo lugar, es normal repetir.

—Repetir —digo como un loro y bebo un poco de té helado.

Él me mira con recelo.

—Mierda, mala elección de palabra. A ver... —Se sienta y dobla las rodillas para apoyar en ellas sus tonificados antebrazos—. No, no eres la primera ni la segunda chica a la que llevo allí.

Confirmadas las sospechas, trato de ocultar mi decepción.

—Gracias por decirme la verdad. Es solo que ese día fue especial para mí, nada más.

Él me levanta la barbilla.

—Pues deja que siga siéndolo. ¿Crees que pensaba en la última chica con la que había estado allí cuando estabas debajo de mí? Pues claro que no, joder. Y me gusta que estés celosa.

—Uf. —Me apoyo en los codos y dejo caer la cabeza hacia atrás con dramatismo—. Creo que a veces hago que sea demasiado obvio que estás saliendo con una adolescente.

—La edad no reduce ni anula los celos, nena. Y a ti te han hecho daño. Me lo contaste al principio. Estás siendo prudente. No quieres que te vuelvan a joder. No hay nada malo en eso. Lo entiendo. Y no me molesta que me lo hayas preguntado.

—¿Te enfadas alguna vez?

—Sí —dice en voz tan baja que da miedo—. Pero es mejor que no lo veas.

—Uuuh. —Me tumbo boca abajo y empiezo a balancear los pies a mis espaldas—. ¿Eras uno de esos niños gruñones?

—No, era más del rollo «Tarzán con chimpancé que te arranca el brazo si le tocas las pelotas».

Me río.

—Me lo creo.

—Aunque sí me metía en muchas peleas.

—¿Por qué?

—Porque era un poco idiota.

—¿Y ahora no?

—Muy bonito. Pensaba compartir contigo mi pudin de plátano, pero...

—Perdona. No me has dado muchas razones para no confiar en ti.

Él frunce el ceño.

—Cecelia.

Extiendo la mano para acariciarle la mandíbula.

—No me gusta habértelo preguntado. Pero no dejaba de darle vueltas.

—La próxima vez pregúntamelo directamente, para no perder el tiempo.

—Lo hice, pero estábamos discutiendo, ¿no te acuerdas?

—Fue culpa mía, pero lo digo en serio. No te comas la cabeza por chorradas. Pregunta.

—Lo haré.

—Bien. Ahora, a comer.

Y eso hacemos. Después, nos tumbamos mirando las estrellas mientras oigo cerrarse el Zippo y un olor inconfundible invade mis fosas nasales.

Miro sonriendo a Sean mientras él me pasa el porro. Inhalo profundamente y exhalo, riéndome tan solo del acto en sí.

—Qué poco aguante —bromea Sean.

—Y a mucha honra. ¿Tú por qué fumas?

—Porque me relaja tanto como tomarme unas cervezas. Y si te relajas y no piensas en nada ni en nadie más que en dónde estás y con quién estás, puedes controlar el subidón y evitar que este te controle a ti.

—Guay, tronco —digo antes de inhalar, tratando de imitar la voz de un porreta. Él sonríe y me quita el porro mientras yo me doy la vuelta y me vuelvo a tumbar sobre la manta para contemplar el cielo nocturno. Él me coge la mano que tengo posada sobre el abdomen, se la lleva a la boca y besa su dorso. Luego cierra los ojos y ese acto tan íntimo hace que se me acelere el corazón—. Creía que odiaría este lugar —reconozco.

—Me alegra que no sea así.

—Tú eres el principal responsable de que no lo haga. Solo estaré aquí un año. Me iré el próximo verano.

Él deja de besarme las yemas de los dedos.

—Haremos que sea especial.

—No pareces muy seguro.

—No hay nada seguro.

—Por favor, otra vez no.

—Es la verdad.

—Joder, siempre tan críptico conmigo. No soy tonta, Sean. Desde que nos conocimos, estás intentando decirme algo de forma indirecta. ¿Cuál es el puñetero secreto?

Él se acerca a mí y esboza una sonrisa deslumbrante en la penumbra.

—Tú eres el secreto.

—No me digas. Pásamelo —digo, extendiendo la mano para coger el porro—. Me va a hacer falta para escuchar tus locuras.

—Si te encantan.

—Verdades demoledoras y filosofía de vida según Alfred Sean Roberts. —Le doy una caladita y se lo devuelvo.

—El conocimiento es poder, nena. El arma más poderosa que existe. —Él le da otra calada—. ¿Sabes por qué prohibieron la hierba?

—Ni idea.

Sean se pone de lado y hace brillar intensamente la punta del porro al volver a inhalar.

—Porque las autoridades de la época no sabían cómo regular quién la cultivaba ni qué impuestos aplicarle. Así que crearon toda esa propaganda sobre lo mala que era. Busca «Reefer Madness» en YouTube cuando puedas y verás hasta qué punto llegaron. Y la gente se lo creyó porque les dijeron que se lo creyeran.

Se inclina hacia mí y me separa los labios bruscamente con la lengua para que los abra para él. Luego exhala dentro de mi boca una nube de humo que hace que se me hinchen las mejillas. Nos alejamos riéndonos y yo escupo y toso, golpeándole el pecho.

—¿«Reefer Madness»?

—Cito textualmente —dice, abriendo mucho los ojos—: «¡La marihuana es una hierba diabólica con raíces en el infierno!». —Me echo a reír mientras él se acerca y empieza a desabrocharme lentamente la camisa—. «Al fumar ese porro que les destruye el alma… —dice, apartando el tejido para dejar mi piel al descubierto y acariciarla con los nudillos— hallan un momento de placer» —murmura suavemente antes de descender y besar mis pechos turgentes. Bajo su hechizo, enredo las manos en su pelo mientras él me acaricia los costados con los dedos—. «¡Pero a un precio terrible!». —Su voz atronadora me sobresalta y entonces sus dedos se hunden en mi cuerpo y me echo a reír como una histérica. Lo aparto de un manotazo mientras él se pone a imitar a gritos a un predicador—. «¡Libertinaje! ¡Violencia! ¡Asesinato! ¡Suicidio!».

Sigue haciéndome cosquillas con los dedos mientras yo me retuerzo para zafarme.

—Para, Sean, me voy a mear encima.

Él se detiene y se acerca aún más a mí, moviendo los ojos de un lado a otro, de forma errática.

—«Y el destino final del adicto a la marihuana…» —Sean levanta un dedo haciendo un gesto de «espera y verás»—. «La irremediable locura».

—Será broma, ¿no? ¿Violencia, asesinato, suicidio?

—No olvides el libertinaje. Y no, no es broma, búscalo —dice, pasándome los dedos por el pelo—. Mil novecientos treinta y ocho. Era una bola como una catedral y la gente se la tragó. Todo porque esos cabrones avariciosos no encontraron la forma de gravarla y controlar la distribución, así que la prohibieron. Y ahora, todos estos años después, se está utilizando para aliviar el dolor de la gente, para evitar las convulsiones y para ayudar a tratar enfermedades incurables, solo con la propia planta en sí, sin el THC. Y, para algunos, los efectos psicológicos pueden ser tan eficaces como tomarse una pastilla, que es mucho más dañina. ¿Te imaginas dónde estaríamos o lo lejos que habríamos llegado desde el puto año treinta y ocho si esos gilipollas no se hubieran confabulado contra una planta? Pero no, ellos nos enseñaron que estaba mal, porque algunas personas decidieron que lo estaba y nos dijeron que lo estaba, y la gente fiel a la ley les siguió la corriente y empezó a sermonear a los demás con que estaba mal. ¿Y ahora, tras décadas de ilegalización, de repente es segura para fines médicos y medicinales? —Sean niega con la cabeza, contrariado—. ¿Has oído alguna vez la historia de aquel tipo que se colocó antes de cometer un asesinato múltiple?

—No.

—Ya, yo tampoco. Y dudo que alguien lo haya hecho, porque eso no tiene ningún puto sentido. Hay que tener cuidado con a quién se hace caso.

—Eres un revolucionario. ¿Hay algo en este país que te guste?

—El paisaje. —Exhala, me sube el sujetador y pasa una mano cálida por mi pecho—. Las cumbres y los valles —dice, deslizando la palma de la mano por mi abdomen—. Y el océano que los rodea. —Me dejo llevar por el movimiento de sus manos y frunzo el ceño cuando se detiene—. A ver, la teoría de los Estados Unidos es genial, pero la práctica no tanto. Aunque todavía somos un país joven. Aún hay esperanza para nosotros.

—Me mola tu rollo —digo con sinceridad. Es cierto. Me encanta que me rete, que me haga pensar.

—Y a mí el tuyo, nena —responde, agachándose para besarme con pasión.

—¿Sabes? —Le robo el porro—. Serías un gran político. Lástima que seas adicto a esta hierba diabólica con raíces en el infierno.

Él ladea la cabeza y la linterna le ilumina los ojos.

—¿Político?

—Tienes mi voto.

—¿Tu voto? —Mueve la cabeza de un lado a otro, pensativo—. Ya, bueno, yo no quiero ser político.

—¿Por qué?

—Prefiero ser parte de la solución.

—Es una pena. Estaba pensando en todas las cochinadas que te haría si llevaras traje.

—Vaya, así que la niña quiere a un tío con traje —dice, dejando caer la cabeza.

—No, te prefiero a ti.

Puedo sentir su sonrisa sobre mi pecho.

—Ah, ¿sí?

—Sí, por desgracia.

—Bueno… —Se acomoda entre mis piernas y me chupa un pezón, hablando con la carnosa protuberancia en la boca—. Tendré que hacer que te lo ganes.

—¿No lo haces siempre? —pregunto, con la respiración entrecortada.

—Sí. —Él se aleja y me mira—. Pero esto se está poniendo serio, porque en cualquier momento llegará nuestro final definitivo como adictos a la marihuana. Tenemos que hacer que sea memorable.

Se inclina hacia mí sobre el oscuro cielo sin luna.

—Entonces será mejor que nos demos prisa. —Me incorporo para besarlo y él me esquiva, inmovilizándome por las muñecas sobre la manta.

—Eres un capullo.

—Y tú eres… la hostia de guapa —susurra con dulzura—. Guapísima… —Pone mi mano sobre su pecho—. Cecelia, me estás matando. ¿Por qué tienes que ser tan maravillosa?

Por un instante, veo algo en su expresión que no había visto antes: un destello inconfundible de temor en su mirada.

—Sean, ¿qué pasa?

Él vuelve a mirarme y la expresión desaparece.

—Nada en absoluto.

—¿Seguro? —Le paso las manos por el pelo mientras él entierra su cabeza en mi pecho.

—Ayúdame, nena. Finalmente he sido presa de la locura.

21

El sudor me cae por la espalda mientras Melinda parlotea sin parar y yo maldigo en silencio a Sean por haberme dejado sin hora. El reloj de pared situado sobre la puerta de la fábrica se paró hace una semana y, definitivamente, soy esclava del tiempo durante mis turnos.

—Fue su hermana —dice Melinda, frunciendo el ceño, mientras recojo las bandejas que me entrega y las apilo en nuestro puesto de trabajo—. No, no, fue su prima la que lo hizo —se corrige—. Chica, nunca en mi vida había visto…

—¡No! ¡No! ¡A la mierda todo! —Un estruendo me hace detenerme e interrumpe el último informe de Melinda sobre sus parientes lejanos, mientras estiramos el cuello al oír un torrente de palabra en español e inglés que retumba en toda la fábrica. Dos mujeres están discutiendo acaloradamente una línea más allá y van hacia el medio del pasillo mientras una trata de detener a la otra. Entonces veo cuál es el origen: Vivica. Se está peleando con una de sus compinches, que intenta hacerla volver a empujones al lugar que le corresponde en la línea de montaje—. Me da igual. ¡Estoy harta! —grita, empujándola, antes de posar sus ojos oscuros sobre mí y entrecerrarlos hasta transformarlos en rendijas.

El miedo me invade al ver que viene hacia mí.

«Mierda. Mierda. Mierda. Mierda».

Solo he tenido un enfrentamiento físico en mi vida y fue con un objeto inanimado: una falda.

Sabía que trabajar aquí no me haría ganar ningún premio a la popularidad, pero no tenía ni idea de la reputación que tenía mi padre en este pueblo. No es que no todo el mundo lo quiera, es que no lo quiere nadie. Aquí ninguna persona parece respetarlo en ningún aspecto. Las risitas y los susurros que oigo a mis espaldas son cada vez más difíciles de ignorar, pero nunca creí que llegarían a hacerme responsable de nada de lo que ocurriera en la fábrica. Mi suposición es claramente errónea, porque esa tía viene directamente hacia mí y sé que su problema no tiene nada que ver conmigo, a no ser que esté relacionado con Sean.

—¡Eh, tú! —grita, captando la atención del resto de la línea. Yo me señalo el pecho como una idiota—. ¿No eres la hija del dueño?

Si alguien no lo sabía aún, ahora ya lo sabe. Su amiga se las arregla para interponerse entre nosotras cuando está a un par de pasos.

—Vivica, párate a pensar lo que estás haciendo.

—¿Y qué estoy haciendo? —le espeta ella a su amiga antes de girarse hacia mí. Todavía no tengo claro si soltarle una coz o arriesgarme a darle un puñetazo—. Tu padre es un puto sinvergüenza, ¿lo sabías? —grita, agitando un papel que reconozco. Es una nómina—. La semana pasada trabajé cuarenta y dos horas y solo me han pagado treinta y nueve. —Vivica vuelve a sacudir la mano, señalando al resto de los trabajadores de la fábrica—. Pregúntales, pregúntales cuántas veces les ha pasado lo mismo.

—Ya lo solucionarán —le dice su amiga, que sigue intentando hacerla retroceder. La línea se detiene y el ruido de la cinta transportadora que antes ahogaba su voz ya no puede hacer nada para evitar que todos levanten las orejas hacia nosotras.

—Sí, claro, lo solucionarán y luego buscarán la forma de librarse de mí.

Me armo de valor para hablar.

—Oiga, yo no tengo nada que ver con...

—¡Tú eres su hija! —grita ella a pleno pulmón mientras cada vez más ojos se vuelven hacia mí—. Seguro que a ti no te pagan de menos.

—La verdad es que no lo...

—¿No lo has comprobado? —se burla Vivica—. Claro que no. Pues permíteme iluminarte, princesa. Lleva años haciendo lo mismo, jodiéndonos con las horas extras, reduciéndonos las nóminas lo justo como para que no montemos demasiado escándalo. Siempre nos dicen que lo solucionarán, que es un descuido. —Me mira de arriba abajo, no precisamente de forma halagadora—. ¿Es que no eres lo suficientemente rica?

—Oiga, señora, yo no...

—¿Señora? —exclama ella—. Tengo veinticinco años.

—Yo no soy la dueña de la fábrica. Solo trabajo aquí. No puedo hacer nada...

—Eres su hija.

Sé lo que se supone que eso quiere decir, aunque esa afirmación nunca ha significado nada tangible para mí.

—No es tan sencillo —digo en un débil intento de empezar a defenderme.

—Vivica, tiene a su propia hija trabajando en la línea de montaje con este calor —dice la otra mujer, defendiéndome, aunque su mirada acusadora no encaja con su tono de voz—. No creo que le importe mucho su opinión.

—Tiene toda la razón —replico finalmente, enderezando la columna vertebral para enfrentarme a ella—. Y tampoco es que me la pida. Yo no tengo nada que ver con la política de la empr...

—Esto no es política. ¡Es un robo!

Todas las miradas están ahora puestas en mí. Miro a mi alrededor y veo lo que se están callando. Personas que, en otras circunstancias, habrían bajado la cabeza a mi paso ahora me miran directamente como está haciendo Vivica y la clara hostilidad de sus expresiones me hace perder la paciencia. A lo mejor me han mirado así desde el principio y no me ha parecido para tanto porque he tenido la cabeza en las nubes.

—Yo solo estoy trabajando aquí porque…, bueno, porque…

—¿Estás aquí para espiarnos? —Vivica se enfrenta a mí, con los brazos en jarras. No hay forma de ganar esta batalla.

—No —le suelto con sinceridad—. Para nada. He estado… —Me cuesta elegir las palabras, pero ¿qué puedo decir? ¿Que estoy esperando para heredar el dinero de mi padre? Me arden las mejillas mientras intento y deseo salir de esa pesadilla—. Puedo intentar decirle algo.

—Intenta lo que quieras. No servirá de nada —dice la amiga de Vivica mientras trata de mantenerla a raya—. No pierdas el tiempo.

—Esta es su fábrica —argumenta Vivica—. Tú trabajas aquí, ¿y quieres decirme que no tienes nada que ver con él?

Todo el mundo empieza a agolparse y se me seca la garganta. Tiemblo incontroladamente mientras unas paredes imaginarias se ciernen sobre mí. Siento que me asfixio, esa hostilidad me ha pillado por completo desprevenida. Y, por las miradas que me dirigen, parece que la cosa ya ha tardado bastante en estallar. Nadie me defiende. Ellos también quieren respuestas. Respuestas que yo no tengo.

—¿Se lo has dicho al supervisor?

Ella me dedica una sonrisa mordaz.

—¿Te refieres a tu novio?

—Vivica, tranquilízate y ven a mi despacho ahora mismo —dice Sean detrás de mí—. ¡Ahora mismo!

—¿Crees que somos tontos, Sean? ¿Crees que no vemos lo que está pasando aquí?

Él no se acobarda.

—Y lo que estás haciendo ahora, Vivica, ¿crees que va a beneficiar a tu causa?

—¿A mi causa? ¿Cuántas veces te hemos pedido que soluciones esto desde que has vuelto?

—Me ocuparé de ello —le espeta Sean, mirándola fijamente—. ¡Volved todos ahora mismo a la línea! —Todo el mundo se marcha a su sitio mientras él se gira hacia mí—. Tómate cinco minutos de descanso.

—No los necesito. —Doy un paso hacia Vivica.

El tono autoritario de Sean evita que me involucre.

—No era una sugerencia, Cecelia, tómate cinco minutos de descanso.

—Siento que esté pasando esto —le digo a Vivica—. Te doy mi palabra, hablaré con él.

—Sí, seguro que lo sientes. Tú te limpias el culo con mi nómina de mierda.

—Fuera de la línea. A mi despacho ahora mismo —brama Sean.

Ella da media vuelta y va enfadada hacia la puerta principal.

—De todos modos, ya estoy hasta las narices. Que le den a este puto sitio.

Vuelvo a reunirme con Melinda, que está trabajando el doble para que nuestro puesto no se colapse, sin duda emocionadísima por el jaleo que se ha montado. Debe de haber sido lo más apasionante que ha ocurrido aquí en años. Me da una palmadita en el hombro cuando regreso a su lado para intentar volver a concentrarme en nuestra tarea; nunca en mi vida había agradecido tanto la presencia de una bandeja llena de calculadoras.

—Tómate cinco minutos de descanso. —Sean permanece a mi lado mientras lucho contra las emociones que se agitan en mi interior.

—Eso solo empeorará las cosas —le espeto—. Déjame trabajar.

Me mira fijamente durante diez segundos antes de ceder y marcharse. Cuando por fin puedo hablar, me vuelvo hacia Melinda.

—¿Tú también piensas eso de mí?

—Cariño, yo te conozco, pero ellos no —dice, señalando hacia atrás con la cabeza—. Yo no perdería el tiempo tratando de convencerlos de lo contrario; la gente solo escucha lo que le da la gana.

Esa es una amarga verdad que me toca digerir. Y el año que me queda por delante no va a ser más fácil. Soy culpable por asociación y esta gente no odia a Roman Horner simplemente porque es su jefe, están indignados y llevan tiempo así.

Se me llenan los ojos de lágrimas de vergüenza mientras recojo las bandejas vacías y asiento con la cabeza.

—¿A ti te han pagado alguna vez de menos? —le pregunto y veo la respuesta antes de que diga nada.

—Pues sí, varias veces —reconoce, sin levantar la vista—. Y hoy también.

—¿Cuánto?

—Solo media hora.

Susurro la siguiente pregunta justo antes de que suene el timbre y la línea de producción vuelva a ponerse en marcha.

—¿Le has contado a la gente que Sean y yo estamos juntos?

—Venga ya, eso es obvio —replica ella, con una mirada de clara conmiseración. Sé que es cierto y no se lo discuto.

Ahora toda la fábrica se ha enterado de que soy la hija del dueño y, por si acaso no lo tenían claro, también saben que me tiro a mi supervisor.

Perfecto.

Nunca esperé que la influencia de mi padre me ayudara a conseguir un trato preferente, pero desde luego tampoco me imaginaba que me atacaran así por su culpa. La triste realidad es que ha sido la desesperación de Vivica lo que ha dado lugar al altercado. No tengo ni idea, pero probablemente le hace falta este trabajo; estoy segura de que necesita que le paguen esas horas extras. A juzgar por su reacción, debía de contar con ello. Melinda también necesita esa media hora, porque acaba de ingresar a su madre en una residencia de ancianos y se ve obligada a costear parte de los gastos mensuales. Su marido es pintor y a menudo realiza trabajos esporádicos para compensar la falta de un sueldo fijo. Todos confían en la fábrica, en Roman Horner.

Entonces pienso en Selma y me cuesta todavía más contener las lágrimas. En unas cuantas horas podré estallar. Pero los segundos y los minutos transcurren a paso de tortuga, como una cadena invisible alrededor de mi cuello, haciendo que el tiempo juegue en mi contra. Sean baja más de una vez a la cadena de montaje, sin duda para ver cómo estoy, pero no se involucra, se limita a hablar con otras personas y a controlar la línea de producción mientras yo evito cualquier tipo de interacción con él. Melinda retoma la conversación donde la dejó y acaba la historia sobre el evento del día siguiente: una recaudación de fondos de la iglesia.

A la hora de salir estoy agotada, tanto mental como físicamente. Al llegar al aparcamiento, el miedo hace acto de presencia.

¿Habrá despedido Sean a Vivica? Si es así, ¿me estará esperando para aplacar su ira? Obviamente, sabrá que yo no he tenido nada que ver con el recorte de su nómina. Pero esa es una línea de pensamiento racional y la gente cabreada no siempre piensa racionalmente. Desde luego, cuando salió de la fábrica su actitud era de todo menos racional.

¿Y si está convencida de que es culpa mía? Estoy yendo hacia el coche cuando Melinda me llama. No quiero que se arriesgue por mí y la verdad es que es el tipo de mujer que sería capaz de hacerlo. Demuestra que tengo razón cuando se ofrece a acompañarme por el aparcamiento.

—Cariño, espera, voy contigo.

—¡No hace falta, nos vemos mañana! —le grito por encima del hombro mientras la despisto entre las cinco primeras filas de coches.

Vivica es, sin duda, de las que saben usar una navaja y lo único que yo puedo hacer es acelerar el paso. En cuanto llego al asiento del conductor y cierro las puertas, rompo a llorar. Odio sentirme tan débil. Odio no saber si habría sido capaz de defenderme si me hubieran atacado. Odio la posición en la que me pone ser la hija de Roman. Aunque yo no hubiera revelado que soy su hija, alguien lo habría descubierto y ocultarlo tampoco habría sido la decisión correcta. ¿De verdad creían que me habían enviado allí para espiarlos? Eso es una locura.

Me suena el teléfono en el bolso y lo ignoro, consciente de que es Sean.

Unos faros se encienden detrás de mí y, al mirar por el retrovisor, lo veo sentado en su Nova, observándome por el espejo. Me estaba esperando y me ha visto llorar.

Genial.

Harta de ese día, le hago un gesto con la cabeza para que no se acerque. Me estoy secando la cara cuando él abre la puerta del coche y viene hacia mí. Niego con la cabeza, oponiéndome con insistencia, y pongo el vehículo en marcha. Abandono el aparcamiento mientras la humillación disminuye y la rabia empieza a invadir mi organismo. No estoy enfadada con Sean, pero no quiero enfrentarme a él sintiendo estas emociones contradictorias. Puedo ser muy mala si se lo merece. Esta noche ha hecho lo que tenía que hacer, pero me niego a desahogarme con él, no con la amalgama de emociones que estoy sintiendo. Me sigue de cerca hasta que me meto por la carretera solitaria que va hacia mi casa. Allí me deja y yo se lo agradezco.

Cuando llego, me encuentro con una entrada y una casa vacías. Me suena el móvil en la mano justo cuando estoy abriendo la puerta de la habitación.

—Ahora no quiero hablar —digo, conteniendo unas lágrimas rabiosas.

—Me he dado cuenta después del kilómetro cinco, pero no es culpa tuya.

Su tono dulce me molesta. Hago lo posible por evitarlo, pero me tiembla la voz de todos modos.

—¿Tú lo sabías?

—Llevo ocupándome de eso desde que volví.

—Entonces ¿es normal? ¿Suele pagarles de menos?

—¿Has comprobado alguna vez tus nóminas?

Pues no, la verdad. Simplemente las he cobrado y he dado por hecho que estaban bien. Me cabreo todavía más y tomo una decisión: pulso el botón para responder al último correo electrónico. Escribo frenéticamente mientras hablo.

—¿La has despedido?

—Sí.

—Joder, Sean. ¿Por qué?

—Porque es mi trabajo y su comportamiento ha sido demasiado violento como para dejarlo en una amonestación.

—Sabes que no está bien. —Silencio—. Esta es mi batalla. Déjame librarla.

—Estoy aquí si me necesitas.

—Lo sé y te lo agradezco, pero tienes que dejar de sacarme de la línea de producción, ¿vale? Ya es todo un desastre y no quiero darles más excusas para que vayan a por mí.

—Quiero que sepas que no pienso permitir que te hagan daño. Voy a protegerte.

—Gracias, pero no puedes. Esta guerra es solo mía y… estoy cabreadísima y no quiero desquitarme contigo, ¿entiendes? Tengo que irme.

Cuelgo, furiosa por la forma en la que el día ha caído en picado y con la intención de hacérselo pagar a la persona correcta. Las palabras de Vivica resuenan como un mantra en mi cabeza, con una entonación diferente en cada repetición.

«Es tu padre. Es tu padre. Es tu padre».

Diez minutos después envío el correo electrónico, me doy una ducha para olvidarme de la noche y empiezo a prepararme para el encuentro de por la mañana.

22

No me ha gustado el tono de tu correo electrónico, Cecelia —me dice mi padre en cuanto aparezco y me sirvo el café.

Debe de haber llegado tarde y sé que lo que le ha hecho venir es el contenido del correo electrónico que le envié anoche. Casi siempre se queda en Charlotte, dejándome sola en esta casa enorme.

—Tú me has puesto en esta situación —replico, sentándome a su lado—. Querías que me tomara el trabajo en serio. Pues es lo que estoy haciendo. —Pongo mis nóminas entre nosotros—. Me han quitado un cuarto de hora en casi todas las pagas semanales desde que empecé y una hora entera en dos de ellas.

—Tienes un supervisor al que informar de esto.

No hay ninguna insinuación en su tono y me alivia que mi relación con Sean sea solo un rumor de la fábrica y no haya llegado a oídos de la empresa. No ha mostrado ningún otro interés en mí y, si ha estado vigilando las cámaras de seguridad, gracias a Dominic, ahora reproducen un bucle sin incidentes.

—Todos respondemos ante alguien, ¿no? Estoy segura de que a cierta agencia gubernamental le interesaría saber que has estado pagando de menos a tus empleados durante años para hacer más atractivo el balance final. Sobre todo si la hija del director general los llamara para darles el soplo. —Le brillan los ojos de pura hostilidad mientras intento reunir más valor. Aún no tengo claro si esta es la decisión más inteligente con respecto a mi futuro, pero pienso en toda esa gente reunida a mi alrededor y en el peso de su acusación. No se trata solo de mí, sino de miles de personas que van a pasar el resto de su vida en esa fábrica—. No tengo intención de hacerlo. Pero estoy segura de que se trata de un problema continuado que debes tomarte en serio, porque ya están más que hartos. De hecho, ayer me humillaron en la línea de producción por culpa de esto. ¿De verdad vale la pena que tus empleados te aborrezcan?

—No podría importarme menos lo que piensen de mí. Yo proporciono puestos de trabajo...

—Estás robando descaradamente a las personas que hacen posible esto —digo, señalando con la mano todo lo que nos rodea—. Querías que probara tu empresa para ganarme mi posición. Pues sabe a rayos. ¿Cuándo fue la última vez que pasaste un día en tu propia fábrica?

—Ya has expuesto tu punto de vista, Cecelia. Lo investigaré, pero no creas que las amenazas sirven de algo conmigo. Llevo dirigiendo esta empresa desde los veintisiete años.

—Ayer me dio miedo ir andando hasta el coche. ¿Tienes idea de lo que es eso?

—Cuando vives lo suficiente, te creas enemigos.

—Me alegra que te preocupe. ¿Tenías conocimiento de esto?

—Reforzaré la seguridad si es necesario. Se trata de un descuido de contabilidad, estoy seguro.

—¿Un descuido que afecta a todas las nóminas? Perdona que te diga, pero eso me parece un puto cuento.

—Nunca habías sido tan malhablada. ¿Qué te ha pasado?

—¡Hace dos días, ahí dentro había cuarenta grados! —Siento que estoy a punto de estallar. Le doy una palmada al montoncito de nóminas—. Cuarenta como mínimo. Literalmente es un taller clandestino y me tienes trabajando allí con todos los demás. ¿Esperabas que me callara, cogiera mis nóminas y te siguiera el juego? Bueno, en ese sentido has estado a punto de tener suerte. Yo ni me había fijado, pero anoche casi me sangran los ojos.

—Cecelia, no seas dramática. Ya he tomado nota de tus inquietudes.

—¿Cuándo fue la última vez que actualizaste algo en esa fábrica para hacerla más cómoda para las personas que la hacen funcionar por ti?

Él se aclara la garganta, baja la vista y responde con voz gélida:

—Te repito que lo investigaré.

—Esa es una respuesta vaga y, francamente, me parece inaceptable. En especial si este es el legado que voy a heredar. ¿Una fábrica llena de empleados descontentos que aborrecen mi existencia porque no pueden alimentar a su familia? No, señor, gracias.

Él se endereza en su asiento.

—No permitiré que mi propia hija me sermonee y me amenace.

—Si me van a obligar a pagar, literalmente, por tus descuidos, tendré que darte mi opinión. ¡Esa mujer no paraba de repetir que yo era tu hija y yo no tenía ni idea de cómo hacerle entender que eso no significaba nada! —Su mirada se clava rápidamente en la mía y siento todo el peso de sus ojos azules entornados. Me paso la lengua por el interior de la mejilla, maldiciendo las lágrimas de mis ojos, mientras lo miro fijamente—. ¿Quién mejor para informarte de tus desaciertos que tu mayor error?

Él traga saliva y el clima entre nosotros cambia en medio de un prolongado silencio. Una especie de remordimiento parpadea fugazmente en su cara antes de esfumarse.

—Lamento que te sientas así.

Por un breve instante siento algo, algo tangible que pasa entre nosotros en esa mesa. Un destello de esperanza se enciende en mi pecho, pero lo apago, negándome a dar marcha atrás.

—¿Quieres que me enorgullezca de mi trabajo? Págame.

¿Quieres que te trate con respeto? Sé un jefe respetable. ¿Quieres que honre mi apellido? Sé un hombre honrado.

Él me mira a los ojos.

—He sacrificado muchas cosas para asegurarme de que no te faltara de nada —dice en voz baja.

—Yo nunca te he pedido nada aparte de que apoyaras a mi madre, que ha trabajado como una mula para que yo tuviera todo lo que necesitaba, algo que tú no hiciste. Solo te pido que hagas lo correcto; no por mí, sino por ellos. Si quieres seguir usando tu fortuna como cebo conmigo, hazlo, o, mejor aún, quédatela y devuélvesela. Porque, si es su dinero el que voy a heredar, no lo quiero.

—De nuevo ese dramatismo innecesario. Está claro que he cometido un error de juicio al confiar en la gente equivocada. Me ocuparé de esto.

—Gracias. —Me dispongo a levantarme y él se pone de pie conmigo, cortándome la retirada.

—Solo para que quede claro. Sabes que poseo veinticuatro fábricas, diez de las cuales están en el extranjero, ¿no? —Su tono me obliga a hacer una pausa.

—Pues no, no sabía que tenías tantas.

—Entonces también ignoras que confío en otras personas para su gestión diaria porque no tengo más remedio que delegar esos detalles, detalles que no puedo supervisar yo mismo. Cuando ellos no hacen su trabajo, es mi cabeza la que está en juego y es mi cabeza la que rodará. Soy muy consciente de esa realidad.

He empezado una pelea de tigres con un felino con las mismas rayas que yo; aunque su rugido no es tan fuerte, está ahí y es igual de eficaz. Pero sigo sintiéndome culpable al pensar que tal vez haya algo de verdad en sus palabras.

—Seguro que tienes que ocuparte de un montón de cosas, pero esta fábrica está cerca de ti. La tienes delante de tus narices. —Se me quiebra la voz al decir eso y maldigo mi incapacidad para mantener mis sentimientos personales al margen.

Él abre la boca para decir algo y yo me quedo esperando. Pasan varios segundos, o quizá más, antes de que por fin lo haga.

—Me ocuparé de ello, Cecelia.

Salgo precipitadamente de la habitación sintiéndome más derrotada que victoriosa. Y cuando la puerta principal se cierra al cabo de unos minutos, me recuesto contra la puerta de mi dormitorio, me siento en el suelo y derramo otra lágrima solitaria.

23

Dominic ha venido a recogerme esta noche. No tengo ni idea de por qué, pero está en la entrada de mi casa mirándome fijamente con expresión impasible cuando bajo las escaleras. Se me ponen los nervios de punta mientras rodeo el capó de su coche. Él no tiene la decencia de abrirme la puerta, como hace Sean, para que ocupe el asiento del copiloto.

—¿Dónde está Sean? —Él arranca en lugar de responder mientras yo me giro y observo su perfil con el ceño fruncido. Mi día no ha mejorado en absoluto con su aparición sorpresa. Yo esperaba que Sean me calmara y me distrajera tras la discusión con mi padre. Lo último que quiero hacer en mi día libre es discutir con este hijo de puta—. Venga ya, tío. Contesta.

—Sean está ocupado. Le estoy haciendo un favor.

—Podría haber ido en mi coche.

—Pues no lo estás haciendo.

—Podrías dejarme conducir.

—Ni de coña.

—He estado practicando en el Nova de Sean. He mejorado mucho.

Él sonríe.

—¿Tú crees?

—Estoy segura.

Error. Acabo de pronunciar las palabras equivocadas.

El muy cabrón pisa a fondo el acelerador y me hace chillar a pleno pulmón mientras pone al límite su oscuro corcel. Esa forma de conducir no tiene nada que ver con el emocionante paseo que me dio la primera noche. Me muero de miedo mientras vuela por la carretera sin tener en cuenta ni su vida ni la mía.

—Vale, me ha quedado claro. Eres el mejor. Levanta el puñetero pie del acelerador, por favor. —Él coge unas cuantas curvas perfectas antes de llegar a la recta mientras el sudor se acumula en todos los rincones de mi cuerpo—. ¡No me hace gracia! —Sube el volumen de la música mientras pasamos por una pequeña gasolinera—. Dominic, por favor. ¡Por favor! —Estoy realmente aterrorizada y él me mira antes de cruzar las líneas amarillas y reducir considerablemente la velocidad—. ¡Gracias por ir un poco más despacio, pero no estamos en Europa, Dominic! —grito, aferrándome a todas las superficies disponibles antes de que él tire del freno de mano y haga un giro de ciento ochenta grados que nos deja en el arcén.

Estoy segura de que me he meado un poco encima mientras circulábamos en dirección contraria.

—He olvidado una cosa —se excusa mientras encaja el coche a la perfección entre un monovolumen y una camioneta, en la gasolinera destartalada.

Llegados a ese punto, estoy ya en pleno ataque de pánico.

—¿Necesitas algo?

—¡Vete a tomar por culo!

—Ahora mismo no estoy de humor para preliminares, pero ¿qué tal un refresco? —Estoy a punto de arremeter contra él cuando me dedica una de sus típicas caras de aburrimiento—. Me lo tomaré como un no.

Camina hacia la tienda. Los andares de Dominic son la representación perfecta de la arrogancia total y absoluta. Echo un vistazo a ese local cutre mientras lucho contra mi vejiga. Llegar hasta el lugar al que vamos nos llevará al menos veinte minutos. Aquí siempre es así. Decido arriesgarme y salgo del coche. Dominic está en la sección de refrigerados cuando me acerco al mostrador que se encuentra junto a un cartel enorme en el que pone CEBO VIVO y le pido una llave al dependiente. A mi lado, hay unos cuantos hombres mayores sentados en sillas anticuadas de plástico negro que pulsan sin parar los botones de unas viejas máquinas tragaperras, como si les fuera la vida en ello. Cojo la llave, salgo del edificio y doblo la esquina hasta una puerta maltrecha antes de vivir los treinta segundos más asquerosos de mi vida. Me lavo las manos con un jabón de aspecto almibarado y salgo del baño con la llave gigante en la mano. Estoy yendo hacia la entrada para devolverla cuando un tipo me bloquea el paso. Señala con la cabeza el Camaro de Dominic.

—Vaya cochazo.

—Gracias.

—¿Es tuyo?

El hombre debe de tener unos cuarenta años y se le sale la barriga por debajo de la camiseta, que está manchada de algo que parece kétchup. Apesta a alcohol. Intento esquivarlo, pero él me lo impide, mirándome de una forma repugnante y lasciva. Está claro que la bebida le ha infundido demasiada falsa confianza.

—No, el coche no es mío. Perdona.

—Antes participaba en carreras. Solo quería…

No tiene oportunidad de acabar la frase porque unos dedos aceitunados le rodean el cuello y el brazo que va pegado a ellos lo lanza contra el lateral del edificio. Hago una mueca al oír el asqueroso golpe del cuerpo contra el hormigón mientras el hombre abre los ojos como platos y se tambalea, doblando las piernas con torpeza antes de caerse de culo. Dominic ni siquiera lo mira mientras me arrebata la llave.

—Sube al coche. —Una orden que no deja absolutamente ningún margen para la discusión.

Con los ojos abiertos de par en par, voy hacia su Camaro y me encierro en él. Veo que el hombre sigue intentando levantarse mientras Dominic se reúne conmigo y arranca sin comentar siquiera lo que acaba de suceder.

Estiro el cuello, aliviada al ver al hombre entrando de nuevo a trompicones en la tienda.

—¿De verdad era necesario?

—Sí. Hay que devolver la llave para que los demás puedan usar el cagadero.

Pongo los ojos en blanco.

—Lo tuyo es alucinante.

Tomamos una ruta desconocida mientras el sol empieza a ponerse y mi chófer sigue mudo. Cogemos una serie de desvíos y, para cuando Dominic frena en una calle abarrotada de jóvenes macarras y chicas ligeras de ropa agazapadas por los rincones, ya estoy completamente perdida. Pasamos entre dos hileras de viviendas de protección oficial y todos giran la cabeza hacia nosotros antes de bajar la vista.

—¿Qué hacemos aquí?

—Recados.

—Oye, allá cada cual, pero yo no quiero saber nada de drogas ni de ningún asunto que te traigas entre manos por aquí; puedes llevarme a casa y volver luego.

Él aprieta la mandíbula mientras un tipo con una gorra de béisbol lo saluda, bajándose de la acera. Dominic abre la ventanilla y levanta el mentón.

—¿Qué tal, tío? —dice el tipo mirándome, cada vez más sonriente—. ¿Qué tenemos aquí? ¿Novia nueva?

La respuesta de Dominic es glacial.

—Eso no es de tu incumbencia. —Oigo el chasquido inconfundible de una pistola a mi lado. Abro los ojos de par en par al ver la Glock que Dominic tiene en la mano y que posa sobre el regazo. No tengo ni idea de dónde ha salido—. Te dije que no quería que tuviéramos compañía, R. B.

R. B. mira hacia atrás, ve que otro hombre se acerca y se gira para enfrentarse a él.

—Fuera de aquí, gilipollas, ya te he dicho que yo me ocupo de esto —le dice. El otro mira a Dominic con atención y regresa a la acera—. Lo siento, tío, solo es un chaval, mi sobrino pequeño. Ya le había dicho al muy inútil que se quedara donde estaba. —Se lleva la mano al bolsillo, pero la mala leche de Dominic hace que se detenga.

—¿Qué coño estás haciendo?

—Perdona, tío, solo quería ir al grano.

—Pues entonces ve a ver al Fraile. No quiero tener que volver por aquí. ¿Entendido?

R. B. levanta las manos.

—Quería hacerlo. Lo juro. —El tipo señala con la cabeza hacia atrás—. El coche está jodido otra vez. ¿Lo ves?

Dominic mira el Chevy que está sobre unos bloques de hormigón en la entrada de su casa.

—Llévalo al taller. Lo arreglaremos.

—Gracias, tío. Quería pedirte…

Dominic levanta la barbilla y el tipo se aleja del coche antes de arrancar.

—Así que eres traficante de drogas. Claro, no sé cómo no me he dado cuenta antes.

No sé por qué, pero estoy decepcionada. Tenía mejor opinión de él y tal vez no debería ser así. Pero ¿por qué coño una persona que ha estudiado en una universidad tan prestigiosa recurriría a algo tan sumamente peligroso e infantil? Es como si a un futbolista millonario le diera por hacerse el macarra y desperdiciara su vida intentando forjarse una reputación en la calle. Y no me lo pienso dos veces antes de verbalizarlo.

—Sabes que tienes una oportunidad de oro para irte de aquí. Joder, Dominic, creía que estabas por encima de todas esas mierdas.

Él reduce la velocidad al llegar a la señal de STOP y todos los que están cerca del coche se alejan con la cabeza gacha. Dominic se inclina hacia mí y me mira a los ojos. Su aliento me acaricia la piel. Me roza la pierna con un dedo antes de abrir la guantera. Se me eriza el vello de la nuca cuando sus ojos plateados se hunden en los míos y empiezo a hiperventilar. Él baja la mirada hacia mis labios y el ambiente se vuelve tenso. Me paso la lengua por el labio inferior. Se me dispara la adrenalina en la sangre mientras él se queda así unos segundos más que se hacen eternos, antes de sonreír y alejarse, arrojando un papel sobre mi regazo. Lo cojo y lo leo. Es un permiso de armas a nombre de un tal Jean Dominic King.

—Conque Jean. No puede haber un nombre más francés.

Me arranca el permiso de las manos y cierra la guantera con el arma y el papel a buen recaudo detrás de ella.

—Vale, tienes un permiso. Pero eso no cambia el hecho de que yo no quiera formar parte de tus movidas chungas.

Él gira a la izquierda una vez y luego otra para sacarnos de ese barrio de aspecto dudoso.

—¿Has visto algún intercambio de dinero?

—No.

—¿Drogas?

—No.

—¿He apuntado a alguien con la puta pistola?

—No.

Me mira con una ceja arqueada, ladeando la cabeza.

—¿Se ha cometido algún tipo de delito?

—No.

—Entonces la única chunga en este coche eres tú.

—¿A qué te refieres?

—A que es tu puto cerebro el que trabaja horas extras, haciendo suposiciones que no tienen fundamento.

—Tú no me conoces.

—Unas cuantas viviendas de protección oficial y una conversación en una esquina y ya te imaginas lo peor.

Arranca y sigue conduciendo sin decir nada mientras yo repaso la conversación anterior sin conseguir sacar nada en limpio. Está claro que aquel tío iba a darle algo. Dinero o drogas, estoy segura. Pero ¿quién coño es el Fraile?

Es inútil preguntar, aunque sé que no he ofendido a Dominic; dudo que nada lo haga. Parece imperturbable.

—¿Qué hago aquí contigo?

—¿Tienes algo mejor que hacer? ¿Ver un episodio de *Las Kardashian*?

—Yo no veo esas cosas.

—Un recado más y te llevo con tu novio.

—¿Podrías ser educado conmigo, aunque solo sea por una vez?

Él me ignora mientras entramos en un aparcamiento. Cuando levanto la vista, veo que estamos en un centro médico. Dominic esquiva al aparcacoches, deja el motor en marcha y rodea el vehículo por la parte delantera para abrirme la puerta.

—Cámbiate al asiento de atrás.

No me molesto en hacer preguntas y me subo al asiento trasero, deseando poder mandarle un mensaje hostil a Sean. Pero no tengo teléfono porque estoy cumpliendo sus puñeteras reglas mientras me obliga a entretener al tarado de su «hermano».

Diez minutos más tarde, Dominic vuelve a salir por las puertas automáticas de cristal y no viene solo. Una enfermera está empujando la silla de ruedas de una mujer de edad indescifrable debido a su delicado estado físico. Cuando están lo suficientemente cerca, puedo oír la conversación.

—*Pourquoi tu n'es pas venu me chercher avec ma voiture?*[*]

No entiendo lo que dice, pero su desagrado al ver el vehículo de Dominic y la respuesta de este —en un tono cariñoso que nunca había oído— lo dejan claro.

—Está en el taller, *tatie*. Ya te lo he dicho.

Tatie. «Tía».

---

[*] «¿Por qué no has venido a buscarme en mi coche?».

Sus ojos se encuentran con los míos mientras se levanta con la ayuda de Dominic. De cerca, parece mucho más vieja de lo que es. Supongo que en realidad tendrá unos cuarenta años. Sin embargo, es evidente por su mirada y por la palidez de su piel que ha sufrido mucho. Quizá por voluntad propia o puede que por la mano implacable de la enfermedad; tal vez por ambas.

—¿Y tú quién eres? —Tiene un acento muy marcado y me prometo a mí misma desempolvar mi francés.

—Hola, soy Cecelia.

Ella se vuelve hacia Dominic.

—*Ta copine?**

Eso lo entiendo y respondo yo misma.

—*Non.*

La mujer refunfuña mientras Dominic la ayuda a sentarse en el asiento delantero.

—*Comment ça va?*

—En inglés, *tatie*, y no vamos a hablar de eso esta noche.

Dominic nunca habla francés, algo muy extraño teniendo en cuenta que lo llaman el Francés. Tal vez sea por falta de un interlocutor a su altura.

Me mira y cierra la puerta antes de volver a rodear el coche. Esos pocos segundos a solas con esta mujer me intimidan muchísimo. A pesar de su aspecto enfermizo, infunde respeto. Mantengo la boca cerrada y me siento sorprendentemente aliviada cuando Dominic vuelve a ponerse al volante. Se hace el silencio durante unos minutos y aprovecho para estudiarla y examinar el parecido entre ambos. Este es indiscutible, sobre todo si me la imagino unos años más joven, con unos ojos y un cuerpo más llenos de vida. Cuando por fin decide hablar, es para hacerme una pregunta.

—¿Y tú qué pintas aquí?

—Es la novia de Sean, he pasado a recogerla —responde Do-

* «¿Es tu novia?».

minic mientras nos detenemos en una farmacia en la que atienden desde el coche.

La cajera saluda a Dominic y su cara se ilumina como si fuera Navidad. Lleva un atrevido vestido bajo la bata blanca y la cara maquillada como si fuera a salir de noche por la ciudad en lugar de estar haciendo un turno como una profesional decente. Él es bastante agradable con ella, algo que me cabrea sobremanera. Paga los medicamentos y pide un poco de agua que la chica le proporciona, exhibiendo sus enormes pechos y deleitándonos a todos con las vistas.

—*Salope* —dice la tía de Dominic con evidente desdén.

Sé que es un insulto dirigido a la chica, que intenta agasajarnos con una especie de baile erótico a través de la ventanilla. Intento disimular una sonrisa, pero Dominic me mira por el retrovisor y me pilla. Me parece verlo sonreír. Es imposible saber lo que piensa este hombre. Nos detenemos a un coche de distancia de la ventana y él abre la bolsa, saca parte de la medicación y le da una dosis a la mujer con el agua.

—No soy una niña.

—Tómatela —le ordena él con voz autoritaria.

Refunfuñando, ella coge las pastillas y se las toma. Me fijo en que los labios de Dominic vuelven a curvarse mientras la observa con un brillo en los ojos que es lo más parecido al afecto que he visto nunca en él. Siento cómo esa mirada me traspasa la piel: el cariño y el respeto que le está demostrando satisfacen alguna necesidad dentro de mí. Como si yo supiera que estaban ahí y necesitara confirmarlo.

—¿Cuántas sesiones faltan? —pregunta ella.

—Ya hemos hablado de esto. Seis.

—*Putain.** —Se me escapa una risita porque eso sí lo entiendo—. *Je ne veux plus de ce poison. Laisse-moi mourir.***

---

* «Joder».
** «No quiero más veneno. Deja que me muera».

—En inglés, *tatie*.

Quiere que entienda la conversación. ¿Desde cuándo es tan considerado?

—Méteme en una caja y olvídate de mí.

—Debería haberlo hecho cuando era más joven. Eras una madre horrible.

—Por eso no tuve hijos. —Ella se vuelve hacia él, levantando la barbilla con actitud desafiante—. Apenas tenía veinte años cuando te acogí. Y no te moriste de hambre. Tú…

—Ya basta, *tatie* —dice él, mirándola de reojo—. Vamos a casa, para que puedas ponerte cómoda.

—Imposible con esta enfermedad. No sé por qué me llevas.

—Porque mis primeros intentos de asesinato fracasaron y te he cogido cariño.

—Solo lo haces por tus padres.

Dominic traga saliva y avanzamos en un silencio afable durante unos minutos, hasta que gira en el pequeño camino de acceso de una casa. Sus faros iluminan una vivienda de estilo Cape Cod con unas plantas enormes en el porche, la mayoría de ellas moribundas.

—Quieta —le indica él, saliendo del coche.

Ella no dice ni una palabra. Dominic abre la puerta y la ayuda a salir tranquilamente. Yo me bajo y él mira hacia atrás.

—No, quédate aquí, ahora vuelvo.

Yo lo ignoro y subo al porche para abrir la mosquitera de la puerta.

—Ja, me cae bien —dice su tía, observándome bajo la tenue luz de la farola.

Dominic maldice mientras la sujeta contra él y manipula con torpeza las llaves antes de entregármelas. Las voy levantando una a una hasta que él asiente al ver una de ellas. La giro en la cerradura y entro. Enciendo la luz más cercana y no puedo evitar estremecerme al ver unas cuantas cucarachas dispersándose por la pared. ¿Esta es la casa en la que se crio Dominic?

Este acompaña a la mujer hasta una vieja butaca reclinable de color beis y ella suspira aliviada al sentarse. Se recuesta y él le pone una manta sobre el regazo antes de desaparecer por el pasillo.

—Lo estás mirando igual que la chica de la farmacia.

—Es difícil no fijarse en él —admito con sinceridad—. Pero su «buen carácter» hace que cada vez me resulte más fácil ignorarlo.

Examino detenidamente la casa, intentando que no se note que lo estoy haciendo. No son más que unos cuantos muebles viejos que necesitan una limpieza a fondo, un desempolvado y una exterminación. No sé cómo espera recuperarse en un entorno que es cualquier cosa menos estéril, aunque, por lo que ha dicho en el coche, no tiene ninguna intención de hacerlo. Me observa desde su sillón y yo le devuelvo la mirada, igual de curiosa. Me está leyendo la mente y lo está haciendo con los ojos plateados de Dominic. El parecido es indudable. Cuarenta y pocos años como mucho, decido mientras la miro fijamente. Qué trágico. Es demasiado joven para no luchar.

—¿Quiere que le traiga algo? ¿Más agua?

—Sí, por favor.

Voy hacia la cocina y enciendo la lámpara del techo. Varias cucarachas más salen corriendo, haciendo que se me revuelva el estómago. Solo hay unos cuantos platos en el fregadero y se me pone la piel de gallina mientras busco en los armarios un vaso limpio. Abro el congelador, que apesta, cojo unos cuantos cubitos de hielo y los echo en el vaso antes de abrir el grifo. Dejo el agua en la mesita de madera que tiene al lado. Ella enciende una luz empotrada y coge un libro grueso con tapas de cuero, una Biblia en francés llena de marcadores ajados.

Dominic regresa con un pastillero semanal y un cubo de basura de plástico. Deja las pastillas sobre la mesa y la papelera cerca de su tía.

—Ya las he organizado. Tómatelas, *tatie*, o te pondrás peor. —Se ríe al ver la Biblia—. Demasiado tarde para ti, bruja.

Espero que ella resople o se indigne. Sin embargo, se ríe con él.

—Si encuentro una forma de colarme en el cielo, puede que te venga bien a ti también.

—A lo mejor no estoy de acuerdo con su política —replica Dominic alegremente.

—A lo mejor Él no está de acuerdo con la tuya. Pero eso no significa que no pueda ser un aliado. Además, olvidas que te conozco. Y deja de organizarme las pastillas. No soy ninguna inválida.

—Acabarás siéndolo si sigues así. No bebas esta noche —le ordena Dominic, obviando por completo la parte espiritual de la conversación—. No voy a registrar la casa, pero, si lo haces, ya sabes lo que pasará.

—Sí, sí, vete —lo ahuyenta ella.

Oigo claramente el tintineo de una botella bajo la mecedora mientras ella se acomoda en el asiento y Dominic se entretiene con el mando de la televisión. Él no lo ha oído, pero ella me mira desafiante y rápidamente decido que esa no es mi guerra.

—¿Quiere que nos quedemos? —le pregunto, sinceramente preocupada.

Lo único que sé sobre los efectos secundarios de la quimioterapia es lo que he aprendido en novelas o películas desgarradoras y, por lo que tengo entendido, la gente se pone fatal después de cada sesión.

—No es mi primera vez —dice ella—. Largaos, la noche es joven y vosotros también, no la desperdiciéis.

—Tú también lo eres —murmura Dominic, cambiando de canal.

Me acerco a donde está sentada y me arrodillo sobre la alfombra raída. No sé qué demonios me lleva a hacerlo, pero lo hago. Tal vez sea por su situación vital o por el estado en el que se encuentra. Lleva el cabello, en su mayoría negro, recogido en una trenza; su tez aceitunada está profundamente marcada por la vida y las pequeñas arrugas que tiene alrededor de la boca se ven acentuadas por los restos de pintalabios. Su aspecto es frágil, su complexión delicada y tiene las ojeras marcadas a causa de la enfermedad. Pero en sus ojos, del mismo tono metálico que los de su sobrino, brilla la juventud. Me mira con curiosidad mientras me acerco para susurrarle algo.

—Romanos 8: 38-39.

Localiza el pasaje con facilidad y, para mi sorpresa, lo lee en voz alta:

—«Pues estoy convencido de que ni la muerte, ni la vida, ni los ángeles, ni los principados, ni lo presente, ni lo futuro, ni las potestades, ni las alturas, ni las profundidades, ni ninguna otra cosa en toda la creación podrá separarnos del amor de Dios que es en Cristo Jesús, nuestro Señor» —musita con suavidad. Luego baja la vista hacia mí con los ojos llenos de emociones, principalmente de miedo—. ¿Crees que eso es cierto?

—Son los únicos versículos que me sé de memoria, así que supongo que me gustaría creerlo.

Mientras me observa, me resulta obvio que a ella también.

Desvía la mirada hacia Dominic, a quien puedo sentir de pie detrás de mí.

—*Elle est trop belle. Trop inteligente. Mais trop jeune. Cette fille sera ta perte...*[*]

Miro a Dominic, cuyo rostro permanece impasible. Frustrada por no haber entendido más que unas cuantas palabras de lo que ha dicho, me pongo de pie.

—Ha sido un placer conocerla.

Ella nos hace un gesto para que nos vayamos y nos dirigimos hacia la puerta. Vuelvo a mirarla justo antes de salir y la veo esbozar una pequeña sonrisa. Es la sonrisa de Dominic y en parte me animo un poco al verla.

Tras unos cuantos minutos más conduciendo en silencio, bajo el volumen de la estridente música de Dominic.

[*] «Es guapísima. Y muy inteligente. Pero demasiado joven. Esta chica será tu perdición».

—¿Qué les pasó a tus padres?

Un músculo de su mandíbula se tensa mientras él me mira con una expresión indescifrable.

Cuando vuelve a subir el volumen de la radio y pone una marcha más corta para ganar velocidad, sé que no está para conversaciones. Lo observo, desconcertada por sus cambios de humor y por la belleza absoluta de la máscara que lleva puesta junto con los secretos que guarda con tanto esmero. Se parece mucho a Sean, en el sentido de que ambos responden con parquedad a lo que se les pregunta, como si hubieran estudiado y dominaran una puñetera asignatura de respuestas escuetas. Hincho las mejillas, suspiro y me guardo el resto de las preguntas. No tiene sentido. Se ha vuelto de nuevo impenetrable, su lenguaje corporal así lo indica, y me pierdo en mis pensamientos hasta que llegamos al taller.

Dominic aparca cerca del muelle de carga y sale del coche como si estuviera deseando alejarse de mí, mientras que yo me quedo sentada, viéndolo entrar en el garaje sin mirar atrás. El día de hoy ha sido intenso, cuando menos, y bastante revelador.

Un fogonazo capta mi atención. Miro a través del parabrisas y veo a Sean cerrando el Zippo de un manotazo.

Viene hacia mí mientras abandono el asiento del copiloto.

—¿La cosa no ha ido bien?

—¿Por qué me obligas a estar con este tío?

Él se ríe por lo bajo, pero ese humor no llega a sus ojos.

—¿Qué tienes en la cabeza, pequeña?

Lo rodeo con los brazos mientras exhala una nube de humo, cuidándose de evitar mi cara.

—Es un alivio verte.

—¿Por qué lo dices?

Sus palabras no son acusadoras, pero sé que me ha visto mirando a su compañero de piso con evidente curiosidad. Además, él conoce mejor que nadie a Dominic. Tiene que saber que pasar un par de horas a solas con él puede ser exasperante y agotador.

Tira el cigarrillo y me abraza con fuerza, alejando con sus besos el misterio. Cuando se aparta, lo agarro del pelo con fuerza.

—¿Por qué no has ido a recogerme?

—Por varias razones, una de ellas una reunión de trabajo inesperada e ineludible en mi día libre.

—Ah, ¿sí?

Él me sonríe.

—Bien peleado, nena.

Esbozo la primera sonrisa genuina del día.

24

Sean me recibe con una sonrisa deslumbrante mientras bajo despacio las escaleras del porche y voy hacia la puerta del copiloto, donde me está esperando devorándome con la mirada. Llevo puesto un vestido playero y, por debajo, un bikini peligrosamente sexy. Cuando me reúno con él, me aprieta el culo con sus manos cálidas y fuertes, atrayéndome para reivindicar sus derechos sobre mí. Me besa con pasión y un suave gemido retumba en su pecho, dejándome con ganas de más. De más de lo que hemos estado haciendo; estoy deseando ver lo que está por venir. Anoche llamé a Christy y sin vergüenza alguna le conté todos los detalles; me guardé muy poco para mí, porque es mi alma gemela, y está tan impresionada como yo por todo lo que ha ocurrido con Sean.

Estar con él me hace feliz. Hace vibrar mi corazón romántico. Le gusta cuidar a la gente y desde el día que nos conocimos eso es exactamente lo que ha estado haciendo conmigo. Me agarra con fuerza, me besa una y otra vez, nuestras lenguas se baten en duelo y su tacto y su olor hacen que lo desee más todavía. Me alimento de él mientras se apodera aún más de mí, atrayéndome más hacia él, frotando su erección contra mi abdomen para hacerme saber que me desea tanto como yo a él.

Cuando por fin nos separamos, tiene los ojos encendidos y una sonrisa de satisfacción baila en sus labios.

—¿Con qué soñaste anoche?

—¿Te refieres a con quién?

—No quiero presumir.

—Pues deberías. Sales en todos los sueños que recuerdo.

—¿Son buenos?

—Son la leche.

—Me alegra oírlo. ¿Preparada para divertirte?

—Eso siempre.

—Esta es mi chica. —Me hundo en el asiento del copiloto y él me abrocha el cinturón y me da un beso suave en los labios, como si no pudiera esperar ni un segundo más para hacerlo.

—Dom también viene. Espero que no te importe.

Me limito a asentir, un tanto decepcionada. Esperaba que estuviéramos a solas, pero no le doy importancia, porque todo el tiempo que pase con él estará bien empleado. Dominic me pone nerviosa y me hace sentir incómoda. Mi atracción hacia él es inexplicable y eso hace que me sienta culpable. No se lo digo a Sean porque no quiero que se raye, como he hecho yo estos últimos días. Estar con Dominic es como ver chocar a cámara lenta dos planchas de metal. Con Sean me siento más segura, pero, cuando Dominic está cerca, tengo la sensación de estar respirando peligro. Y aun así, a cada inspiración, él se vuelve más embriagador.

Pero yo prefiero estar sobria y consciente, o al menos eso es lo que trato de decirme a mí misma.

Una vez en el asiento del conductor, Sean me coge de la mano y me acaricia el muslo con el pulgar.

—Estás impresionante.

—Tú también —respondo, con una sonrisa radiante.

—Vamos allá, nena —murmura, haciéndose con mis labios una vez más antes de recostarse en el asiento y encender el motor.

El rock sureño retumba por los altavoces mientras él tamborilea con los dedos sobre el volante y yo… me limito a observarlo. Puede que esto aún no sea amor, pero, definitivamente, estoy coladísima. Canturreamos varios temas clásicos mientras él conduce hacia el lago a toda velocidad, con una nevera detrás del asiento.

—Temazo —dice mientras suena una canción nueva y empieza a cantarla.

Yo siento curiosidad, echo un vistazo al salpicadero y leo el título: *Night Moves*, de Bob Seger. Él me aprieta el muslo tranquilamente mientras canta, pero cuando me paro a escuchar la letra empiezo a venirme abajo de nuevo. Cuanto más canta, peor me siento. La canción habla de un ligue de verano sin importancia, de alguien con quien acostarse hasta encontrar algo mejor. Se da cuenta de que estoy enfadada justo cuando llegamos a la casa de su primo. La pintoresca imagen del lago rodeado de montañas se va oscureciendo rápidamente, igual que mi estado de ánimo.

Cuando aparca, aparto su mano de mi muslo y salgo del coche como una exhalación. Veo que Dominic nos observa desde una balsa del tamaño de una rueda de tractor atracada al borde del lago.

—¿A qué coño ha venido eso? —me pregunta Sean mientras yo doy media vuelta y voy en dirección contraria, hacia el bosque que proyecta su sombra a unos cuantos metros de distancia.

Ya estoy empezando a subir por un pequeño sendero de una colina que lleva a un claro cuando oigo hablar a Dominic.

—¿Qué coño le pasa?

No me molesto en girarme para dar explicaciones, sino que me limito a pasar a toda velocidad por delante de unos árboles con unas chanclas que no son en absoluto adecuadas para una caminata matutina. Estoy haciendo el ridículo y necesito controlarme antes de empeorar las cosas.

—Cecelia.

—Sean..., dame un minuto.

—De eso nada —dice mientras me sigue a toda prisa—. No pienso pasar por esto otra vez.

—En serio, necesito un poco de espacio —le digo, mirando hacia atrás.

—No era eso lo que decías hace veinte minutos.

Arremeto contra él, a punto de chocar con su pecho.

—Hablando de decir cosas, ¿qué coño ha sido eso?

Él frunce el ceño.

—¿A qué te refieres?

—A la canción que me has cantado. ¿Me estabas insinuando algo?

—He cantado como siete durante el viaje. ¿Podrías ser más específica?

Me cruzo de brazos mientras él se devana los sesos e identifico el momento en el que cae en la cuenta.

—Solo era una canción.

—¿Eso es lo que soy para ti? ¿Eso es lo que va a ser esto?

Se abalanza sobre mí y me agarra la muñeca. Entonces pone mi mano sobre su corazón.

—Todavía no tengo ni idea de lo que va a ser y tú tampoco, pero puedo prometerte que solo una cuarta parte de lo rápido que está latiendo esto tiene que ver con estar persiguiendo a una chica guapísima y un tanto chalada.

—Dicen que os gusta compartir.

Él ni se inmuta.

—A veces.

Silencio absoluto.

Aparto la mano y me cruzo de brazos.

—¿Quieres explicarte mejor?

—No. Y si te has enterado de eso, no es porque nosotros hayamos dicho nada al respecto.

—Caray, menuda arrogancia.

Se pasa una mano por el cabello dorado.

—Es la verdad.

—¿Por eso estoy aquí?

Él aprieta la mandíbula.

—Estás empeorando las cosas actuando de esta manera.

—¿Qué quieres decir?

—Quiero decir que a lo mejor debería ofenderme que me consideres un puto depravado por hacerlo. —Lo fulmino con la mirada mientras él se acerca y me acorrala, con los ojos encendidos de rabia—. Te atrae Dominic. Puedes negarlo todo lo que quieras, pero lo he visto y lo he sentido. No pienso entrometerme y reclamarte como mía no nos va a hacer ningún bien a ninguno de los dos. La verdad es que eso solo me hace desearte aún más. Y sí, me excita, y no pienso disculparme por ello, joder. Como tampoco pienso hacer que te disculpes por sentirte atraída por él. Te lo dije cuando nos lo montamos por primera vez: yo no hago las cosas de forma tradicional. Y Dominic tampoco. El hecho de que te deje elegir más bien refleja mi respeto y mis sentimientos por ti y por lo que quieres, y es mucho mejor que negarme a mí mismo que te he visto follártelo con la mirada en más de una ocasión. —Lo miro boquiabierta, totalmente estupefacta por su brutal honestidad—. Deja de lado el lavado de cerebro por unos segundos y sé sincera contigo misma. Es lo único que te pido. Sé franca. En el fondo, si no te vieras obligada a elegir, ¿lo harías?

Sigo aturdida cuando él se acerca a mí, invadiendo mis sentidos.

—Yo… yo… estoy… estoy contigo —tartamudeo, detestando que haya sacado todas esas conclusiones.

Su superpoder de leer la mente de las personas y anticiparse a lo que quieren me acaba de estallar en toda la cara. A medida que se aproxima, me invade la culpa.

—Dios, me gustas muchísimo —dice—, pero te equivocas si crees que quiero algo más de lo que estás dispuesta a dar. —Su dedo baja de mi barbilla a mi cuello—. No estoy tratando de manipularte en absoluto. Y hoy, cuando te he recogido, no tenía intención de que te metieras otra polla que no fuera la mía… y sin público. —Sus ojos moteados se iluminan—. Aunque me pone cachondísimo que se te esté pasando por la cabeza. —Me roza los labios con los suyos—. Pero la decisión siempre siempre será tuya. —Yo sigo con la boca abierta, por completo pasmada. Él maldice, leyéndome la mente—. Simplemente, dejémoslo sobre la mesa, ¿vale? Estabas radiante cuando te recogí y lo último que quiero hacer contigo hoy es discutir. Vamos a intentar divertirnos.

Yo sigo totalmente estupefacta y alucinada cuando él tira de mí. Lo aparto de un manotazo.

—¿Me estás vacilando? Acabas de decirme... —No doy crédito—. Creía que nosotros...

Él se gira y supongo que ve el dolor y la confusión reflejados en mis ojos, en mi expresión.

—¿Estás empezando a sentir algo por mí, pequeña?

No me queda otra que ser igual de honesta que él.

—Sí, claro que sí. Nosotros..., esperaba..., no sé.

—Eso es: no sabemos. Así que no tiene sentido ir por ahí ofendiéndonos y montando dramas cuando no es necesario. Quieres confiar en mí, pero no te lo permites y no hay nada que yo pueda hacer al respecto. Puedo decirte todos los días que estás a salvo conmigo, pero, si tú no te lo crees, no tiene sentido. Y que conste que yo siento algo por ti desde la primera vez que te vi. —Flaqueo mientras me pasa un dedo por los labios—. Eres guapa, inteligente, buena persona y sensible, entre muchas otras cosas. —Apoya la frente sobre mi hombro y gime.

Una vez superado el susto inicial, decido intentar ser completamente sincera conmigo misma, para permitirme la libertad de intentar ver las cosas a su manera. Hay mucha verdad en sus palabras, pero espero ver dolor en sus ojos y no es así. Eso me decepciona y, en cierto modo, me molesta. Esperaba que a estas alturas fuera más posesivo conmigo, pero eso no es lo que estoy percibiendo.

—No quiero sentirme...

Él levanta la cabeza.

—¿Utilizada? ¿Humillada? Eres tú la que te haces sentir así a ti misma. Eres tú, nena. No yo. —Se acerca más a mí—. Si alguien está emitiendo algún juicio aquí eres tú, única y exclusivamente. —Sigue agarrándome de la mano y la levanta despacio para besar las yemas de mis dedos una por una—. Cuando empezamos a salir, no esperaba… —Sus ojos me atraviesan el alma—. He sido y seguiré siendo monógamo contigo, Cecelia, si eso es lo que realmente quieres. No me supone ningún problema. Me entran ganas de encerrarme contigo en una habitación y tirar la llave cuando pienso en lo que creo que estás empezando a sentir. Pero hay vida al otro lado y no quiero retenerte, porque la liberación puede ser algo muy hermoso. Y tú te mereces tener todo lo que quieras. —Se acerca a mí y me besa con suavidad en el hueco de la base del cuello, recorriendo con los labios mi piel, que está empezando a calentarse a marchas forzadas. Me agarra del pelo y noto su cálido aliento en la oreja—. No pasa nada por desear su polla, nena; la veré entrar en ti y disfrutaré de esa puñetera imagen. Me volverá loco.

Me alejo sin saber cómo reaccionar a sus palabras y no veo más que satisfacción antes de que él me coja el labio con la boca, lo que contribuye a que el deseo se acumule rápidamente entre mis muslos. Baja la mano por mi vientre, la desliza por debajo de la tela e introduce un único dedo dentro de mí. Luego lo levanta, brillante y empapado, obligándome a ver lo mucho que me excitan sus insinuaciones, y me resulta imposible apartar la mirada mientras se lo mete en la boca. Estoy al borde del colapso y empiezan a temblarme las piernas cuando él se agacha.

—Muy bien, vamos a limar asperezas.

Le empujo la cabeza con apremio y él se ríe con sorna mientras me desata la parte de abajo del bikini. Se arrodilla ante mí y su pelo me hace cosquillas en la barriga a través del vestido calado.

—Sean. —Gimo su nombre mientras él me separa las piernas y se echa una sobre el hombro—. Joder.

—Ábrete —dice, empujándome más las piernas.

Un gruñido profundo y gutural llega a mis oídos un segundo antes de que su lengua aterrice sobre mi clítoris. Me estremezco con el contacto y él me agarra, sujetándome con firmeza mientras arremete con la lengua. En cuestión de segundos, empiezo a sentir un orgasmo incipiente mientras él me come con avidez.

—Sí, joder —murmura, levantando la vista hacia mí al tiempo que me mete un dedo y aparta el vestido para que yo pueda ver cómo lo desliza adentro y afuera.

Añade otro mientras lo contemplo, con su dorada coronilla brillando en aquel claro entre los árboles, y veo cómo se arrodilla entre las agujas de los pinos con los ojos castaños rebosantes de lujuria. Nunca en mi vida olvidaré la maravillosa sensación de que te miren y te toquen así. Con la respiración agitada, empiezo a estremecerme mientras me agarra y me hace llegar al orgasmo con maestría. Es bueno, demasiado bueno, y esa pizca de celos me estimula mientras me tenso alrededor de sus gruesos dedos. Me limito a observarlo mientras él se concentra en venerarme. Lo observo atentamente mientras se agacha y empieza a lamerme con la presión perfecta, girando los dedos antes de hacerme explotar. Un gemido de satisfacción vibra en su garganta mientras me contempla desde abajo, moviendo más rápido la lengua mientras yo pierdo el control.

Tiemblo entre sus brazos cuando el orgasmo se apodera de mí por completo y él se esfuerza por mantenerme erguida. Incapaz de controlarme, grito su nombre mientras él sigue lamiéndome hasta que la ola remite. Cuando me quedo sin fuerzas, vuelve a atarme la parte de abajo del bikini y me besa la piel desnuda del vientre antes de ascender con su cálida boca por mi cuello y reclamar mis labios. Ese beso me hace sentirme segura e idolatrada. No juzgada por mis perversos pensamientos ni condenada por haberme excitado con sus sugerencias.

Sean se aparta.

—Joder, te follaría ahora mismo. —Niega con la cabeza al ver mi expresión aturdida—. Se está librando una batalla en tu cabeza entre lo que te han enseñado y lo que crees que podrías desear y es normal, nena. No pasa nada. Hay quien cree que, sin reglas ni moral, no seríamos más que animales. —Se acerca a mí y hace un gesto seductor con la boca—. Aunque puede ser muy divertido ser un animal y todo depende de las decisiones que tomes. Pero eso siempre va a depender de ti. ¿Entendido? —Asiento con la cabeza mientras él me echa por detrás del hombro unos gruesos mechones de cabello—. Bien. —Se da la vuelta y se agacha delante de mí—. Ahora, sube antes de que se te escape una chancla.

25

Tumbada sobre el áspero exterior de la enorme balsa, con los ojos cerrados, levanto la barbilla hacia el sol. Tengo a Sean a un lado y a Dominic a otro. Ambos llevan el torso desnudo y un traje de baño oscuro, y hoy me está costando horrores apartar los ojos de ellos, sobre todo después de lo ocurrido por la mañana. Dominic me recibió en la barca hinchable con un brillo malicioso en sus ojos plateados y una sonrisa diabólica en sus labios carnosos: el vivo retrato de un ángel caído con intenciones perversas.

—¿Todo solucionado?

Sus palabras estaban cargadas de insinuaciones, como si supiera perfectamente por qué habíamos discutido y cómo había terminado la cosa, así que me limité a mirarlo con desprecio. Eso pareció complacerle y, sin mediar palabra, se puso a ayudar a Sean a colocar las dos neveras en la gigantesca balsa.

Llevamos horas en ella bebiendo, charlando, bañándonos, comiendo y tomando el sol como gatos perezosos. No es que Dominic se desviva por ser amable conmigo, pero es evidente, a medida que pasan las horas, que la dinámica ha cambiado desde aquel día que pasé con él.

La música suena por los altavoces de la pequeña radio que Sean ha traído mientras todos holgazaneamos en silencio, flotando en medio del lago, anclados en el agua, aislados por las majestuosas montañas que se ciernen sobre nosotros. Es un día de verano perfecto y el olor a coco de la crema bronceadora flota en el aire, envolviéndonos a los tres.

Me tumbo boca abajo y giro la cabeza hacia Dominic. Abro los ojos al notar que me está observando fijamente. Su mirada me sobresalta. Está despatarrado, con la piel resbaladiza por el sudor, y su mirada se vuelve turbia mientras me contempla.

—¿Qué?

Él no dice nada, simplemente se concentra en mí mientras yo noto la tensión en mi interior, el anhelo y la eclosión que confirman las palabras de Sean. Deseo a Dominic. Lucho constantemente contra nuestra atracción mientras trato de hacer las paces con lo que significaría para mí dejar de hacerlo.

«¿Está mal?».

¿Y será esta la única oportunidad de enrollarme con dos tíos buenos a los que deseo por igual?

Dominic gira el brazo para poder acariciar con la yema del pulgar mi columna vertebral. Me estremezco cuando me toca; abro un poco más los ojos y separo los labios mientras él sigue con la mirada la trayectoria de su dedo por mi piel. Siento un tirón en la parte posterior del cordón del bikini cuando él lo desata lentamente y el suave tejido se va aflojando en la parte delantera.

—No pienso… —Dominic arquea una ceja, dejando de tocarme, interrogándome con la mirada. Me está pidiendo permiso. Noto que Sean se mueve a mi lado y giro la cabeza. Me encuentro con sus ojos, de un verde claro con motitas marrones, que buscan los míos. Se inclina y me da un dulce beso en los labios mientras Dominic vuelve a acariciarme. Se trata de una decisión. De mi decisión—. No pienso follármelo… —le digo a Sean, pensando que eso es lo que quiere oír mientras trato de verbalizar mi mentira.

¿Puedo hacerlo?

¿Quiero hacerlo?

¿Seré capaz de superarlo?

Noto el aliento caliente de Dominic en la oreja. Se ha movido un poco desde que he girado la cabeza y siento la piel de su pecho en mi espalda cuando él susurra:

—Nunca permitiría que me follaras tú a mí. —Me giro hacia él. Está cerca, muy cerca, a un suspiro de distancia de mis labios—. Ya me entiendes.

Me quedo sin aliento. Los truenos resuenan en la distancia como si fueran una señal de advertencia y me incorporo sobre los antebrazos, olvidando que no tengo puesta la parte de arriba, para mirar las nubes que hay más allá de los picos de las montañas. Parece que se avecina una tormenta, en todos los sentidos. ¿Se trata de un aviso? Esto va en contra de mi propia naturaleza y del romanticismo que habita en mi interior. Dominic añade el resto de los dedos para acariciarme la espalda mientras sigue tumbado de lado y observando mi rostro con concentración y serenidad.

—Relájate, nena —murmura Sean.

Me recorre el brazo con los labios, besándome con suavidad, antes de tirar de mí de manera que la parte inferior de mi cuerpo siga sobre la balsa y la superior descanse sobre él. Me sonríe con una mirada ardiente y entonces se inclina un poco y se lleva a la boca uno de mis pezones. Yo lo miro, excitada por tenerlo debajo de mí, todo músculo y belleza. Me estremezco al sentir una caricia en mi espalda, muy consciente del hecho de que Dominic me está tocando.

Dominic me está tocando.

Y deseo que lo haga.

Temblando por el placer que me produce, me giro hacia él y veo que sigue observándome tranquilamente, en silencio.

Su espeso cabello está alborotado y ardo en deseos de enredar mis dedos en él mientras bajo la vista hacia sus labios carnosos justo cuando Sean me succiona el pezón con fuerza. Jadeando de placer, recorro con la mirada el cuerpo de Dom, hecho de trazos firmes y profundos valles: es la perfección personificada, como hecho por la mano de Dios. Aunque en realidad él es la manzana excesivamente tentadora que, tras un único mordisco, podría hechizarme de una forma que no sé si podré controlar.

Pero anhelo ese mordisco.

Sumidos en nuestra inacción, la mano de Dom se detiene mientras compartimos el mismo aliento.

Y es entonces cuando siento la conexión por ambas partes. Él se incorpora justo cuando yo me inclino y nuestros labios se encuentran.

Un montón de miniexplosiones recorren mi cuerpo y me estremezco a causa del impacto.

Sean gime como si pudiera sentirlo e introduce con voracidad mi otro pezón en su boca. Se escucha otro trueno mientras Dominic desliza su lengua por mis labios y enreda una mano en mi pelo, besándome apasionadamente, acariciándome con su lengua segura y curiosa, saboreando hasta el último rincón de mi boca. Yo gimo sobre la suya y su beso me embriaga mientras Sean recorre mi cuerpo con los labios, besando cada centímetro de piel. Dominic deja de besarme, pero me sujeta la cabeza con manos firmes y sigue mirándome fijamente.

Quiero hacer esto. Me muero por hacerlo. La destreza de Sean me hace gemir de forma ostensible y a Dominic se le iluminan los ojos mientras acerca de nuevo mis labios a los suyos para volver a besarme. Esta vez el beso es mucho más intenso, más… más. Me siento como una sirena: idolatrada, hermosa, sexy. Nunca había tenido más poder y son ellos los que me lo están otorgando.

Es mi decisión. Puedo parar esto en cualquier momento. Puedo pararlo ahora mismo.

Sean me acaricia sutilmente el cuerpo con los dedos mientras Dominic me arrulla con la lengua al besarme. Podría pasarme toda la vida besando a este hombre. Su beso es intenso, pecaminoso y ardiente, entre muchas otras cosas. Me aparto gimiendo, sorprendida por lo poco que me apetecía hacerlo. La mirada de Dominic parece coincidir con el sentimiento de desconcierto que me invade: nuestra conexión es brutal.

Se oyen más truenos y vuelvo a besar a Dominic, que parece contentarse con eso, como si fuera lo único que quisiera, mientras Sean me chupa los pezones, me estruja el culo, me abre las piernas y frota contra mí con su polla hinchada. Mi clítoris palpita, consciente, y sus latidos pasan de ser un zumbido constante a convertirse en algo más violento cuando algo dentro de mí, una especie de pálpito, empieza a despertar como si saliera de un profundo sueño.

Tengo preguntas, muchísimas preguntas, pero estas quedan en el aire mientras Dominic deja de besarme de repente, se incorpora para sentarse y me atrae hacia su regazo para que me siente a horcajadas sobre él. Nos miramos durante unos segundos hasta que él baja la cabeza y hace suya mi boca. El beso se vuelve más intenso cuando nuestros pechos se tocan y mis tetas rozan su sólida musculatura mientras él gime en mi boca. Es un beso cargado de una pasión y un deseo inesperados y parece no tener fin. Aun sabiendo que Sean está mirando, no puedo separarme de él. Nuestras lenguas se enredan y nuestras manos recorren nuestros cuerpos, explorando con avidez. Cuando nos separamos, nuestras respiraciones aceleradas se entremezclan mientras una revelación brilla en nuestras miradas. Sé que él puede leerlo en mis ojos y que los suyos son un fiel reflejo de estos. Su tacto, su presencia, sus besos… Es como estar dentro de una nube fría y oscura en la que me siento cómoda.

Por primera vez desde que conozco a Dominic, quiero saber realmente quién es y por qué sus besos me afectan de esta manera. Sigo fascinada cuando una mano familiar me aparta el pelo del hombro. Acto seguido, noto el aguijón de los dientes de Sean y luego su lengua. Ahora está detrás de mí, recorriendo con las manos todo mi cuerpo, sin prisa, como si tuviéramos todo el tiempo del mundo.

Los truenos se acercan y sé que debería preocuparme por la tormenta que se avecina, pero no puedo dejar de mirar a Dominic. Sigue esperando a que tome una decisión. Y sé que es consciente del instante en el que lo hago. Llevo a la práctica la respuesta frotándome con el creciente bulto de su traje de baño.

Un chasquido suena a lo lejos mientras me dejo llevar, permitiendo que mis manos y mis dedos vaguen libremente y que mis labios puedan explorar. En un instante, me encuentro a cuatro patas sobre Dominic mientras este me agarra por la mandíbula, obligándome a mirarlo fijamente a los ojos. Sean me separa las piernas y reclama con los labios el interior de mis muslos. Dominic se deleita con mi placer, observando todas mis reacciones. Cierro los ojos para disfrutar de la boca errante de Sean y Dominic me aprieta la cara con más fuerza, como si me estuviera dando una orden. Cuando vuelvo a abrirlos, me topo con el reflejo del fuego que arde en mi interior. La satisfacción inunda el rostro de Dominic y este levanta una mano para acariciarme un pecho, rozándome el pezón con el pulgar al tiempo que Sean me desata la parte de abajo del bikini y me lo quita.

Lucho contra la distante voz de la razón que acecha en mi cabeza, dejando que el torbellino de la lujuria la ahogue. Dominic recorre con la mirada mi cuerpo desnudo, abrasándome.

Deseo hacerlo.

Y ellos lo saben.

Sean me aprieta el clítoris con los labios y grito por la sensación mientras Dominic me calma acariciándome la mejilla con el pulgar.

—Quiero oírla. —Su voz rezuma lujuria y tiranía.

Yo me abandono por completo.

Sean empieza a lamerme violentamente y añade un par de dedos al asalto. Todavía desnuda y a cuatro patas, miro hacia abajo y veo la cabeza de Sean apoyada entre los muslos abiertos de Dominic. De repente, este tira de mí hacia atrás para sentarme sobre la cara de su amigo. Empiezo a contonearme de inmediato, pero Dom sigue agarrándome con fuerza, disfrutando de mi reacción con los párpados caídos. No puedo besarlo en esta posición. Sean introduce su lengua en mi interior al tiempo que añade un tercer dedo y yo pierdo el control, meciéndome sobre su cara mientras apoyo las manos en los hombros de Dominic.

—Ya está a punto —dice Dominic, con voz lasciva.

Me acaricia el labio con el pulgar de la mano con la que me está sosteniendo la mandíbula antes de metérmelo en la boca. Yo lo rodeo con los labios, chupándolo con ansia y mordiéndolo cuando noto que mi cuerpo empieza a temblar por la acometida del orgasmo. Sean me abre más todavía, haciéndome cosquillas con la nariz en el clítoris antes de levantarme para empezar a lamerlo enérgicamente. Intento moverme para echar la cabeza hacia atrás, cabalgando sobre su boca, pero Dominic me lo impide, ordenándome que vuelva a concentrarme en él.

—Eres perfecta —susurra excitado y su voz inunda todo mi ser.

—Necesito tu boca.

—Lo sé —se limita a responder.

Intento tocarlo, agarrarle la polla, pero él me sujeta la muñeca con fuerza con la mano que tiene libre, impidiéndomelo con un movimiento de barbilla.

—Joder —murmura Sean justo antes de empezar a chuparme el clítoris con fuerza.

Yo me corro, gritando, mientras él ensancha mi abertura con los dedos.

El orgasmo me recorre violentamente mientras Dominic me sujeta la cara, observándome, viendo cómo mi cuerpo palpita, liberado, hasta que no soy más que un charco de sumisión.

Me hundo en la boca de Sean, que me está esperando, y sus lametones se ralentizan hasta que, finalmente, su cabeza desaparece. Dominic y yo colisionamos y nuestras bocas se devoran mientras vuelve a ponerme sobre su regazo. Los truenos están cada vez más cerca y me estremezco entre sus brazos, pero mientras me come la boca su beso es más intenso que mi miedo. Es el momento más erótico de toda mi puñetera vida y no quiero que termine. Lucho con mi beso porque deseo y necesito acercarme, estoy ávida de más. Cuando él se aparta, ambos estamos jadeando.

—Dilo —me ordena.

—Fóllame —respondo sin vacilar un instante, alejando cualquier tipo de duda que pudiera albergar.

En cuestión de segundos, Dominic tiene un condón en la mano y yo observo, embelesada, cómo lo hace rodar lentamente sobre su gruesa polla, con un ansia cada vez más insoportable. Detrás de mí, Sean explora mi espalda con sus labios, agarrándome posesivamente como un depredador, reclamándome.

—Tu sabor me vuelve loco —murmura sobre mi cuello y yo giro la cabeza y lo beso con avidez, probando mi gusto en él.

Dominic me abre con los dedos mientras Sean me mete la lengua hasta el fondo para darme uno de sus besos característicos, totalmente enloquecedores. Se aparta y me pasa un dedo por los labios.

—¿Estás segura?

Asiento con la cabeza, sin querer perder un segundo más de ese tiempo que me he regalado para desinhibirme y obtener lo que quiero.

Me vuelvo hacia Dominic, que está mirando fijamente el punto en el que me está abriendo y estirando. Moviendo las caderas, me froto contra su mano, disfrutando de su tacto y del deseo que él irradia.

Sean me levanta desde atrás como si fuera una ofrenda, rodeándome con los brazos, mientras Dominic se coloca a mi entrada. Mirándolo fijamente a él, Sean me va bajando lentamente, muy lentamente, sobre Dominic, centímetro a centímetro, mientras los tres observamos.

—Esto me pone muchísimo —me susurra Sean al oído mientras Dominic se aferra a mis caderas y yo jadeo al sentirlo completamente dentro de mí.

Mi interior late y la necesidad de moverme es insoportable. Empiezo a contonear las caderas, pero Dominic hace que me detenga con un movimiento de mentón. Se lo está tomando con calma, quiere mirar y eso es precisamente lo que hace: observar la parte de mí que lo está rodeando. Analizo su rostro: sus párpados caídos, su cabello húmedo, sus pestañas oscuras, los músculos que se contraen en su pecho, la tensión de su mandíbula. Pronuncio su nombre entre gemidos y de pronto sus ojos se clavan en los míos mientras se impulsa hacia arriba, dejándome sin aliento. Sean se aferra a mi cuello con los labios y los dientes.

—Joder. —La voz de Sean se tensa al máximo cuando Dominic vuelve a lanzarse hacia arriba, fusionando nuestros cuerpos, profundizando más mientras yo grito, arañándole el pecho. Entonces me libera.

Empiezo a mover las caderas a toda velocidad, con el corazón desbocado y un deseo incontrolable mientras lo miro. Su mandíbula se ha aflojado y el placer que veo en sus ojos me estimula. Siento una plenitud desbordante.

—Suéltala —le ordena Dominic a Sean.

De repente estoy de espaldas, jadeando mientras me penetra profundamente, mi pierna enganchada en su cadera, y me folla a un ritmo bestial, con mirada feroz, maldiciendo y gruñendo sin cesar.

Los miro a ambos y veo adoración en sus miradas mientras profieren palabrotas y obscenidades. Dominic cambia rápidamente de postura y se pone de rodillas sin romper nuestra conexión, dejando mi espalda apoyada en la balsa y la parte inferior de mi cuerpo sobre su regazo. Entonces empieza a embestirme, proporcionándole a Sean una perspectiva clara. Este baja la mirada y observa, con los ojos rebosantes de puro deseo, cómo Dominic me deja sin aliento y sin energía, mientras sus manos siguen moviéndose, acariciándome y estrujándome. Yo grito y mi cuerpo se acelera al tiempo que Sean se baja el traje de baño y se saca la polla para ponerse un condón antes de reclamar mis labios con un beso. Me alimento de él mientras Dominic aumenta el ritmo; se agita dentro de mí y sé que está a punto de correrse. Despego mis labios de los de Sean, levanto la vista hacia Dom y contemplo la perfección absoluta. Está ensimismado, completamente abstraído, concentrado en la conexión de nuestros cuerpos. Su mirada es indómita. Sean se levanta y se inclina sobre mí, desliza la mano entre ambos y presiona mi clítoris con el pulgar. Yo grito el nombre de Dominic y mi cuerpo convulsiona con otro orgasmo. Mis ojos se cierran de golpe y mi corazón late fuera de control. Sean se aleja, observando cómo me corro, mientras Dominic me penetra un par de veces más y suelta un profundo gemido al liberarse.

Agotado, se inclina hacia mí apoyándose en sus fuertes bíceps y me da un beso larguísimo antes de apartarse y dejarse caer de espaldas, con el pecho agitado por el esfuerzo. Entonces Sean empieza a besarme apasionadamente con una avidez insondable mientras abre las piernas y me sienta sobre él, dándole la espalda. Me agarra del pelo y me echa la cabeza hacia atrás para apoyarla sobre su hombro antes de ponerme en posición para penetrarme.

Grito ante su invasión mientras me folla sin piedad, abriéndome sobre su regazo, dejando mi clítoris palpitando al aire y acariciándome los pechos antes de bajar hacia el ombligo y llegar al punto en el que estamos conectados. Empieza a masajearme el clítoris en círculos con el dedo mientras me penetra con fuerza, destrozándome la boca con la suya y embistiéndome una y otra vez. Yo recupero las energías y me restriego contra él, sumida en una nube de lujuria. Cuando despega su boca de la mía, bajo la vista hacia Dominic, que me mira fijamente con los ojos encendidos y recorre mi cuerpo con una mirada nuevamente llena de deseo.

—Me encanta —murmura Sean tensándose, al borde del orgasmo.

Pongo mi mano sobre la suya y, en cuestión de segundos, me corro gracias a nuestra labor común, mirando fijamente a Dominic mientras Sean termina con un gruñido. Nos desplomamos sobre la balsa, con la respiración agitada y nuestras extremidades enredadas, mientras otro trueno retumba a lo lejos. La tormenta ha pasado de largo.

26

De nuevo en tierra firme, recogemos todo en silencio mientras yo trato de asimilar lo que acaba de suceder.

Ha sido decisión mía. Yo lo deseaba. No puedo permitirme el lujo de arrepentirme demasiado, porque, si lo hago, me odiaré a mí misma eternamente.

Cuando los dos coches están cargados, Dominic me agarra de la mano y me atrae hacia donde está él, al lado del coche con el motor encendido. Me mira vacilante durante unos segundos antes de besarme y el resultado es el éxtasis. Me aferro a él y él se toma su tiempo, llenándome la boca con su lengua, tan ávida como nuestro primer beso; buscando, investigando. Los besos de este hombre son maravillosos. Me vuelven loca, nunca me cansaría de ellos. Cuando se separa, me caricia los labios con un cariño inusitado, se sube al coche y se va.

Me giro para mirar a Sean con la cabeza gacha, temiendo encontrarme con sus ojos. Voy hacia él, que me está esperando al lado de la puerta del copiloto. Incapaz de soportarlo un segundo más, me atrevo a mirarlo… y lo único que veo es al mismo chico rubio que me ha recogido unas horas antes. El alivio es inmediato. No me había dado cuenta de que aquello me pesara tanto. Me intercepta antes de que me hunda en el asiento, se acerca y me da el beso en la boca más dulce del mundo. Cuando se aleja, me doy cuenta de que tengo los ojos llenos de lágrimas.

—De eso nada, nena. Ni se te ocurra. Ya hablaremos cuando estés preparada, pero no hagas eso.

Asiento con la cabeza a modo de respuesta, sin tener ni idea de cómo cumplir esa orden. Me siento como una extraterrestre dentro de mi propia piel. No reconozco a esta chica ni reconozco sus actos. Acabo de permitir que dos hombres me compartan.

Y me ha encantado de principio a fin.

Nunca jamás podré borrar el peso de esa verdad.

Y la parte de mí que acaba de cobrar vida tampoco quiere que lo haga.

La vuelta a casa es silenciosa, pero Sean me agarra la mano durante todo el trayecto. Sigo luchando contra mí misma y contra mi decisión al tiempo que me siento resplandeciente por las secuelas. Él pone la música lo suficientemente baja como para permitirme hablar, pero guarda silencio, dándome el tiempo que necesito mientras se lleva de vez en cuando el dorso de mi mano a los labios.

Tengo flojera y a la vez estoy tensa. Mi interior está dolorido y completamente saciado y no se me ocurre nada que decir. Aunque quizá no haya que decir nada. Él sigue conduciendo tan tranquilo, como si no necesitara garantías en lo que respecta a mi situación con él, que no estoy segura de cuál es.

¿Qué somos?

Eso es lo que se supone que debo analizar, ¿no? Pero no es mi objetivo. Ninguno de los dos me ha mirado de manera diferente, al menos no de la forma que yo preveía. El cambio que he percibido en todos nosotros después de lo de hoy se aleja mucho de la sensación de curiosidad satisfecha que esperaba sentir. Los besos que me han dado después no han sido diferentes. En todo caso, me siento más conectada a ambos.

¿Es posible que esto sea real?

Había tenido sexo —mucho sexo— en el instituto, en relaciones monógamas con novios que yo creía que me querían y que se preocupaban por mí, pero que luego me mostraron su verdadera cara. Todo el dolor que creí sentir cuando acabaron rechazando un futuro conmigo me parece vacío, absurdo, pálido si comparo cualquiera de las experiencias que tuve con ellos con la que he tenido hoy y con las posibilidades que se han abierto ante mí.

Contemplo a Sean mientras este teclea el código de la puerta y el coche avanza lentamente por el camino de acceso a mi casa.

—No has hecho nada malo —dice por fin, mirándome a los ojos. Estos derrochan la misma seguridad con la que Dominic me besó antes de irse.

Lo cierto es que no me están juzgando. Eso alivia un poco la tensión de mis hombros.

Pero ¿por qué? ¿Por qué no me juzgan? ¿Por qué no me ven de otra manera?

Guardo silencio mientras Sean aparca y tira de mí hacia él, haciéndome resbalar por el asiento corrido.

—Di algo.

—No sé qué decir.

—Acéptalo. Acéptalo de una puta vez —dice con rotundidad—. Acéptalo y no permitas que ni tú misma ni ninguna otra persona te haga sentir que ha estado mal. —Me pone un dedo en la sien—. Tardarás algún tiempo en asimilarlo, pero tienes que aceptarlo, Cecelia.

—Ha sido… —Intento disimular el temblor de mi voz.

—Increíble —dice él, acabando la frase por mí. No me queda más remedio que asentir. Él se ríe de mi cara—. Soy un cabrón por decirlo, pero veo que te has quedado sin palabras. —Se ríe todavía más al verme fruncir el ceño y me pone sobre su regazo. Sus ojos castaños brillan, burlones, mientras me aparta el pelo del cuello—. Si te estás preguntando qué va a pasar ahora, la respuesta es que no lo sabemos. Ni Dom, ni tú ni yo. No sabemos a qué llegará o no llegará esto. Y eso es lo divertido.

—¿Y si alguien sale malparado?

—Son riesgos que hay que asumir.

—¿Por qué tengo la sensación de que ese «alguien» seré yo?

—Desde luego esa no es mi intención. Con lo que siento por

ti, hacerte daño es lo último que quiero. Pero, si te estás rayando porque crees que debes elegir a uno, te digo desde ya que no tienes por qué hacerlo. A menos que quieras; en ese caso, espero que sea a mí. —Exhalo un suspiro de exasperación que solo consigue que su sonrisa se vuelva más amplia—. Tener secretos es algo bonito, Cecelia. Pero estos solo pueden seguir siéndolo si decides no contarlos. Dentro de unos años, cuando estés brindando con tus amigas durante el brunch del domingo y vayáis a empezar a quejaros de la vida, este secreto puede ser la sutil sonrisa que curve esos hermosos labios antes de beber el primer sorbo de champán. Todo el mundo los tiene, pero no muchos pueden guardarlos. —Me echa el pelo por detrás del hombro antes de acariciarme la mandíbula con los nudillos—. Fue precioso ver cómo te abandonabas, sucumbiendo a tus deseos. Creo que nunca he visto a Dom tan pillado por una mujer.

—No… no digas eso.

—¿Por qué?

—Porque si siente algo… quiero que me lo diga él mismo.

Sean asiente, como si lo entendiera perfectamente.

—¿De verdad que esto te parece bien?

—Estás en mi regazo, mirándome con deseo, ¿por qué demonios no iba a parecerme bien?

—No quiero perderte —digo por fin, con la respiración entrecortada y los ojos llorosos.

—Cecelia, te juro que nunca me perderás por esto. Borra ese pensamiento de tu mente. Lo que ha sucedido no hace que mis sentimientos por ti sean menos intensos. No puedo estar más loco por ti. —Me da un par de besos suaves—. Hoy me has otorgado tu confianza y eso era algo que necesitaba. —Sean traga saliva—. Ahora mismo te costaría mucho librarte de mí.

—Eres tan… diferente —digo, acariciándole el pelo con ambas manos.

—Eso es bueno, ¿no? —Me da un codazo mientras sigo sentada sobre él al tiempo que se pasa la lengua por el pendiente que tiene en el labio—. Sea lo que sea lo que quieras hacer, hazlo de una vez. —Me inclino para imitar el movimiento de su lengua por el metal y él suspira de forma audible y me agarra del cuello, haciendo que nuestras frentes se toquen—. Si alguna vez no sabes qué hacer, quiero que hagas exactamente eso: lo que te dé la puta gana, cuando te dé la puta gana. Y no te disculpes por ello nunca.

—Esto es una locura.

—Bienvenida a mi mundo —murmura Sean, y entonces me devora con un beso.

Han pasado ya varios días y solo recibo mensajes de Sean; ni una palabra de Dominic. No es que esperara otra cosa. Es prácticamente un extraño para mí.

Aunque ahora de forma íntima.

Me estremezco al pensar en ello mientras me fustigo mentalmente.

Llevo días atrincherada en mi casa la mayor parte del tiempo, en un estado entre «Pero ¿qué coño he hecho?» y «Perdón, caballeros, ¿me disculpan unos segundos?». He estado pasando de las invitaciones de Sean, leyendo, nadando y hablando por teléfono con Christy, a quien no le he contado los detalles de ese día. Es mi secreto para la sonrisa del brunch de los domingos y debo guardarlo… si quiero.

Cuanto más me pregunto si debería contarle lo sucedido, más me esfuerzo por encontrar palabras para explicarlo, para explicar… lo bien que me sentí, cómo el haberme dejado llevar fue muchísimo más gratificante que cualquier otra cosa que hubiera hecho hasta el momento. Cuanto más lo pienso, más convencida estoy de que ella no lo entendería.

«A puerta cerrada»… «En la intimidad del hogar»… Hay una razón por la que la gente oculta sus escarceos sexuales y yo nunca había tenido ninguno digno de ocultar… hasta ahora. Aunque nuestro acto fue completamente al aire libre.

Me levanto de la cama y miro por la ventana hacia el oscuro bosque; observo las luces intermitentes de la torre de telefonía móvil mientras me pregunto dónde estarán esos dos hombres que no consigo quitarme de la cabeza. ¿Habrán estado pensado en mí?

¿Habrán chocado los cinco al volver a verse?

Estremeciéndome al pensarlo, cierro las puertas del balcón y aprieto la frente contra ellas. «Noticia de última hora, Cecelia: eres una zorra». Golpeo la cabeza contra la puerta cada vez que pronuncio esa palabra. «Zorra», pum, «zorra», pum. Con la cara roja como un tomate, vuelvo a flagelarme mentalmente. A estas alturas, mi espalda debería de ser ya un amasijo de carne lacerada y sangrante con la cantidad de latigazos imaginarios que me he propinado. Aun así, lo único que enrojece es mi cara, que se ruboriza mientras vuelvo a revivir cada segundo en aquella balsa. Los sueños que he tenido con ellos estas últimas noches son muy reales y de naturaleza francamente pecaminosa. Me asaltan tanto cuando estoy despierta como cuando estoy dormida y no soy capaz de pensar en otra cosa más que en esos minutos que compartí con ellos en el lago.

Los mensajes de Sean son vagos —como siempre—, pero frecuentes. Esta semana ha estado ayudando a sus padres en el restaurante y, por culpa de mi etiqueta de golfa autoimpuesta, he vuelto a perder la oportunidad de conocerlos.

¿Qué demonios voy a decirles?

«Hola, encantada de conocerlos finalmente, señor y señora Roberts. Soy Cecelia. Efectivamente, la zorra que se folla a su hijo a lo bestia entre los árboles. Por cierto, el otro día incluimos a su mejor amigo en el cóctel y fue maravilloso. A propósito, su guiso de judías verdes está para chuparse los dedos».

Sean intenta dejarme claro en todos sus mensajes que no piensa largarse a ninguna parte. No quiere que me coma demasiado la cabeza.

Y lo quiero por eso.

Pero ¿qué hay del amor?

Plantearse mantener esta situación a largo plazo sería un auténtico disparate. Aunque Sean ha insinuado claramente, en más de una ocasión, que si yo quisiera comprometerme con él no le parecería mal.

Puede que esto haya sido cosa de una vez.

La idea de entregarme únicamente a Sean me atrae muchísimo. Él es más que suficiente. Pero ¿lo que hice me predispone a desear algo más? He mordido la fruta prohibida y eso viene acompañado del deseo implacable de volver a hincarle el diente.

Sean sabía que era una posibilidad y lo había mencionado.

¿De verdad quiero renunciar a la química que tengo con Dominic si no estoy obligada a hacerlo?

Y eso de estar con los dos y ver sus reacciones… Nunca en mi vida me había sentido tan excitada.

Pero ¿cuántos latigazos más puedo soportar? Solo han pasado unos días y ya he estado a punto de quemarme a mí misma en la hoguera.

No soy de esas.

No soy de esas.

Sí soy de esas.

Lo único que no deja de reconcomerme es que, si esto es algo que ellos hacen de forma habitual, ¿tengo derecho a juzgar a las mujeres que me han precedido?

Ni de coña, por mucho que me fastidie. Aunque me muero por hacerlo. Lo deseo con todas mis fuerzas. Los celos me consumen al saber que no soy la primera. Sin embargo, en cierto modo, eso me hace sentir menos sola, porque comparto un secreto con ellas.

Pero ¿dónde están?

¿Acaso yo soy diferente?

Me cago en esos dos.

Tienen que saber la comedura de tarro que implica esto. Dudo que a Dominic le importe, pero Sean es consciente y está esperando mi veredicto.

Se trata de otra decisión.

Inquieta, abro la ducha e intento ahogar mi ansiedad con el chorro de agua.

Los valores morales que nos enseñan desde pequeños están pensados para guiarnos y, sin ellos, perdemos el rumbo. Pero Sean no sigue las normas ni las directrices a las que se adhiere la mayoría de la sociedad. Es un alma libre que va por la vida siguiendo sus instintos, viviendo decisión a decisión.

Vive sin remordimientos, sin posicionarse. Igual que Dominic. Pero ¿qué consecuencias puede tener eso a largo plazo?

¿Qué hay de tu alma gemela? ¿Del amor de tu vida? ¿De tu media naranja? En singular. Esas frases hechas también existen por alguna razón.

Un hombre, una mujer o una pareja para cada uno.

No dos. Tu media naranja, no tus dos tercios.

Salvo para algunos. Para algunos...

«Bienvenida a mi mundo».

Aunque también están «La fase de la universidad», «Ese año que fui tan promiscua», «Antes de que nos conociéramos»... Esas también son frases que he leído u oído muchas veces a lo largo de los años.

Y, aunque no tengo mucha experiencia en lo que respecta a ese tipo de cosas, salvo por la que acabo de ganar, sé que existen. Por lo que he deducido, la fase universitaria siempre tiene que ver con la promiscuidad, la liberación de las inhibiciones durante un periodo de tiempo determinado y la curiosidad por el mismo sexo. ¿No es justamente eso lo que acabo de experimentar? ¿No me merezco un tiempo para explorar mi habilidad sexual y mejorarla si así lo deseo?

Encontrar un alma gemela y hallar el amor verdadero dejaron de formar parte de mi lista de prioridades cuando Jared me hizo daño.

Algún día. Puede que en el futuro. Pero ¿tiene que ser ahora? No.

No tiene por qué. Es cierto que Sean me importa demasiado como para renunciar a él por completo.

Y, aunque lo que siento por Dominic me ha pillado por sorpresa, al igual que nuestra conexión, él no tiene por qué ser el príncipe azul.

De hecho, estoy convencida de que no lo es. Dominic no tiene pinta de amor verdadero.

Enamorarme de Sean está empezando a ser inevitable. Me encanta cómo me cuida, cómo me hace sentir, lo cómoda que estoy con él, pudiendo ser completamente yo misma.

«Acéptalo».

Me volveré loca si no lo hago.

Ni siquiera soy capaz de arrepentirme.

Recién salida de la ducha de agua hirviendo, estudio mi imagen en el espejo sin rechazar lo que veo. Tengo la piel teñida de rosa a causa del agua. Dejo que mis ojos vaguen libremente, buscando defectos, buscando una razón para no mirar.

Mientras observo mi reflejo, no siento nada de lo que espero sentir.

Eso es aceptarlo.

Y es mi decisión.

Llega un momento en la vida de una persona en la que esta debe elegir entre buscar el amor verdadero o dejarse llevar.

Echando otro vistazo a mi cuerpo, descubro qué decisión voy a tomar yo esta noche.

Allá voy, de cabeza a la madriguera del conejo.

Me meto en mi segunda piel y me embadurno el cuerpo con una crema perfumada. Después saco del armario unos vaqueros oscuros y una camiseta que deja los hombros al aire. Me aplico polvos bronceadores y me echo máscara de pestañas negra antes de perfilarme los labios y pintarlos de color rojo pasión.

Luego envío un mensaje.

Tal vez aún no esté en la universidad, pero está claro que ya soy una alumna aventajada.

27

Cuando llego al taller, veo varios coches estacionados en batería en el aparcamiento y hordas de tíos apiñados a su alrededor. La mayoría de las caras no me suenan de nada, pero los tatuajes que comparten son inconfundibles. El taller está completamente a oscuras, cerrado a cal y canto, al igual que las puertas de los muelles de carga. Sean se acerca en cuanto llego. Mientras me bajo, me doy cuenta de que su mirada se enciende al verme.

—Joder, nena, estás… Madre mía. —Se da la vuelta, protegiéndome con su cuerpo para evitar que me vean los demás; yo le rodeo el pecho con los brazos, estrechándolo contra mí.

—¿Me has echado de menos?

Se gira y me mira mientras deslizo mi mano por su espalda.

—Quería darte espacio, pero ha sido duro de cojones. Aunque lo de esta noche va a ser todavía más duro —dice con voz insinuante. Eso me refresca la memoria y noto que me ruborizo. Como de costumbre, va vestido con vaqueros y camiseta y lleva el pelo revuelto. Es un bombón—. ¿Estás bien? —me pregunta, sinceramente preocupado, mientras me aprieta todavía más entre sus fuertes brazos.

—Sí. —Veo que se relaja visiblemente con mi respuesta.

—¿Sí? —En su preciosa boca se dibuja una sonrisa—. ¿Ya has hecho las paces con tus demonios?

—Estoy en ello.

Él me pasa el pulgar por el borde de los labios.

—Tenías que ponerte este puto pintalabios, ¿no?

—¿Te gusta?

—Ya me las pagarás más tarde. Vamos.

Yo lo suelto, él me agarra de la mano y me lleva hacia la multitud.

—¿Qué pasa? —pregunto mientras atravesamos una fila de hombres altos y tatuados; algunos de los cuales me resultan familiares.

—Estamos esperando a Dom para irnos —responde Tyler, haciéndome un hueco y saludándome con un movimiento de barbilla.

De toda la pandilla, Tyler es con el que mejor me llevo. Tenemos mucho en común y hace poco, mientras me enseñaba a jugar mejor al billar, descubrimos que a ambos nos encanta todo lo relacionado con los años noventa.

—¿A dónde vamos?

—Ya lo verás —contesta Russell—. ¿Qué hay, Cee?

—Hola, Russell.

Su cálido recibimiento refuerza mi escasa confianza y me lo tomo como lo que es: al parecer me han aceptado como parte de los suyos y es una sensación extraña, pero agradable.

—¡Hola! —Layla aparece rompiendo la barrera y chocando contra mi hombro—. Cuánto tiempo.

—Hola, Layla —digo antes de volver a mirar a Sean, que me está observando de una forma que me reconforta.

Su mirada me dice que sigue todo igual entre nosotros y eso es realmente lo que más me importa. Todavía no soy capaz de entender cómo puede ser tan liberal conmigo y seguir mirándome de esa forma. Hipócritamente, a mi corazón romántico le decepciona que sea así. Pero, hasta ahora, ha cumplido al pie de la letra todo lo que ha dicho. Me liberó ese día porque quería que yo obtuviera lo que deseaba. Y esa es una manera diferente —tal vez la manera de Sean— de mostrar afecto.

No solo eso, sino que además le pone.

Una situación que nunca me habría imaginado vivir.

Pero aquí estoy y mi corazón empieza a acelerarse mientras nos miramos como si fuéramos las dos únicas personas del aparcamiento.

—Vamos a por una birra —dice Layla, mirando a Sean—. Te la robo un momento. Cosas de chicas.

Sean se limita a asentir, con los ojos todavía fijos en mí y acariciando con la lengua el piercing del labio.

Layla se abre paso a empujones a través de la pared de hombres, tirando de mí mientras va hacia el tío que se ocupa del barril de cerveza. Este nos sirve una a cada una. Ella guarda silencio mientras yo examino atentamente a la multitud, compuesta al menos por veinte hombres.

—¿Qué pasa esta noche?

—Están esperando a Dom, para variar. Él va a su puto ritmo, se la pela todo.

—¿Llegamos tarde a algún sitio?

—Qué va. Solo es una reunión. —Me mira de arriba abajo—. Caray, chica, estás impresionante.

Dejo de mirar a Sean, que se ha puesto a charlar animadamente con sus colegas, y observo a Layla. Su ropa va a juego con la mía. Se ha puesto unos vaqueros y una camiseta que deja al descubierto su tonificado vientre. Lleva la melena rubia recogida en una coleta alta.

—Gracias. Tú también.

—No se me escaparía esa mirada ni aunque estuviera ciega. Conque Sean, ¿eh? —dice, con una sonrisa de complicidad. «Y Dom». Disimulo el escalofrío que me causa ese pensamiento reflejo y ella me lee la mente. Frunce el ceño—. ¿No lo tienes claro?

Bebo un trago de cerveza.

—¿Puedo hacerte una pregunta?

—Claro.

—¿Ellos...? ¿Soy...? —Niego con la cabeza, contrariada. Esas son preguntas de chicas inseguras.

—¿Ellos? —Layla interpreta mi expresión y mi gesto—. Ah, vale, ya lo pillo —dice, riéndose.

Acabo de revelarle mi secreto con solo una mirada, un solo tartamudeo. Por una parte, me siento aliviada, pero por otra me horroriza haberlo soltado tan fácilmente. Esto no se me da nada bien.

La verdad es que es un alivio. Me moría por tener algún otro punto de vista femenino aparte del mío.

Layla no es mi amiga íntima, así que esto es lo mejor que me podía haber pasado. Me da un golpecito en la parte de abajo del vaso, animándome a beber. Yo doy un buen trago y suspiro.

—Vale, en primer lugar, no te rayes, yo no soy ninguna santa. Ni muchísimo menos. En segundo lugar, soy una tumba. Cualquier cosa que me cuentes, literalmente cualquiera, no llegará nunca a oídos de nadie más. Ese es el código. Pero vamos a alejarnos un poco para asegurarnos de que soy la única que lo oye. —Me lleva al lado abandonado del taller, donde nadie puede oírnos. Todavía no tengo claro qué quiero preguntarle, la verdad. Ella me ayuda hablando sin tapujos—. Sean es como un libro abierto, en cierto modo. Será sincero contigo siempre que pueda, aunque te duela. Y no tendrás que esforzarte demasiado para saber lo que piensa. Lo de Dom, bueno, es otra historia. Es a la vez ladrador y mordedor, y, créeme, no querrás ser la receptora de ninguna de las dos cosas. Pero tiene su corazoncito. Todos se lo hemos visto al menos una vez, aunque raramente dos. Es, literalmente, la versión hecha hombre de Fort Knox: un solitario nato. —Bebo un sorbo de cerveza y ella ladea la cabeza—. ¿Qué quieres preguntarme en realidad?

—¿Soy solo...? —«Otra más». No me atrevo a completar la frase.

—Eso no puedo decírtelo, pero, por lo que yo he visto, su casa está muy tranquila en los últimos tiempos.

—¿Tranquila?

—Me refiero a Dom y al tráfico de su dormitorio. —Layla me sonríe—. Precisamente desde la fiesta.

Es fiel. Se refiere a que es fiel. ¿A mí? ¿Antes de saber siquiera si habría algo entre nosotros? ¿Eso importa?

La punzada que siento en el pecho me dice que sí.

—Intenta no comerte la cabeza, pero mira. —Me arrastra hasta donde empieza el taller y echa un vistazo al gentío—. ¿Cuántas mujeres ves?

Observo la multitud, contando en silencio. Cuatro o cinco más nosotras dos de unas veinte personas.

—Estás aquí por algo. —La seriedad de su tono de voz me hace escudriñar su rostro, aunque no puedo ver demasiado debido al sitio en el que nos encontramos—. Además, hay un momento y un lugar para confraternizar y definitivamente no es algo que se haga en las noches de reunión.

—¿Noches de reunión?

—Ya lo verás. Pero hazte un favor y mantente alerta, aunque será difícil. Sobre todo con esas dos distracciones.

Asiento con la cabeza y ella se ríe.

—Alegra esa cara, chica. Esto es una fiesta y dos de los mejores hermanos están interesados en ti. Vamos.

Estamos cruzando el paseo de grava cuando se oye un estruendo al inicio del camino de acceso y unos faros nos bañan de luz. Los bajos retumban desde el elegante coche negro mientras mis ojos se desvían hacia el conductor. La mirada de Dominic me paraliza, convirtiéndome en la práctica en un cervatillo ante sus faros. Me saluda con una leve sonrisa y me mira de arriba abajo.

—Joder, qué envidia volver al principio otra vez —suspira Layla con nostalgia.

Dominic se queda dentro del coche y vuelve a acelerar, haciendo que el grupo se disperse. Poco después, empiezan a oírse motores por todas partes.

—Ve con él —me dice Sean, reuniéndose conmigo.

Yo lo miro, frunciendo el ceño.

—¿Con él?

Me da un beso en la sien.

—Nos vemos allí. Y no te atrevas a emborronarte el maldito pintalabios. Eso es para mí.

Asiento con la cabeza mientras se aleja, rodeando el Camaro de Dominic. Este se inclina para abrirme la pesada puerta. En cuanto la cierro, me vuelvo hacia él.

—Sean… —Me quedo con la palabra en la boca mientras salimos disparados y mi risa se proyecta fuera del coche.

Una sonrisa asoma claramente en los labios de Dominic cuando el resto de los coches arrancan a toda velocidad para seguirnos y él da rienda suelta a todos los caballos que tiene bajo el capó. Apoyada con una mano en el salpicadero y con la otra en la puerta del coche, chillo mientras vamos a todo gas por la carretera.

Eso solo parece animarlo más y pisa a fondo el acelerador en la recta durante uno o dos kilómetros antes de frenar considerablemente para girar y tomar las curvas de la carretera.

Bajo el volumen de la radio y él me mira.

—¿Vamos a tener alguna vez una conversación de verdad?

Él esboza una sonrisa ladeada.

—Tuvimos una de las buenas hace no mucho.

—No me refiero a eso.

—¿Prefieres empezar con política o con religión? —Se ríe con sorna al verme fruncir el ceño y cambia de marcha, haciendo que me pegue al asiento mientras avanzamos a toda velocidad—. Los huevos, poco hechos; el café, solo; la cerveza, fría; la música, alta; los coches… —Pisa a fondo el acelerador.

—Rápidos —digo, riéndome.

—Mi chica… —Se gira y me mira de arriba abajo con sus ojos espejados. «Mi chica», no «Las chicas».

Ese comentario me llega al alma y extiendo la mano para agarrar la suya, pero él me lo impide antes de que lo consiga.

—Eso me lo guardo para cuando pueda hacer algo al respecto.

—¿A ti te parece que eso es cariño?

—¿No lo es? —Traza una curva y grito.

Eso es exactamente lo que sentí en la balsa. Como si él hubiera estado esperando una eternidad para tocarme.

Es lo opuesto a Sean en muchos aspectos.

No es un defecto, sino algo que se anhela.

—¿Qué te hace feliz?

Coge otra curva y flexiona el antebrazo para cambiar de marcha.

—Todo lo anterior.

—¿Los huevos poco hechos y el café te hacen feliz?

—¿Qué pasaría si mañana te despertaras y no hubiera café? Frunzo el ceño.

—Pues sería… una tragedia.

—La próxima vez que lo tomes, imagina que es la última vez que puedes hacerlo.

Pongo los ojos en blanco.

—Genial, ya sois dos. ¿Esto es una especie de filosofía de vida? Muy bien, Platón.

—Se conoce mejor a una persona en una hora de juego que en un año de conversación.

Me quedo con la boca abierta, porque tengo la certeza de que acaba de citar a Platón.

—Me criaron de una forma que me hizo apreciar las cosas pequeñas.

Me mira fijamente y entonces comprendo de verdad su punto de vista. Vi la casa en la que creció y rezumaba pobreza y abandono. Él me permitió verla. Mi corazón se derrite por sus confesiones tanto explícitas como tácitas; de pronto, hace un giro repentino y aparca derrapando antes de apagar los faros y dejar que la tenue luz de la luna nos envuelva. Me inclino para mirar a través del parabrisas y veo una luna creciente que se cierne sobre nosotros.

—Ven aquí —me susurra la orden sobre el cuello mientras me agarra y tira de mí para que me siente a horcajadas sobre él, robándole mi atención a la luna.

Le sonrío mientras se desliza hacia abajo en el asiento, creando espacio suficiente para que quepamos cómodamente entre este y el volante. La forma en la que me mira basta para que me olvide de mí misma. Me inclino para reclamar sus labios y él gira la cabeza, esquivando el beso.

—Le gusta el rojo.

Dominic me peina el cabello con los dedos desde la nuca hasta las puntas y repite el movimiento, embrujándome con su tacto.

Hay algo en ese comentario que me remueve las entrañas. Solo llevo unos segundos a solas con él y ya había olvidado la petición de Sean de no emborronarme los labios. Intento ahogar mi sentimiento de culpa mientras Dominic me acaricia todo el cuerpo, colándose por debajo de mi camiseta antes de rozar lentamente la cintura de mis vaqueros. El leve dolor que me causan sus caricias enciende el fuego en mis venas. Él me mira, siempre atento, pero relajado. La atracción es innegable, pero coarta todos mis intentos de tocarlo, ya sea estrujándome bajo sus dedos o negando con la cabeza antes de reanudar su tortura, acariciándome por todas partes menos por donde yo quiero.

—¿Desde cuándo sois amigos? —le pregunto, excitada, mientras él sube las manos por mi espalda por encima de la línea del sujetador y me acaricia los omóplatos, calentando aún más mi piel.

—Prácticamente desde siempre.

¿Así, tan íntimos? —digo, meciéndome ligeramente sobre su paquete y sintiendo el bulto que va creciendo debajo de mí.

La fricción es deliciosa. No puedo evitar rotar las caderas buscando más. Él responde con una mirada ardiente, pero no hace ningún movimiento al respecto.

—Todos somos íntimos.

—Ya veo. —Un estruendo repentino y atronador ahoga el canto de los grillos y, al cabo de un segundo, veo pasar los coches a toda velocidad por detrás del hombro de Dom. Debemos de haber ido a toda pastilla si nos han alcanzado ahora, o puede que Dominic haya cogido un atajo—. Nos están dejando atrás.

—Nosotros los hemos dejado atrás a ellos.

Lo observo entre las sombras creadas por la media luna que se eleva sobre nosotros. Sus ojos brillan como dos charcos de plata incluso al amparo de la noche y sus prominentes pómulos proyectan sombras gemelas sobre su mandíbula. Sus carnosos labios están completamente iluminados, burlándose de mí.

—¿Y por qué los hemos dejado atrás?

—Porque… —Se levanta como si fuera a besarme y su aliento golpea mis labios.

Me preparo para sentirlo, cierro los ojos y me inclino hacia él, y entonces noto su ausencia. Al abrir los ojos, veo que vuelve a estar apoyado en el asiento, con una sonrisa pérfida en los labios.

—Eres un capullo.

—Eso no es ninguna novedad. ¿Necesitas saber algo más?

—Si no sé nada.

—Claro que sí. —Se impulsa un poco hacia arriba y su roce me vuelve loca y me deja sin sentido.

—Has descrito al típico tío —jadeo—. ¿La cerveza fría? ¡Ah! —Vuelve a impulsarse hacia arriba. Esta vez noto lo dura que se le ha puesto y me hierve la sangre—. ¿Los coches rápidos? ¿El café solo? ¿Los huevos poco hechos y…?

—¿Y?

No puedo ocultar mi sonrisa a pesar del apetito insaciable que me hace sentir.

—Yo.

—Entonces ya sabes suficiente.

Me levanta la camiseta, dejando al descubierto mis pechos desnudos, porque esa noche no me he puesto sujetador, y noto cómo se tensa físicamente cuando lo descubre, instantes antes de meterse uno de mis pezones en la boca. Tengo las bragas empapadas. Aprieto su cabeza contra mi pecho mientras se alimenta de mí, moviendo las caderas sobre su erección, cada vez más rápido.

—Dom —murmuro mientras sus dedos empiezan a explorar mi cuerpo y me muerde el pezón antes de mitigar el dolor con la lengua.

Cuando se retira, estoy a punto de llegar al orgasmo, pero él me baja la camiseta y me sujeta las manos para después volver a peinarme con los dedos.

—Eso ha sido muy cruel —gimo, con el cuerpo en llamas.

—Tendremos que retomarlo más tarde.

Dicho lo cual, me empuja un poco para poder agarrarme por las caderas, levantarme y volver a dejarme en el asiento del copiloto. Después, arranca y da marcha atrás para deshacer el camino andado. Intencionadamente o no, me roza la mano con los dedos justo antes de salir a toda velocidad hacia donde están los demás.

28

Anarquía organizada.

Es la única forma de describir lo que veo cuando llegamos. Hay un montón de coches aparcados en círculo alrededor de una hoguera de un piso de altura. El resto está rodeando un gran claro del bosque. Algunos sacan barriles de los camiones mientras otros esperan, preparados, lanzando bolsas de hielo a su alrededor. La música resuena a través de los altavoces de una camioneta mientras unos cuantos coches más se acercan y se vacían. Veo cincuenta cabezas como mínimo, la mayoría reunidas en pequeños grupos, como si siguieran algún tipo de protocolo social.

—Por favor, responde con claridad: ¿qué demonios es esto? —le pregunto a Dominic mientras él echa un vistazo al claro y va hacia el centro del círculo, donde le han dejado el espacio justo, como si fuera el lugar que le corresponde en la jerarquía.

—Solo una reunión de amigos.

—Yo no tengo tantos amigos.

—Qué suerte —dice él con ironía mientras escudriña la multitud.

Esquiva mi siguiente pregunta saliendo del coche y abriéndome la puerta. Me coge en brazos y me deposita a su lado mientras yo echo un vistazo a la fiesta. Sean se reúne con nosotros en su coche y mira de inmediato mis labios, satisfecho porque siguen intactos.

—¿Te lo has pasado bien? —me pregunta, atrayéndome hacia él.

—No… —No soy capaz de mirarlo a los ojos—. No hemos hecho…

Él niega con la cabeza y me levanta la barbilla.

—Eso no es lo que te estaba preguntando. —Me pasa un brazo por el hombro y mira a Dominic—. Están aquí, esperándote.

Dominic baja la barbilla y me mira fijamente antes de largarse.

Yo me giro de inmediato hacia Sean mientras este me guía a través de la multitud. La escena que se desarrolla ante nosotros parece sacada de *Abierto hasta el amanecer*, la vieja película de Quentin Tarantino. No me extrañaría que en cualquier momento aparecieran unas cuantas personas escupiendo fuego y algunas chicas semidesnudas bailando alrededor de unas barras y enseñando los colmillos.

—¿Puedes explicarme qué es esto?

—Una fiesta.

—Eso ya lo veo.

Se ríe al verme sacar a mi yo macarra.

—Entonces ¿por qué preguntas?

—De donde yo vengo, no llamamos «reuniones» a las fiestas.

—Esto no son las afueras de Atlanta.

—No me digas. —Miro a mi alrededor y veo que las botellas y los porros fluyen a raudales; también me fijo en que algunos coches tienen matrícula de otros estados—. Y no todo el mundo es de aquí.

Sean asiente con la cabeza.

—Muy observadora.

—Venga, Sean, dame algún dato.

Él señala hacia un El Camino en cuyo capó trasero están sentados dos hombres descomunales, observando la fiesta con expresión impasible. Está claro que son hermanos, porque se parecen.

—¿Ves a esos dos?

—Sí.

—Son Matteo y Andre, La Nana Española. Detrás de ellos está su grupo. Son de Miami.

—¿Han venido hasta aquí desde Miami?

—Sí.

—¿Para una fiesta?

Sean asiente con la cabeza.

—¿Por qué se hacen llamar La Nana Española?

Él me mira.

—Échale imaginación.

—Eso no da ningún miedo.

—Yo te protejo, pequeña. —Le creo. Sean saluda con expresión pétrea a los de Miami con un movimiento de cabeza cuando estos se nos quedan mirando. En respuesta, ellos levantan la barbilla de forma casi imperceptible—. Y ese grupo de allí es el del idiota de Marcus —añade, señalando un camión donde uno de los chicos aterriza tras hacer una voltereta desde el capó de una camioneta antes de beber un trago de Jack Daniels—. Y el que está a su lado es Andrew. Eso es Tallahassee y el resto de Florida, y son unos putos sinvergüenzas. Así que no te acerques a ellos si no quieres que te desplumen.

Sean se toma su tiempo para pasear conmigo por la fiesta, por la reunión, o por lo que quiera que sea eso y pronto me fijo en la cantidad de tatuajes de cuervos que adornan el brazo de todos los asistentes. Algunas de las chicas también están tatuadas con unas delicadas alas en los omóplatos. Unas cuantas llevan tops de cuello *halter*, sin duda para lucirlas. Me doy cuenta entonces de que esas alas indican pertenencia.

Sean me lleva hasta un barril recién abierto y me pasa una cerveza. La acepto y le doy un trago, preocupada por lo que ocultará en realidad esta fiesta. Sean socializa con algunos de los grupos y charla animadamente mientras yo observo a otras personas que están apoyadas en sus coches, mirando al resto de los participantes. Al cabo de unos minutos, me pongo de puntillas y me acerco a Sean.

—¿Perteneces a una banda? —le susurro. Él suelta una carcajada, inclinando la cabeza hacia atrás. Frunzo el ceño—. ¿Qué es lo que te hace tanta gracia?

—¿Es que tenemos pinta de matones?

No. Sí. Un poco.

—Entonces ¿qué es esto?

—Simplemente un grupo de personas con intereses comunes que se juntan para pasar el rato.

—¿Con el mismo tatuaje?

Él se encoge de hombros.

—Es un tatuaje de tío duro.

—Sean —le espeto con impaciencia.

Aunque estamos socializando con Alabama, él levanta la barbilla hacia Tallahassee y se vuelve hacia mí.

—Tengo que ir a hablar con unos tipos. ¿Te importa esperarme aquí?

Lo miro a la cara con los ojos muy abiertos.

—Nadie te va a tocar un pelo, Cecelia. Has venido con Dominic.

—¿Y eso qué significa exactamente?

—Significa que vuelvo ahora.

Sean sonríe y niega con la cabeza mientras se dispone a marcharse, pero yo lo agarro del brazo.

—¿Dónde está Layla?

—Estará por ahí, en alguna parte. Ve a buscarla, yo volveré en un momento.

—¿En serio me vas a dejar aquí? —exclamo en voz baja—. ¿Sola?

Él se bebe la cerveza de un trago.

—Sí.

«Joder. Joder. Joder».

—¿Es como una de esas pruebas de «tírala a la zona profunda a ver si sabe nadar»?

Sean se ríe. El muy cabrón se está riendo.

—Y sin flotador. Saca a la macarra que llevas dentro.

Furiosa, me aferro a su brazo mientras se aleja, pero él se zafa con facilidad.

—No pasa nada, nena.

Con el pulso acelerado, busco a Tyler, Layla, Russell o a cualquier otra persona conocida en la fiesta y veo que Sean se reúne con Tyler al lado de la enorme hoguera antes de desaparecer con él detrás de unos coches.

Me propongo darle un mordisco en los huevos a Sean en cuanto pueda.

Temblando como un flan, me sirvo otra cerveza.

—¿Cómo es? —pregunta una chica a mis espaldas. Sobresaltada, derramo la mitad del vaso antes de girarme para mirarla—. Lo siento —dice con una risita—. No pretendía asustarte. Supongo que es tu primera vez aquí.

—Pues sí. —La miro de arriba abajo. Debe de ser de mi edad y tiene el pelo de color azabache con las puntas moradas. Va vestida de negro de la cabeza a las botas y lleva un collar con unas alas de cuervo plateadas y negras sobre su amplio escote—. ¿Te refieres a Sean? ¿Por qué? —Tiene una belleza exótica y los celos me atenazan de tal forma que no puedo evitar preguntárselo.

Ella se acerca a mí, vacilando claramente mientras sus ojos de color marrón claro se clavan en los míos.

—Perdona, supongo que es un poco raro preguntarle esto a… ¿su novia?

Ella desea a Sean y me lo está soltando descaradamente a los pocos segundos de conocerme. ¿Es así como funciona esto? O, mejor dicho, ¿estaría él interesado en ella?

—No sé… lo que somos. —Bebo un trago de cerveza—. Llevamos poco tiempo.

—Es difícil saber lo que eres con cualquiera de estos gilipollas, a menos que te den las alas —dice, suspirando. Luego mira mi vaso—. Se te ha acabado. Vamos a por otra.

Yo antes no bebía, al menos no así. La culpa la tienen los nuevos hombres de mi vida y los nervios que me hacen pasar. Ella señala con la cabeza al tipo que se ocupa del barril mientras recorremos los pocos pasos que nos separan de él y le entregamos nuestros vasos.

—Soy Alicia.

—Cecelia. —Es unos cuantos centímetros más alta que yo y definitivamente no es de las que pasarían desapercibidas para el sexo masculino. Ella me analiza con la misma curiosidad—. ¿Has venido con alguien?

—Con mi hermano —responde—. Somos Virginia.

—Ah.

No dice «de Virginia», sino que se adueña del estado entero.

—Dominic nunca había traído… Ninguno de los dos había traído nunca a una chica aquí. Creía que habías venido con Dom, así que no estaba segura de con cuál estabas.

Vacilo antes de responder, porque no sé muy bien qué decir. Así que decido no hacerlo. Ella sonríe y me hace un favor al retirar la pregunta de la mesa, así que yo se lo devuelvo, a pesar de los celos persistentes.

—Sean es amable, considerado, inteligente…, muy inteligente, atento, sexy, divertido y protector. —Y mío.

—Me lo imaginaba —suspira, echándose por detrás del hombro la oscura melena, que le llega hasta la cintura.

Esa chica tiene el pelo más bonito que he visto nunca.

—Así que te hace tilín, ¿eh?

Ella sonríe a modo de disculpa.

—Solía venir mucho a Virginia cuando yo era más joven. Nunca he hablado con él, pero sí, podría decirse que sí. Espero que no te moleste.

Lo hace, en cierto modo. Pero está siendo sincera.

—También es brutalmente honesto, como tú.

—¿Sí? —Ella sonríe.

—Pero estoy con él.

Ella asiente.

—Entonces me retiro. Es que… es perfecto, pero eso tú ya lo sabes. Y Dominic también. Aunque me da muchísimo miedo.

«A mí también». Pero porque nunca me canso de él.

—Sí, son… difíciles de describir.

—Venga, tía —dice, dándome un codazo—, ¿qué has hecho exactamente para entrar en ese coche?

«Me los he follado a los dos juntos en una balsa». Me avergüenza la vulgaridad de mi pensamiento, pero, a pesar de todo, me echo a reír.

¿En quién coño me he convertido? Alicia me mira con extrañeza.

—Perdona, ha sido una semana interesante. Conocí a Sean en el trabajo y empezamos a salir juntos.

—Si mi hermano no fuera tan idiota, yo también podría hacer eso.

—¿Es demasiado sobreprotector?

—Sí, hasta me he planteado cargármelo mientras duerme.

—¿Has estado en muchas de estas?

—Esta es la cuarta. —Pone los ojos en blanco—. Con veinte años y todavía tengo que pedirle a mi hermano que me deje jugar con él y sus amigos.

—¿De qué va la reunión?

Ella se encoge de hombros.

—Solo es una fiesta.

Yo resoplo. A la tercera no va la vencida.

—¿No te parece raro que todos estos hombres lleven el mismo tatuaje?

Ella se encoge de hombros con indiferencia.

—La verdad es que no.

—Por favor, por favor, dime qué se me está escapando.

Ella frunce el ceño.

—¿No sabes nada?

—No. ¿Son de una banda?

Alicia ahoga una carcajada al verme la cara.

—No, no en ese plan. Pero, si nos detuvieran ahora mismo, seguro que la mitad de estos anormales acabarían en el trullo.

—¿Por qué?

—Por sus delitos.

Preguntas y respuestas ambiguas. Esa costumbre empieza a resultarme exasperante y veo que ella se da cuenta. Lo intento desde un ángulo diferente.

—Entonces ¿por qué estás aquí?

—Porque creo en esto.

—¿Y qué es «esto»?

—Una fiesta.

Cabreada, miro a mi alrededor en busca de Sean o de Dominic, pero no hay ni rastro de ellos. Cuanto más miro, menos caras reconozco. Tampoco veo a los chicos del taller.

Ella se da cuenta de que estoy asustada y hace lo posible por tranquilizarme.

—No tienes nada que temer. Solo es una reunión. Suelen hacerlas un par de veces al mes.

—¿Como los masones?

Ella asiente de inmediato.

—Eso es. Como si fuera un club.

—¿Y no puedes hablarme del club? ¿Es como la regla número uno de *El club de la lucha*?

—¿Qué es eso?

Una película. —Me paso las manos por el pelo con frustración—. Da igual. ¿Así que esto es un club?

—Claro, y supongo que podría decirse que esta su sede.

—Y ese collar…

—Significa que pertenezco a alguien o que estoy con alguien del club. Alicia hace una mueca—. Ahora mismo, con mi hermano.

—Entonces ¿quién es el líder?

—No hay líder en una fiesta.

—¿No decías que era un club? —replico.

—Una fiesta de un club.

Más evasivas, otras mil preguntas que surgen y que sin duda quedarán sin respuesta.

—Esto es muy raro —murmuro mientras alguien suelta una carcajada detrás de nosotras.

—Al principio, a mí también me lo parecía.

—¿Y ahora?

Alicia se encoge de hombros, saca un porro de la nada y lo enciende.

—Es una forma de vida. —Exhala una bocanada de humo y me lo ofrece.

—No, gracias.

—¿Seguro? Va a ser una noche muy larga.

—Sí.

Necesito estar alerta. ¿Qué coño pinto yo aquí? No dejo de darle vueltas a esa pregunta mientras observo la fiesta. Alicia me acompaña, pero sigue sin ir al grano y no consigo ninguna respuesta hasta que se forma un revuelo al otro lado de la hoguera. Ambas estiramos el cuello para localizar el origen, más allá de las llamas infernales. Al cabo de un instante, oímos el ronroneo de los motores.

—Joder, esto se pone interesante. Vamos. —Me agarra del brazo y dejo que me arrastre al otro lado del círculo, donde el Camaro de Dominic empieza a rugir junto con otros dos coches que están a su lado—. Uno es de los de Miami y el otro de Tallahassee —dice Alicia.

Sean aparece al lado de Dominic e intercambia con él unas palabras antes de darle una palmada en la espalda, alejarse y arrancar su propio coche.

—¿A dónde van?

—A jugar a pillar.

—¿Te refieres a una carrera? ¿En estas carreteras? —Me giro y veo a Sean buscándome entre la gente por detrás del volante antes de posar la mirada sobre nosotras. Oigo la respiración entrecortada de Alicia mientras nos mira a ambas y me doy cuenta de que está loquita por él. La sonrisa que esboza en nuestra dirección me pone a cien y descubro que yo también. Y no pienso compartirlo. Por mucho que estos bichos raros pertenezcan a un extraño club con sede en el quinto pino del culo del mundo—. ¿Y qué va a pasar?

—Van a competir.

—¿Y luego?

—Uno será el ganador.

Se oyen abucheos y silbidos mientras arrancan todos a la vez y van hacia la carretera. Ese estruendo, ya tan familiar, despierta algo en mi interior. Es como si un nuevo código se hubiera incrustado en mi estructura genética. Me viene a la mente una imagen de Sean poniéndose encima de mí la primera noche que estuvimos juntos y otra de los minutos robados que Dominic y yo hemos compartido esta misma noche.

—¿Ha muerto alguien alguna vez? —pregunto, empalideciendo.

—Dos personas. Pero eso fue hace años, antes de que cambiaran las reglas.

«Hace años». Me pregunto cuánto tiempo hace que existe esto. La inquietud me invade mientras miro fijamente los faros traseros de los coches antes de que desaparezcan.

Entonces oigo la señal reveladora de los motores rugiendo en la distancia. Están echando una carrera. Una parte de mí desearía estar dentro de ese coche con Dominic. Pero sobre todo estoy aterrorizada. Sean es más prudente, pero Dominic conduce de forma arriesgada, casi temeraria.

—No te preocupes. Volverán —dice Alicia a mi lado.

—Pásame el porro —le pido, esperando que me calme los nervios.

Ella se ríe y me lo pasa. Le doy una buena calada.

Diez minutos después, el sonido de un motor nos hace levantar la cabeza. Dominic es el primero en llegar y las personas que nos rodean empiezan a vitorearlo.

—Ha ganado. —Alicia levanta la cerveza hacia él como homenaje.

—Pues claro.

Es el diablo sobre ruedas y está haciendo honor a su nombre, ejerciendo de rey de una multitud que se agolpa alrededor de su coche. El orgullo me invade mientras lo observo, consciente de que esta noche es el comienzo de algo entre nosotros. Voy hacia él, pero sale del coche nada más aparcar y empieza a apartar a los que lo están felicitando para inspeccionarse el cuerpo, soltando una sarta de palabrotas. Miami es el siguiente en llegar y, en cuanto el conductor se detiene, Dominic va corriendo hacia él para recibirlo en la puerta. Al salir del coche, el conductor de Miami sonríe de una forma que me revuelve el estómago. Inmediatamente, Dominic le da un puñetazo en toda la cara.

—Joder —dice Alicia, que sigue a mi lado.

Sean llega a toda velocidad por un lateral y, en cuanto se detiene, sale volando del coche y va hacia donde Dominic está repartiendo leña. Tallahassee llega en último lugar; cuando la luz de la hoguera lo ilumina, puede verse el costado del coche abollado, las ruedas tambaleándose y humo saliendo del capó. El conductor se baja, sonriendo con crueldad al ver cómo Dominic le da una paliza al piloto de Miami. Todos los presentes en la fiesta —incluido Sean— se quedan mirándolos darse varios puñetazos antes de ir hacia ellos, gritándole a Dominic para que se detenga. Yo no lo puedo evitar y me acerco para escuchar la conversación cuando Miami finalmente se pone a la defensiva.

—Tranquilo, Dom —dice el tipo que Sean me ha presentado informalmente como Andre, acercándose.

Su expresión me pone de los nervios. Estos hombres son peligrosos y cuando observo la cara de la mayoría de los espectadores solo veo diversión. Es evidente que están insensibilizados a lo que está ocurriendo delante de ellos, lo que me infunde cierto temor. Yo nunca había presenciado esa violencia tan brutal.

Y mucho menos por parte de un hombre que hace menos de una hora me estaba poniendo cachonda con sus tiernas caricias.

Aunque tengo un poco de miedo, un deseo extraño pero carnal empieza a recorrer mi cuerpo mientras veo cómo Dominic destroza a su oponente. Le propina un último puñetazo y el tío se derrumba, aterrizando como un pelele a sus pies.

Dom se aleja y su poder barre como un maremoto a la multitud mientras se dirige a todos aquellos que están cerca de él.

—Si alguien tiene algo que decir, estaré encantado de atenderlo. —Andre levanta la cabeza y dos de los tipos que están detrás de él recogen lo que queda del tío que está en el suelo. Dominic lo sigue con una mirada furiosa—. ¡Vuelve a hacer eso y estás fuera! —le grita mientras el tipo escupe una bocanada de sangre.

Dom también tiene la mano ensangrentada y me abro paso entre la multitud para llegar hasta él mientras Sean le habla.

—Tranquilo, tío —le está susurrando justo cuando llego hasta ellos.

—Que se joda —suelta Dominic, desafiando con agresividad a todos los que están a su alrededor.

—Ya has dejado las cosas claras. —dice Sean, situándose a su lado.

Dominic mira hacia donde está Tallahassee, examinando los daños de su coche.

—¿Estás bien, tío?

Él asiente con la cabeza mientras yo llego hasta Dominic y le levanto la mano para examinarla. Me aparta, se gira de golpe y se echa hacia atrás con el puño en alto. Lo baja cuando ve mi cara, que empalidece al ver de cerca la rabia de sus ojos.

—Estoy bien —me espeta, alejándose de mí.

Yo retrocedo y choco con el pecho de Sean justo cuando él me rodea la cintura con una mano.

—Deja que se tranquilice, nena. —Asiento con la cabeza mientras me atrae hacia su costado. Busco a Alicia entre la multitud por encima de su tensa figura, pero ha desaparecido—. Vamos —me ordena, tirando de mí hacia su Nova.

Echo un último vistazo a Dominic, que tiene el pecho agitado y una mirada aterradoramente feroz, antes de perderlo de vista.

—Está bien —me asegura Sean.

Me hace entrar en el coche y, en cuestión de segundos, volvemos a estar en la oscura carretera. Su inquietante tranquilidad contrasta con la fiesta que acabamos de dejar. Si no hubiera estado allí, habría pensado que me lo había imaginado.

—Estás cabreada —dice mientras la tensión crece dentro del coche.

Claro que estoy enfadada, pero estos hombres hacen que me resulte imposible establecer una línea operativa con límites estrictos sin volverme loca en el intento. Pero puedo elegir mis batallas y de esta no pienso retirarme. Ya estoy harta de tanto misterio.

—Para empezar, me has dejado tirada en una fiesta en la que apenas conocía a nadie.

—Conocías a suficientes personas como para que yo supiera que estabas a salvo, más segura de lo que lo estás encerrada a solas en tu casa.

—Sí, claro. En segundo lugar, te has largado para hacer una carrera por las montañas en plena noche. ¡Una carrera!

Él sonríe.

—Lo siento, mami.

—Eso es superpeligroso, además de una estupidez. Mira lo que acaba de pasar.

—Me encanta que te preocupes por mí.

—No me sonrías en plan sexy. —Su sonrisa se vuelve más amplia mientras mira por el retrovisor—. Y en tercer lugar, ¿qué coño es esto? —Sean suspira—. Y no te atrevas a decirme que una fiesta o ya puedes ir borrando mi número. —Me dirige una mirada furibunda. Acabo de conseguir que se cabree. Bien—. ¿Qué es esto, Sean?

—Es la explicación que querías.

Me concentro en el haz de luz de los faros mientras no dejo de darle vueltas a la cabeza.

La norma no negociable del teléfono. El secretismo. Las omisiones y las verdades a medias. Las sutiles insinuaciones que me ha estado haciendo desde el día que nos conocimos. Esto es lo que ha estado ocultando y todavía tengo más preguntas que respuestas. No es suficiente.

—Pues explícamelo.

—Acabo de hacerlo.

—No sabes lo exasperante que es esto.

—Créeme, sí lo sé.

—Y aun así, no piensas contarme nada.

Él me mira.

—Déjame adivinar: has estado investigando esta noche y no has obtenido respuestas.

—¿Cómo lo sabes?

—Porque es así.

—Así que esto es… ¿una especie de sociedad secreta? ¿Como los masones o alguna mierda así?

Sean no responde.

—Llévame a casa.

Él se ríe.

—Estoy en ello.

—Y borra mi número de teléfono.

Su sonrisa desaparece y sus dedos se tensan sobre la parte superior del volante.

—Si eso es lo que quieres…

—¡Quiero la puta verdad!

—Te la estoy contando —responde con calma—, solo que no te gusta lo que digo.

—¡Porque no tiene sentido!

—Tiene todo el sentido del mundo. —Sean se queda en silencio un par de minutos y después sigue hablando—. ¿Sabes guardar un secreto?

—Por supuesto.

—Has respondido demasiado rápido —me suelta—. Me refiero a guardarlo de verdad. ¿Tienes algún secreto que pienses llevarte a la tumba y que jamás has confiado a nadie?

—Tengo algunos, sí.

—¿Y cómo los guardas?

—Pues sin hablar de ellos. Y sin pensar en ellos. Actuando como si no hubiera pasado nada.

—Exacto. No puedo darte los detalles de algo que no existe. No puedo hablarte de las reglas, de los pormenores ni de las fechas de cosas que nunca han sucedido, joder.

—¿Y todas esas personas que estaban ahí?

—Saben guardar un secreto. Ninguna de ellas, ninguno de los asistentes, puede revelar quién estaba allí o qué pasó, porque nunca ha tenido lugar. —Sean guarda silencio durante unos minutos y sé que es porque está tratando de encontrar las palabras adecuadas. Me lanza una mirada—. Los albañiles tienen sus muros; aquí hay hileras de árboles. Así que, cuando me has preguntado qué era lo de esta noche, te he dicho la verdad. Era una puta fiesta. Cuando me has preguntado qué hacíamos, la respuesta es «Nada».

—A menos que yo participara del secreto. Si fuera así, ¿seguiría sin haber pasado nada?

El silencio es su única respuesta, aunque estoy empezando a pensar que el que calla otorga.

—Entonces ¿para qué me lo has enseñado? ¿Por qué no has dejado que siguiera ignorándolo, como el resto del mundo?

—Porque estás conmigo. —Simple. Directo. Y si quiero estar con él, tengo que estar dispuesta a participar de sus futuros secretos. Se arriesga a echarme otro vistazo rápido—. Tú decides.

—¿Y qué pasa si no quiero participar?

—Esta noche no tienes elección —replica, pisando el acelerador. Vuelve a mirar por el retrovisor y yo me giro y veo que unas luces azules parpadean en una carretera secundaria detrás de nosotros antes de girar en nuestra dirección—. Espera —dice mientras me vuelvo hacia él en el asiento.

—Será broma. Vas a parar, ¿no?

—Ni de coña, nena, no pienso permitir que me incauten esta mierda durante treinta días.

«Joder. Joder. Joder. Joder».

Suena un teléfono en su bolsillo y, cuando lo saca, no reconozco el aparato. Responde sin mirarme.

—Sí, alguien debe de haber dado el aviso... Me lo imaginaba. Será mejor dejarlo. Yo me encargo de este.

Sean pisa a fondo el acelerador mientras yo abro los ojos de par en par. Me doy la vuelta y veo que las luces se alejan; los está dejando atrás, pero todos los músculos de mi cuerpo se tensan, en estado de alerta.

—Estamos huyendo de la policía. ¿Eres consciente de eso? —Me hundo en el asiento mientras Sean me ignora por completo, concentrándose únicamente en la carretera—. ¡Sean, esto no tiene ni puta gracia!

—Te lo repetiré una vez más, Cecelia: ¿sabes guardar un secreto? —me pregunta tranquilamente.

Aterrada, busco la respuesta en mi interior.

—Sí.

Él reduce la velocidad metiendo una marcha más corta, da un volantazo y yo grito y cierro los ojos con fuerza mientras nos desviamos hacia un camino de grava. Cuando los abro, espero vislumbrar mi muerte inminente, pero no veo nada, porque Sean ha apagado los faros y ahora vamos a todo gas iluminados únicamente por la luz de la luna.

Casi me meo encima cuando pisa a fondo el acelerador y levantamos el vuelo por el camino de grava. Mientras los neumáticos crujen debajo de nosotros y el viento silencioso azota el interior del coche, tengo una revelación. Estos tíos con los que he estado saliendo son exactamente el tipo de hombres contra los que tu madre te previene y a los que se supone que tu padre debería recibir en la puerta principal con una escopeta en la mano.

Desde el primer día, me han estado advirtiendo de forma discreta y no tan discreta que guardara las distancias —tanto ellos dos como quienes los conocían— y, desde el primer día, no he hecho otra cosa que caminar directamente hacia la línea de fuego. Los rumores siempre tienen algún fundamento. Pero ¿esto? Esto no tiene nada que ver con lo que me esperaba. Y es en la oscuridad donde veo la luz. He estado yendo de aquí para allá a toda velocidad con estos enigmáticos diablos durante las últimas seis semanas y estoy siendo bautizada en toda regla con una especie de fuego infernal.

—Jeremy hablaba en serio cuando dijo que acababa de atracar a alguien, ¿no?

Silencio.

Sean hace otro giro brusco y no tengo ni idea de cómo, porque yo no veo tres en un burro, pero su fugaz mirada de soslayo lo confirma todo.

—Pasas todo tu tiempo libre cruzando líneas invisibles —digo, consciente de que es la pura verdad—. Joder, Sean. ¿Cuántos secretos tienes?

Él me responde con otro volantazo antes de frenar en seco. Luego apaga el motor y nos quedamos allí sentados, en silencio, ocultos entre los árboles. Me giro en el asiento, pero no veo ni rastro de las luces azules. Nunca he sido propensa a los ataques de pánico, pero estoy segura de que en estos momentos estoy sufriendo algo muy parecido a uno.

—Tranquila, nena. Los hemos despistado. Les llevábamos demasiada ventaja. Ni siquiera habrán podido ver el modelo del coche. Estamos a salvo.

—¿A salvo? —Jadeo, tratando de estabilizar mi respiración—. ¿Me estás vacilando? —Sean me observa atentamente mientras yo reúno y analizo todas las señales de alarma que se han ido acumulando delante de mis narices durante las últimas semanas—.

Esto no me lo esperaba. Sabía que algo estaba pasando, pero ¿esto? ¡Tyler es un marine de Estados Unidos! ¿Y está metido en este rollo?

Él asiente con la cabeza.

—¿Qué alcance tiene esto, Sean? —Él se muerde el labio, pensativo, mientras yo lo miro fijamente. Señalo el teléfono que descansa entre sus muslos—. Ese no es tu móvil.

—Nunca lo ha sido. —Con manos ágiles, extrae la tarjeta SIM y la parte por la mitad.

—Entonces ¿sois todos unos puñeteros proscritos o algo así?

—Algo así.

—¿Todos?

—Todos los del cuervo estaban invitados a la fiesta. Y todos saben guardar un secreto. Si no…, no hay juerga para ellos. Y probablemente nunca más la tendrán.

Niego con la cabeza con incredulidad.

—No te conozco en absoluto, ¿verdad?

—Claro que me conoces —asegura él, acercándose a mí, pero yo retrocedo ante su avance. En la penumbra del habitáculo, el leve escozor del rechazo brilla en sus ojos mientras maldice y aprieta los puños antes de girarse hacia mí—. Sí me conoces. —El suave timbre de su voz hace que se me humedezcan los ojos—. Conoces mi mente y mi corazón. Me conoces. Yo me he asegurado de ello. Pero este es mi mundo, nuestro mundo, y, si quieres entrar, tendrás que tomar otra decisión.

Sean habla, sacándome de mi ensoñación.

—Veo que he vuelto a dejarte sin palabras. Y no en el buen sentido.

Su tono es lúgubre y sé que es consciente de la batalla que estoy librando. Me ha puesto en una situación peligrosa con su explicación, pero también ha dejado una puerta abierta de par en par al otro extremo para facilitarme una huida rápida. El problema es que ni siquiera me atrevo a mirarla, porque eso significaría perderlo. El hecho de no saber nada de la fiesta es mi tabla de salvación. Es el momento de marcharme sin ataduras. Simplemente siendo consciente de su existencia, pero sin nada que me involucre.

Sean me acaricia con un nudillo la barbilla temblorosa y cuando levanto la vista veo que hemos aparcado delante de su casa. Estaba tan sumida en mis pensamientos que me he perdido el camino de vuelta.

—¿No me ibas a llevar a casa?

—No he especificado a cuál.

—Se te da muy bien mentir.

—Y a ti muy mal. —Se ríe y su hermoso pecho sube y baja—. Además, en realidad no quieres irte a tu casa.

Vuelve a acercarse a mí y yo rehúyo su contacto porque me atraerá todavía más. Ahora mismo, estoy rozando una línea muy peligrosa en una especie de realidad paralela.

—Cecelia, he intentado facilitarte al máximo las cosas. Tenía que asegurarme de que podía confiar en ti.

—Sigo sin saber nada.

—Y eso ha evitado que te involucres, con todo lo que ello implica. Pero, a partir de este momento, tu decisión hará que las cosas cambien. —Me mira, apretando la mandíbula—. Yo también tengo mucho que perder. —Sean gira la cabeza para mirar por la ventanilla y juraría que lo oigo susurrar «Mucho más». Luego apoya la cabeza en el asiento y suspira antes de volverse de nuevo hacia mí, con cara de cansancio—. Te volverás loca tratando de entenderlo. Todo lo que hacemos es por una buena razón. Si decides quedarte, muchas de tus preguntas se responderán con el tiempo. Pero todo el mundo en la fiesta tiene que ganarse su lugar. Sin excepción.

—¿Puedo preguntarte una cosa?

—Esta noche no. Al menos hasta que tomes una decisión. Y, aun así, no puedo garantizarte una respuesta. Venga, vamos a dormir un poco.

Sean apaga el motor y sale del coche. Entro en casa en silencio, detrás de él, y subo las escaleras hasta el dormitorio. Todo ha cambiado, todo lo que tiene que ver con mi implicación. Debo participar de buen grado en todo lo que venga o alejarme de él. Ya puedo sentir el peso de la decisión en mi corazón.

Tras cerrar la puerta del dormitorio, Sean se quita la camisa y se desprende de las botas.

Estoy demasiado agotada por el subidón de adrenalina como para discutir y está claro que él también. Se desabrocha los vaqueros y se los quita, junto con el bóxer. Al verlo desnudo, me entran ganas de acariciar su cuerpo y se me acelera el pulso, pero en el fondo solo siento miedo.

Ya estoy más que medio enamorada de este hombre y dejarlo me rompería el corazón. Él me mira fijamente, sin duda leyéndome el pensamiento. Luego desaparece por el pasillo para ir hacia el baño, dejando la puerta abierta antes de encender la ducha.

Una invitación.

Otra decisión.

Yo lo sigo, cierro la puerta, me desnudo y lo acompaño. Él me abraza y me besa durante varios minutos. Cuando volvemos a la habitación, nos secamos en silencio con la toalla y yo me pongo una de sus camisetas antes de meterme en la cama y acurrucarme entre sus brazos, que me están esperando.

—Por favor, entiéndelo, no había otra manera —murmura sobre mi cuello, apretándome contra su cuerpo.

Está empalmado, pero lo ignora; se limita a abrazarme con fuerza, debilitándome con su olor.

Debería sentirme traicionada, pero la verdad es que entiendo por qué me ha iniciado de esta forma. Y ahora también entiendo que, si decido entrar, tendré que aprender a mentir mucho mejor y que, si no soy capaz de guardar un secreto, me costará mucho más que un corazón roto.

29

Sean duerme a mi lado. Se ha quedado frito a los pocos minutos de posar la cabeza en la almohada. Yo estoy acurrucada entre sus brazos, inquieta, dándole vueltas a la situación.

Esto podría echar a perder mi futuro.

Un paso en falso y estar implicada en cualquiera de sus turbios negocios podría costarme la vida.

¿Merece la pena mezclarse con ellos?

¿Qué tipo de futuro nos espera?

Para ellos, esto no es una fase que acabarán superando, es su forma de vida. Su objetivo. ¿Quiero estar atada a Sean por una relación que puede o no funcionar?

Esta decisión, esta elección, es una locura. Una a la que nunca habría pensado, ni en un millón de años, que tendría que enfrentarme.

Distorsiona el orden natural de las cosas. Es una vida sin barreras.

Pero en el fondo lo sabía. Sabía que había algo que estaba mal, muy mal, y que obviamente era peligroso. Solo que no me daba cuenta de lo mal que estaba y de lo peligroso que era. Como una pobre ilusa, di por hecho que no me afectaría.

Cuanto más me pillo, más me enredo y, si no tengo cuidado, si no decido salir, me encadenaré con nuevos secretos.

Pero me voy a marchar. Dentro de un año, me iré. Eso es así.

No pienso renunciar a la universidad ni tirar por la borda la posibilidad de tener estudios superiores por nadie.

¿Cuántas cosas podrían pasar realmente en un año?

Me vienen a la mente las palabras de Tyler el día que nos conocimos.

«Es increíble lo que pueden cambiar las cosas en un día, ¿verdad? Eso es muy habitual por aquí».

—Y que lo digas —susurro sobre el pelo de Sean.

Necesito consultarlo con la almohada. No tengo por qué tomar hoy la decisión. Puedo mantener las distancias hasta que me haya decidido. Tengo fuerza de voluntad.

«Mentirosa».

Lo peino con los dedos y él gime ligeramente en sueños en señal de agradecimiento, haciéndome sonreír.

El sueño se resiste a llegar. Me desenredo de Sean, echo las sábanas hacia atrás y oigo el sonido de un motor en la entrada. Al bajar las escaleras, veo a Dominic sentado delante de la mesa de la cocina, peleándose con un paquetito envuelto en plástico y con una cerveza recién abierta al lado.

—¿Te la has roto?

Él levanta la vista desde la silla y me observa antes de reanudar su tarea. Me acerco a él, le quito la gruesa gasa de la mano y examino con cuidado la herida. Tanto la muñeca como la mano tienen el doble de su tamaño normal.

—Uf. Podría estar rota.

—Puedo doblarla.

—¿Estás bien?

—Ha sido una noche de mierda. —Coge la cerveza de la mesa y le da un trago largo.

—¿Dónde está Tyler? —le pregunto, empezando a ponerle la venda.

—No está de humor.

—¿Ha pasado algo más?

—Está bien. Cosas de negocios, como siempre.

—Solo era una fiesta, ¿no? —Puedo sentir sus ojos sobre mí mientras pongo cuidadosamente el vendaje sobre su piel—. Dime si está demasiado apretado.

—¿Por qué has decidido seguirnos el rollo?

Me quedo inmóvil. Observo sus insondables ojos plateados, que amenazan con arrastrarme a las profundidades, y desvío la mirada. Cuando tome una decisión, tendrá que ser lejos de esas dos distracciones que solo harán que me resulte todavía más difícil distanciarme.

—Aún no tengo claro que vaya a hacerlo.

—No creía que fueras de esas.

—Y no lo soy. Estoy igual de sorprendida que tú, si quieres que te diga la verdad.

—Eso siempre.

Esbozo una sonrisa mientras le vendo con esmero la muñeca y la mano.

—Dice el pervertido mentiroso.

—Algunas personas no soportan la verdad —dice Dominic antes de beber un trago del resto de la cerveza—. Es mejor dejarlas vivir en la ignorancia.

—Siempre tan críptico.

—Tú eres lo suficientemente inteligente como para diferenciar la verdad de la ficción.

Mis manos se detienen.

—Yo no estoy tan segura después de lo de esta noche, pero es un cumplido excepcional viniendo de ti.

—Nunca permito que la polla me nuble el juicio.

Nos miramos a los ojos durante un buen rato mientras saco nuevas conclusiones. Ambos tomaron la decisión de llevarme esta noche. Juntos. No tiene nada que ver con nuestra relación sexual. Los sentimientos que bullen en mí a causa de eso me alegran el corazón.

—Puedes confiar en mí —digo, tensando la venda con el enganche metálico.

—Eso es mucho pedir.

—También lo es que guarde tus secretos.

—Tú no conoces mis secretos.

—Sé lo que creo saber y eso me basta.

—¿Y qué crees saber?

Me he pasado las últimas horas mirando el techo del cuarto de Sean, analizando las sutiles lecciones que me ha transmitido en estas seis semanas. Él incorporó los principios del club a nuestro cortejo y lo hizo de la forma más eficiente posible, dándomelo todo bien mascado hasta que me di cuenta de lo que representaban como colectivo, sin que él tuviera que decírmelo directamente.

—Que eres uno de los cabecillas de una organización de inadaptados clandestinos que hacen cosas malas para luego poder hacer cosas buenas. —No me sorprende en absoluto que me responda con un silencio—. ¿Y ahora qué?

Él entiende perfectamente mi pregunta, que no tiene nada que ver con lo que he descubierto esa noche.

—Yo no soy Sean.

—¿Y eso qué quiere decir?

—Que las palabras no son lo mío. —Se acaba la cerveza mientras yo sujeto un poco mejor el enganche metálico del vendaje—. Pero me vendría bien una ducha.

No estoy segura de lo que quiere decir. Está claro que necesita mi ayuda para desvestirse a causa de la herida, pero no estoy dispuesta a ir más allá hasta que descubra lo que necesito.

Se levanta y saca torpemente otra cerveza de la nevera. Utiliza el borde de la encimera para abrirla y se la bebe como si fuera agua antes de ir hacia las escaleras. Yo lo sigo tímidamente. Una vez dentro de su habitación, echo un vistazo alrededor, aprovechando la oportunidad para asomarme a su mundo. Cientos de libros se alinean en las estanterías que rodean su estación espacial de última generación, llena de monitores gigantes. Junto a ella, sobre una mesita, se están cargando tres ordenadores portátiles. Un gruñido de dolor procedente de la habitación de al lado me impide seguir curioseando y me reúno con Dominic, que está de pie en el baño quitándose las botas. Se agacha para despojarse de un calcetín, pierde el equilibrio y golpea sin querer la encimera con la botella de cerveza mientras intenta no caerse. Yo me río, lo sujeto por las caderas y entre ambos conseguimos que siga de pie. Esboza una especie de sonrisa perezosa y sus ojos se vuelven vidriosos.

—Joder, está claro que mi mano izquierda necesita a la otra.

—Seguro que todo el alcohol que te has bajado tampoco ayuda. Deberíamos haberle puesto hielo antes.

Le quito el otro calcetín.

—Puede esperar hasta mañana por la mañana.

—No debería.

—Cecelia —dice Dominic, con un suspiro que más bien parece una súplica.

Decido ceder. Yo también estoy agotada y no me vendría mal que mi mente me dejara dormir.

Me pongo detrás de él, le desabrocho los vaqueros ajustados y se los bajo junto con los calzoncillos antes de rodearlo para quitarle la camiseta. Él me mira en silencio mientras abro la ducha y meto la mano debajo del chorro. Me rodea con el brazo bueno y me levanta la camiseta para acariciar la piel de mi abdomen.

—Gracias. No necesito nada más, ya puedes irte si quieres.

Su caricia es sensual y dulce y respondo quitándome la camiseta. Su mirada se enciende al verme desnuda. Es la primera vez que estamos a solas desnudos desde que nos acostamos y no puedo dejar de mirarlo. Pero tengo que hacerlo, así que le doy la espalda y apoyo la cabeza en el hueco de su hombro mientras el agua se calienta. Cuando está lista, me suelta y entramos. Inclino la alcachofa de manera que la mayor parte del agua caiga sobre su cuerpo. Yo ya me he duchado.

«Con otro hombre, Cecelia. Que vive con él y es su mejor amigo».

Esto no puede acabar bien y no lo hará. A menos que confíe en Sean, a menos que confíe en los dos. Tengo demasiadas cosas en la cabeza y decido dejarlas a un lado, junto con las dichosas preguntas sobre la reunión, mientras echo jabón en la esponja y me dispongo a lavar a Dominic de arriba abajo. Tomándome mi tiempo, empiezo por el pecho y voy bajando, sin poder evitar fijarme en su polla cuando esta cobra vida. Empiezo a ponerme cachonda al recordar el reciente escarceo en su Camaro, la imagen de mi pezón en su boca y de los lentos movimientos de su cabeza mientras lo apretaba contra mí.

—Sean era el tercer tío al que me tiraba —revelo, mirándolo fijamente—. Eso te convierte en el cuarto. Antes de vosotros dos, había tenido dos relaciones diferentes y monógamas, algo que puede parecerte aburrido, pero... —Niego con la cabeza—. Da igual, lo que quiero decir es que no suelo ir por ahí acostándome con cualquiera. Y ese día... Nunca había hecho algo así. Nunca había estado en esa situación. Soy mujer de un solo hombre. —Silencio. El muy cabrón no piensa ponérmelo fácil—. Sé que suena hipócrita, pero, si tú te acuestas con otras, yo no puedo... —Hago un gesto señalándonos a ambos—. No voy... No creo que pueda hacer esto.

Él me mira en silencio, sin ceder ni un ápice mientras evito con cuidado su erección y froto sus muslos musculosos para eliminar los restos del día. Él mantiene la mano herida alejada del chorro de agua mientras lo rodeo, subiendo por el mismo camino por el que he bajado y atreviéndome a mirarlo a través del agua corriente. Su sonrisa ha desaparecido. Se limita a observarme embelesado mientras levanto los brazos y le echo la cabeza hacia atrás para empapar su cabello de ónice. El agua cae en cascada por todos los ángulos de su cuerpo mientras él se cierne sobre mí como la tentación personificada.

La necesidad de darle otro mordisco es casi irresistible.

Me echo un poco de champú en la mano temblorosa y le froto el cuero cabelludo con los dedos, sintiendo su aliento en el pecho. Es una agonía absoluta estar tan cerca de Dominic mientras me aferro con fuerza a lo que me queda de moral. Cuando acabo de lavarlo, salgo yo antes para secarme. Luego me tomo mi tiempo para hacer lo mismo con él, pero no me molesto en ir a buscarle unos calzoncillos: conozco sus preferencias a la hora de dormir. Pasándome de protectora, le echo pasta en el cepillo de dientes y él pone los ojos en blanco, pero lo acepta mientras yo hago gárgaras con su enjuague bucal.

Una vez fuera del baño, siento que me sigue con la mirada mientras aliso y echo hacia atrás las sábanas arrugadas. Cuando se mete en la cama, me inclino sobre él y le doy un beso en la frente, consciente de que no le va a gustar. No me equivoco. Se retuerce de disgusto ante ese acto maternal, fulminándome con la mirada.

Yo no puedo evitar reírme y lo acaricio con las puntas mojadas del pelo para fastidiarlo. Me echo hacia atrás, quedándome suspendida sobre él, y lo veo sonreír antes de agarrarme por el cuello y acercar mi boca a la suya. Me mete la lengua hasta el fondo, poniéndome a cien. Un gemido brota de mis labios mientras me folla a conciencia con la lengua antes de apartarse y ahuecar la almohada.

—¿Quieres que me quede?

—Yo no soy Sean.

Asiento y me alejo.

—Si me necesitas, ya sabes dónde estoy.

Un poco resentida por su rechazo, vuelvo a salir al pasillo. Sean está cambiando de posición en la cama y levanta la sábana para hacerme sitio.

—¿Está bien?

—Sí.

Se acerca a mí para abrazarme y, en cuestión de minutos, estoy en el mundo de los sueños.

30

Sean se ha ido a andar a primera hora y yo he decidido quedarme para comprobar cómo está Dominic. Lleva toda la mañana en la habitación. Sé que tiene dolor. Tras horas esperando en vano a que aparezca, subo las escaleras bien pertrechada y llamo a la puerta.

—¿Sí? —responde él al otro lado.

Abro lo justo para pasarle una taza de café.

—Café solo —digo. Él lo acepta—. Huevos poco hechos —añado, pasándole un plato—. Bolsa de guisantes congelados. —Para acabar, asomo la mano por la puerta—. Y… ¿tu chica? —Dejo la pregunta en el aire, al igual que la mano, agitándola de un lado a otro con una sonrisa en los labios.

Riéndose, él tira de mí hacia la habitación y me pone sobre su regazo. Está sentado delante de la mesa del ordenador. Deja el desayuno a un lado del teclado.

Me pasa la mano buena por la espalda y por las puntas del pelo mientras le pongo los guisantes sobre la muñeca. Él se estremece.

—¿Mal?

—Duele de cojones.

Su estado de ánimo ha mejorado bastante desde la noche anterior, afortunadamente.

—Te está bien empleado. ¿Por qué te pusiste así de loco?

—Tengo mal carácter.

—Nooo, ¿tú?

—Ya, bueno, ese hijo de puta casi mata a Sean.

—Entonces me alegro de que le hayas roto la mandíbula. —Se hace un silencio tenso y, de repente, me siento incómoda—. Solo quería saber cómo estabas. —Intento levantarme para dejarlo desayunar, pero él me lo impide, cambiándome de posición en su regazo antes de coger el tenedor para comer. Su olor a limpio me envuelve mientras permanezco sentada entre sus brazos. Echo un vistazo a su habitación a plena luz del día. Observo por encima de su hombro la biblioteca privada, que ocupa toda una pared—. Parece que te gusta leer.

—Podría decirse que sí.

—A mí también. He de admitir que nunca dejáis de sorprenderme —digo, negando con la cabeza.

—¿Por qué? ¿Porque no somos unos analfabetos con un historial delictivo kilométrico?

—La imagen que proyectáis es engañosa y… eficaz. —Las suposiciones de otros incautos como yo les hacen pasar desapercibidos. A lo sumo, dan la impresión de ser unos delincuentes veinteañeros, pero esa no es toda la verdad. La gente cree lo que quiere creer. Los chicos no desmienten ni niegan su reputación, porque eso los mantiene en la sombra. Y la sombra es su terreno de juego—. No te imagino en un campus universitario. ¿Te gustaba vivir en Boston?

—No estaba mal. —Moja la tostada en la yema y se la mete en la boca.

Miro hacia atrás mientras él devora los huevos en un abrir y cerrar de ojos.

—¿Están ricos?

Dominic asiente con la cabeza.

—Gracias.

—De nada. —Miro hacia la pantalla—. ¿Qué estás haciendo?

—Desayunar.

—Dios. —Pongo los ojos en blanco—. ¿Es que nunca vais a darme una respuesta directa?

—Acostúmbrate. —Empuja el plato vacío a un lado y mueve el ratón. El monitor cobra vida y aparecen unas líneas de código.

—Madre mía, parece Matrix. ¿Qué es?

—No lo sé, aún no has elegido de qué color quieres la pastilla. —Dominic sigue mirando la pantalla. Es prácticamente toda negra. No hay enlaces del navegador ni nada. Simplemente, van apareciendo números, algoritmos, que parece que él interpreta con facilidad.

—Es una puerta trasera —explica, moviendo el ratón.

—¿Una puerta trasera?

—Para llegar al sitio al que quiero ir.

—¿Eso es la *dark web*?

Él esboza una sonrisa, lo que indica lo despistada que estoy.

—Es mi web.

—¿Tú eres la araña?

—Con dientes. —Me muerde el hombro y mi entrepierna palpita.

—Así que tú eres el cerebro, ¿no?

—No me hagas caso.

Su comentario da paso a un nuevo silencio desquiciante. Sabe que no tengo ni idea de lo que estamos viendo y eso me mantiene a salvo aunque forme parte del secreto.

Todavía sentada de lado sobre su regazo, le acaricio el cuello y los musculosos hombros. Solo lleva puesto un pantalón de chándal negro, lo que me da libertad para tocarlo y eso es exactamente lo que hago. Él me lo permite. Su piel es sedosa, con unas líneas y unos músculos que parecen hechos con cincel. Su miembro se endurece debajo de mí y él lo ignora, haciendo clic con el ratón una y otra vez, antes de ponerme mirando hacia la pantalla y pedirme que escriba. Después de ducharme, decidí no ponerme el tanga de la noche anterior, así que lo único que nos separa es el tejido de su chándal, apenas imperceptible. Incapaz de ignorar la electricidad que corre por mis venas, respiro de forma agitada mientras mis pezones se tensan cada vez que él me susurra una orden. Me dirige con soltura, en una sinfonía de movimientos cuidadosamente orquestada, hasta darse por satisfecho. Nos pasamos así casi una hora. Su cuerpo se va cargando con las caricias que le robo, pero él sigue concentrado en la tarea que nos ocupa mientras yo me estremezco, expectante. En esos minutos, paso de estar húmeda a empapada. Miro hacia atrás de vez en cuando para contemplar sus oscuras pestañas y la perfección de su rostro en general. Me cuesta muchísimo no tocarlo, pero él me da un codazo cada vez que pierdo la concentración y obliga a mis dedos a seguir trabajando mientras empiezo a temblar de deseo.

—Vale, gracias —susurra.

Para entonces, ya he caído rendida a sus pies.

—De nada.

Me he recolocado sobre él varias veces para que estuviera más cómodo, pero sé que probablemente esté cansado de ser mi silla y, a estas alturas, me aterra haberle dejado el regazo hecho un desastre. Lentamente, empiezo a levantarme cuando él entierra su nariz en mi pelo, enganchándome de nuevo a él. Jadeo mientras por fin decide prestar atención al bulto que tiene debajo del chándal y a la intensa energía que hay entre nosotros. Me aferro desesperada a mi fuerza de voluntad y me dispongo a hablar, pero él se me adelanta.

—No.

Giro la cabeza y saboreo la lujuria con la que me topo. Sé que ese no está relacionado con las preguntas que le hice la noche anterior. Nos miramos fijamente mientras él me sujeta con mayor firmeza por la cintura.

—Sé lo que tengo entre mis manos, sé cuál es tu valor —susurra y sus palabras son tan íntimas que por un segundo creo haberlas imaginado—. No soy un adolescente que se empalma por primera vez. Y aun cuando lo era, jamás traté de demostrar mi valía usando mi polla como signo de exclamación. Anoche te dije todo lo que necesitabas saber. Esta es tu decisión, Cecelia, no me hagas responsable de ella.

Me quedo allí sentada, aturdida, parpadeando varias veces hasta que él me agarra por la nuca. Su áspera exhalación golpea mis labios y me besa apasionadamente. Hasta tal punto que lucho por tomar aire, aferrándome a la cordura, mientras él me devora y yo me abro para él, relajando mis extremidades. En su beso pierdo una parte de mí misma y sus palabras hacen que levante el vuelo mientras su lengua me persuade para que siga allí con él. Sin despegar nuestras bocas, me levanta la camiseta y se separa de mí lo justo para desnudarme por completo. Luego sus labios regresan y capturan mi gemido mientras nos fundimos el uno con el otro. Embriagada por la intensidad de nuestro intercambio, me hundo en él; mi cuerpo se alinea con el suyo mientras Dominic controla nuestro ritmo con la lengua. Sintiéndose acunado y arropado, mi pecho sube y baja con él mientras nos adentramos en la zona profunda.

Besándome y mordisqueándome, se aferra a mi cuello y me levanta para bajarse el pantalón del chándal. Aprieto su pene con fuerza y su gruñido rebota en el fondo de mi garganta mientras lo exprimo desde la raíz hasta la punta hinchada. Su miembro se sacude en mi mano antes de que Dominic busque entre ambos una muestra de mi deseo. Gime dentro de mi boca y me frota el coño con la palma de la mano, masajeándome el clítoris mientras me mete un dedo. Entonces alejo mi boca de la suya y emito un fuerte gemido cuando sus dedos me conquistan y dejo caer la cabeza hacia atrás para apoyarla en la base de su cuello. Nos acariciamos mutuamente con desenfreno, hasta que él se aparta y me da una orden tajante.

—En el cajón de la mesilla.

Me levanto de inmediato y saco un condón de la caja. Me apresuro a volver a la silla en la que Dominic está sentado. Me arrodillo y levanto la vista hacia sus ojos, que me observan con atención. Luego sujeto su verga por unos instantes antes de llevármela a la boca. Él sacude las caderas al sentir el contacto.

—Joder —murmura.

Ahueco las mejillas y aprieto los labios alrededor de su miembro antes de introducirlo hasta el fondo de mi garganta. Él acaricia con un dedo mis labios abiertos mientras lo succiono profundamente antes de que el anhelo me venza y me haga soltarlo de golpe. Desenrollo el látex sobre su polla, me levanto y él me da la vuelta, estrujándome el culo, antes de abrirme y meterme los dedos para prepararme. Captando la indirecta, me apoyo en los reposabrazos de la silla mientras él coloca en posición su gruesa verga. Poco a poco, voy descendiendo sobre él, abierta al máximo a causa del ángulo de la acometida.

Cuando por fin me siento, se me escapa un grito ahogado al mismo tiempo que Dominic gime sobre mi nuca. Él nos aleja del escritorio con sus piernas como único punto de anclaje al suelo y reclina la silla de manera que me quedo prácticamente tumbada sobre él. Entonces me embiste y yo empiezo a moverme, jadeando y gritando su nombre.

—Joder —dice sin aliento, excitado.

La gratitud que contiene esa única palabra es suficiente para mí. Es lo único que necesito.

Dominic pasa la mano buena por mi escote y me acaricia los pechos antes de bajarla hacia el punto en el que estamos conectados. Sus caricias son metódicas, lentas y concienzudas. La sensación que me transmite es increíble y no hace sino aumentar mi euforia después de su reconocimiento. Este no puede ser Dominic.

Pero lo es.

Es él.

Tengo el cuerpo tenso. Mis dedos de los pies, suspendidos en el aire, se encogen con cada acometida. La sensación de tenerlo debajo de mí, follándome suavemente mientras mi cuerpo se desliza sobre su pecho, es abrumadora. Muevo las caderas y me encuentro con él en cada embate hasta que ambos aumentamos de repente el ritmo, ávidos de más. Él me penetra profundamente mientras acaricia arriba y abajo con el dedo mi clítoris empapado. Trabajamos en equipo. Nuestra respiración es lo único que se oye en la habitación cuando él baja el dedo para metérmelo y abrirme más todavía, haciéndome vibrar.

—Dios..., Dom...

Me estremezco de pies a cabeza mientras él me muerde el hombro. El orgasmo llega justo cuando él se impulsa hacia arriba, animándome a surfear la ola que me atraviesa. Necesito todas mis fuerzas para no desplomarme al bajar, pero el hecho de sentirlo dentro de mí y el sonido de sus jadeos en mi oído me estimulan y balanceo las caderas antes de bajar la mano y apretar la base de su pene.

—Joder —murmura él mientras se propulsa hacia arriba, haciendo que nos despeguemos de la silla un par de veces antes de exhalar, rindiéndose por completo sobre mi cuello al correrse.

Aturdida, giro la cabeza para recibir su beso devastador, con la sien húmeda, cubiertos ambos por una fina capa de esfuerzo. Cuando nos separamos, nos quedamos mirándonos, sin palabras, saciados. Y entonces, lentamente, muy lentamente, sus labios se curvan por completo hacia arriba, dejándome sin sentido. Es la primera vez que me dedica una sonrisa como es debido y yo hago una fotografía mental, consciente de que es una imagen que nunca olvidaré.

Me levanto para ir al baño a por una toalla, la humedezco con agua caliente y vuelvo justo cuando él se está quitando el condón. Coge la toalla que le ofrezco y se limpia el regazo antes de subirse el chándal. Sin tener ni idea de qué hacer después de haberlo hecho con Dominic, me preparo para escuchar sus groserías y ser rechazada con crueldad, pero me sorprende al ponerme la mano en el cuello para acercarme a él y besarme. Me espero algo breve, pero funde su boca con la mía y yo le devuelvo el beso con entusiasmo. Nos quedamos de pie en medio de la habitación como si fuera nuestro primer beso de nuevo, explorándonos mutuamente. Con la ventaja que me otorga disponer de dos manos, le acaricio el pecho y voy bajando hacia el bulto que empieza a crecer bajo sus pantalones de chándal. Su sonrisa desaparece y sus ojos de color gris plata se entrecierran.

—Métete en la cama.

31

Dominic pasa otra página mientras yo recorro con el dedo su tonificado abdomen y la línea de vello que desciende desde su ombligo hacia su pubis. Me fijo en el título del libro: *1984*, de George Orwell. Estoy tumbada en diagonal en la cama mirando hacia él, que está sentado con la espalda apoyada en el cabecero. Llevo en la misma posición los últimos diez minutos, dado que ha estado ignorándome descaradamente desde que he salido de la ducha. Fuera está diluviando y el día parece haberse convertido en noche en su habitación. La lluvia golpea el tejado mientras él pasa otra página. La única luz de la habitación proviene del salvapantallas del ordenador y de la lamparita de la mesilla.

—¿Piensas pasarte el día ignorándome mientras lees?

—Sí —responde él, con una pequeña sonrisa en los labios.

—Pues entonces tengo mejores cosas que hacer.

Me dispongo a levantarme, pero él desliza una mano por mi espalda y la posa sobre la curva de mi culo. Cierro los ojos, recordando estas últimas horas que he estado a su merced. Estoy dolorida. Más que dolorida. Prácticamente me ha follado hasta dejarme tiesa. Mi placer se atenúa de forma considerable al pensar en Sean y, por unos segundos, la culpa me paraliza. Por más que lo intento, no puedo entender que esto le parezca bien, que les parezca bien a ambos, cuando yo no soportaría estar en su lugar, permitiendo que ellos compartieran su cuerpo con otra persona. Pero Sean no está aquí y no sé si es por eso por lo que me estoy tomando tantas libertades con Dominic. Intento recordar las palabras que me dijo aquel día después de nuestro encuentro amoroso en la balsa, pero estas no me alivian.

—Ni está enfadado contigo ni lo estará. Además, no tienes nada mejor que hacer —dice Dominic, desde detrás del libro.

El viento azota la casa.

—Todavía no ha vuelto de la excursión. Lleva horas fuera y hay tormenta. ¿Crees que estará bien? —Dominic pasa otra página. Lee a la velocidad del rayo—. Es de mala educación ignorar una pregunta directa.

—Es una pregunta estúpida. Y yo no respondo preguntas estúpidas.

—Eres un cabrón y un bicho raro.

Él esboza una sonrisita.

—Un cabrón y un bicho raro al que no puedes dejar de follarte.

—Para eso hacen falta dos —digo, acariciando con el dedo la cintura de sus pantalones. Al parecer, considera inapropiado leer desnudo—. ¿Por qué me odiabas?

Levanta la vista de la página para mirarme.

—¿Quién ha dicho que no siga haciéndolo?

—Yo. —Me pongo a horcajadas sobre él, le quito el libro y lo lanzo hacia atrás. Sus ojos arden de rabia mientras me agacho para inclinarme sobre él, poniendo las manos sobre sus hombros para inmovilizarlo—. Y si esto es lo más parecido a una cita que voy a tener, lo menos que podrías hacer es darme un poco de conversación.

—Una cita —se burla él, riéndose. Eso me duele—. Estás llamando a la puerta equivocada.

—Ya lo sé: tú no eres Sean.

Dominic me mira fijamente.

—Pues no.

—Entonces, dime quién eres.

—Ya sabes quién soy.

—Un friki encubierto e introvertido con modales terribles y un gusto musical excelente. Estabas pinchando tú en la fiesta de la que me echaste, ¿no?

Él asiente con la cabeza.

—Estaba trabajando.

—¿Hasta que me viste?

Vuelve a bajar la barbilla.

—¿Alguna vez has tenido novia?

—Cuando era más joven y creía que mojar el churro era la rehostia.

—¿Alguna vez has estado enamorado? —Silencio—. No es una pregunta estúpida.

—Lo es si el amor te parece irrelevante.

—¿Por qué el amor te parece irrelevante?

—Porque no me interesa.

—¿Y qué te interesa?

—El libro que estaba leyendo.

Resoplo y me quito de encima de él para coger el libro y entregárselo. Él reanuda la lectura mientras yo voy hacia la puerta.

—Elige uno —dice mientras miro fijamente la manilla.

—¿Un qué?

Él señala los estantes con la cabeza.

Me paso las manos por la cara, frustrada.

—Me estás volviendo loca. —Me acerco a la estantería y echo un vistazo a su colección. Me detengo al ver algunos títulos conocidos—. Tienes toda una sección de novela romántica. —Me río mientras cojo un libro de la estantería. Cuando lo abro, un tíquet cae al suelo. Al echarle un vistazo, veo que ha comprado hace poco diez libros y que se ha gastado unos cuantos cientos de dólares al optar por unos ejemplares carísimos de tapas duras en lugar de por ediciones de bolsillo—. ¿Acabas de comprarlos? —Examino los títulos con más detenimiento y caigo en la cuenta de que la mayoría son novelas románticas de mis autores favoritos. También hay algunas de suspense y una histórica, más antigua. Todas ellas pertenecen a una lista que conozco bien y que está anotada en un marcapáginas que tengo en la habitación. Dominic debió de entrar en mi cuarto a curiosear cuando estuvo en mi casa mientras Sean me distraía—. ¿Has fisgoneado entre mis cosas? —Él no levanta los ojos del libro. Es una pregunta estúpida. Y la respuesta es obvia, pero no puedo evitar hacerla—. ¿Los has comprado para mí?

Silencio.

Una vez más, vuelvo a sentirme como si levitara mientras él sigue leyendo, fingiendo indiferencia. Pero ahora sé que no es eso lo que siente, algo que lo cambia todo. Bajo esa máscara hay un hombre que ha estado pendiente de mí, muy pendiente de mí.

Pasa otra página y acerca una almohada a su hombro. Quiere que lea con él, en su cama. Y qué mejor forma de pasar un día de tormenta que acurrucada con un hombre imponente, perdida en las palabras.

Horas más tarde, él va por el segundo libro y yo estoy metida de lleno en una novela erótica de suspense, con la respiración acelerada mientras paso la página y empiezo a excitarme. El olor de Dominic me envuelve y extiendo la mano para acariciarle tímidamente el pecho. Hemos estado así, acariciándonos de vez en cuando, desde que me he acomodado a su lado. El deseo me invade cuando llego a la parte en la que la maravillosa tensión sexual explota. En ese preciso instante, Dominic me da un beso en el vientre. Aparto la vista de la página mientras él me arrastra hasta el borde de la cama y me abre las piernas.

Hago ademán de dejar el libro, pero él lo señala con la barbilla.

—Sigue leyendo.

Baja la cabeza mientras yo intento reanudar la lectura. Él me abre e introduce la lengua en mi interior. Ya estoy a punto de correrme cuando empieza a lamerme el clítoris. Dejo caer el libro de bolsillo sobre el pecho, enredo las manos en su pelo y él se detiene, con una orden clara en su mirada que me hace volver a coger el libro. Me tiemblan los muslos mientras intento leer el mismo párrafo por tercera vez. Sus gruesos dedos me penetran justo cuando el protagonista empieza a embestir a la mujer, tirándole del pelo y provocándola con frases obscenas. Las palabras comienzan a difuminarse de nuevo mientras me pierdo en la tortura de Dominic; mi mente está mucho más interesada en mi propia historia.

Él rodea mi clítoris con los labios y lo succiona con fuerza, consiguiendo que se me caiga el libro. El mero hecho de verlo hace que me resulte imposible cumplir sus órdenes.

—Dom —le ruego cuando él se queda inmóvil, pero se niega a ceder.

Solo cuando recupero el libro él reanuda lo que está haciendo, pasándome los dedos por los labios para abrirme antes de bajar la cabeza y lamerme una y otra vez el clítoris con la lengua.

Más que consciente de cada una de sus caricias, pierdo el control bajo su lengua y enloquezco al oír el sonido del envoltorio de un preservativo antes de sentir cómo se introduce lentamente en mi interior. En cuestión de segundos, deja en ridículo al protagonista del libro, follándome a lo bestia, sin piedad.

Solo lleva unos cuantos empellones cuando lanzo el libro al otro lado de la habitación, pasando totalmente del final.

32

El día que paso en la cama con Dominic es completamente inesperado y absolutamente maravilloso. Pedimos comida tailandesa, hacemos un pequeño pícnic sobre el edredón y él se lía un porro. Atiborrados y colocados, nos tumbamos boca arriba, escuchando a Pink Floyd y hablando sobre ellos. El entusiasmo de Dominic no decae mientras me cuenta sus teorías sobre algunas de las letras de las canciones más crípticas.

Miramos hacia el techo con nuestras manos rozándose y la ventana abierta de par en par mientras la música rivaliza con la lluvia torrencial.

Es uno de los mejores días de mi vida por el mero hecho de estar a su lado, por las caricias compartidas, los besos apasionados, los polvos interminables, las conversaciones entre risas y las raras sonrisas auténticas que le arranco cuando me lo permite. Ha sido un día increíblemente íntimo. Dominic me ha dejado asomarme a su mundo. Igual que me pasó con Sean, él no es en absoluto como me lo imaginaba. Más allá de su exterior imponente y hostil hay mucho, mucho más. Es tan idealista como Sean y en su conversación puedo percibir la impresión —el impacto— que cada uno de ellos ha causado en el otro. Envidio su confianza mutua. Cuando Sean me dijo anoche que lo que más necesitaba era que confiara en él, creía que lo había pillado, pero no de la forma en la que Dominic me ha ayudado a entender las cosas hoy, simplemente mediante unas cuantas referencias a Sean en la conversación. En cierto modo, eso me reconforta, no solo por el hecho de que se protejan el uno al otro, sino también, de forma egoísta, por la parte que me toca.

Puede que sean capaces de entregarme libremente al otro no solo por lo que sienten por mí, sino por la forma en la que ellos se quieren y se respetan.

O puede que yo lo esté usando como excusa para tratar de justificar mi participación en todo esto.

Pero, sea lo que sea, está ahí, patente en su vínculo, en su amistad y en sus vidas entrelazadas.

Por el altavoz Bluetooth que Dominic tiene en el escritorio empieza a sonar *Wish You Were*; la melodía nos envuelve y me pongo sentimental mientras lo agarro de la mano y me giro para mirarlo. Él sigue contemplando el techo.

—No me odias. —Es una afirmación, no una pregunta, pero él la ignora—. Y esto es una cita. Tú también me miras fijamente todo el rato. Y no eres tan cruel o temible como finges ser. —Nada. Es como si no estuviera oyendo lo que digo. No se puede ser más cabrón—. En fin —continúo, dándome la razón a mí misma por mi propio bien—. Lo de hoy ha sido increíble y eres un compañero de lectura fantástico. —Me río porque estoy colocada, porque este hombre me hace sentir bien y porque soy feliz. Le doy la vuelta a su mano y le acaricio la palma con los dedos. Cuando vuelvo a mirarlo, veo que sus ojos siguen el recorrido de mis dedos antes de clavarse en los míos. No está acostumbrado a las muestras de afecto y eso me entristece. Nos miramos fijamente durante unos segundos—. Mis días de lluvia son tuyos, Dominic. Si los quieres —digo al fin.

—Aquí llueve mucho —responde él tras unos segundos que se hacen interminables.

—Por mí no hay problema. Pero mis días de sol pertenecen a Sean.

—Poner reglas es contraproducente…

—No es ninguna regla. Es una petición —digo, interrumpiéndolo, mientras busco sus ojos con los míos—. Solo necesito cierta claridad por mi propio bien, pero ojalá haya muchos días de lluvia.

Él se muerde el labio inferior y yo hago otra foto mental.

—Entonces ¿te apuntas? —me pregunta.

Bajo la vista y el ambiente se vuelve tenso.

—No lo sé.

—Es algo muy serio —me advierte—. No te lo tomes a la ligera.

—No lo estoy haciendo.

—Bien.

Abro la boca para decir algo, pero me quedo paralizada cuando el sonido del Nova de Sean se cuela en la habitación a través de la ventana abierta. Su llegada hace que me ponga a limpiar a todo correr la basura y el resto de las pruebas de lo que hemos hecho ese día. Cojo la bolsa de la papelera que hay junto al escritorio de Dominic y me apresuro a tirar la comida para llevar y las botellas de agua vacías.

Puedo sentir sus ojos de acero sobre mí y mi corazón culpable late a toda velocidad mientras corro por la habitación.

Cuando veo su mandíbula apretada y sus ojos fríos, me doy cuenta de que está enfadado porque no le creo. Porque no creo a Sean. Porque todavía no tengo claro que esto no me vaya a estallar en la cara. Acobardada, ato la bolsa justo cuando Sean empieza a subir las escaleras enmoquetadas. La puerta está entreabierta y él se asoma. Está empapado de pies a cabeza y me saluda con una sonrisa radiante.

—Hola, pequeña.

—Hola —digo, bajando la mirada mientras se acerca.

No puedo hacer esto. No puedo.

Pero, entonces, ¿por qué siento que mi corazón es capaz de hacerlo? A mi cuerpo no le ha costado nada asimilarlo, pero mi mente no deja de juzgarme.

Son sus palabras —sus acciones y reacciones— las que me tranquilizan, no mi propia mente, y en algún momento eso tendrá que cambiar si quiero que esto funcione. Sean espera pacientemente, pero yo no me atrevo a mirarlo. Llevo puesta una camiseta limpia de Dom sin nada por debajo, un claro indicio de que he cambiado temporalmente de bando y de cama.

Le respondo con la única frase segura que me proporciona mi cerebro.

—Cuánto has tardado. ¿Te lo has pasado bien?

—Sí. La caminata ha sido perfecta y luego he estado trabajando un poco. ¿Y tú?

Asiento con la cabeza, con un nudo en la garganta. Sin saber qué hacer, evito girarme hacia Dominic para ver qué opina de la situación. Tras otro doloroso silencio, Sean me levanta la barbilla y niega con la cabeza obstinadamente antes de acercarse para besarme. Sus labios son suaves y su olor hace que se me humedezcan los ojos cuando se separa.

—¿Sigues intentando hacer las paces con tus fantasmas?

Asiento con solemnidad.

—Lo estoy deseando.

—Soy todo tuyo, Cecelia.

Palabras. Las palabras perfectas procedentes de un hombre perfecto que ya no creo merecer. Sean saluda con la cabeza a Dom mientras susurra un «Buenas noches, tío». Estoy abriendo la boca cuando él agarra el pomo desde el otro lado de la puerta y la cierra conmigo dentro.

Pasmada, me quedo allí plantada durante un rato. Luego me giro y veo a Dominic, que me mira fijamente antes de acercar la almohada libre a su hombro. Vuelvo a meterme en la cama con él, sonriendo de oreja a oreja, justo antes de que este apague la luz y me atraiga hacia él.

33

Ese —dice Layla cuando salgo del probador para ponerme delante del espejo de cuerpo entero.

Tessa, la dueña del establecimiento, asiente desde su puesto en la caja registradora de la tiendecita mientras yo analizo cómo me sienta ese vestido de tirantes de color amarillo claro que me marca todas las curvas. Me he puesto en forma gracias a las largas caminatas con Sean. El color del vestido hace que mi piel bronceada parezca más oscura y resalta el azul de mis ojos.

—Sí, este.

Layla me sonríe con picardía y se acerca a mí para que Tessa no la oiga.

—¿Para cuál de ellos es?

—Para Sean. Voy a ir a su casa cuando salga para hacerles la cena antes de los fuegos artificiales de esta noche.

Ella inspecciona una hilera de perchas y sonríe.

—Si no quisiera tanto al gilipollas de mi prometido y no conociera a esos dos idiotas desde que nacieron, estaría celosa.

Layla es bastante mayor que yo. Acaba de cumplir treinta años, pero hasta entonces no había sido consciente de su edad. Por nuestras conversaciones, deduzco que lleva en el «club» desde el principio. Apoya a muerte a la hermandad y en las últimas semanas hemos estado pasando más tiempo juntas. Es la única persona, aparte de Tyler, que conoce ese secreto que me hará sonreír en el brunch de los domingos.

El secreto de que tengo una relación poliamorosa.

Lo cual es extraño y maravilloso, estimulante y aterrador al mismo tiempo.

Mi teléfono suena en el bolso, encima de la silla que hay al lado del probador. Lo saco y rechazo el FaceTime con mi madre. La he estado evitando a toda costa por el estado actual de mi vida sentimental y porque no quiero compartir nada de esto con ella. Desde que entré en la pubertad he estado censurándola en silencio por contarme historias que evidenciaban su descarada promiscuidad y ahora no estoy en condiciones de juzgarla. Ni una sola vez he apreciado que hiciera más de amiga que de madre, dado el exceso de información que me proporcionaba en ese sentido. Y todo está mal. No debería castigarla por ello ahora que lo entiendo mejor. Aunque en el fondo quiero creer que mis circunstancias son diferentes. Que mis relaciones son distintas.

Saco la tarjeta de crédito de la cartera, ahogo la culpa y veo que me llega un mensaje mientras se la entrego a la dueña de la tienda, que lleva pendiente de nosotras desde que hemos entrado por la puerta.

Mamá
Solo quería verte la cara. Deja de ignorar mis llamadas. Estoy hasta las narices, cielo. O me devuelves la llamada, o cojo el coche y me planto ahí desde Atlanta ESTA MISMA NOCHE

Escribo una respuesta rápida.

Yo
Perdona. Luego te llamo.

Mamá
Eso dijiste la semana pasada.

Yo

Lo haré. Te lo prometo.

En cuando Tessa me cobra, Layla arranca la etiqueta. El vestido cuesta mucho más de lo que me gastaría normalmente en cualquier prenda de vestir, pero, debido a la influencia de Sean, ahora solo compro en tiendas de por aquí. Lo que significa que pago treinta dólares más en esta boutique del centro del pueblo por un vestido y aporto dinero a la economía local para apoyar a los pequeños empresarios.

Pero en la cara de Tessa y en sus ojos esperanzados había verdadero temor cuando Layla y yo entramos y empezamos a mirar las etiquetas de los precios. Era tan evidente que estaba desesperada por una venta que me hizo sentir bien por lo que estaba comprando y temer por ella, por si el negocio no funcionaba. Antes de irme, me entero de que heredó el comercio de su abuela cuando murió, que lo renovó e invirtió hasta el último centavo en reformar esa tiendita. Tessa no es mucho mayor que yo y no puedo evitar sentir pena por ella cuando se da cuenta de que está hablando demasiado, con una voz visiblemente emocionada.

Decido contárselo a Sean, no por el mérito de comprar allí, sino porque sé que él puede hacer algo al respecto. En Triple Falls hay unos cuantos negocios locales selectos donde es Navidad cuatro veces al año —en su mayoría, comercios que son propiedad de familiares de miembros de la hermandad, para mantenerlos a flote—. Me enteré tras un día entero compartiendo el secreto.

Como me prometieron, he obtenido respuesta a otra pregunta que me reconcomía. Tyler es el Fraile. Precisamente, lo descubrí una vez que él y yo nos encargamos de repartir los cheques a dichos negocios, algo que Sean no quería que me perdiera. Al final del día, entendí por qué me había dejado participar. Quería que viera con mis propios ojos la razón por la que lo hacen.

Lloré como una Magdalena tanto durante el proceso como al final, cuando los propietarios de las tiendas salían por la puerta con lágrimas en los ojos. Las palabras de agradecimiento brotaban de los labios de todos ellos mientras aceptaban los cheques.

Pero el papel de Tyler era enmascarar al verdadero culpable: Dominic.

Él y su habilidad con el teclado eran los responsables. ¿La fuente del dinero? Grandes empresas y bancos que desviaban fondos de accionistas y empleados despistados. Empresas y bancos que no podían denunciar el robo por miedo a ser inspeccionados más a fondo por los poderes fácticos, los poderes que gobiernan y regulan.

Eso es lo bueno de robar a los ladrones.

Más de una vez le he preguntado a Sean cuáles eran sus planes en relación con la empresa de mi padre. Él siempre cambia de tema, negándose a responder a la pregunta, y no me sorprendería que, en un futuro, mi padre recibiera una dolorosa dosis de justicia.

Pero eso implicaría actuar demasiado cerca de casa y mis chicos son en extremo precavidos. No solo eso, sino que un golpe importante también pondría en peligro los puestos de trabajo de sus amigos y familiares.

Por más que lo intento, no logro entender cómo se salen con la suya, pero el caso es que lo han hecho y siguen haciéndolo desde hace mucho. Sean argumenta que esto es algo que ha estado sucediendo durante demasiado tiempo en la otra cara de la moneda. El Gobierno impone cuantiosas multas a los ladrones de guante blanco o algún funcionario acepta un soborno para ayudar a eliminar el rastro. Pero no enjuician a nadie y nadie paga, en realidad.

Estoy totalmente de acuerdo con su lógica y me alegro de formar parte del secreto.

Salvo por esa importante información, Sean ha mantenido la

boca cerrada en lo que respecta a los asuntos de la hermandad mientras sigue esperando a que yo tome una decisión. Me estoy tomando mi tiempo. Me han mantenido alejada, negándose a responder a más preguntas hasta que me decida y prometa lealtad. Tyler pasa poco por casa, si es que alguna vez lo hace, y ni él ni Sean ni Dom me han explicado el porqué. Lo que sí sé es que va a estar en la reserva durante cuatro años más, así que doy por hecho que sigue involucrado. No tengo ni idea de lo que hace el resto del tiempo. Tampoco está casi nunca en el taller. Así que, cuando voy a su casa, solo estamos los dos hombres de mi vida y yo.

Y cuando estoy con ellos, me adoctrinan constantemente. Aunque todavía no me he decidido, eso no les impide expresar sus opiniones, ni mucho menos. Dominic también habla más. Es muy divertido despertarme, bajar las escaleras y encontrármelos viendo las noticias de la mañana en todos los canales mientras les preparo el café. Los dos se ponen tensos en los mismos momentos y dicen «Joder» exactamente al mismo tiempo. En lugar de hablar de fútbol, hablan de política y nunca están a favor de ningún bando. Si no me dedicara a estudiar las diferencias que hay entre ellos a diario, a veces pensaría que son la misma persona.

Aunque en muchos aspectos son la noche y el día; la nube oscura y el sol radiante. Y compararlos me resulta inevitable. Dejé de fustigarme por ello después de la primera semana más o menos.

Nunca había salido con dos hombres a la vez y la verdad es que me siento desbordada. Si no estuviera tan contenta a diario, probablemente sucumbiría a la aguafiestas que no deja de acosarme en mi cabeza. Espanto a esa petarda como si fuera un mosquito, porque estoy segura de que muchas mujeres, si tuvieran la oportunidad, se aventurarían a meterse en cualquiera de las dos camas, se darían un atracón de mimos y luego se disputarían mi puesto entre ellas.

Y, aunque yo sí me estoy aventurando al hacer equilibrios

sobre esa línea moral, el día del lago fue la única ocasión en la que permití que me compartieran a la vez.

Una vez y nada más.

Por muy memorable que fuera.

No porque no lo disfrutara. Al contrario. Lo disfruté muchísimo. Sin embargo, mi conciencia no lo hizo y, para mí, eso degrada el lado romántico de la situación.

Esos dos hombres han puesto mi mundo patas arriba; han hecho que los colores sean más vivos, que los sonidos sean más agradables, que el mundo en su conjunto sea más soportable. Mis sueños están llenos de días soleados, de protector solar de coco, de besos largos, de quemaduras que escuecen, de baños en cascadas y de suspiros antes de que los cuerpos exhaustos se desplomen sobre almohadas de plumas. Otros sueños están llenos de días y noches lluviosos pasando páginas y viendo viejas películas de los noventa, de palomitas de maíz y de mantas con olor a lavanda, de relámpagos y truenos y de jadeos y gemidos acelerados entre el rayo del cielo y el subsiguiente trueno que hace retumbar el suelo.

Eso es lo que sueño despierta y lo que estoy viviendo.

Los turnos en la fábrica que tanto odiaba han dejado de fastidiarme. Los cumplo escrupulosamente, pensando en la sonrisa de Selma. La ausencia de mi padre ya no me afecta como antes, porque tengo dos ejemplos de primera mano que demuestran que todavía quedan hombres buenos en el mundo. Hombres leales. Hombres fieles. Aunque sean unos ladrones y me hayan robado el corazón.

Estoy enamorada de esos dos hombres.

Dos hombres que hacen que me sienta idolatrada, querida y respetada. Dos hombres a los que les da igual qué cama caliente. Dos hombres que me miran con deseo y cariño. Bueno, eso más bien Sean; Dominic raras veces me mira y, la última vez que lo vi, me cerró la puerta en las narices. Asomé la cabeza dentro de su habitación y apenas me dio tiempo a apartarla antes de que él pegara un portazo. He intentado no tomármelo como algo personal, pero no lo he conseguido. Actualmente estamos librando una batalla de la que él ni siquiera es consciente, pero no dejo que eso me disuada.

Ese cabronazo es como una veleta.

Layla le sonríe a Tessa mientras esta mete en una bolsa sus vestidos y se deshace en agradecimientos hacia las dos. Nos miramos al salir de la tienda.

—Se lo comentaré —digo mientras cruzamos el paseo de la plaza para ir hacia su camioneta.

—Me lo imaginaba.

—Es muy triste.

Ella asiente.

—Me encanta que podamos ayudar… Bueno… —Me muerdo el labio—. Ya sabes a qué me refiero.

Subimos a la enorme camioneta de Layla, que está aparcada al lado de la calle principal, mientras ella echa un vistazo a su alrededor.

—¿Te gustó criarte aquí?

—Sí. Y me alegro de haberme quedado después de graduarme. Lo veo de manera diferente a medida que pasan los años.

Observo la bulliciosa plaza, que parece sacada de un cuadro de Norman Rockwell.

—Te entiendo.

—Adoro la América profunda —susurra antes de volverse hacia mí—. ¿Crees que acabarás instalándote en Atlanta?

—Pues la verdad es que no lo sé. No tengo ningún plan, aparte del de intentar entrar en la Universidad de Georgia.

Layla tiene un pequeño salón de belleza en las afueras de la ciudad y además se dedica a restaurar muebles. Hemos pasado la mayor parte de la mañana recorriendo mercadillos hasta que ha encontrado un nuevo proyecto.

Arranca y va hacia la casa de mi padre, donde me ha recogido esta mañana. Intento dormir allí al menos dos noches por semana para no perder el norte, aunque no me sirve de mucho. Mis sueños son el doble de fáciles de recordar que antes.

—¿En qué estás pensando?

La culpa hace que me ruborice.

—En que estoy jodida.

—Está bien ser feliz, Cecelia. No tienes que pedir perdón por sonreír. No sé quién te ha enseñado lo contrario.

Yo la miro. Ella me guiña un ojo, con la mano sobre el volante.

—Estoy enamorada de ellos.

Layla sonríe.

—Lo sé.

—¿Crees que ellos también?

—¿No se lo has dicho?

—No. Eres la primera en saberlo.

—Gracias.

—No puedo contárselo ni a mi madre ni a mi mejor amiga. Ellas no lo entenderían. Pero tú sí y te lo agradezco.

—Créeme, es mejor que no les cuentes nada.

—Ya, no pienso hacerlo.

Le escribo un largo mensaje a mi madre prometiéndole una videollamada y guardo el teléfono en el bolso.

—¿Te has arrepentido alguna vez?

Layla y yo nunca hablamos directamente de la hermandad, es una especie de norma tácita entre nosotras.

—Pues claro. He perdido la cabeza millones de veces. Y cuando pensé que Denny y yo íbamos a romper, peor aún. Aunque yo tengo ventaja. Llevo más tiempo que él en esto y tengo mi lugar asegurado. Pero la preocupación... —Layla niega con la cabeza—. Joder, eso sí que es agobiante.

—Es peligroso acercarse tanto, ¿no?

—Cariño, hoy en día hasta respirar es peligroso.

—Cierto.

—Recuerda que tú decides hasta qué punto implicarte con ellos. Todo depende de ti. Pero yo te cubro las espaldas, nena. Sobre todo con esos dos mierdas. —Sonríe—. Dominic parece más relajado últimamente.

—Ahora mismo me tiene contenta.

Layla se gira hacia mí, con una mirada de advertencia en sus ojos azul celeste.

—Sobre todo, intenta mantener la cordura. Te estás echando mucho a la espalda y ya es bastante difícil lidiar con uno solo.

Yo sonrío.

—Gracias, lo intentaré. Y gracias también por lo del pelo. —Me paso la mano por la melena recién cortada y con mechas.

—De nada. Ya me contarás qué tal hoy. Y la semana que viene pasaré a recogerte para ir a Eddie's. Necesito una noche de chicas.

—Hecho.

Layla se va y yo entro por la puerta principal y subo las escaleras, me cambio las sandalias y dejo el teléfono antes de echarme brillo de labios. Estoy volviendo a bajar haciendo una lista mental de tareas pendientes cuando veo a Roman al pie de la escalera esperándome y me quedo helada. Va vestido de manera informal y tiene una ginebra a medio beber en la mano.

Sigo bajando más lentamente mientras él me observa con los ojos vidriosos. No es su primera copa del día.

—¿Todavía vives aquí?

—A veces —respondo con sinceridad.

—Sabía que librabas el festivo, así que volví en coche a casa ayer por la noche.

Frunzo el ceño, apretando el bolso delante de mí.

—No he recibido ningún correo electrónico.

Él inclina el vaso en la mano, frunciendo el ceño.

—No creí que tuviera que enviarte ninguno. Pero, al ver que no estabas en casa, supuse que tendrías planes.

—Pues sí, tengo planes. —Él asiente con la cabeza mientras me acerco. La conversación me ha puesto en tensión. Incluso con ropa informal, es intimidante—. ¿Querías algo?

Le da un trago a la copa y se aclara la garganta cuando llego al rellano.

—Quería contarte en persona que la fábrica va a recibir hoy un nuevo equipo de aire acondicionado. También he estado investigando el otro tema que te preocupaba y ya está solucionado. Contabilidad entregará unos cheques compensatorios con la próxima paga.

—Gracias —digo con desconfianza.

Su vacilación es evidente mientras me mira. Aunque mide poco más de metro ochenta, a mí me parece un rascacielos.

—Está claro que te has adaptado a esto y, a menos que tengas algún reparo, he decidido quedarme definitivamente en el piso. —Me mira implorante y creo ver en sus ojos un atisbo de esperanza, como si deseara que pusiera alguna objeción, pero es demasiado tarde.

—Nada que objetar. ¿Eso es todo?

Él asiente, baja la mirada y se aleja, dejándome mucho más espacio del que necesito para pasar. Yo se lo agradezco y voy ya por la mitad del vestíbulo cuando vuelve a dirigirse a mí.

—No cometas los mismos errores que ella.

Yo giro la cabeza y miro hacia atrás.

—¿Perdona?

—Quién mejor para advertírtelo que su mayor desacierto.

Vuelve a inclinar el vaso y lo vacía de un trago. Sus ojos abisales se encuentran con los míos una vez más antes de que se meta en el despacho y cierre la puerta.

34

Estoy sentada sobre la encimera de la cocina con mi nuevo vestido de verano favorito, pasando la página de la última novela que estoy leyendo, mientras lo que he preparado en la barbacoa con tanto esmero se enfría. Horas después de la cita prevista, el rugido del Nova de Sean enmudece un instante antes de que él entre en casa. Sin apartar los ojos del libro, me llevo un trozo de sandía tibia a la boca mientras él se detiene en la puerta de la cocina, evaluando mi estado de ánimo y observando cómo mordisqueo la dulce fruta. Tras un largo silencio, finalmente me decido a hablar.

—Explícate, Roberts —murmuro entre mordisco y mordisco, echando un vistazo por encima del libro, mientras balanceo los pies en el aire.

Él mira la portada: *1984*.

—Me alegra que leas eso y no lo de siempre.

Paso una página e intento emular una de las estrategias del manual de Dominic, respondiendo con una voz mucho más fría.

—No subestimes las novelas románticas. En la última que leí, aprendí a jugar a un juego de cartas en solitario, conseguí la receta de la barbacoa que he cocinado hoy y descubrí cómo alcanzar yo solita un superorgasmo, lo que significa que puedo hacer las tres cosas sin tu ayuda. Esto me hace totalmente capaz de entretenerme a mí misma. Venir aquí con este vestido y cocinar para ti ha sido una decisión y, como todas las decisiones, ha sido opcional.

Su creciente sonrisa es exasperante.

—Estás guapísima.

Muerdo otro trozo de sandía, dejo el libro y lo miro con hostilidad mientras se acerca a mí, impresionante con su camiseta blanca y sus vaqueros oscuros. El cedro y el sol me envuelven sobre la encimera mientras él se inclina hacia mí para darle un mordisco a la fruta. Yo la pongo fuera de su alcance.

—Cógete un trozo para ti.

—Quiero la tuya.

—Pues te jodes. La mía estaba lista hace seis horas.

Él suspira con evidente cansancio.

—Lo único que quiero ahora mismo es un bocado de esa sandía y montármelo con mi chica cuanto antes.

—Olvídate.

Él retrocede, frunciendo el ceño, antes de dar media vuelta y sacar una cerveza de la nevera.

—Me han entretenido. Y ya sabes que no llevo el teléfono encima.

—Y una mierda.

Él niega con la cabeza.

—No, lo que es una mierda es que creas que *Gran Hermano* solo es el nombre de un programa de televisión.

—¿En serio piensas hacer eso? ¿Vas a darle la vuelta a la tortilla para sermonearme?

Sus ojos se encienden, advirtiéndome, mientras yo abro los míos de par en par.

—El Gran Hermano nos está vigilando, ya lo sé, Sean. Ya lo sé. —Pongo los ojos en blanco—. Eres un paranoico.

Él le da un buen trago a la cerveza y sacude la cabeza con ironía.

—No, soy precavido —susurra—. Y la arrogancia solo conseguirá que nos pillen.

—¿No crees que estás siendo un poco ridículo? —Miro el libro y lo levanto—. ¿No crees que esto es un poco exagerado?

—Claro, como es ficción, es exagerado —me suelta con sarcasmo antes de apretar la mandíbula con dureza—. Porque un lavado de cerebro tan profundo y generalizado como ese no podría llevarse a cabo en la vida real, ¿no? Bueno, a excepción de ese pequeño incidente al que llamamos Holocausto, en el que un puto loco asesinó a millones de personas.

—Ya sabes a qué me refiero. Esto es Triple Falls, Sean, no la Alemania ocupada por los nazis.

—No, no lo sé. Y lo que es ridículo es que necesites ver para creer.

—Discúlpame si pienso que el Gobierno tiene cosas más importantes que hacer que pincharte el teléfono.

Él me mira fijamente.

—Todos los teléfonos están pinchados. Todos. El Gobierno graba todas las conversaciones de todos los putos dispositivos. Punto. Y a lo mejor sería ridículo si yo fuera un tío cualquiera y mi único delito fuera grabar una peli porno casera con la mejor amiga de mi mujer. Algo que no le importaría a nadie, salvo a ella. Pero tú sabes perfectamente lo que hay. —Sean entorna los ojos—. ¿Alguna vez has hablado de algo con alguien en persona y justo después te ha llegado una noticia relacionada con eso al móvil?

—Me muerdo el interior de la mejilla—. Exacto. Esa debería ser la única prueba que cualquier persona con algo que ocultar necesita para considerar que la tecnología es una amenaza. Nadie está a salvo. Nuestros datos se venden constantemente solo por nuestra necesidad de consumo. Hoy en día, somos una plaga. Pero eso es solo la mitad. Nuestra huella digital revela mucho más que lo que compramos y lo que nos venden: son putos marcadores. Así que lo que es ridículo, Cecelia, es que necesites ver para creer.

—Lo que tú digas. —Me bajo de la encimera—. Aunque tienes que admitir que es la excusa perfecta, ¿no? Eso de ir en plan agente secreto. La cena está en la nevera. Me voy a la cama.

La frialdad de su voz me corta la retirada.

—Estás siendo tremendamente frívola con algo que significa mucho para Dom y para mí. Te hemos explicado esto mil veces, por activa y por pasiva. Y si crees que estoy como una puta cabra, si tanto te cuesta creer en lo que hago, ¿qué coño haces aquí?

Trago saliva ante su tono colérico.

—No es que no te crea, es que…

—Pues te ha faltado tiempo para insultarme. ¿Sabes lo que puede pasar si tengo razón? —Su voz tiembla de rabia—. ¿Sabes lo que les pasa a los pájaros enjaulados?

Nunca lo había visto tan cabreado y no me felicito por haber iniciado esta batalla.

Con los nervios a flor de piel, retuerzo las manos delante de mí.

—Sean, creo que eres maravilloso, pero…

—No soy un puto esquizofrénico, Cecelia. Estas también son las reglas de Dominic. ¿Él también te parece ridículo? ¿Y Tyler? ¿Es ridículo? ¿Has puesto las putas noticias últimamente? ¿Cuánto necesitas ver para creer?

—No, yo solo…

—Todo lo que hago es por alguna razón. Te lo he explicado mil veces y esta noche lo que estaba haciendo era igual de importante que lo que hice ayer y antes de ayer.

—Sean. —Doy un paso adelante. No soporto su mirada de odio, es la primera vez que me mira así. Él se cruza de brazos, impidiendo que me acerque más —. Es que… me he pasado la mitad del puñetero día cocinando para ti. Lo mínimo que podrías hacer es disculparte como es debido.

—Así que el problema es que me he perdido la cena, ¿no? —Da media vuelta, abre de golpe la nevera y coge su plato. Arranca el papel de aluminio y saca un tenedor del cajón antes de meterse la carne a la barbacoa en la boca—. Está deliciosa, ¿contenta?

Se me llenan los ojos de lágrimas cuando lanza el plato por el aire y este se hace añicos sobre el fregadero.

Entonces me doy cuenta de lo débil que es mi argumento. Él me mira de arriba abajo, decepcionado, negando con la cabeza.

—Creía que confiabas en mí. Cada vez se te da mejor mentir.

—Sabes que confío en ti. —Doy un paso adelante y él se aparta para que no lo toque, mirándome con frialdad y obstinación.

—Si vamos a seguir teniendo problemas de confianza, tal vez deberíamos dejarlo.

—¿Qué? —Cada una de sus palabras es como un golpe. Siento sus violentas estocadas hasta en las uñas recién pintadas de los pies.

—Lo nuestro. Deberíamos dejarlo.

—¿Quieres que rompamos? —Se me llenan los ojos de lágrimas de inmediato. Solo entonces me doy cuenta de lo mucho que lo quiero.

Me va a dejar por haberle montado un pollo.

Llegados a este punto, me lo tengo merecido. He ido demasiado lejos y lo he insultado de forma irremediable. No tengo ningún tipo de excusa.

—Sí, a eso me refiero —dice con crueldad, mirándome desde el punto en el que sigue de pie.

—No hagas eso, Sean, no lo hagas, estaba enfadada.

—No importa. La ira no es una excusa. No puedo tener a alguien a mi lado que no crea en mí y en lo que estoy haciendo. Aposté por ti y ahora tengo claro que eres demasiado joven.

—No, Sean, no. Sabes que confío en ti.

—No, no lo haces —me espeta—. No como deberías. Vete a casa, Cecelia. Hemos terminado.

—¡No pretendía manipularte ni menospreciarte, Sean! ¡Estaba asustada! ¡No sabía si te había pasado algo! —Las lágrimas ardientes se acumulan en mis ojos y ruedan por mis mejillas mientras él sigue a unos metros de distancia, aunque para mí es un océano—. Has estado distraído últimamente y... y... te echo de menos. Por favor, retíralo.

Él coge la cerveza de la encimera y se la bebe de un trago, con cara inexpresiva. Está haciendo oídos sordos.

Me niego a creer que se ha acabado. Lo que hay entre nosotros es demasiado intenso. Y he perdido mucho tiempo al no admitirlo. Aterrorizada por si esa es mi primera y última vez, me abro por completo.

—Te quiero —murmuro entre lágrimas—. Y no creo para nada que estés loco. Me he enfadado al pasarme horas aquí sentada, idealizando cómo te lo diría y creyendo que te importaría. En lugar de admitirlo, me he enfadado y he dicho estupideces que no siento. Confío en ti. Creo muchísimo en lo que estás haciendo. Me pareces maravilloso. —Él desvía la mirada y posa de golpe la cerveza sobre la encimera. La espuma sale a borbotones de la botella—. Lo siento. Me voy.

Me pongo las sandalias y cojo el bolso de la mesa. Me escuecen los ojos mientras intento mantener la compostura al menos hasta llegar al coche. Acabo de pasar las escaleras y me estoy acercando a la entrada cuando siento su pecho en mi espalda. Se me escapa un grito mientras me da la vuelta y me agarra por la barbilla para que lo mire a los ojos.

—Lo retiro. —Me lanzo a sus brazos, llorando como una boba, mientras él me abraza con fuerza—. Lo siento mucho, nena. Joder, me he arrepentido en cuanto lo he dicho —dice, rodeándome con sus fuertes brazos—. Estás más loca de lo que parece si crees que quiero pasar un solo minuto lejos de ti. Yo también te he echado de menos. Hoy ha sido un mal día y lo siento mucho, joder. Estás guapísima. —El hipo me consume mientras intento hablar entre lágrimas. Él me limpia la cara—. Mierda, mierda, lo siento —dice suavemente—. No soporto la idea de despertarme y que no estés ahí por la mañana para contarme lo que has soñado. Oye, oye —susurra dulcemente—, nena, por favor, deja de llorar. Me estás matando. Significas mucho para mí, mucho más de lo que jamás creí posible —murmura—. Muchísimo más.

Me quita el bolso del hombro y me estrecha con fuerza contra él. Me tiembla la barbilla y el corazón se me va a salir del pecho.

—Te… te quiero —susurro en su cuello y él se aparta, mirándome fijamente mientras se impregna de las emociones que resbalan por mi cara.

—Lo sé y sé que eso será mi perdición —musita, pasándome los pulgares por las mejillas—. Lo tengo claro. Me aseguraré de hacerte saber lo mucho que me importa. —Me levanta con facilidad y me lleva de vuelta a la cocina, dejándome sobre la encimera—. Pero antes quiero mi sandía. —Sonrío. No es en absoluto lo que esperaba oír, pero, viniendo de Sean, todo me parece perfecto. Me cambia de posición para que pueda abrazarlo y moqueo sobre su hombro, manchándole la camiseta. Luego inhalo su olor y entierro la cara en su pecho, incapaz de sofocar por completo mis sollozos—. No llores, nena. Por favor, para. Joder —me pide él, agachando la cabeza—. Esto duele.

—Lo siento —digo, con la nariz llena de mocos, levantando la vista hacia él—. Es que… hueles a madera.

Él esboza una sonrisa radiante antes de echarse a reír.

—¿Qué?

—Creo que nunca te lo había dicho. Hueles a madera, a cedro y a sol, me encanta tu olor y no soportaría no poder volver a olerte. Y sí que te tomo en ser-ser-serio.

Sean me mira fijamente con cariño. Mi respiración discontinua revela que he estado llorando a moco tendido.

—Solo ha sido una discusión.

—Me has rechazado —digo mientras mi respiración entrecortada me obliga a mover de forma involuntaria la cabeza y el pecho. Me siento avergonzada por reaccionar así—. Y me ha dolido. Pero me lo merecía.

—Tal vez, pero aun así pienso compensártelo —asegura él, cogiendo una rodaja de sandía. Le da un mordisco y me la ofrece; yo resoplo y giro la cabeza.

—No, gracias.

Él le da otro bocado y repite la oferta. Yo niego con la cabeza, rechazándolo. Al tercer mordisco ya la estamos compartiendo mientras se me empieza a bajar ese subidón emocional tan humillante.

—Me he puesto en plan niñata contigo —admito, con las mejillas encendidas por la vergüenza.

—Ya, bueno, yo me he puesto furioso contigo, así que estamos en paz.

Poso la palma de la mano sobre su mandíbula.

—Lo siento, Sean.

—Yo también, nena.

Me acerca la sandía a los labios y yo muerdo la fruta cargada de zumo. Lame los restos de las lágrimas y el zumo que cae por mis mejillas y luego me acerca a él para besarme con pasión.

—Siento lo de los fuegos artificiales.

—Me dan igual los puñeteros fuegos artificiales. Pero… —Mi respiración se entrecorta de nuevo y me doy cuenta de que eso le duele—. No te olvides de mí mientras estás por ahí salvando el mundo.

—Imposible.

Lo miro, implorante.

—Necesito que confíes en mí. Porque yo sí confío en ti, Sean. Mucho. Hoy he visto a mi padre y creo que estaba intentando salvar la distancia que hay entre nosotros, pero lo único que he podido pensar es que no lo respeto lo suficiente como para intentarlo. Da igual las excusas que ponga. No lo respeto. Y entonces pensé en ti y me di cuenta de que te respeto como nunca he respetado a ningún hombre en mi vida. Quiero que lo sepas. —Exhalo un suspiro trémulo mientras se me llenan los ojos de lágrimas—. Necesito que lo sepas.

Él deja la sandía y me sujeta la cara entre las manos, mirándome fijamente durante unos largos segundos antes de darme el más dulce de los besos en los labios. Luego se echa un poco hacia atrás para apoyar la frente sobre la mía.

—¿Qué te parece si hacemos las paces?

—Creía que ya las habíamos hecho.

—Sí, pero esto de aquí es lo mejor.

Se apodera de mi boca con un beso apasionado. Nuestras lenguas se entrelazan mientras empiezo a levantarle la camisa y mi aliento se entrecorta en su boca, interrumpiendo nuestro beso.

—Nena —murmura, mordiéndose el labio y acariciándome la barbilla con los nudillos mientras me mira.

Luego baja la cabeza de forma lenta y deliberada antes de volver a besarme. Sin prisa, me baja los tirantes del vestido y aparta el tejido para dejar mis pechos al aire. Tengo los pezones duros y él me los acaricia con mano firme y cálida. Siguiendo su ejemplo, le desabrocho el botón de los vaqueros y le bajo la cremallera para liberar su miembro erecto. Mirándolo fijamente a los ojos, lo froto con la mano mientras él saca un preservativo de la cartera y me da otro beso ardiente. Me sitúa en posición, me acerca al borde de la encimera y se pone el preservativo. Con la frente pegada, bajamos la mirada para observar juntos cómo me penetra lentamente.

—Sean —digo, excitada, mientras él exhala un suspiro de placer.

Saltan chispas entre nosotros cuando me tumba sobre la encimera mientras los restos olvidados de la sandía caen al suelo. Sus caricias son intensas y sus ojos están cargados de amor mientras sus manos pegajosas toquetean mis pechos y bajan por mi vestido nuevo. Ha valido la pena hasta el último centavo.

No deja ningún rincón por tocar.

35

Tyler se baja de la camioneta al verme llegar y me saluda con esa arrogancia tan típica suya desde la puerta del lado del conductor.

—Hola, preciosa.

Su hoyuelo hace acto de presencia mientras yo lo observo con detenimiento. Ahora tiene el pelo un poco más largo que cuando lo conocí, lo que aumenta su atractivo. Este se enmaraña en pequeñas ondas en su coronilla. Me mira de arriba abajo con sus intensos ojos marrones antes de abrazarme afablemente.

—Oye, gracias por quedar conmigo.

—No hay problema. ¿A qué viene tanto secretismo? —pregunta, levantando la barbilla, mientras echa un vistazo al aparcamiento del centro comercial.

—Precisamente por eso necesito tu ayuda.

—Ah, ¿sí?

El hoyuelo reaparece. Es un hombre muy guapo. Aunque lo conozco desde hace poco tiempo, la forma en la que se ha abierto conmigo hace que esté convencida de que su belleza va mucho más allá de su piel y su estructura ósea.

—Sí, pero podrías meterte en un lío si nos pillan.

Me agarra por los hombros y se acerca a mí.

—¿Has olvidado que soy experto en solucionar problemas?

—Por eso te necesito. Eres el hombre ideal para este trabajo.

Su sonrisa se vuelve más amplia.

—Bueno, antes de ponernos manos a la obra, deberías saber que también me encantan los problemas.

—Tienes razón. —Tyler observa la casa con inquietud desde la entrada, donde hemos aparcado, antes de girarse hacia mí—. A él no le va a gustar.

Mira de nuevo la casa y suspira antes de salir de la camioneta y coger las bolsas con las cosas que hemos comprado en la tienda. Cuando, a medio camino, le he contado lo que íbamos a hacer, se ha quedado mudo.

—Por eso será nuestro secreto. —Me lleno las manos con otra media docena de bolsas, sopesando su expresión. Resulta obvio que no quiere estar ahí—. Lo siento, la verdad es que podría haberle pedido la dirección y listo.

—No pasa nada —responde él, con los brazos y los hombros hinchados por el peso que lleva, antes de darme un empujoncito hacia delante—. Acabemos de una vez.

Vamos hacia el porche, dejando atrás unas cuantas plantas descuidadas, mientras la ansiedad anticipatoria parece dispararse entre nosotros. Tranquilizo al rudo marine que está a mi lado. Parece tan tenso que siento escalofríos. ¿De verdad es tan mala idea?

Su inesperada indecisión me hace dudar. Aunque a mí no me parece que haya nada de malo en esto. Solo es un detalle, un gesto amable. ¿Hasta qué punto podría sentarle mal a Dominic? Tenemos que llamar unas cuantas veces antes de que ella responda, pero me doy cuenta de que le ha costado llegar a la puerta. Tiene el cabello recogido en una trenza despeinada sobre el hombro y unas marcadas ojeras negras bajo los ojos, fruto de la enfermedad. Lleva puesta una bata de color azul claro con un pijama a juego y me mira claramente contrariada.

—Ya me pusieron anoche el tratamiento —me espeta, un tanto avergonzada, mientras se ciñe más la bata—. No necesito que me llevéis.

—Hola, Delphine —la saluda Tyler mientras ella lo observa detenidamente antes de fijarse en el montón de bolsas de plástico que lleva en las manos.

—¿Qué estáis haciendo aquí?

Tyler enmudece. La mira con cautela y luego baja la vista. Parece que le ha comido la lengua el gato, así que hablo yo en nombre de ambos.

—Hemos venido a verla, estábamos en el supermercado y…

Ella levanta la mano en el aire, haciéndome callar con eficacia y posando su mirada implacable sobre Tyler antes de centrarse de nuevo en mí.

—No necesito nada.

—Necesita esto —digo en voz baja—. Y si usted no lo necesita, yo sí. Así que, por favor, déjenos entrar.

Tras un silencio incómodo, retrocede a regañadientes para dejarnos pasar. Tyler cruza con la mayoría de la carga la sala de estar y deja las bolsas sobre la encimera. No es la primera vez que está en esta casa. Pensándolo bien, no me sorprende: Dominic se crio aquí. Tyler me había comentado en alguna ocasión, mientras hacíamos recados para la hermandad, que había crecido en el mismo barrio que Dominic y Sean y que jugaban juntos de niños. La casa de su familia está a unas cuantas calles de esta, por eso le pedí que me ayudara. Estaba segura de que él sabría llegar.

Además, Sean seguramente habría intentado disuadirme, así que he optado por la opción más segura. Y me alegro de haber tomado esa decisión al ver a una intrépida cucaracha trepando por el borde de la bolsa que acabo de vaciar. Me aparto rápidamente antes de aplastarla con una lata de insecticida. Delphine se reúne con nosotros en la cocina mientras me estremezco y tiro la bolsa vacía a la basura. Tyler sigue mudo, vaciando el resto de las bolsas con los hombros tensos. Delphine me mira, pensativa, mientras apilo estratégicamente los menús en el congelador.

—Esto no te hará ganar puntos con mi sobrino —dice, detrás de mí, con un acento francés rebosante de desdén.

—Pues no se lo cuente —respondo.

No me ofende su suposición. Imagino a cuántas mujeres habrá espantado a lo largo de los años. Pero no es Dominic el que más me preocupa en este momento. Ni tampoco Tyler, aunque parece sentirse bastante incómodo. Puede que le haya pedido demasiado.

Delphine se queda en la cocina, mirándonos a ambos alternativamente, pero me doy cuenta de que esa postura desafiante le supone cierto esfuerzo cuando una fina capa de sudor empieza a cubrir su piel translúcida.

—O puede que no sea a mi sobrino al que te estás tirando.

Tyler gira bruscamente la cabeza hacia ella y yo levanto una mano.

—No, definitivamente es a su sobrino al que me tiro.

Ella mira a Tyler por encima de mi hombro. Este parece sorprendido por cómo ha reaccionado al vernos. Delphine niega con la cabeza y abandona la cocina mientras nosotros nos miramos con hastío para después reanudar nuestro trabajo.

Una vez que hemos vaciado todas las bolsas, aplicamos la estrategia del «divide y vencerás». Yo empiezo por el dormitorio, donde lleno una bolsa de basura bajo la atenta mirada de Delphine antes de reunir mi arsenal de productos de limpieza. Estoy intentando limpiar una mancha de la alfombra que parece una causa perdida cuando la oigo hablar detrás de mí.

—¿Por qué has venido?

Decido concederle una dosis de honestidad a lo Alfred Sean Roberts. Algo me dice que lo agradecerá mucho más. Miro hacia atrás y me topo con sus ojos inquisidores.

—Porque no me gustan las circunstancias en las que vive. Esto no está bien. Está luchando contra una enfermedad y se permite vivir en una casa infestada.

—¿Quién eres tú para criticarme?

—Nadie con autoridad. —Me pongo de pie y la miro de frente. Está tan delgada que puedo ver la profunda vena morada de su cuello. La quimioterapia le ha pasado factura desde la última vez que la vi—. Pídame que me vaya, Delphine, y lo haré.

Ella se cruza de brazos. Su fina bata acentúa su figura enjuta.

—Estoy haciendo lo que me mandan. Me he tomado las medicinas.

—No estoy aquí para vigilarla. —Simple, honesto y directo al grano. Esa mujer es capaz de oler las patrañas a un kilómetro de distancia.

—Bueno —dice, agitando una mano—. Haz lo que quieras.

—Gracias.

Frunce el ceño al oír mi respuesta y da media vuelta, con piernas temblorosas, para ir de nuevo hacia el salón.

Sigo fregando mientras la casa permanece en silencio y la tensión aumenta. Finalmente, ella abre la boca para llamar a Tyler, que se está ocupando de la cocina. Oigo el claro tintineo de una botella contra un vaso procedente del lugar en el que está sentada.

—Nunca creí que volvería a verte. ¿Sigues siendo un traidor?

—Si te refieres a un marine, entonces sí —responde él, con evidente alegría—. ¿Todavía no me has perdonado?

—No.

—A lo mejor me perdonas si dejo estos platos relucientes.

—Esos platos son más viejos que tú. Ya no brillan.

—Está claro que eres una experta en guardar cosas que no valen nada.

Aguzo el oído al oír el comentario.

—Llevas ambos tatuajes como insignias de honor, pero ¿a qué casa sirves realmente?

—Hoy, a esta —responde Tyler, sin dudarlo—. Y ya te expliqué hace tiempo que quería servir a ambas.

Ella resopla, indignada.

—Si no tienen nada que ver. Son contradictorias.

—Eso es lo que estamos intentando cambiar.

—Si tú lo dices…

—Yo no pienso darme por vencido y tú no eres la más indicada para dar lecciones a nadie sobre el tema.

Puedo sentir la tensión que provoca su desprecio. La casa vuelve a quedarse en silencio. Voy hacia la puerta del dormitorio y me asomo, viendo lo justo de Tyler mientras este se arrodilla frente a ella. Estoy demasiado lejos, pero juraría que la expresión de Delphine se vuelve más dulce cuando él le susurra a unos centímetros de distancia:

—Siento no haber vuelto por aquí.

Tyler le quita la copa y la deja sobre la mesa. Ella extiende una mano con indecisión, posa la palma sobre su mejilla y él la cubre con la suya.

—Tenía muchas esperanzas puestas en ti. —Retira la mano y él suspira.

—Consérvalas junto con tus expectativas, aunque tendrás que vivir para verme cumplirlas. Pero ¿qué te has hecho, Delphine?

Ella se inclina para susurrarle algo y sus ojos se encuentran con los míos por encima del hombro de Tyler. Vuelvo a meterme rápidamente en el dormitorio y regreso al baño para terminar mis tareas.

Así que Delphine conoce el secreto.

Qué interesante.

Aunque nunca podré usar eso a mi favor. Es tan hermética como Dominic. No soy suficiente ariete para derribar sus muros. Lo sé antes de intentarlo siquiera.

Tras unos minutos interminables fregando el cuarto de baño y colocando trampas para las cucarachas en todos los rincones, a lo largo de los zócalos y en los armarios, me reúno con ellos en la sala de estar. Tyler está limpiando una gruesa capa de polvo de una de las estanterías flotantes.

—¿Cómo puedes respirar aquí, Delphine?

Ella levanta la botella de vodka y se echa un dedo en el vaso.

—Respirar está sobrevalorado.

Tyler niega con la cabeza y la mira.

—Qué mujer más tozuda —dice con confianza.

—Oye, un poco de respeto por tu primer amor —responde ella en voz baja. Tyler ladea la cabeza y la mira con afecto hasta que ella desvía la mirada—. Seguro que nunca imaginaste que acabaría así.

—No me das pena —le espeta él—. La mujer que conocí podría vencer a esa mierda con los ojos cerrados. Eres tú la que ha elegido esto.

—Elegí al hombre equivocado. —Sus labios se curvan en una triste sonrisa antes de beber otro trago—. Lucha contra esto durante cuatro años y luego me cuentas. El cáncer se parece mucho a las cucarachas. Siempre vuelven con quien mejor las trata.

—En primer lugar, ese tío era un mierda —dice Tyler con aspereza—. Y en segundo... —Deja de reprenderla cuando entro en la habitación.

—Por favor, continúa —le pido con un ademán—. Ya lo he oído todo.

Delphine se ríe, levanta el vaso y bebe un poco más de vodka. Ni siquiera parece afectarle el alcohol. Está claro que se ha ganado a pulso el título de borracha. Después de un buen lingotazo, me señala con la cabeza.

—Esta me cae bien.

—Y tú a ella. Aunque no sé por qué.

—Por supuesto que no. —Ella sonríe y me fijo en la sutil curvatura de sus labios. El ambiente vuelve a tensarse y tengo una corazonada mientras los miro a ambos.

—¿Ya has acabado ahí dentro, Cee? —Tyler nos mira alternativamente a Delphine y a mí.

—Sí —respondo, moviendo la cabeza de arriba abajo.

Tyler sigue limpiando mientras yo cruzo el salón para ver lo que ha hecho en la cocina. Ha quedado reluciente y apesta a desinfectante de limón, una limpieza digna de un marine. Está tan impoluto que se podría comer en el suelo.

Aunque ella no lo aprecie, yo dormiré mejor, por muy egoísta que pueda sonar. Y creo que Tyler también dormirá mejor. Está claro que le tiene cariño. No entiendo por qué Dominic no ha intentado hacer esto por Delphine.

O puede que lo haya hecho y se haya rendido, como ella.

La casa de Dom siempre está impecable, igual que su habitación. El hecho de que ella viva así por decisión propia es lo que resulta tan difícil de aceptar.

Satisfecha con nuestro trabajo, escribo un inventario de la comida que hemos comprado para que ella pueda consultarlo fácilmente y dejo la lista sobre la encimera. Delphine está apurando otra copa cuando me acerco a ella. Tiene la Biblia abierta sobre el regazo y levanta la vista hacia mí. Su expresión rebosa esperanza.

Reprimo la emoción que brota en mi pecho y consigo controlar mi expresión mientras Tyler limpia la mugre del alféizar de la ventana que está junto a ella. Se da cuenta de la situación y nos mira a las dos fijamente antes de echarse el trapo al hombro.

—Voy a hacer las otras dos habitaciones —se excusa, mirando fugazmente a Delphine antes de desaparecer por el pasillo.

Sin embargo, es la tía de Dominic la que me mantiene cautiva, porque el miedo de sus ojos es real y hace que yo también tema por ella.

A pesar de sus comentarios frívolos, tiene miedo a morir.

Ojalá ese charlatán dijera la verdad. Ese que asegura tener pruebas de la existencia de Dios, para que ella no tuviera tanto miedo a emprender el viaje. Pero lo único que le queda es la fe. Lo único que puede hacer es no perder la fe en el libro que tiene entre las manos. Y eso debe bastarle. En este momento es cuando do la fe se convierte en su carga y en algo potencialmente crucial. Puede que yo haya necesitado esterilizar su entorno para sentirme mejor en lo que respecta a su situación, pero lo que realmente necesita no viene en una bolsa de plástico.

Delphine no se molesta en pedírmelo ni es necesario que lo haga. Me arrodillo a su lado mientras hojea las páginas y empieza a leer.

De vuelta en la camioneta de Tyler, ambos nos quedamos mirando la casa. Delphine nos ha dado las gracias y ha abrazado a Tyler durante varios segundos antes de sonreírme fugazmente y cerrar la puerta. Observo las plantas del porche mientras él enciende el motor.

—Mierda, he olvidado regar las plantas del porche.

—Ya has hecho suficiente —susurra él con melancolía.

Podría haberme limitado a pedirle que me dijera cómo llegar porque yo no me acordaba, pero necesitaba apoyo. Es una situación difícil de gestionar, sobre todo lo de dejar entrar a una extraña en casa, y necesitaba la confianza de Tyler para cruzar el umbral. Pero incluso con él allí ha sido difícil, tanto como dejarla ahora ahí sola, consumiéndose en esa casa, en especial sabiendo lo asustada que está. Puede que haya decidido dejar de luchar y morir sola, pero no quiere estarlo cuando llegue la hora.

—Necesita creer —digo, mirando a Tyler—. Está muerta de miedo.

—Lo sé. —Él se gira para mirarme a los ojos—. ¿Tú crees en esas mierdas de las que hablabais?

—Ojalá lo hiciera. Aunque, si me dijeran que me voy a morir, seguramente rezaría a diario por mi salvación. Supongo que eso me convierte en una hipócrita en lo que se refiere a la religión. Y lo soy, porque solo creo cuando me conviene.

Él asiente con solemnidad, mirando de nuevo hacia la casa mientras seguimos con el motor en marcha.

—Ha cambiado mucho, pero todavía la reconozco. —Una sonrisa evocadora le hace cosquillas en los labios—. Y es imposible que tú seas tan atea como lo era ella.

—¿Sabes? Yo también tengo mis secretos.

Trago saliva y me aventuro a mirarlo. No percibo ni el menor rastro de censura, lo que me hace sentir aún más cariño por él. Me da un apretoncito en la rodilla y me guiña un ojo.

—Te han corrompido.

—Sí, voluntariamente.

—Eres buena gente, Cecelia. —Vuelve a mirar hacia la casa—. Dominic estuvo años intentando que empezara a vivir como es debido. Ellos... —Tyler se aclara la garganta y desvía la mirada—. Lo han intentado. —Le duele. Le duele muchísimo. Entonces me doy cuenta de que yo tenía razón. Sus ojos se iluminan cuando vuelve a hablar—. Puede que ahora no te lo creas, al verla así, pero hace ocho años era una de las puñeteras mujeres más guapas de la faz de la Tierra. Su ex la hundió y ella se lo permitió.

—No era un simple amor platónico, ¿verdad?

Él niega lentamente con la cabeza.

—Yo era un consuelo para ella, pero fue Delphine la que me hizo polvo. A pesar de ser un macarrilla de dieciocho años, tenía claro que la quería. Él la había dejado años antes de que nos liáramos. Ya le daba bastante a la bebida y cuando se desintoxicó me dejó claro que lo mío había sido un error. Me alisté justo después.

—Caray, Tyler, lo siento mucho.

Él se pasa la mano por la cara.

—De todos modos, no iba a funcionar. Yo siempre había querido entrar en el ejército y ella ya estaba demasiado pasada cuando ocurrió lo nuestro. Yo... —Tyler se encoge de hombros, aunque sé que el peso que lleva sobre ellos es demasiado grande como para sacudírselo—. Uno no elige de quién se enamora, ¿no?

—Y que lo digas. —Analizo su abrupto perfil—. ¿Dom lo sabía?

—No. Nadie. Eres la única persona a la que se lo he contado. Y ella…, bueno, se lo llevará a la tumba. Es la mejor guardando secretos. Mejor que cualquiera de nosotros. —Echa un último vistazo a la casa antes de alejarse de la acera—. Solo tenía veinte años cuando… se convirtió en madre forzosa. —Era poco mayor que yo ahora. No me lo puedo ni imaginar—. Pero hizo lo que pudo. Lo irónico es que son sus ovarios los que la están matando. Menuda putada. Me habría importado una mierda su edad, entonces o ahora, si me hubiera aceptado. Joder, no soporto verla así.

Cubro la mano que tiene en el asiento con la mía.

—Siento haberte hecho venir. De haberlo sabido, no te lo habría pedido.

—No, me alegro de que lo hayas hecho. Creía que era mejor guardar las distancias, pero ahora que la he visto… sé que no es así. No pienso permitir que siga sufriendo en soledad. Ella pasó de nosotros y me rompió el puñetero corazón. Pero después yo le di la espalda y la abandoné. A los dieciocho años no lo entendí. Pero ahora sí.

Observo su perfil mientras salimos del barrio.

—Todavía la quieres.

Él asiente con la cabeza.

—Desde que tenía dieciséis años. Pero, Cee, debes guardar el secreto.

—Lo haré. Te lo juro, Tyler. Gracias por confiar en mí.

Nos quedamos en silencio y sé que lo está pasando mal porque siento el dolor que irradia. Incluso después de tantos años, incluso en su miserable estado, él todavía la ama.

Por primera vez en mi vida, no veo la belleza en la tragedia. Veo su crueldad. Tyler sigue conduciendo, silencioso y pensativo, durante todo el camino de vuelta al centro comercial. Solo se dirige a mí cuando entramos en el aparcamiento. Él sonríe, negando con la cabeza irónicamente.

—La vida es una locura, ¿verdad?

—Nunca se sabe cómo acabará el día, sobre todo por aquí —comento, repitiendo las palabras que me dijo el día que nos conocimos—. ¿Estás bien?

—Sí. De verdad. —Sus ojos recuperan el brillo por un instante y su hoyuelo vuelve a hacer una breve aparición—. Y estoy aquí para lo que necesites, Cee. Puedes contar conmigo.

—Lo mismo digo, Tyler, lo mismo digo.

36

Eres una puñetera suertuda.

Me doy una palmada en la tripa, admirando lo bien que me queda el vestido que me he comprado expresamente para esta noche. Me he gastado la mitad de otro sueldo de mierda solo para ver alegrarse a Tessa, la dueña de la tienda. Ha sido una recompensa en sí misma. Es un conjunto de dos piezas flojo, compuesto por un top de cuello *halter* que deja un poco de pecho al descubierto por los laterales y una falda negra fluida. Es un poco arriesgado y llego a la conclusión de que a Dominic le encantará. Es una ocasión especial. Se trata de nuestra primera cita.

Una cita de verdad.

Y ha sido idea suya.

Si esto no es un avance, que venga Dios y lo vea. Intento no seguir dándole vueltas a nuestra relación a tres bandas.

Por lo que a mí respecta, no entiendo por qué estos dos tíos tan impresionantes, con tanto que ofrecer, se han fijado en mí. No puede ser solo una cuestión de sexo, porque he visto con mis propios ojos lo capaces que son de conseguir a cualquier mujer en un radio de ocho kilómetros. Quiero creer que su interés es verdadero, que realmente me respetan y que les parece bien este pacto, porque no quiero imaginarme teniendo que elegir entre ambos. Para mí, este trato no tiene ningún inconveniente, absolutamente ninguno.

Mis días de lluvia con Dominic son escasos porque está muy ocupado con la gestión del taller y con los asuntos de la hermandad; a veces me paso dos días seguidos sin verle el pelo. Por eso esta noche es tan especial y pienso aprovecharla al máximo, porque algo en mi interior me recuerda que, algún día, todo esto terminará, bien cuando yo abandone Triple Falls para ir a la universidad, bien cuando ellos me dejen por otra persona.

Rara vez permito que mi mente vaya por esos derroteros, porque no soporto pensarlo.

Ellos aparecen en todos mis sueños, acaparándolos todas las noches. Me he bajado una nueva aplicación con la que estoy repasando francés y, a veces, Dominic practica conmigo cuando estamos juntos, aunque él también lo tiene bastante oxidado. Ese francés gruñón…

Pero, aun así, lo hace. Los dos me consienten, me han concedido este tiempo para que sea egoísta y ha sido el mejor verano de mi vida.

Así que, esta noche, me voy a esforzar por vivir el presente.

El sonido inconfundible del Camaro de Dominic bajando a toda velocidad por el camino me hace sonreír mientras compruebo mi aspecto por última vez. El día de hoy ha sido especialmente caluroso, pero me he dejado el pelo suelto porque a él le gusta así: siempre me quita las gomas cuando lo llevo recogido y las tira a la basura. Supongo que tampoco le gusta el maquillaje, porque se suele deshacer de él cuando lo dejo en su baño.

El muy cabrón.

Pero hay muchas cosas que me encantan de Dominic. Como la forma en la que se comunica conmigo sin mediar palabra.

Cada vez me cuesta menos saber lo que piensa, reconocer sus estados de ánimo, identificar las cosas que no le gustan y sus preferencias. Fuera del dormitorio, nadie se daría cuenta de que estamos juntos. Dentro del dormitorio, sus manos y sus labios no se despegan de mí ni dos minutos.

Me encanta.

Por una parte, considero que debería ofenderme el hecho de que se niegue a reconocer lo nuestro públicamente. Pero por otra sé que él es así y que lo más seguro es que me esté protegiendo de los cotilleos del pueblo, porque a Sean y a mí nos han visto muchas veces juntos por el centro, abrazados.

Además, soy culpable. Pero suelo hacer cosas que espero que le demuestren a Dominic que estoy igualmente entregada a él.

Reparto entre ambos mi tiempo, mi corazón y mi atención de la forma más equitativa posible y no sé cómo, porque va en contra de las leyes de la monogamia y de la naturaleza humana, pero parece que marcha bien. Esto está funcionando y yo estoy empezando a confiar en ellos.

No hay celos, ni discusiones ni conflictos, salvo el que me pueda causar a mí. Durante las últimas semanas, intento aceptar a diario que mi corazón está dividido y que es totalmente capaz de amarlos a ambos, aunque no creo que este acuerdo sea justo para ninguno de ellos dos.

Así que, por ahora, aceptaré lo que me den.

Cojo el bolso, bajo las escaleras y dejo el móvil.

Salgo y sonrío al ver detenerse a Dominic en su Camaro recién encerado y reluciente.

Me subo y lucho contra el impulso de besarlo.

—Hola —digo mientras arranca.

Circulamos durante unos minutos en silencio. Mis dedos se mueren por tocarlo. Él sonríe, manteniendo la vista al frente, y sé que sabe lo que estoy pensando.

Pongo los ojos en blanco.

—Idiota.

—No me he puesto una camiseta limpia solo para que me insulten.

—Estamos solos, por si no te has dado cuenta —señalo, consciente de que, en cuanto estemos en privado, empezará a acariciarme y yo le suplicaré que no pare.

—Estoy conduciendo. Contrólate un poco, mujer. Además, nunca estamos solos.

Miro alrededor del habitáculo.

—¿Es que tienes un amigo imaginario?

—Cecelia. —Su semblante se vuelve impenetrable y me da la sensación de que tarda una eternidad en volver a hablar—. Luego estaremos a solas.

Es lo más parecido a una promesa que voy a obtener y decido que es suficiente.

—Que sepas que puedo tener las manos quietecitas.

—Ya, seguro.

Cabrón engreído.

Él esboza una sonrisa y se revuelve en el asiento. Su musculoso antebrazo se hincha mientras agarra con firmeza el volante.

—¿Cuándo me vas a dejar conducir?

—Esa es fácil: nunca.

—¿En serio?

—Solo otra persona tiene la llave de este coche y nadie va a usarla nunca.

—Sabes que pienso registrar la habitación de Sean de arriba abajo, ¿no?

Él se ríe.

—Buena suerte.

—Algún día conduciré este coche, Dominic. Puedes estar seguro.

Me lleva a Asheville, donde cenamos en una terraza. Es una ciudad que se encuentra en el corazón de la Cordillera Azul, pero está mucho más poblada que Triple Falls y probablemente esa sea la razón por la que hemos conducido cuarenta minutos. Pero la cena es deliciosa y estar con él de esta manera es igualmente embriagador. Me encanta estar en el lado opuesto de la mesa, estudiando su cara y sus oscuras pestañas, mientras él lee el menú antes de pedir por los dos. Me abre las puertas, deja una propina desorbitada y sonríe —de verdad— más de una vez. Ese hombre no es ajeno al protocolo de las citas ni a los modales de un caballero, lo que hace que me cuestione su acogida inicial. Cuando nos conocimos, se comportó como un cerdo asqueroso.

De camino a casa, me levanta la falda para verme las bragas y me aparta la mano de un manotazo cuando intento volver a bajármela. Le satisface saber que puede echar un vistazo y verme en una posición vulnerable y, aunque finjo que me fastidia, no puede gustarme más. Se pasa todo el trayecto describiendo cómo quiere tocarme, dónde quiere lamerme y detallando exactamente lo que va a hacer para que me corra mientras yo lo escucho embelesada, volviéndome loca y cada vez más húmeda. Cuando aparca, estoy a punto de llegar al orgasmo. En cuanto apaga el motor, me abalanzo sobre él y me recibe con un gemido gutural, dándome a entender que está tan cachondo como yo.

Y así es, porque me folla dos veces antes de liarse un porro mientras yo sigo tumbada en el asiento, con la cabeza apoyada en la puerta y en bragas. Desde esa perspectiva privilegiada puedo disfrutar de su perfil, de su físico, de él. La música suena a través de los altavoces y levanto un pie desnudo para masajear juguetona su costado con los dedos mientras él prepara el papel de fumar.

—¿Qué es esto?

—David Bowie. Shhh. —Pone la hierba en el papel y le da la vuelta sobre el salpicadero—. El primer minuto y medio de esta canción es oro puro. Escucha.

Yo obedezco y llego a la conclusión de que se merece que la diseccionemos y volvamos a escucharla. Últimamente, es uno de nuestros pasatiempos. Él hace de DJ y hablamos de la música. Estoy convencida de que, de no haber sido un justiciero/criminal/mecánico, habría hecho algo relacionado con eso.

—Me encanta.

Él me regala una de esas insólitas sonrisas de oreja a oreja.

—Lo sabía.

Siento mariposas en el pecho. Se está esforzando por mí.

—¿Piensas contarme alguna vez por qué al principio no te gustaba?

—¿Quién ha dicho que me gustes ahora?

Hundo los dedos de los pies en su costado y me gano una mirada de soslayo cuando se le cae un poco de hierba sobre el regazo.

—Si digo que me gustas, ¿tendré que llevarte al baile?

—No soy tan joven.

—Eres un bebé.

—Tú no eres mucho mayor.

Cumplió veintiséis años hace poco y lo desperté de una manera que espero que no olvide nunca.

—Soy lo suficientemente mayor como para ser sensato.

—Pues conmigo fuiste un idiota.

—Sí —reconoce, pensativo—. Es verdad.

—¿Qué se supone que significa eso?

—No te ofendas —me espeta, al parecer replanteándose la elección de palabras.

—Estoy oficialmente ofendida. —Le clavo los dedos de los pies, esperando que le duela.

—Qué dramática —dice, riéndose, antes de lamer el porro y sellarlo—. No seas niñata.

—Lo siento, te echaba de menos.

Él frunce el ceño y yo me río, porque sé que no es que no quiera que le diga esas cosas, sino que se siente como un gilipollas cuando no está de humor para devolverme el cumplido y ese estado de ánimo se da con menos frecuencia que sus sonrisas. Ahora hay muchas cosas de él que puedo anticipar y estoy orgullosa de haberme acercado lo suficiente como para entenderlo. Sean intentó advertirme de que era mucho más profundo de lo que parecía, pero lo cierto es que no me lo creí hasta que intimamos lo suficiente como para verlo, como para experimentarlo por mí misma.

—¿Piensas contarme alguna vez qué les pasó a tus padres?

Me arrepiento de inmediato de mi pregunta, porque sus ojos se ensombrecen y su mirada vaga más allá del parabrisas para perderse en el bosque. Estamos en el punto de encuentro, al que suele llevarme para trabajar con el portátil cuando quiere salir un poco de casa antes de que llegue una tormenta. Ahora yo lo considero «nuestro sitio», aunque técnicamente Tyler es el dueño. Lo compró antes de unirse a los marines.

—Murieron en un accidente.

—¿Cuántos años tenías?

—Casi seis.

—Lo siento mucho.

Él inclina la cabeza para encender el porro que tiene entre los labios. Su respuesta llega con la exhalación.

—Ya, yo también. —Ese olor, ahora tan familiar, me reconforta envolviéndome en una nube—. No recuerdo mucho, alguna que otra imagen de una sonrisa. De ella limpiándome la rodilla después de caerme con la bici y del color de su pelo, que era como el mío. Sus carcajadas. Pequeños detalles, pequeños retazos de ella que guardo a buen recaudo. Pero, sobre todo, recuerdo la música que escuchaba, porque siempre la ponía.

Traga saliva y su confesión me pilla por sorpresa.

—¿La que nosotros escuchamos? ¿Es la que le gustaba a ella?

Él asiente con la cabeza.

—Básicamente, sí. —Se gira hacia mí. Hay un extraño brillo de vulnerabilidad en sus ojos—. Cuando la escucho, siento como si la conociera. A medida que me voy haciendo mayor, voy entendiendo mejor las letras y la voy comprendiendo mejor a ella, ¿entiendes?

Se me derrite el corazón con su confesión y asiento con la cabeza, muriéndome por abrazarlo, pero no es el momento.

—¿Y tu padre?

Hace una mueca.

—Lo mismo. Algún recuerdo aquí y allá. Era pelirrojo —revela, riéndose.

—Venga ya.

—Sí, su padre era escocés y se llamaba igual que yo. Y su madre era francesa. Así que él era una mezcla de escocés y francesa, criado en Francia.

—No debes de parecerte en nada a él.

—No.

—¿Cómo se conocieron?

Dominic le da otra calada al porro y exhala antes de pasármelo.

—Esa es una historia para otro día.

Decido no tentar a la suerte e inhalo profundamente.

—¿Tienes fotos suyas?

—Algunas, pero murieron antes de la revolución digital. —Se saca un trozo de hierba suelta de la lengua—. *Tatie* tiene algunas fotos guardadas en algún rincón del desván, pero de todos modos no éramos muy aficionados a las fotografías familiares.

—¿Por qué? ¿Por lo de la hermandad Ravenhood?

Él me sonríe, levantando una ceja, y se ríe con incredulidad.

—¿«Ravenhood»?

Me encojo de hombros.

—Básicamente, eso es lo que sois. No me digas que nunca lo has visto así. Si a Tyler lo llaman el Fraile*.

—Para mí no es tan de cuento.

—Porque lo estás viviendo.

—Vístete. Vamos a acabar de fumar esto arriba.

—¿Arriba? ¿Es que estas vistas tienen algo de malo? —pregunto, mirando hacia abajo y hacia atrás.

—Sí. —Su mirada se desliza por mi cuerpo de forma reveladora—. Me he quedado sin condones.

—¿No es típico de las francesas ir sin camiseta?

---

* Como el personaje de *Robin Hood*. Además, Robin Hood es fonéticamente similar a «Ravenhood» (*N. de la T.*).

Él me responde con una mirada posesiva que me hace sonreír mientras me pongo el vestido.

Extasiada, apoyo la cabeza en la cara interna del codo de Dominic mientras contemplamos el cielo nocturno tumbados sobre el capó del coche. Me concentro en sentirlo y su fresco aroma a mar invade mis fosas nasales. Estoy completamente aturdida por dentro y por fuera, colocada por el porro que nos hemos fumado y por el tacto de sus labios y de su piel.

Sonriendo, me giro hacia él justo cuando él me mira a mí, con cara de felicidad.

—¿Qué?

—¿Quién coño eres y qué has hecho con mi cabronazo?

Él me acaricia un pezón con la mano antes de pellizcármelo dolorosamente. Yo doy un grito y me echo reír.

—Eso ya me cuadra más. —Vuelvo a ponerme cómoda mientras disfrutamos de la brisa. Si existe el cielo, juro que está aquí con él—. Dom...

—¿Sí?

—¿Cuáles son tus aspiraciones? Para el futuro, quiero decir. —Él guarda silencio durante unos segundos interminables y doy por hecho que no va a responder—. No es una pregunta estúpida.

Más silencio.

No tengo.

Suspiro.

—Al menos no te decepcionarás.

Él se ríe.

—¿Se supone que ahora debería preguntarte a ti cuáles son las tuyas?

—No si no te importan.

—No estoy centrado en el futuro. Los planes no hacen al hombre.

—Sí, ya lo sé. Vive el presente, acepta cada día como viene. Lo entiendo, pero ¿no hay nada que desees?

—No, pero es obvio que tú sí.

Más. Más de él. Más de Sean. Más de este verano interminable. Pero me guardo mis esperanzas. Porque estoy segura de que esto no puede ser eterno. Ese miedo empieza a corroerme cada vez más. Además, yo también tengo mis propias ambiciones, que no tienen nada que ver con las suyas, y sé que en el futuro me exigiré más. Tal vez algún día elija una vida o un camino que ninguno de los dos pueda recorrer conmigo. La idea de perder a alguno de ellos, de que las cosas evolucionen de esa forma, me hace pedazos. Nunca había sido tan feliz. Nunca. Lo único que me consuela es que aún falta mucho para que me vaya de Triple Falls.

—¿Qué? —Él me da un pequeño codazo desde el sitio en el que está tumbado.

—No me gusta verbalizar mis miedos —digo—. Si lo hago, tengo la sensación de que se harán realidad.

—Qué deprimente.

—Es mejor que no tener aspiraciones para el futuro.

—Total, ya sé lo que va a pasar —susurra él con convicción.

—No me digas. ¿Puedes predecir el futuro?

—Puedo predecir el mío porque soy yo el que hace que las cosas sucedan.

—¿Y qué va a pasar?

—Lo que yo decida.

Me despego de él sin que me lo impida.

—¿No podrías responderme directamente, por una vez?

—¿Cuál es la pregunta?

Cambio de tema.

—¿Alguna vez tienes celos?

Me mira fijamente a los ojos y responde con voz firme.

—No.

—¿Por qué?

—Porque él puede darte lo que yo no puedo.

—No es que tenga quejas. Por favor, no me malinterpretes. Pero ¿por qué no puedes?

—Porque no soy como él. Soy mucho más simple.

—No me lo creo.

—Pues es cierto.

Recorro con un dedo la línea de su mandíbula.

—Eres cualquier cosa menos simple.

—Mis necesidades lo son. No quiero las cosas que quieren otras personas.

—¿Por qué? ¿Por qué entrenarte para tal simplicidad cuando vales tanto? —Me pongo terca y me permito revelar mis sentimientos—. Eres mucho más de lo que permites que la gente vea y de lo que reconoces que eres.

—Esa es la idea.

—¿Por qué no dejas que la gente te conozca?

—Tú me conoces.

Me derrito ante esa declaración. Su tono de voz me da vida, sus palabras me dan vida.

—Y soy afortunada.

—De eso nada —murmura secamente.

—Por favor, déjalo ya. Tú no tienes problemas de autoestima. ¿A qué vienen esas chorradas superficiales?

—Hay muchas cosas que no sabes.

—Quiero saberlas, Dom. Quiero conocer todas tus caras.

—Eso no es verdad, Cecelia, crees que sí, pero no.

—¿Crees que dejarías de importarme como me importas?

—Las cosas cambiarían.

—Me da igual. —Pongo las manos sobre su pecho—. Quiero entrar ahí. Por favor, déjame. —Él se queda callado y yo exhalo un suspiro de frustración. Últimamente me molesta cada vez más la obstinada contención de ambos, pero eso no va a cambiar. Es el precio que tengo que pagar por estar con los dos, así que reculo—. Vale, vale. —Me recuesto, apoyo la cabeza en el parabrisas y me reprendo en silencio por haberlo presionado tanto—. Lo siento. —Me incorporo y le doy un beso en la mandíbula. A veces es difícil.

Vuelvo a reclamar mi lugar sobre su brazo, le acaricio el pecho por debajo de la camisa y él me agarra del hombro desnudo para atraerme más hacia él.

—Ya estás dentro.

Sus palabras me llegan al alma. Las emociones se apoderan de mí mientras estiro el cuello para mirarlo. Me da un dulce beso en los labios, que intensifica hasta meter esas palabras dentro de mí.

Cuando se aparta, siento mil cosas a la vez. Sé que estoy enamorada de él. Lo que no sé es hasta qué punto lo conozco.

Por un lado está mi friki de la informática / guerrero del teclado y también mi ratón de biblioteca, que vive como un campesino a pesar de tener un lugar destacado en las filas. Está el héroe silencioso y temperamental. El amante apasionado, que guarda a buen recaudo su amabilidad sutil y una dulzura casi imperceptible, a menos que te acerques lo suficiente para verla. Sin embargo, puedo percibir y sentir en su tacto y en sus ojos que dentro de él habita un alma gentil capaz de muchas más cosas de las que deja entrever. Estoy tan ávida de él que quiero que lo tenga todo. Quiero que lo acepte. Quiero verlo colmado del amor que se merece. Y, de manera egoísta, quiero ser la única que se lo proporcione.

Abro la boca para hacer precisamente eso, pero él me la tapa.

—No malgastes palabras bonitas conmigo —dice, acallando mi objeción—. No pasa nada, Cecelia. Estoy tan cerca de la felicidad como un hombre como yo merece.

Son sus secretos los que lo hacen ser tan humilde, los que le impiden permitirse desear más de lo que tiene. Solo un buen hombre se preguntaría si merece algo más. En parte me entristece que piense que no merece esperar más del futuro.

—¿Le has hecho daño a alguien?

Silencio. Aunque no es una pregunta estúpida. Simplemente

es una pregunta a la que no quiere responder. Es probable que haya usado el arma del coche y que vuelva a hacerlo de nuevo. Es un hombre con demasiados secretos y sin nadie con quien compartirlos.

—¿Yo te hago feliz? ¿Aunque solo sea un poco?

No puedo evitar sonreír ante su silencio antes de que empiece a besarme apasionadamente.

Dominic aparca delante del taller y sonrío al ver el Nova de Sean. Cruzo el vestíbulo con prisas, pero me quedo atónita al verle la cara. Él mira muy serio a su amigo, que entra detrás de mí, y esboza una sonrisa fugaz cuando llego a su lado.

—¿Has estado haciendo maldades?

—Como siempre.

—Esa es mi chica.

—¿Dónde están los demás? —le pregunto, mirando a mi alrededor.

Sean ignora mi pregunta y me acaricia el pelo con los dedos.

—Cecelia, voy a llevarte a casa, ¿de acuerdo?

Cuando me vuelvo, veo que la mirada de Dominic se ha vuelto fría y que está apretando con fuerza la mandíbula.

—Pero...

—Esta noche no, ¿vale? —dice Sean en voz baja—. Dom y yo tenemos que hablar.

Sé que preguntar qué pasa no tiene sentido, pero la tensión que irradia ha hecho que me ponga en alerta máxima.

—¿Estás... seguro?

Él me acaricia la nariz con el dedo, mirándome con devoción.

—La seguridad es una ilusión, nena.

—Dios, Sean, ¿no podrías mentirme, aunque solo fuera por una vez?

—Siento celos del suelo que pisas —bromea antes de mirar a Dominic por encima de mi hombro.

—¿Cuándo? —pregunta este detrás de mí.

—Ahora.

—Joder —replica él, mirándome, antes de volver a centrarse en Sean.

Este asiente y me agarra de la mano mientras yo niego con la cabeza y voy hacia Dominic. Por una vez, espero que haga una excepción y deje su temperamento a un lado, cosa que hace. Me pongo de puntillas mientras me atrae hacia él y me besa durante unos segundos, prácticamente levantándome del suelo con el movimiento de su lengua. Cuando se aleja, estoy aturdida.

—Tienes que irte, nena.

Esa palabra cariñosa que sale de sus labios me infunde temor. Vuelvo a mirar a Sean mientras las emociones se apoderan de mí y veo la preocupación que he estado atisbando desde el momento en que nos conocimos.

Están asustados.

Se nota tanto en la rigidez de su postura como en su cara.

—No pasa nada —dice Sean suavemente, atrayéndome hacia él, con voz insegura—. Pero tenemos que irnos ya, pequeña.

—Vale.

Pasamos por delante de Dominic y nuestros dedos se rozan. Él no mira hacia atrás. Se queda de pie en medio del taller, con la cabeza gacha, y yo lo observo durante unos segundos, hasta que se marcha corriendo. Oigo el estridente sonido metálico de algo golpeando las puertas del muelle de carga mientras Sean me saca a toda prisa del edificio y me hace subirme al coche.

Empalidezco mientras me obliga a entrar.

—Me da igual, ¿me oyes? Me da igual lo que sea, dime algo.

Él sale disparado del aparcamiento y yo guardo silencio, segura de que puede sentir la ansiedad que irradio.

—Sean, por favor.

—Alguien no ha sido capaz de guardar el secreto.

37

Han sido días de silencio, días de mensajes sin respuesta. He pasado de la preocupación a la confusión y por fin al enfado. Lo único que quiero en este momento es que dejen de ignorarme de una puta vez. Aparco delante del taller y respiro hondo para tranquilizarme. Mi corazón ha caído inesperadamente en picado desde el punto en el que se encontraba hace setenta y dos horas, y todo por el ensordecedor silencio de ambos.

He sido paciente; les he dado suficiente espacio para solucionar lo que fuera que me los arrebató sin más explicación.

No necesito respuestas, pero necesito verlos. Sé que lo que hacen entre bastidores es peligroso, pero, llegados a este punto, su silencio resulta sencillamente cruel. No he dormido nada y acabo de salir de otro turno al que Sean no se ha presentado, aunque gracias a los chismorreos de la fábrica me he enterado de que ha llamado. He sentido la tentación, más de una vez, de llamar a Layla, pero esto no funciona así.

Exigir una simple prueba de vida por el bien de mi salud mental sería el siguiente paso si no hubiera visto varios coches delante del taller, entre ellos los de los hombres a los que he venido a pedir explicaciones.

Asuntos de la hermandad. En los últimos días han debido de estar liadísimos, porque el aparcamiento está más lleno que nunca. Está Virginia y también Alabama. Pero no es una reunión.

Hubo una la semana pasada, así que no habrá otra hasta dentro de otras dos por lo menos. A no ser que haya pasado algo grave.

Al bajarme del coche, presa del pánico, oigo el estruendo de los bajos y no puedo evitar esbozar una sonrisa de alivio cuando oigo el ambiente del otro lado de la puerta: voces mezcladas con risas.

«Están bien. Y tú también».

Quiero creer que los asuntos de la hermandad son lo que los ha mantenido alejados, porque la alternativa es demasiado dolorosa. No me he permitido pensar en eso. No hubo nada en nuestra última interacción que indicara que eso fuera siquiera una posibilidad. Pero, si me están haciendo el vacío, no pienso darles la satisfacción de permitírselo sin ningún tipo de explicación, sobre todo teniendo en cuenta lo unidos que estamos Sean y yo, después de todo un verano como amigos y amantes. Y Dominic…, bueno, ni siquiera soy capaz de precisar qué sentimientos nos unen a causa del deseo, de la intriga o de la combinación de ambos, pero esa última noche que pasamos juntos lo que yo sentí fue amor…, eso he de reconocerlo.

Porque de verdad estoy enamorada de los dos.

Y si ellos están bien, yo estoy bien.

El miedo me consume mientras me acerco a la puerta sin demasiada convicción. Cuando llego hasta ella, oigo a todo volumen por los altavoces un tema que no pega nada y me doy cuenta de que me estaban esperando.

Afternoon Delight flota en el aire y se filtra por las puertas, haciendo que se me encoja el corazón y que el pavor me cierre la boca del estómago.

Es una broma. Tiene que serlo. Y no tiene gracia. Encontraré la forma de castigar a Sean por esto.

Me detengo en la puerta del vestíbulo y, al mirar hacia el muelle de carga, veo que todo sigue igual, salvo por la incorporación de varios invitados. Mis chicos están apiñados alrededor de la mesa de billar, bromeando, bebiendo cerveza y pasándose un porro. Sean observa la jugada de Dominic, negándose a levantar la vista. Sabe que estoy aquí. Me he cambiado después del trabajo y me he vestido para matar con su vestido rojo favorito. Llevo los labios pintados a juego. Me quedo allí de pie, como un faro, esperando a que alguien me diga algo mientras ellos siguen charlando y algunas cabezas que no reconozco se vuelven hacia mí. Cuando empieza a sonar la siguiente canción, mientras cruzo el umbral, mis esfuerzos por llamar la atención no tardan en centrarse en controlar mis inminentes náuseas.

Entonces me doy cuenta de por qué Sean no levanta la mirada. No quiere ver la daga que está introduciendo lentamente en mi pecho.

Cecilia, de Simon and Garfunkel, comienza a sonar mientras la puerta se cierra detrás de mí, haciéndome caer en la trampa.

Cada palabra de la canción es como una bofetada en la cara.

Esto no está pasando.

Esto no está pasando.

Pero así es. La canción, la letra y la melodía fuera de lugar me hacen pedazos mientras el corazón me late desbocado en el pecho, golpeando una y otra vez la barrera que empieza a desmoronarse, suplicando que lo liberen para irse a cualquier otro lugar que no sea ese. Se me llenan los ojos de lágrimas al ver que los dos hombres por los que he venido me ignoran descaradamente mientras cada vez más cabezas empiezan a girarse hacia mí.

Dominic está encorvado sobre la mesa, tirando, y Sean está de pie en una esquina, sujetando el palo de billar. Tyler le susurra algo al oído, mirándome con una sonrisa en la cara que deja ver sus hoyuelos. Él no lo sabe.

Pero Sean sí y Dominic también.

El resto de los participantes de la fiesta se apelotonan alrededor de los barriles, ajenos al puñetero cuchillo que me está atravesando. Dominic tira antes de mirarme a los ojos, por fin, con una sonrisa de satisfacción en los labios.

El nudo de la traición me obstruye la garganta, me ahoga mientras esa sonrisa me marca con la letra escarlata, volviendo todos nuestros sucios actos contra mí.

Ahogada por el engaño, me hundo cada vez más en mi sitio, luchando contra la bilis que me sube a la boca mientras la ola de desesperación me lleva a la deriva.

Con la garganta en llamas, mi corazón grita pidiendo clemencia, asestando un doloroso latido tras otro en mi pecho. Al fin, Sean levanta la vista para mirarme.

Es entonces cuando me vengo abajo, totalmente humillada y por completo atónita por la otra cara de los hombres de los que tan enamorada estaba. La letra de cada canción convierte todos los preciosos momentos que compartimos en una humillación.

Me la han jugado.

Confiaba en ellos.

He dejado que me utilizaran.

Me convencí de que era real.

De que yo les importaba.

Creía que era amor.

Pero, para ellos, yo no era más que un juego.

Me han tendido una trampa, elevándome a lo más alto solo para verme caer.

No me doy cuenta de que estoy llorando hasta que ya no los veo a ellos, sino a las versiones borrosas de los hombres a los que entregué mi corazón y mi confianza, mientras mis mejillas se manchan de negro. En cualquier caso, puede que sea mejor así. De esta forma, podré borrar las viejas imágenes y sustituirlas por estas nuevas, reemplazar la plenitud que sentía por el vacío con el que me han dejado.

Me habían hecho sentir segura y aceptada.

Yo los amaba con todo mi ser.

Me entregué a ellos y han dejado que…

Una a una, las cabezas se van girando despacio hacia mí. Y, poco a poco, me doy cuenta de que soy el centro de atención de todo el taller. Tengo la cara ardiendo y no puedo dejar de sollozar. Aprieto los ojos con fuerza, deseando que ese momento desaparezca; mi corazón arde en las llamas del infierno a causa de la condena, del estigma, del juicio.

No me atrevo a volver a abrir los ojos, a levantar la vista, a moverme. No puedo respirar a causa de la traición, del corazón roto, del desconsuelo que me invade.

Me he convertido en esa chica. En la chica que juré que nunca sería. En la ingenua que me prometí que no volvería a ser.

Y, sin embargo, aquí estoy, como una puñetera pardilla.

Como una zorra cualquiera.

Peor aún: he entregado mi corazón para nada. Para convertirme en nada.

He jugado con fuego y las quemaduras me han dejado irreconocible.

Abro los ojos, consciente de que solo han pasado unos segundos, mientras escudriño los rostros de aquellos que están siendo testigos de mi final. En ellos no veo más que desconcierto y compasión, sobre todo en el de Tyler, que nos mira a los tres alternativamente.

Sean da un paso hacia mí y Dominic se lleva una mano al pecho, sonriendo mientras me mira divertido.

Solo he sido el juguete de ambos y ya no soy digna de que me dediquen su tiempo y su atención.

Asqueada, miro fijamente a Dominic mientras recuerdo las palabras que me dijo hace apenas unos días, la forma en la que me acarició bajo las estrellas. Pero lo peor es que Sean ha sido igual de convincente, tal vez incluso más. En mi mente revolotean las imágenes de nuestros inicios: los besos, las risas compartidas, los despertares en sus brazos, las conversaciones.

Para ellos no soy nada. Nada.

Para ellos solo soy una más.

Destrozada, estoy yendo hacia la puerta cuando oigo una refriega al otro lado del cristal. Me vuelvo justo a tiempo para ver a Sean dándole un puñetazo en la mandíbula a Dominic. Salgo corriendo del garaje con las sienes palpitando de humillación y la sangre fluyendo sin control y amortiguando mis pasos.

Sin molestarme siquiera en hacer la maleta, conduzco durante toda la noche.

38

Dos semanas. Eso fue lo que le pedí a mi padre y él me las concedió sin problema. Me fui directamente a casa de Christy, que acababa de alquilar su primer piso en Atlanta. Pasé la primera semana en su sofá, llorando sobre su regazo mientras ella intentaba consolarme con palabras tranquilizadoras.

No creo que Sean quisiera hacerme tanto daño y la pelea que se formó así parecía indicarlo. Pero, si es tan cobarde como para haber seguido el plan de Dominic —y haberlo disfrutado—, no puedo permitirme seguir queriéndolo.

La culpa es mía. Yo participé de forma activa en todo. Permití que me pasaran de mano en mano como una baratija mientras suplicaba que me dieran más.

Ellos me chuparon la sangre y a mí me encantó.

Desde entonces, me dedico a dar largos paseos por la urbanización de Christy, tratando de descubrir cuál fue el error mientras todo me lleva de nuevo al principio: al momento en el que acepté la invitación de Sean, el día que lo conocí.

Me la jugaron hasta el final. Hasta ese momento en el que me demostraron hasta qué punto lo habían hecho.

No sé cómo esperaba que acabara todo, pero desde luego así no. Para ser sincera conmigo misma, no me veía eligiendo solo a uno de los dos, aunque me dieran la opción de hacerlo. Pero incluso me habían quitado eso.

Me han desechado como si fuera basura. Y yo me lo he buscado. Al suspirar por ambos, al dejarles meterse entre mis piernas, en mi mente y en mi corazón.

Christy aún no sabe qué decirme. He compartido con ella la mayoría de los detalles de la relación, dejando al margen el tema de la hermandad. Lo ha escuchado todo con atención, como si fuera una historia realmente fascinante, pero, en el fondo, sé que me juzga. Y no es de extrañar. La entiendo perfectamente. Yo misma me he juzgado lo suficiente para toda una vida.

Ojalá estuviera arrepentida.

Pero la verdad es que no consigo estarlo. Y lo más enfermizo de todo es que todavía los deseo. Todavía los quiero.

Me doy asco a mí misma. ¿En qué momento me he vuelto tan depravada?

Todos los días sigo echando de menos su atención, su afecto, sus fuertes brazos, sus besos, sus rarezas. Me los sé de memoria. Pero es el recuerdo reciente de esos segundos que pasé en ese taller lo que me hace seguir indignada.

Entre la oscura bruma de mi desesperación, hay un rayo de esperanza. En mi interior se está gestando algo que anula todas esas emociones absurdas y es la necesidad de resarcimiento, de venganza. Y, si se da la oportunidad, estoy dispuesta a aprovecharla.

Lo admitan o no, esos hombres me querían. Por la razón que fuera, decidieron cortar conmigo y rechazarme. Su cariño era demasiado convincente como para ser completamente fingido.

Y, aunque ese afecto acabara evolucionando de una forma realmente cruel, no ha sido producto de mi puñetera imaginación. Ellos confiaron en mí y me trataron como a una reina. Es imposible que todo fuera mentira. Si no, estaré realmente perdida.

Algo pasó.

Algo tuvo que pasar para que llevaran a cabo un plan tan brutal. Aunque Dominic pudiera ser capaz de ser así de perverso, de enmascarar así de bien sus sentimientos —que sé que lo es—, Sean no.

Aunque se merece igualmente que esté cabreada con él por haber permitido que ocurriera.

Puede que ninguno de los dos estuviera enamorado de mí, pero lo nuestro no era solo sexo. Aun así, sus acciones son imperdonables.

Por primera vez en mi vida, me consuela el hecho de ser la hija de mi padre. Hay una parte de mí que es capaz de ser tan insensible y retorcida como él. Si no me queda más remedio que canalizar la sangre que continuamente rechazo, que continuamente maldigo y que ahora corre gélida por mis venas para convertirme en algo más que un corazón desgarrado y ensangrentado, que así sea.

—¿Y esa mirada? —me pregunta Christy mientras observo atentamente a una niña que juega en los escalones de la piscina de la urbanización.

Llevamos unos días saliendo aquí para aprovechar los últimos rayos de sol del verano. La niña chilla encantada mientras su madre se arrodilla junto a ella para volver a aplicarle crema solar en los brazos.

Recuerdo que, cuando tenía su edad, una vez se me ocurrió jugar a un juego muy peligroso. Solía jugar sola mientras mi madre estaba ocupada entreteniendo a sus amigos o al novio de turno. Un día me propuse nadar cada vez más lejos de la zona segura y acabé en la zona más profunda de la piscina, con el agua por encima de la cabeza y sola, intentando salir a flote sin que nadie se diera cuenta de que me estaba ahogando. Y lo conseguí. Un segundo antes de hundirme definitivamente, empecé a darle tan fuerte a los pies que acabé golpeándome la cabeza contra el borde de la piscina. Justo antes de que todo se volviera negro, conseguí impulsarme con las palmas de las manos en el hormigón y ponerme a salvo antes de echarme a llorar, aliviadísima. Fue entonces cuando mi madre por fin se dio cuenta. Me abrazó y luego me dio un buen azote.

Desde niña, siempre he sentido una fascinación enfermiza

por la zona profunda, por ponerme en riesgo. La enfermedad que mora en mi interior no es nueva. Pero la he dejado salir y, como dice Sean, he hecho las paces con el diablo que llevaba dentro. He permitido que ese diablo me dominara durante un verano y ha sido igual de temerario en lo que se refiere a mi bienestar.

Estoy en ese momento en el que puedo hundirme o llorar de alivio. Es el momento de empezar a darle a los pies y salir a la superficie. Pero mi corazón, mis recuerdos y mi persistente enfermedad son un lastre y una amenaza para cualquier tipo de avance, dejándome indefensa en la zona profunda.

«Es hora de darle a los pies, Cecelia».

—¿Cee? —dice Christy mientras yo sigo mirando fijamente a la niña, que chapotea antes de saltar del escalón y ponerse a salvo entre los brazos de su madre.

—Estoy pensando que no está bien. Estoy pensando… —Necesito encontrar ese hormigón. Al mismo tiempo, estoy pensando que debo acabar con la curiosidad de esa niña para que esto no vuelva a suceder. Nunca me he atribuido ningún mérito por la vida que he vivido, aunque tal vez debería hacerlo. He sobrevivido a la crianza de una madre adolescente y un poco irresponsable. He salido adelante en los estudios y he mantenido la cabeza fuera del agua sin supervisión alguna. He llegado hasta aquí por mi cuenta, sin el verdadero apoyo de las personas con las que se suponía que debía contar, y me iba muy bien hasta hace unos meses. He conseguido llegar hasta aquí dándole a los pies durante diecinueve años y seguiré haciéndolo otros diecinueve. Con una determinación renovada, me vuelvo hacia mi mejor amiga—. Estoy pensando que había olvidado quién coño soy.

—¡Esa es mi chica! —exclama ella—. Por un momento me habías preocupado. ¿Qué piensas hacer?

—En lo que a mí respecta, seguir adelante. ¿En lo que respecta a ellos? No lo sé. Tal vez nada. Pero la venganza es un plato que se sirve frío. Lo sabré cuando la tenga delante. Ahora mismo, lo importante es aclarar mis ideas. No confío demasiado en el karma, así que, si alguna vez tengo la oportunidad, me aseguraré de que cumpla con su cometido.

—Joder. Para ser una mosquita muerta, lo tienes todo controlado. —No me queda más remedio que asentir. Christy se gira hacia mí desde la tumbona de plástico barata, plantando sus largas piernas sobre el pavimento que nos separa antes de cogerme de la mano. Sus ojos de color marrón claro rebosan empatía. Mi mejor amiga es guapísima. Media melena ondulada de tono castaño, complexión atlética y facciones suaves y atractivas. Fue como una bombona de oxígeno verla después de haber recibido aquel mazazo en el pecho, saliendo a recibirme al coche a primera hora de la mañana, con los brazos abiertos—. Yo no te juzgo, Cecelia. Puede que no acabe de entenderlo. Aunque no digo que yo no hubiera hecho lo mismo. Pero, caray, chica, ¿dos hombres? No puedo ni imaginármelo.

—Hoy en día no es tan raro.

—Ya, pero… —dice ella, negando con la cabeza—. Te lo jugaste todo, ¿no?

—Los creí, ¿sabes? Simplemente pensaba que eran personas de mente abierta. Que estaban hechos de otra pasta. Menuda gilipollas.

—Ahora tú sí que eres una persona con la mente abierta. Aunque todo eso que te soltaron fuera un puto cuento chino, tú creíste en ello y sigues haciéndolo. Te has liberado. Y puedes sentirte orgullosa.

Tiene toda la razón del mundo. Por muy hipócritas que fueran, ellos me ayudaron a conocerme de verdad, a conocer mi naturaleza. He cambiado y mi mente también lo ha hecho, a pesar de su humillante hipocresía y su despiadada crueldad.

—Más te vale llamarme todos los días.

—Lo haré. —Me giro hacia mi única amiga de verdad. Mi única familia real—. Vamos a ver a mi madre.

39

Christy resopla mientras Hubble se aleja de Katy antes de que ambos se giren para mirarse.

—Espera, ¿no acaban juntos? —Empiezan a pasar los títulos de crédito y Christy se queda mirando la pantalla con cara de asesina. Después me mira a mí—. ¿No acaban juntos?

—No.

Se queda con la boca abierta mientras mamá y yo nos reímos de ella. Sin levantarse del sofá, nos lanza un puñado de bolitas de caramelo recubiertas de chocolate.

—Pero ¿qué mierda es esta?

—No todas las historias de amor tienen un final feliz —dice mi madre con voz suave.

Miro hacia el sillón en el que está sentada, el único mueble que se ha llevado a casa de su novio. Hoy él no está. Ha dicho que se iba «de pesca» para que pudiéramos pasar el día juntas. Ha ganado un poco de peso y sus mejillas ya tienen algo de color, no como cuando me fui. Me alegro por ella. Estaba en los huesos cuando me mudé. Pero esa última declaración despierta mi curiosidad.

—¿Has querido a alguien así alguna vez, mamá?

—A demasiados.

Yo asiento con la cabeza, entendiéndola perfectamente.

—¡No me creo que no acaben juntos! —exclama Christy, exasperada, mientras ambas nos volvemos hacia ella.

—Por algo se llama *Tal como éramos*. Para empezar, él la engañó —señala mamá—. Y, lo más importante, no soportaba su personalidad, sus ideas ni su fuerza; por lo tanto, no la merecía. Y, por si fuera poco, encima se desentendió de la hija de ambos. ¿Sigues creyendo que deberían estar juntos?

—Pero... —protesta Christy.

—Es verdad —digo yo—. La gente ya no quiere ver historias de amor que reflejen la cruda realidad, pero eso de ahí es la realidad pura y dura—aseguro, señalando la pantalla.

—Eso es —dice mi madre, mirándome con orgullo—. Y además esa historia se te quedará grabada.

Christy suspira.

—Pues menuda mierda. Ha sido horrible.

—De eso nada —dice mi madre, riéndose, mientras enciende un cigarrillo—. Te la has tragado enterita. —Me dedica una sonrisa conspiradora—. ¿Quieres que la rematemos?

Asiento con la cabeza.

—Por supuesto.

—Sois las dos unas masoquistas. —Christy nos mira a ambas mientras yo cojo el mando a distancia—. ¿Por qué me hacéis ver estas películas antiguas y tristes que me hacen sufrir?

—Porque son las mejores —responde mamá con melancolía.

—Puede que para algunos, pero yo sigo creyendo en el príncipe azul —declara Christy—. Por muy bestias que seáis conmigo.

—Como debe ser —comenta mamá—. Pero que sepas que la imagen que tienes en la cabeza podría no coincidir con la realidad. Hay muy pocos hombres que merezcan el infierno por el que te hacen pasar. Así que ten mucho cuidado con a quién entregas tu corazón y tu cuerpo. Puede que al final se lleven más de lo que puedes soportar.

«*Touché*, mamá. *Touché*».

—Prepárate —le advierto a Christy, cogiendo el mando—. Esta es del ochenta y uno.

—Ay, Dios —dice ella, acurrucándose bajo la manta en el sofá—. No sé si podré soportarlo.

Mamá me guiña un ojo y apaga el cigarrillo mientras pongo *Amor sin fin*.

Es ahí, en esa sala de estar, donde encuentro algo de fuerza. No gracias a las películas que veía con mi madre de pequeña y que ella a su vez veía con la suya, aunque estoy segura de que estas no contribuyeron en absoluto a mi retorcida visión del amor. La fuerza la saco de las mujeres que me rodean. Durante meses, viví exclusivamente para esos hombres que me usaron y luego me tiraron. A pesar de todos mis esfuerzos, me perdí en ellos, permití que mi cariño hacia ambos acaparara mi existencia. No hice amigos fuera de su círculo y, cuando regrese, no tendré vida más allá de ellos. Puede que haya descubierto unas cuantas cosas, pero, sobre todo, me he convertido en una persona dependiente. Y pienso solucionarlo.

Lo único que me queda es lamentarme y cabrearme.

Y, aunque me duele como nada me ha dolido nunca, he logrado lo que me había propuesto.

Ahora puedo decir con seguridad que Cecelia Horner ya no es ninguna mosquita muerta.

He dado el salto y ahora tengo que decidir si ha merecido la pena sentir este dolor a cambio de un verano inolvidable.

«Es hora de darle a los pies, Cecelia».

Brooke Shields aparece en pantalla: hermosa, ingenua, con la inocencia intacta mientras baja las escaleras hacia su amante, ajena a la amargura que yo no puedo evitar sentir, y me entran ganas de advertirle, de decirle que esa mirada que le dedica a ese chico mientras follan a la luz de la chimenea le va a salir cara. En lugar de eso, sufro con ella y lamento la inocencia que está dejando escapar, porque en el fondo sigo siendo adicta a esa sensación tan familiar. Mi corazón me maldice mientras los observo, embelesada, reviviendo los días y las noches que pasé bajo los árboles y las estrellas.

Veo la película sin poder evitar sentir el dolor de la pérdida y llorar a la chica que era antes de que el amor se apoderara de ella.

Mi teléfono suena sobre la mesa que tengo delante y Christy me mira. En la pantalla pone: NO CONTESTAR.

Lo silencio sin dudarlo y ella me sonríe con orgullo antes de volver a centrarse en la película. Sus ojos están llenos de amor.

No como los míos, que están abiertos de par en par.

La culpa la tiene la adicta que hay en mí, que quiere hacerme seguir en la zona profunda, así que hago lo único que puedo.

Darle a los pies.

40

En cuanto regreso a Triple Falls, cambio el código de la puerta y tiro a la basura el bikini que me puse el día del lago. En mi móvil suena un mensaje solitario que yo ignoro. Todavía no me he permitido leer los mensajes de Sean. No hay ninguna excusa, ninguna razón imaginable que pueda ser lo suficientemente buena como para justificar lo que me han hecho.

Me encierro en mi habitación y me paso la mayor parte del día leyendo sobre distintas carreras y sus correspondientes especializaciones. Podré reflexionar seriamente sobre ello durante el primer año de universidad, así que por ese lado estoy tranquila, pero decido adelantarme a los requisitos previos y me matriculo en el semestre de otoño. Entre el tiempo que pase en la universidad pública y el trabajo en la fábrica, estaré lo suficientemente ocupada como para no meterme en líos.

Volveré a la casilla de salida.

Y utilizaré de forma productiva el tiempo que pase aquí. Haré borrón y cuenta nueva e intentaré olvidar los últimos tres meses y medio.

Tras varias horas encerrada en mi celda, me decido por un plan mejor. Uno que no tiene nada que ver con la venganza, sino con erradicar cualquier tipo de curiosidad o apego al último verano que aún pueda persistir.

A veces la mejor venganza es despertar la curiosidad de los

que te jodieron y pasar página. He aprendido bien en los últimos meses que el silencio puede ser la mejor arma. Así que, si Sean quiere que lo escuche, mi pago por su traición será ignorarlo. Aunque no ha dejado de llamarme y de enviarme mensajes, juraría haber oído el característico sonido de un Camaro en la carretera solitaria mientras paseaba por el jardín esta mañana. Pero esos hombres son muy atrevidos: ya han asaltado mi casa más de una vez sin avisar y, si quieren llegar a mí, lo harán.

Roman se ha mudado definitivamente a Charlotte, así que no es una amenaza. Si tanto desean mi atención, ya saben dónde encontrarme. Y tengo que estar preparada, porque lo más probable es que, si Sean sigue llamando y enviando mensajes y yo sigo ignorándolos, acaben apareciendo por aquí.

¿Qué podrían querer o tener que decir?

Si se arrepienten, ¿por qué se tomaron tantas molestias en montar ese numerito? Y no solo delante de la gente de aquí, sino de otros miembros de la hermandad.

No puedo permitirme el lujo de preocuparme por eso. Mi cabeza y mi corazón no lo resistirían.

Se acabó. Pasara lo que pasara, se acabó.

Con hechizo roto o sin él, me aferro a la quemadura y dejo que se apodere de mí.

Mañana volveré de nuevo a la fábrica y no me cabe la menor duda de que tendré que enfrentarme a Sean. Encontrará la manera de acorralarme, de pillarme a solas. Después de varias horas en la silenciosa casa y de organizar mi vida hasta niveles demenciales, decido dar un paseo en coche para despejar la mente. Mientras recorro el largo camino de acceso, aguzo el oído para ver si se oye algún Camaro y llego a la conclusión de que todo ha sido fruto de mi imaginación hiperactiva. No quiero ni pensar que más bien ha sido un deseo. Acallando esos pensamientos con una cucharada de aquellos segundos agónicos en el taller, salgo a la carretera. Respiro un poco más tranquila al llegar al final del cruce triple y detenerme. Mientras estoy mirando a la derecha y a la izquierda, de repente veo a Dominic parado en el arcén.

Joder.

Me está observando fijamente desde su asiento, a unos metros de distancia. Aparto la vista y me pongo en marcha, acelerando con el coche al pasar por delante de donde está parado antes de salir cagando leches por la carretera. En cuestión de segundos, ya me está pisando los talones. Mi coche no es rival para los caballos que hay bajo su capó. Con los nervios a flor de piel y cada vez más cabreada, conduzco por las sinuosas carreteras que bajan desde la montaña hacia el pueblo. Él mantiene las distancias, pero permanece lo suficientemente cerca como para hacerme saber que está ahí y que no piensa rendirse. Yo acelero, superando con mucho el límite de velocidad, pero él se mantiene a la misma distancia.

—¡Que te jodan! —grito mientras voy a todo gas por esas carreteras ahora conocidas, conduciendo como una loca para eludir a mi antiguo y deslumbrante captor.

La rabia se apodera de mí mientras reproduzco aquella noche una y otra vez en mi cabeza, avanzando a buen ritmo hacia la ciudad. Dom sigue pegado a mí hasta que me veo obligada a reducir la velocidad en el primer semáforo. Miro por el retrovisor y veo que está recostado en el asiento tranquilamente, con la misma expresión altiva que tenía el día que lo conocí. Me salto a toda velocidad un semáforo y luego el siguiente antes de cruzar al lado opuesto de la ciudad. Segura de que acabará cansándose, lo llevo durante veinte minutos por carreteras sinuosas, pero él sigue pegado a mi parachoques.

Harta de esta pantomima, freno derrapando en el aparcamiento de un campamento abandonado y él esquiva por los pelos un árbol al girar bruscamente con el Camaro detrás de mí, dando bandazos y derrapando hasta detenerse sobre el asfalto. Salgo del coche para arremeter contra él y apenas le ha dado tiempo a abandonar el asiento del conductor cuando le doy la primera bofetada.

Él encaja el golpe con el cuerpo firme al lado del vehículo, devorándome con la mirada. Con la mano hormigueando, intento golpearlo de nuevo, pero él me lo impide. Furiosa, lo fulmino con la mirada mientras agacha la cabeza. Tiene una marca roja en la cara con la forma de mis dedos. Me agarra por la muñeca, conteniéndome.

—Lo siento.

—Que te jodan. ¿Eso es todo lo que tienes que decir?

—Fue inevitable.

—De eso nada. Déjame en paz de una puta vez. No quiero volver a verte.

—Cecelia…

—Que te den, Dominic. A ti y a tus putos juegos enfermizos. Yo paso. Ya he tomado una decisión.

Doy media vuelta e intento que me suelte el brazo, pero él se niega, agarrándome por la cintura y estrechándome contra su pecho. Noto su cálido aliento en la oreja.

—Sabes que no queríamos hacerte daño.

—Yo no sé una puta mierda. Estoy hasta las narices de ti, estoy hasta las narices de los dos.

—Ojalá fuera cierto. —Todavía me está agarrando de la muñeca y me da la vuelta para obligarme a mirarlo. Me dispongo a abofetearlo de nuevo y él me agarra la otra mano antes de inmovilizarme contra su coche—. Teníamos nuestras razones.

—No me digas. Me alegro por vosotros. Pero ¿sabes qué? Que me importa una mierda.

—Claro que te importa, joder. Eres nuestra.

Yo resoplo.

—Pero ¿tú te estás oyendo?

—Te dije que te mantuvieras alejada y ahora estás metida en esto. Lo que pasó esa noche no importa.

—Puede que a ti no.

—Lo que importa fue lo que pasó antes.

—Suéltame. —Intento zafarme y él me agarra con más fuerza—. Me estás haciendo daño.

—Pues para de una puta vez —me espeta—. Para.

Me quedo inmóvil mientras sigue agarrándome y entrecierro los ojos cuando sus labios se curvan en una sonrisa. Sus ojos brillan con orgullo.

—Has mejorado mucho.

—¿Se supone que eso es un cumplido? —Pega su cuerpo al mío, aplastándome. Estoy recostada sobre la ventanilla, con la cabeza apoyada en el techo del coche. Sus labios están muy cerca y me cuesta horrores luchar contra la atracción que siento por él, pero mis recuerdos de esa noche lo hacen más fácil—. ¿Cuál es tu problema, joder?

—Tú —dice Dominic, sacando la lengua para lamerme el labio inferior. Se me corta la respiración cuando aprieta su miembro erecto contra mi vientre—. Tú eres el puto problema y ahora… No puedes ponerte entre los dos —añade, negando con la cabeza.

—Pues ya lo hice una vez —replico.

—Déjalo ya, joder —me espeta—. Estoy intentando explicártelo.

—Con más mierdas crípticas, pero yo paso. Ven a hablar conmigo cuando tengas algo de verdad que decir. Aun así, no pienso escucharte. Estoy harta. Lárgate. Déjame en paz de una puta vez.

Él me agarra por la cabeza para acercar su boca a la mía y yo lucho, enfrentándome a su beso. Abro la boca para protestar y aprovecha para meterme la lengua. Saltan chispas en mi pecho mientras me besa cada vez más apasionadamente, hasta que no puedo pensar más que en aquella noche sobre el capó de su coche, o en el día del lago, o en cualquier otro día de mi vida con él. Lo agarro del pelo, del pecho y del cuello mientras él me marca con su boca y con la violenta embestida de su lengua. Paso de la rabia a la devastación más absoluta mientras él hace aflorar todos los sentimientos contra los que estoy luchando. Luego se aparta y me da un beso suave en la boca—. Lo siento. Es lo único de verdad que puedo darte.

—¿Por qué? —grito, jadeando—. ¿Por qué?

—Queríamos dejar las cosas claras y la hemos cagado bien cagada.

—Lo habéis echado todo a perder. —No puedo evitar derramar una lágrima solitaria—. Nunca volveré a veros de la misma forma.

Él sigue el rastro de la lágrima que se desliza por mi mejilla.

—Por ahora tengo que dejarte marchar —dice, haciendo una mueca. Y, por primera vez desde aquella noche que pasamos a solas, Dominic deja entrever sus emociones—. Aunque no me apetece una mierda.

Se inclina de nuevo y me da un beso en la frente antes de soltarme.

La herida de mi pecho basta para ponerme en estado de protección máxima.

—Déjame en paz de una puta vez.

—No tengo otra opción. Pero todo lo que estoy haciendo ahora es por ti.

—Es cierto. No tienes otra opción. Pero no te equivoques, soy yo la que lo ha decidido.

Regreso enfurecida al coche y salgo del aparcamiento como una exhalación, negándome a mirar atrás.

Al llegar a casa, me doy una ducha de agua hirviendo mientras ignoro la rabia que siento en el pecho. Dejo que las lágrimas se mezclen con el agua, pero niego su existencia: es mi decisión.

41

El día que regreso a la fábrica, me llaman por megafonía a mitad del primer turno. Nuestra línea de montaje se detiene y siento sobre mí todo el peso de la atención de Melinda. Llevamos horas trabajando en silencio; parece que ni siquiera ella ha podido ignorar mi necesidad de tranquilizarme y me ha permitido refugiarme en mi interior durante este turno, lo que no hace más que confirmar el hecho de que parezco tan destrozada como me siento. Finjo ignorar que no sé por qué me hacen salir de la línea de producción, pero ambas sabemos que no es así.

Estoy harta de juegos. Avanzo por el pasillo de la primera planta hasta el despacho aislado que hay al final del corredor, alejando los recuerdos que me trae: besos robados, miradas persistentes en almuerzos privados, un polvo rápido en el último turno y él tapándome la boca con la mano mientras entraba dentro de mí al tiempo que me susurraba obscenidades al oído. Cierro la puerta y me recuesto sobre ella, sin mirarlo. Al bajar la vista, veo sus botas marrones y exhalo mientras el olor a cedro amenaza con nublarme el juicio.

—Nena, por favor, mírame —murmura Sean. Es como si arañara mi pecho, dejándomelo en carne viva.

Yo me niego a hacerlo.

—Cecelia, tú eres el secreto.

Esa confesión capta mi atención y por fin levanto la vista.

Parece destrozado; está demacrado y tiene unas ojeras considerables. Nunca lo había visto tan hecho polvo. La empatía le gana la batalla a mi lengua muda. Quiero a ese hombre, aunque enamorarme de él haya sido un error.

—¿Qué coño está pasando?

Él se acerca y estrecha mi cara entre sus manos.

—No era nuestra intención. Quiero que lo sepas.

Me aparto para que no me toque y él maldice.

—Yo no sé nada.

—Sabes mucho más de lo que crees. Pero lo primero que tienes que saber es que fue un acto impulsivo llevarte a mi casa el día que nos conocimos. Joder, es que no era capaz de… Dios, en cuanto te vi…

Se acerca a mí y yo giro la cabeza.

—¿Por qué soy yo el secreto?

Sean suspira. Sigo apoyada en la puerta y su evidente indecisión hace que me ponga alerta.

—No era nuestra intención, Cecelia.

—Dime de una vez para qué me has llamado.

—Vale —dice, asintiendo con solemnidad—. Hace años, cuando Horner Technologies era básicamente una fábrica de productos químicos, dos inmigrantes franceses, un matrimonio, murieron en un incendio en uno de los laboratorios de pruebas.

Me mira fijamente mientras asimilo lo que está diciendo. Lo miro boquiabierta, con los ojos llenos de lágrimas, al caer en la cuenta de quiénes eran esos inmigrantes.

—¿Los padres de Dominic?

Él asiente con la cabeza.

—Huyeron de Francia para intentar escapar del exmarido de la mujer y, como estaban tan desesperados, aceptaron la invitación de un pariente lejano para empezar una nueva vida aquí.

—Delphine.

Sean asiente con la cabeza y continúa:

—Así que vinieron aquí, a esta ciudad, a trabajar en esta fábrica, pensando que estarían más seguros, que aquí prosperarían, que podrían vivir el sueño americano y todo lo que ello conllevaba. En cambio, fueron explotados por esta empresa y su propietario debido a su desventaja social y finalmente perecieron en un incendio que nadie sabe si fue accidental. Todavía no se ha podido averiguar lo que pasó exactamente, pero fue una putada y tiene toda la pinta de haber sido provocado, por la forma en la que actuaron después. Tu padre lo encubrió, lo barrió debajo de la alfombra. Hizo lo mínimo por Dominic y solo le proporcionó una disculpa formal en una hoja con membrete incluida en el resumen del acuerdo. Una bofetada en la cara, después de lo que había sucedido, sobre todo teniendo en cuenta que el director de la fábrica era del pueblo. Los informativos locales ni siquiera hablaron de ello, Cecelia. Y tampoco salió nada en los periódicos.

—Pero ¿por qué?

—Eso es lo que intentamos averiguar. Delphine estaba indignada, pero era muy joven y en ese momento le daba demasiado miedo enfrentarse a Roman. Algo sucedió esa noche y él lo enterró. Pero estamos decididos a descubrir qué fue.

Eso me llega al alma.

—¿Estás diciendo que es posible que mi padre encubriera un asesinato, o, mejor dicho, dos, aquí, en esta fábrica?

—No estoy seguro, pero los padres de Dom no fueron los primeros en cuestionar las prácticas comerciales de tu padre. Lleva jugando sucio y saliéndose con la suya muchísimo tiempo.

—Entonces ¿lo estás espiando? ¿Estás trabajando aquí para descubrir la verdad?

—Más que eso —dice Sean con recelo. Me mira fijamente e intento leer entre líneas.

—¿Pensáis hacerle daño?

—Queremos hacerle sufrir. Por todo lo que ha hecho y por todo lo que le ha quitado a Dom y al resto de las familias que han trabajado para él desde que abrió esta puta fábrica. Por eso tienes que mantenerte alejada de nosotros. No puedes implicarte en nada de lo que ocurra. No es seguro.

—¿Qué vais a hacer?

Sean percibe el miedo que brota en mis ojos.

Niega con la cabeza.

—Si quisiéramos matarlo, ya lo habríamos hecho. Nosotros no somos así.

—Entonces ¿qué me impide ir a verlo ahora mismo y contárselo todo?

Sus hombros se tensan a causa de la crispación.

—Nada. Pero hay otros jugadores involucrados con una visión más amplia y saben que te tenemos a ti.

—Me teníais.

—Eso era lo que intentábamos transmitir, pero, cuando nos vieron juntos, cuando vieron…

—¿Cuando vieron qué?

Él se pellizca el puente de la nariz.

—Que la habíamos cagado y que estábamos pillados; tuvimos que cortar por lo sano para mantenerte al margen.

—¿Me estás diciendo que todo era una pantomima?

—Para mantenerte a salvo. Pero ahora te tienen en el punto de mira. Y no sé, nena. No sé.

—Espera un momento. ¿Así que todo esto empezó por mi padre? Es dueño de una puñetera empresa tecnológica. Hace calculadoras. Las prácticas comerciales turbias no lo convierten en un asesino.

—No solo es dueño de esto. Es dueño de Triple Falls y de todos sus habitantes, policía incluida. Tiene el monopolio de esta ciudad y nadie quiere que lo siga teniendo. Ya no.

—Esto no está sucediendo. Esto… no puede ser verdad.

—Lo siento, ¿vale? Lo siento, pero es así. El hombre con el que vives esconde tantos secretos como nosotros. Y se le da de puta madre guardarlos e irse de rositas. —Me acorrala contra la puerta—. Quiero que te vayas lejos, que te largues de este puto sitio, porque tu padre tiene muchos más enemigos aparte de nosotros por culpa de todos los chanchullos que ha hecho a lo largo de los años. No estás a salvo aquí.

—Sean...

—Te echo tanto de menos... —murmura él, estrechándome la cara entre las manos, mientras me recorre con la mirada—. La he cagado, los dos lo hemos hecho, pero nos pillaste desprevenidos.

Con la mente a mil por hora, me doy cuenta de que mi madre, su seguridad y todo aquello por lo que he trabajado desaparecerán si siguen adelante con sus planes. Pero son los ojos de mi padre los que veo antes de hablar.

—¿Y estás seguro de que nadie va a hacerle daño?

—Vamos a recuperar la ciudad que robó para devolvérsela a la gente que la merece. Está acumulando dinero por avaricia. El dinero de los demás.

Me vienen a la cabeza las palabras de Roman el día que me enfrenté a él.

—Ha solucionado lo de los sueldos. Eso ya no es un problema.

Sean niega con la cabeza.

—Ese es el problema de lo de «ver para creer». Que cualquier cabrón de tres al cuarto puede mirarte a los ojos y hacerte creer que no existe.

Trago saliva.

—Eso sigue sin explicar por qué yo soy el secreto.

—Lo eres por más de una razón. Cuando esto empezó, eras la forma de entrar, de infiltrarnos en su casa y de ayudarnos a investigar. —Me cuesta un triunfo no abofetearlo. Giro la cara y él me obliga a volver a mirarlo—. Escúchame. Al principio, me refiero al principio de todo, a cuando nos conocimos, me pareció buena idea incluirte. Fuiste una sorpresa. Sobre todo para mí. Eso fue cosa mía y también es la razón por la que Dominic era tan capullo contigo al principio. Él no estaba de acuerdo.

Sean me agarra de la muñeca y tira de mí para alejarme de la puerta antes de abrirla y asomar la cabeza por el pasillo. Al cabo de un segundo, la cierra y suspira.

—No podemos quedarnos aquí mucho más tiempo.

—¿Cuáles son las otras razones?

Silencio. Otra vez ese puñetero silencio.

—Te las contaría si pudiera.

—Cabrón. —Trago saliva una y otra vez. Sus confesiones me hacen volver a la casilla de salida—. Por eso no querías besarme al principio. Por eso dejaste que tomara yo la decisión de acostarme contigo. Tenía que decidirlo yo porque me estabas utilizando. Eso es muy chungo, Sean.

—Mírame. —Yo lo hago. Sus ojos me envuelven en una bruma de arrepentimiento—. Te quiero. He estado enamorado de ti desde que empezó todo esto, Cecelia. Y tú lo sabes, joder.

Son las palabras más amargas que he escuchado en mi vida y, en este momento, las encajo en mi cuerpo como si fueran golpes, porque tengo la certeza de que nunca sabré si son verdad.

—¿Y ahora qué? ¿Piensas poner en peligro tus maravillosos planes porque te importo?

—Los planes cambian. Y ya estamos hartos de ellos. Hemos tenido mucha paciencia con él.

—¿Y de verdad crees que no se lo diré?

Él apoya su frente en la mía.

—Yo sé que no lo harás. Y Dom también. Pero a los demás no podemos convencerlos tan fácilmente. Eres la hija del objetivo.

—¡Aun así, es mi padre! —Sacudo la cabeza—. Esto no puede ser verdad.

—Pues, desgraciadamente, lo es. ¿Puedes volver a casa de tu madre?

—No. Sean, sabes que estoy aquí por ella. Todavía no está bien y, si me voy ahora, perderé mi herencia. Si solo fuera cosa mía, sería diferente.

—Haré todo lo posible para asegurarme de que las cosas salgan como deberían. Blinda la casa, protégete, pero no se lo digas.

Su mirada atormentada basta para hacerme saber cuál será su destino si no soy capaz de guardar este secreto.

—¿Por qué me lo has contado?

—Acabo de decírtelo. Tú eres mi prioridad. No solo por lo que siento por ti, sino porque yo te he metido en esto; todo es por mi puñetera culpa. —Se pasa una mano por el pelo antes de golpear con ella la puerta que tengo al lado—. Te lo juro por Dios. Pensé que sería más seguro involucrarte. Están pasando demasiadas cosas como para hablar de ellas hoy. Lo único que quiero que sepas es que la he cagado, que Dom y yo la hemos cagado y que todos tenemos que… mantenernos alejados los unos de los otros. Cuanto menos tiempo nos vean juntos, más parecerá…

—Que me habéis utilizado.

Él asiente con la cabeza.

—Algún día te pediré que me perdones, pero por ahora necesito que me escuches y que me hagas caso. Esto es muy serio.

—No sé qué decir. No me puedo creer que esperes que confíe en ti.

—Pues confía en tu instinto. —Se acerca para intentar besarme y yo giro la cabeza. Su exhalación me roza el cuello. Desliza la frente sobre la puerta que tengo al lado antes de retroceder con una mirada implorante—. Algún día intentaré enmendar esto. Pero, por ahora, te suplico que me creas.

—No sé qué pensar… —Se me caen las lágrimas al recordar a Dominic y la forma en la que me miró el día anterior—. Dom no me odia… —digo, preguntando y afirmando a la vez.

—Con quien tiene problemas es con tu padre. —Sean me mira fijamente—. ¿Ha hablado contigo antes que yo? —Asiento con la cabeza—. Está desaparecido en combate desde que volviste. Nunca lo había visto así. —Una lágrima cae rodando desde mis ojos y Sean se estremece al verla—. Tú confías en mí, Cecelia, eso es lo peor de todo esto. Me esforcé mucho para que lo hicieras, para ganarme tu confianza, aunque en parte te estaba engañando… y me odiaré por ello el resto de mi vida. —Me estrecha la cara con fuerza entre las manos—. Supe desde el principio que no eras una más —murmura—. Tú piénsalo bien, ¿vale? Piénsalo bien. Piensa en todo lo que te he dicho. Olvida esa noche y créeme cuando te digo que la intención era protegerte y alejarte, más que hacerte daño. Pero yo la cagué. La cagué porque no pude soportar verte sufrir tanto.

El puñetazo que le dio a Dominic, ese fue el punto clave.

—Confía en mí y en Dom, pase lo que pase de ahora en adelante. No nos busques. No busques respuestas. Encontraré la forma de resolver esto. La encontraré.

—Me estás asustando.

—Lo sé. Lo siento. Querías respuestas y ya las tienes. Querías entrar. Pues estás dentro. Ahora debes guardar tus secretos. —Me agarra por la mandíbula, sin darme opción a rechistar, y sus labios posesivos reclaman los míos. Los dos gemimos dentro de la boca del otro mientras él me invade, devorándome y absorbiéndome, antes de que su beso se vuelva suave como una pluma. Luego se aleja de mí, como si se estuviera despidiendo. Levanta la vista hacia el techo por un instante, con los ojos brillando de emoción—. Te quiero —susurra con voz quebrada.

Entonces abre la puerta y se marcha. Esta se queda abierta unos instantes, suspendida detrás de él, antes de cerrarse con un clic y detonar la bomba que Sean acaba de lanzar.

42

Anoche, por curiosidad, busqué en Google datos sobre los cuervos y deseé haberlo hecho mucho antes. El mero hecho de darme cuenta de que sus características son muy similares a las del ave que los representa, a pesar del grueso manto bajo el que se ocultan, me habría venido de lujo.

En inglés, una bandada de cuervos se llama «conspiración», una ironía que no puedo pasar por alto. Esas aves se agrupan en pandillas durante la adolescencia —que seguro que fue cuando se formó la Hermandad del Cuervo— y forjan vínculos como adolescentes rebeldes, hasta que finalmente se aparean. Algo que, en teoría, hacen de por vida. Las alas que Layla tiene en la espalda son permanentes, una marca que ella se puso de forma voluntaria. En estos momentos, me cuesta creer que alguno de los hombres de mi vida sea lo suficientemente sincero como para adquirir con él ese tipo de compromiso y mucho menos que sea capaz de cumplirlo.

Los cuervos también son unas de las aves más inteligentes, lo cual no me sorprende. Cada uno de los movimientos que hicieron con respecto a mí fue minuciosamente calculado y consensuado. Estoy segura de que más de una de las discusiones que Dominic y Sean tenían al principio en el taller eran por mí. Yo ya lo sospechaba, pero Sean me lo ha confirmado.

Ambos me han dicho más de una vez que el conocimiento es

poder. Ahora es evidente que la única manera de participar en este juego es ser más astuta que ellos o insinuar que tengo un secreto valioso que ignoran.

Esta mañana, mientras tomaba el café en la terraza, me di cuenta de que tanto Sean como Dominic me habían ido cediendo lenta, sutil e indirectamente parte de ese poder.

Al fijarme en las balizas intermitentes, me vino a la cabeza la imagen de Dominic recostado en la silla de camping, con el móvil conectado al portátil para tener conexión a internet.

Una conexión que sería imposible... si no hubiera una puñetera antena de telefonía móvil a escasos metros de él. Cuando llegué a esa conclusión, dejé el café en el porche y crucé corriendo la casa, la puerta principal y los cien metros de césped que me separaban del claro del bosque, sintiéndome como la mayor pardilla del mundo.

Todas las veces que había ido al sitio en el que se reunían me habían llevado por otro camino, haciendo que el viaje me pareciera interminable, como si estuviera lejísimos, para ocultar que su lugar de reunión estaba en realidad en mi jardín trasero, literalmente. Esa estratagema tiene todo el sentido del mundo si estás constantemente vigilando a tu enemigo y a la pobre incauta de su hija.

Me pregunto por qué Dominic finalmente tomó la decisión de involucrarme.

Entre todas esas preguntas y que todavía no sé cómo posicionarme, mi enfado no hace más que aumentar.

Pero yo les permití que me manipularan para hacerme creer que tenían poder sobre mí. En algún momento tendré que ser capaz de exigir respuestas si quiero que coopere con ellos. Y eso es exactamente lo que estoy decidida a conseguir ahora.

Después de todo lo que me han revelado, ¿de verdad esperan que me limite a guardar silencio y a aceptarlo? Ni de coña. Si voy a formar parte de este secreto, quiero detalles.

Tendré que ir con cuidado. Con mucho cuidado. Ahora estoy al borde del abismo, tan cerca que un paso en falso podría hacerme caer en el oscuro olvido, volver a la zona profunda. Y eso es contra lo que pienso luchar. Contra la oscuridad en la que me han mantenido, con demasiadas preguntas sin respuesta. Puedo convertirme en parte del juego o seguir siendo un peón. Y me niego a consentir esto último un día más.

Pero darme cuenta de todo lo que ha estado sucediendo a mi alrededor mientras yo lo ignoraba, cegada como una boba por los sentimientos y experiencias de los últimos meses, es exasperante. Embriagada de lujuria y amor, estuve bailando sobre la lengua del diablo y acabé en su garganta.

No me gusta sentirme impotente. Soy una mujer que necesita tener cierta sensación de control.

Necesito una salida, un lugar donde poder darle a los pies.

Me han cortado las alas. Y por eso estoy en peligro, algo que me está obligando a mantener la cabeza fría y estar constantemente alerta.

Pero eso es lo que tienen los cuervos. Que siempre parecen estar al acecho.

Algo con lo que ahora cuento.

Me aplico protector solar sobre el pecho desnudo y me tumbo en el puf... a esperar. La compañía ha atendido mi solicitud de inmediato gracias a las influencias de mi querido padre, algo que pienso utilizar en beneficio de mi propósito actual.

No han tardado nada en instalar el sistema de sonido y ha merecido la pena invertir hasta el último centavo de tres de las pagas que había ahorrado. Hace dos horas que estoy poniendo en bucle la misma canción a todo volumen, en el bosque que hay al fondo de la propiedad.

Quiero más explicaciones que las que me ha dado Sean.

Seguiré las reglas. Nada de teléfonos. Nada de mensajes. Nada de correos electrónicos.

Pero, si me impiden ponerme en contacto con ellos, me aseguraré de que ellos vengan a mí.

Seré una sirena imposible de ignorar.

Tal vez haya leído demasiados libros, pero estoy segura de que mi táctica funcionará, porque es imposible que pase desapercibida y, además, podría guiar a los curiosos hacia este secreto en particular. Puede que llamando así la atención esté atrayendo más peligro a mi vida, pero es un riesgo que voy a tener que correr.

K, de Cigarettes After Sex, suena en el bosque una y otra vez mientras yo me pongo cómoda.

Espero y espero.

Al cabo de tres horas, cuando el sol empieza a ponerse, la sensación de fracaso me invade y acabo cerrando los ojos.

Esos hombres me sacan de quicio, no solo por su capacidad de abandonarme tranquilamente sin darme más explicaciones, sino porque encima esperan que vuelva a dormirme después de haberme atado a la silla eléctrica.

No creo que pueda perdonarles nunca el daño que me han hecho, pero alejarme de ellos es un trago amargo, a pesar del dolor que su traición me sigue causando. Que se jodan por permitirlo.

Cuanto más echo la vista atrás y más vueltas les doy a nuestras conversaciones y a las lecciones de vida de Sean, más empiezo a atar cabos.

Y más me cabreo.

También me doy cuenta de que sé más cosas y es ese «más» lo que hace que este sufrimiento cada vez mayor merezca la pena. Ambos invirtieron mucho tiempo en mí —sobre todo Sean— y no encuentro absolutamente ningún otro motivo para ello que lo que siento en lo más profundo de mi ser. Siempre llego a la misma conclusión: mi amor sí era correspondido.

Cada latido de mi corazón es una tortura y los responsables son esos dos hombres que se propusieron hacerme suya. Pero sigo siendo una mujer despechada.

En cuestión de meses, he pasado de estar loca por los chicos a volverme loca por los hombres. Y todo por su puñetera culpa.

Los amo y los odio. Pero no soy capaz de darles la espalda, por muy tóxicos que sean. Todavía no.

Aunque, ahora mismo, solo quiero que vengan a hablar conmigo.

Suspirando, me limpio las lágrimas que se acumulan bajo mis ojos y me regaño mentalmente. Puede que este plan fuera una idiotez.

No sirve de nada autocompadecerse, ni en este momento ni nunca, tal vez. No puedo creer que haya sido tan ingenua, que haya caído directamente en sus redes.

Con la rabia corriendo por las venas, vuelvo a ponerme en contra de ellos. No puedo cometer más errores. En cierto modo, me satisface saber que, al menos, les he molestado. Que los he obligado a reparar en mi presencia, que les he hecho saber que voy a por ellos.

De repente me doy cuenta de que no estoy sola y permito que una sonrisa perezosa se dibuje en mis labios. Deslizo una mano sobre mis pechos desnudos y poso la palma sobre la barriga antes de levantar la otra para proteger mis ojos de la luz.

—¿No tienes nada que decir? —me burlo, todavía con los ojos cerrados, mientras una sombra me cubre y me tapa el sol. Con la piel de gallina a causa de la emoción, abro lentamente los párpados…

Y me quedo helada.

Nos miramos fijamente durante unos segundos que se me hacen interminables, unos instantes en los que me hago plenamente consciente de mi situación, mientras me ruborizo ante esos ojos tan penetrantes y opresivos como una mano en el cuello.

«No queremos atraer al lobo».

No me cabe la menor duda. Son los ojos de ese lobo los que estoy mirando fijamente.

Él se cierne sobre mí con un traje negro entallado que contrasta radicalmente con mi atuendo. Tiene el pelo del color de las alas de un cuervo y una piel aceitunada tostada por el sol. Sus gruesas cejas negras coronan unos ojos hostiles. El conjunto se completa con una nariz grande y prominente que se posa sobre un rostro escultural, unos labios gruesos que parecen besados por Dios, unos hombros anchos, unos pectorales definidos, una cintura estrecha bajo la chaqueta abierta y unos muslos musculosos que se marcan bajo el pantalón del traje.

Entonces comprendo que verdaderamente el conocimiento es poder y que he sido una pringada al pensar que lo tenía todo controlado.

No tenía ni puta idea.

Me estoy ahogando en las profundidades de un ámbar ardiente y no soy lo bastante fuerte como para resistirlo. Nunca había sentido nada igual ante la mirada de un hombre. Cambio de postura para cubrirme los pechos desnudos mientras él me mira de arriba abajo. Está preparado para atacar, furioso y con los puños apretados a los costados. Estoy convencida de que, si estuviera de pie, me habrían fallado las rodillas bajo el peso de su mirada abrasadora.

Estaba totalmente equivocada: un paso adelante, diez atrás.

—Así que el Francés eres *tú*.

Agradecimientos

En primer lugar, me gustaría agradecer a mis lectores su constante apoyo, que significa muchísimo para esta humilde escritora. Me siento verdaderamente afortunada por poder contar con vosotros.

Gracias especialmente a Donna Cooksley Sanderson, mi extraordinaria y paciente editora, sin la cual estaría perdida como escritora y como persona. Esta saga no sería lo que ha llegado a ser sin ti, y yo tampoco.

Gracias a mi editora de contenidos, Grey, por las pequeñas collejas y los empujones creativos. Tu aportación era justo lo que necesitaba para completar esta saga. Eres increíble.

Muchísimas gracias también a Maïwenn Bizien, por traducir todos los textos en francés de esta saga. Habría sido imposible hacer esto sin ti.

Gracias a mis lectores beta por sus valiosos comentarios y a mi equipo de correctoras, Bethany y Marissa. Sin vosotras, publicar estos libros habría sido una hazaña todavía más difícil.

Mi agradecimiento al resto del equipo de KLS PRESS, especialmente a Autumn Gantz, Bex Kettner y Christy Baldwin. Sois las tres estupendas.

Por último, me gustaría dar las gracias a mis magníficos familiares y amigos por su apoyo incondicional. Sea cual sea el mundo en el que me adentre, vosotros estáis conmigo.